죽어서 되돌아간
마법학교 생활을,
※단, 호감도는 0
옛 연인과
프롤로그부터
2
무츠하나에이코
ILLUST. 아이카유기리

Contents

dorino mahougakkouseikatuwo moto koibitoto puroro-gukara

character

빈센트 탄자인

아마네셀 왕국 시류 공작 가문의 적남.
온화하고 빼어난 외모의 소유자이며 근면한, 완벽
그 자체이지만 가까이하기 힘든 분위기를 풍긴다.

올리아나 에르샤

최근에 잘나가는 상인의 딸. 소통능력이 뛰어나서
문제를 쉽게 해결한다. 공부는 잘 못하지만 열심
히 노력한다.

미겔 페르베일라

백작 가문의 장남으로 빈센트의 소꿉
친구. 정이 많고 어디로 튈지 모르는
성격. 늘 사탕을 물고 있다.

야나 노바 마하틴

에테카리마 왕국의 왕녀. 올리아나의
친구. 그녀의 아름다움에서 비롯된
'사막의 별'이라는 별명이 있다.

아즈라크 자레나

야나의 호위. 두 살 연상이지만 특례
로 야나와 같은 학년에 재학 중. 늘
야나를 제일 우선으로 생각한다.

Story

올리아나는 영문도 모른 채 사랑하는 연인인 빈센트와 죽고 만다.

정신을 차리자 일곱 살 때로 돌아온 그녀.

시간이 흘러 입학식에서 빈센트와 재회하지만, 그에게는 이전 삶의 기억이 없었다.

올리아나가 이전 삶의 관해 말해 보아도 헛소리로 치부당할 뿐이었다.

그럼에도 올리아나는 빈센트를 지키기 위해 계속 노력한다.

그러자 처음에는 의심하던 빈센트도 이윽고 그녀를 믿게 된다.

여러 번 마음의 엇갈림을 경험하며 점점 거리가 가까워진 두 사람은,

마침내 5학년 때 열린 무도회에서 파트너가 된다.

무도회가 끝나고 며칠 뒤.

빈센트는 본가에 제대로 사정을 이야기하고 다시 한번 고백하겠다고 약속한다.

빈센트는 학교로 돌아와 올리아나가 있는 휴게실로 향한다.

하지만 거기서 목격한 것은 어째서인지 벽난로에서

불타고 있는 용목 가지와 숨진 올리아나였다.

끼익.

마치 지옥의 문이 열리는 듯한 소리가 들리고

점점 몸이 차가워지기 시작한 빈센트는 그대로 의식을 잃는다.

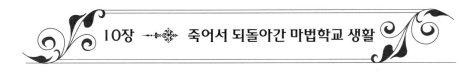

"실례합니다. 혹시 잠깐 시간 좀 내줄 수 있을까요?"

말을 건 상대가 아름다운 금발을 찰랑이며 뒤돌아봤을 때, 올리아나는 아차 싶었다.

인기척 없는 라겐 마법학교 안뜰에 두 학생이 서 있었다. 바로 올리아나와 올리아나가 불러 세운 남학생이다.

그 남학생의 반듯하고 단정한 얼굴에 경악하는 표정이 떠올랐다. 그 얼굴은 마치 유령이라도 본 것 같기도 믿을 수 없는 일이 일어난 것 같기도 한 표정을 띠고 있었다.

'이 바보. 왜 하필이면 이 사람한테 말을 건 거야…….'

뒷모습을 보고 누군지 못 알아채다니 그야말로 어리석기 짝이 없다. 이 나쁜 머리를 좀 더 굴려 관찰력을 길러 뒀다면 이 사람이 누군지는 뒷모습만 봐도 알았을 텐데…….

"무슨 일이야?"

아차 싶어서 눈썹 끝을 축 늘어뜨린 올리아나에게 눈앞의 남자——빈센트 탄자인이 긴 다리로 성큼성큼 걸어와 거리를 좁혔다. 키가 큰 빈센트 바로 앞에 서게 된 올리아나는 갑작스러운 압박감과 기품에 압도당해 진땀을 흘렸다.

같은 라겐 마법학교 학생인 빈센트는 올리아나와 같은 학년의 남학생이다.

　마법학교에 다니기 시작한 지 3년이 지났지만 올리아나와 빈센트에게는 「같은 학년」이라는 것 외에는 접점이 전혀 없었다. 무척 수려한 외모에 품행이 단정하고 성적마저 우수한 공작가 적남 빈센트와 외모도 성적도 집안도 너그럽게 봐줘야 그럭저럭인 올리아나. 그러니 접점이 있다면 그게 더 이상하다.

　'그런 천상계에 있는 존재한테 속 편하게 말을 걸다니……!'

　빈센트는 이쪽저쪽으로 눈을 굴리는 올리아나를 달래듯 말했다.

　"진정해. 무슨 일이 있었던 거야?"

　너무나 다정하고 마치 응원하는 듯한 목소리에 재촉받아 올리아나는 겁에 질린 채 입을 열었다.

　"도움을, 좀 받고 싶어서……."

　"좋아. 내가 뭘 하면 될까?"

　올리아나는 무척 망설이며 부탁했지만, 빈센트는 바로 답하며 흔쾌히 승낙했다.

　'얘기해 본 거 처음인데…….'

　빈센트가 그저 같은 학교 학생일 뿐인 올리아나를 알 리 없으리라. 하지만 당황해하지도 성가셔하지도 않으며 도움의 손길을 내밀었다.

　올리아나는 어안이 벙벙했지만 곧장 고개를 숙였다.

"고마워요, 탄자인!"

그 순간 빈센트가 헉, 하고 숨을 삼킨 듯한 기색이 분명하게 느껴졌다.

하지만 올리아나가 고개를 들었을 때, 빈센트는 완벽한 미소를 짓고 올리아나를 보고 있었다.

"그렇군. 스토커인가."

"콕 집어서 그렇다고 해도 될지 모르겠지만 가끔 면회 신청을 한다거나 휴일에 거리에 나가면 어느새 쫓아와서……."

"스토커네."

올리아나의 설명을 듣고 빈센트가 스토커라고 단언한 남자의 이름은 리스티드. 20대인 그 남자는 어릴 때 자기 소질을 발견해, 올리아나의 아버지에게서 장사나 경영 수완을 배우고 있었다.

리스티드는 장래에 올리아나와 결혼해서 에르샤 가문을 이을 속셈이었다. 누가 그렇다고 확실하게 알려준 건 아니었다. 하지만 주변에서 그렇게 말했고, 올리아나가 생각하기에도 그 남자는 그럴 사람이었다.

올리아나는 어머니 몫까지 딸을 사랑하는 아버지를 진심으로 사랑했고, 리스티드도 호탕한 청년이라 싫지는 않아서 딱히 이의는 없었다.

리스티드가 변한 것은 일 년 전. 그때까지는 일 년에 몇 번 볼까 말까 하는 빈도로 만났는데 갑자기 뭔가에 꽂힌 것처럼 올리아나를 만나려고 쫓아왔다. 그 행동은 점점 더 심해져서 이제는 가족이라고 하며 면회를 신청하기까지 했다.

'저번에는 몸을 만지려고 한 적도 있어.'

아빠에게는 리스티드 이야기를 하지 않았다. 가족이어도 남자에게 말하는 건 부끄러웠다. 리스티드는 아빠 앞에서는 교묘하게 남자로서의 면모를 숨기기 때문에 혹여나 아빠가 너무 예민하다고 할까 봐 그것도 두려웠다.

'전에는 어떻게든 도망쳤지만 그때 분명히 화났을 거야. 이제 혼자서 그 사람을 만나는 건 무서워.'

학교를 통해서 정식으로 면회 절차를 밟았기 때문에 올리아나가 혼자서 면회를 거절할 수는 없다. 더욱 성가신 건, 계속되는 면회 신청 때문에 선생님들 사이에서 올리아나의 평판도 떨어지고 있다는 점이다. 선생님과 리스티드 사이에 낀 올리아나는 항상 갑옷이 벗겨진 병사처럼 무방비하게 면회실로 갈 수밖에 없었다.

'가능하면 아빠가 모르게 조용히 끝내고 싶은데.'

왜 일이 이렇게 됐을까. 입술을 꽉 깨물자 옆에서 걷던 빈센트가 걸음을 멈췄다.

"그거 버릇이구나."

"어?"

"입술이 찢어져. 괜찮아. 내가 어떻게든 할 테니까 입술 깨물지 마."

생각지도 못한 다정한 목소리와 자기 입술을 가만히 바라보고 있었다는 것에 놀랐다. 올리아나는 크게 당황해서 '안 깨물었어요. 그렇죠?' 라며 강아지가 자기 잘하지 않았냐고 자랑하듯이 순종적으로 입을 열었다.

빈센트가 부드럽게 웃더니 다시 걸음을 옮겨서 다급히 따라갔다. 이 모양새로는 누구 일 때문에 이러는 건지도 분간이 안 갈 정도였다.

"그렇게 위험한 남자를 혼자서 만나러 가지 않길 잘했어."

빈센트가 자기에게 부탁해도 괜찮았다는 뜻으로 한 말을 듣고 올리아나는 마음 깊이 안심했다.

혼자서 리스티드를 만나러 가기가 무서웠던 올리아나는 누군가에게 같이 가 달라고 해야겠다고 생각했다. 다른 사람이 있으면 리스티드도 흥분하지 않고 침착한 태도를 유지하지 않을까 기대한 것이다.

면회 연락을 받자마자 올리아나는 학교 안을 뛰어다니며 친구를 찾아다녔다. 하지만 오늘은 하필 열매날. 남자인 친구들은 에너지가 넘쳐 거리로 뛰쳐나간 건지, 도무지 찾을 수가 없었다.

무정하게 다가오는 면회 시간 때문에 올리아나는 극도로 초조해졌다. 선생님도 리스티드도 기다리게 했다간 화낼지도 모른다.

그때 전전긍긍하다가 말을 건 상대가 바로 빈센트 탄자인이었던 것이다.

"정말 고마워요. 덕분에 마음이 든든해요."

"그래. 면회실이 보이네."

학교 외부인과 만나는 면회 장소는 학교 중앙건물에 있는 교무실 옆 면회실이다. 그 방이 눈에 들어온 순간, 올리아나는 얼굴이 굳었다.

「괜찮아. 너는 내가 제일 잘 알아.」

「아버님도 나와 네가 친해지길 바라실 거야. 너도 알잖아?」

「너도 이제 좀 내 감정을 헤아려 줘야 한다고 생각해.」

리스티드는 표면상으로는 폭력적이지도 위압적이지도 않았다. 하지만 올리아나가 무슨 말을 해도 그 주장은 리스티드에게 닿지 않았다. 올리아나를 어린애 취급하며 자기가 원하는 방향으로 끌고 가려는 그 남자와 얘기하고 있으면 올리아나는 언제나 자기가 하찮은 존재로 느껴져서 너무나도 괴로웠다.

의식적으로 큰 호흡을 반복했다. 자기 감정이 지면 안 된다. 그렇게 생각하는 시점에서 이미 올리아나는 한때 친절했던 연장자를 자기 적이라고 받아들이고 있다는 것을 깨달았다.

"면회실에는 나만 들어갈게. 너는 복도에서 기다려 줬으면 좋겠어."

올리아나는 놀라서 얼굴을 들었다.

"나를 데려왔다고 그 남자가 흥분할 수도 있어."

"설마 폭력까지 쓰지는……."

얼굴이 하얗게 질린 올리아나는 고개를 저었다.

"만약에 그럴 수도 있으니까."

"그렇다면 더더욱 같이 가야겠어요. 탄자인이 얻어맞거나 하는 일은 절대로 있어서는 안 되는 일이에요. 만약의 경우에는 제가 맞을 거예요."

반사적으로 그렇게 말하는 올리아나를 보며 빈센트는 싱긋 웃었다.

"그런 말도 안 되는 소리는 널 위해서라도 하는 게 아니야."

헉 소리를 낸 올리아나는 등을 꼿꼿하게 세웠다. 조금 전까지 온화하던 빈센트와는 달랐다. 표정은 자상했지만 그 말투에는 확연하게 초조함이 배어있었다.

"너를 방패로 삼을 비겁한 사람이라고 여기지 말아줬으면 해. 그리고 만약 그 사람이 나를 때리려고 한대도 내가 맞을 일은 없어."

"아니, 아니, 아니, 아니에요. 안 돼요! 그렇게 되면 탄자인의 평판이……."

아마네셀 왕국에 여덟 가문뿐인 공작가의 적남인 데다, 지금까지 있었던 정기 시험에서 늘 수석이었다는 소문이 도는 빈센트가 절대로 폭력사건을 일으키게 할 수는 없다.

빈센트에게 그렇게까지 큰 책임을 지게 하려던 것은 아니다. 더군다나 빈센트가 그렇게까지 해야 할 의무 역시 없다.

'이렇게 남한테 폐를 끼칠 줄 알았으면 조금 기분 나쁜 것 따위 참는 게 좋았을 텐데.'

"그럼 내 부탁을 하나만 들어주지 않을래?"

"네?"

'그 빈센트 탄자인이? 고작 상인의 딸한테 부탁한다고?'

올리아나의 놀란 얼굴을 보고 빈센트는 풋 하고 작게 웃었다. 그 눈빛이 너무나도 따뜻해서 올리아나는 더욱 어안이 벙벙했다.

"스토커를 잘 쫓아내면 날 빈센트라고 불러줬으면 해."

전혀 예상 못한 부탁에 올리아나는 입을 다물지 못하고 고개만 힘껏 끄덕였다.

"어, 어어…… 그런 걸로도 괜찮다면 물론이죠."

"좋았어."

"좋았어?"

"괜찮아. 이제 안심하고 기다려 줘."

그렇게 말하자마자 빈센트는 면회실 문을 열었다. 그대로 문을 닫으려고 해서 올리아나는 지체 없이 한쪽 발을 찔러 넣었다. 오른발의 로퍼가 문에 끼었다.

"너, 무슨……."

"저도 갈래요."

오른발이 얼얼해서 눈에 눈물이 고였지만 올리아나는 마음을 다지고 올려다봤다. 빈센트는 한순간 뭐라 표현할 수 없는 표정을 짓더니, 어쩔 수 없다는 듯 문을 열었다. 그 틈을 놓치지 않고 올리아나가 몸을 밀어 넣으니 빈센트가 올리아나를 자기 몸으로 감추듯 앞으로 나섰다.

"안녕하십니까?"

"어라, 참 나. 네 추종자를 이런 데까지 데려온 거야? 이런 유감스러운 행동은 하는 게 아니야, 올리아나."

소파에 느긋하게 앉아있던 리스티드는 불쾌하다는 듯이 올리아나와 빈센트를 번갈아 봤다. 오래 기다리게 한 데다 마음대로 다른 남자까지 데려온 올리아나에게 짜증이 난 듯했다.

"난 널 만나러 온 거야. 데이트라면 다음에 해. 지금은……."

"당신이 누구를 만나러 왔는지는 중요한 문제가 아니에요. 저는 당신에게 할 얘기가 있어요."

그 목소리는 빈센트가 마법학교의 학생이 아니라 차기 시류 공작으로서 리스티드를 마주하는 목소리임을 금방 알 수 있었다.

가볍게 여기던 학생의 언동에 리스티드는 말문이 막혔다. 올리아나는 귀족의 얼굴을 한 빈센트에게 긴장하면서도 어떻게든 한 걸음 앞으로 나섰다.

"소개가 늦었습니다. 이쪽은 리스티드 옐 님. 아버지 일을 도와주시는 분입니다. 그리고……."

빈센트를 뭐라고 소개할지 망설이며 올리아나는 빈센트를 힐끗 쳐다봤다.

'반도 성별도 달라. 친구도 아니고.'

리스티드에게 의연하게 대치하던 빈센트가 올리아나의 시선을 받자 얼굴에 미소를 띠었다. 그 빈센트 탄자인의 무척 아름다운 미소를 보고 올리아나는 몸을 움츠렸다.

'아마 저 미소는 인간이 똑바로 바라보도록 허락된 게 아닐 거야……!'

무척 가까이에서 그 미소를 보고 가슴을 벌렁거리는 올리아나 옆에서 빈센트는 다시 서늘한 표정을 지었다.

"저는 빈센트 탄자인입니다. 올리아나와는 친한 사이입니다. 아버지는 시류 공작이고 제가 졸업한 뒤에는 이리디스 후작이 됩니다."

"하하. 재밌는 농담이군."

리스티드는 웃었다. 하지만 올리아나가 얼굴을 찡그린 걸 깨닫고 안색이 변했다.

"설마…… 진짜로?"

"네. 물론이죠."

리스티드는 순식간에 등을 쭉 폈다. 라겐 마법학교 학생이 아닌 리스티드는 공작가 적남과 대등하게 얘기를 나눌 권리가 없다. 하치류 가문의 사람은 처음 보는 것일지도 모른다.

조마조마하며 상황을 지켜보는 올리아나의 손을 빈센트가 들어 올렸다.

'어어……?'

눈이 휘둥그레진 올리아나의 손끝에 빈센트가 살며시 입을 맞췄다. 시선을 올리아나의 얼굴을 향하고 손끝에 입술을 갖다 댄 채로 입을 열었다.

"아무래도 요즘 올리아나가 무언가에 시달리는 것 같습니다. 거의 가족 같은 사이라는 당신이라면 올리아나가 걱정하는 원인이 무엇인지 짐작 가시는 바가 있을지도 모른다고 생각했어요."

빈센트가 의미심장한 투로 말하더니 갑자기 고개를 들었다.

새빨갛게 물든 얼굴로 자기 손끝을 바라보는 올리아나에게 빈센트는 한순간 놀란 듯한 표정을 지었다.

그리고 녹아내릴 것처럼 달콤하게 웃었다. 진정으로 사랑하는 연인에게 짓는 듯한 부드러운 미소였다.

"전 걱정됩니다. 올리아나는 제 소중한 사람이니까요."

이렇게 직접적으로 이런 말과 저런 미소를 받은 올리아나는 온몸이 새빨갛게 물들었다.

모든 사람이 선망하는 시선을 보내는 그 빈센트 탄자인이 이렇게나 달콤하게 웃어준 것이다. 조금 몸이 녹아내린다 한들 어쩔 수 없는 일이다.

올리아나는 최대한 평정심을 유지하며 리스티드를 보았다. 그 남자는 척 보기에도 식은땀을 흘리고 있었다.

"그, 그러게요. 올리아나에게 걱정거리가 있다니…… 전 무슨 얘긴지, 도무지……."

"그런가요. 그럼 이 이상의 대화는 불필요하겠네요."

올리아나의 허리에 손을 두른 빈센트가 비키라고 재촉하자 리스티드는 안도하며 문 쪽으로 향했다.

"그래, 그거예요."

문손잡이에 손을 얹은 리스티드에게 빈센트는 여유 넘치는 말투로 말했다.

"혹시 뭔가 생각나는 게 있으면 언제든지 제게 알려주세요. 그에 맞는 대처를 하겠습니다."

"앞으로 각하의 심기를 불편하게 할 일이 생기지 않기를 바랄 뿐입니다."

"아니요. 제 심기가 아닙니다. 무슨 뜻인지 이해하시겠죠?"

"아아…… 아…… 네……. 물론입니다."

"이해해 주셔서 참 다행입니다. 그럼 이만. 가 보시죠."

그렇게나 올리아나에게 집착하던 리스티드는 조금도 아쉬워하지 않은 채 물러났다.

결국, 올리아나는 리스티드와 개인적인 얘기는 한마디도 하지 않고 면회를 끝냈다.

'그렇게 내가 무슨 말을 해도 안 됐는데…… 그렇게 무섭게 굴었는데…….'

리스티드는 빈센트가 조금 말을 얹은 것만으로 어이없이 쉽게 도망치며 물러났다. 그 모습을 보아하니 이제 더는 올리아나에게 관여하지 않을 것이다. 미래에 상인이 되려는 자가 하치류 중 한 가문에 싸움을 거는 건 너무나 위험한 짓이다.

리스티드가 사라지는 것까지 지켜본 뒤, 빈센트는 예의를 갖춰 올리아나에게서 떨어졌다. 얼떨떨한 상태로 상황을 지켜보던 올리아나는 리스티드가 문을 닫는 소리를 듣고 퍼뜩 정신을 차렸다.

"저, 저기."

"다행이네."

빈센트는 올리아나에게 손짓으로 소파에 앉으라고 권유했다. 아직 면회실 이용시간이 남아 있었다.

올리아나가 순순히 따르자, 빈센트는 다시 예의 바르게 맞은편에 있는 소파에 비스듬히 걸터앉았다.

"이번 일은 정말 고맙습니다. 그리고 이상한 거짓말을 하게 해서 미안해요."

설마 빈센트가 연인인 척까지 할 줄은 꿈에도 생각 못했다.

리스티드가 만약 오늘 일을 떠벌리고 다녀도 공작가 적남과 상인의 딸이 정말로 연인 사이라고 여길 사람은 없다.

빈센트의 평판이 나빠지는 일로 이어지지 않는다고 하더라도, 한마디 사과도 안 할 수는 없어 올리아나는 깊숙이 머리를 숙였다.

"정말 하나부터 열까지 너무 폐를 끼쳐서……."

"폐일 리가 없잖아."

머뭇거리며 말하는 올리아나에게 빈센트는 말을 끊으면서 부정했다.

"또 고민이 생기면 그때는 바로 내게 부탁하면 돼. 이것도 인연이니까."

'아니, 그렇게는 못하지.'

억지 미소를 짓는 올리아나의 속마음을 다 안다는 듯이 빈센트는 조금 씁쓸한 미소를 띠었다.

"네가 날 의지해서 기뻤어."

그 말이 왠지 포근한 석양처럼 따뜻하고 애틋해서 올리아나의 가슴에 스며들었다. 마치 진심으로 그렇게 생각하는 듯한 음색이었다.

'오늘까지 얘기해 본 적도 없었는데……?'

위화감만 들긴 했지만 신사의 귀감이 된 빈센트 탄자인이라고 여기면 될 일이었다. 예의상 한 말을 진심으로 받아들일 리가 없다.

"그렇게 말해 주시니 마음이 가벼워졌어요."

얼굴을 드니 빈센트는 다시 미소 짓고 있었다.

"이제 그자가 접근하지는 않겠지. 그런 모습을 보였으면 목적은 달성할 수 없을 테니까."

"목적이라는 건……?"

"너와 결혼해서 에르샤 가문을 물려받는 거지."

"그건 그렇지만…… 이런 짓은 안 하는 편이 저와 결혼할 가능성이 더 높았을 텐데."

리스티드는 얌전히 무난하게 올리아나에게 접근했다가 졸업한 뒤에 구혼했어야 했다. 아버지는 그러길 바랐을 테고, 올리아나도 그의 강압적인 면을 보기 전까지는 완강히 거절하지 않았을 것이다.

물론 이렇게 되어서 미리 본성을 알게 된 게 다행이다 싶기도 했다. 그렇게 올리아나를 정신적으로 지배하려는 남자에게 비호받는 처지가 돼야 한다니. 그렇게 생각하는 것만으로도 한기가 들었다.

"흐음?"

빈센트가 마음에 들지 않는다는 듯이 목소리를 냈다. 생각에 잠겨 있던 올리아나는 정신을 차리고 빈센트를 쳐다봤지만, 거기엔 평소의 평판처럼 차분한 남자밖에 없었다.

"그럼 그 남자의 마음속에서는 그런 행동까지 해야 할 정도로 너와 결혼할 가능성이 희박해진 것이겠지. 왜 그런지 짐작가는 점 있어?"

"없어요. 아, 근데 최근에 아빠가 귀족 저택에 얼굴을 비치셨다고……. 그것 때문인가?"

아마네셀 왕국의 귀족이 주최하는 사교장에는 같은 귀족 계급 사람이어도 초대받지 못하면 참가할 수 없다. 예전에 비하면 귀족과 노동자 계급 사이의 벽이 낮아졌다고는 하지만 벼락부자가 된 상인을 굳이 개인적으로 초대하는 갸륵한 귀족은 없었다. 지금까지는.

올리아나는 아직 입지가 좁은 듯하지만 사업을 위해 열심히 노력하는 아버지를 저번 방학 때 계속 응원했다.

그렇다고 해도 기껏해야 사교장에 얼굴을 비치는 정도다. 리스티드는 올리아나와 귀족 자제 사이에서 혼담이 나올까 봐 우려했을지도 모른다. 그럴 일은 없을 텐데.

"아…… 그럼 나 때문인가."

"네?"

무심코 빈센트가 뱉은 말 뜻을 이해하지 못하고 올리아나는 고개를 갸우뚱했다.

"아니야. 그것보다도…… 내 부탁을 기억하지?"

해사하게 웃으며 질문하는 빈센트를 보고 올리아나는 한순간 굳었다.

'물론 기억하죠.'

올리아나도 빈센트와 똑같이 싱긋 웃으며 말했다.

"네, 빈센트 님."

"상인의 딸이라면 계약의 자잘한 부분까지 기억해야 해. 그렇지? 올리아나."

빈센트가 싱긋 웃으며 올리아나를 쳐다보았다. 올리아나는 도망갈 수 없다.

"네네. 그렇죠. 물론 그 말대로예요. 빈센트."

올리아나는 경칭으로 부르는 걸 포기하고 이름을 불렀다. 빈센트가 올리아나를 이름만으로 부르는 것은 이미 파악했다.

올리아나가 이름을 부르자 빈센트는 소파 등받이를 향해 고개를 뒤로 젖혔다. 그리고 올리아나에게 들리지 않을 만큼 작게 중얼거렸다.

"아아…… 정말 오래 걸렸다."

∴ ∵ ∴ ∵

빈센트 탄자인이 첫 번째 인생――앞으로는 이 첫 번째 인생의 기억을 두 번째 인생이라고 부르겠다――이후에 다시 눈을 떴을 때는 네 살 때였다.

라겐 마법학교의 작은 휴게실에서 의식을 잃은 빈센트는 영지에 있는 저택의 낯익은 유아실에 있었다. 기억하던 것보다 훨씬 작고 연약한 손 안에는 차가워진 올리아나의 몸이 아니라 쌓기 놀이를 할 때 쓰는 나무 블록이 쥐어져 있었다.

　인생을 다시 시작한다. 자그마한 몸을 한 빈센트는 곧장 이해했다.

　하지만 올리아나의 얘기를 듣는 것과 스스로 체험하는 건 너무나도 느낌이 달랐다.

　올리아나가 하는 얘기를 들었을 때 빈센트는 '학생인 올리아나에게 첫 번째 인생의 기억이 있다.' 정도로 인식할 따름이었다.

　하지만 고작 그 정도로 여길 일이 아니었다. 지금 네 살인 빈센트는 바로 어제까지 이 세상에 있던 빈센트와는 다른 사람으로, 빈센트가 미래를 아는 대신에 그 누구도 진정한 빈센트를 모르게 된 것이다.

　빈센트를 엄습한 것은 미래에 맞서는 공포와 끝을 알 수 없는 깊은 고독이었다.

　이제 두 번 다시 누군가와 허물없는 우정을 쌓는 것도 자기를 향한 애정을 곧이곧대로 받아들이는 것도 불가능하리라. 몸도 정신도 네 살배기였던 때에 비해 인간관계나 사람들의 속사정을 더 잘 아는 만큼, 네 살 빈센트가 받는 사랑은 열일곱 살 빈센트에게는 낯설었다.

　세상이 잿빛으로 보일 것만 같았다.

　간단한 수학 문제를 풀고 칭찬받는 시간보다도 말을 잘 들어서 유모가 머리를 토닥여 주는 시간보다도 마법진 논문 얘기를 나눌 시간을 원했다.

그리고 당연하게도 무엇보다 용목을 조사할 시간을 갖고 싶었다.

세 번째 인생을 살면서 좋은 점도 꽤 있었다. 시류 공작령에 있는 컨트리하우스의 도서실에는 금서라고 불리는 서적이 여럿 있었다. 어린 몸을 움직여, 열일곱 살 빈센트에게는 만지는 것조차 허용되지 않던 서적을 뒤적였다. 다행히 네 살짜리 어린아이가 책장에서 그런 책을 꺼내도 아무도 신경 쓰지 않았다. 오히려 서재에서 빈센트가 책에 매달려 있는 동안 유모나 보육 메이드는 휴식시간이라도 된 것처럼 이야기꽃을 피웠다.

그렇게 일 년이 지났을 때, 용목은 인간을 벌한다는 걸 알게 됐다.

인간에게 마력을 나눠 주고 그들에게 숭배받는 존재가 왜 인간을 해치는가.

빈센트는 무도회에서 춤을 추다가 올리아나와 대화했던 마법 약학 교사 하인츠가 한 말을 떠올렸다.

"학생은 물론이고 다른 마법사에게도 잘 알려지지 않은 방법을 쓰겠지."

올리아나와 무슨 얘기를 하는지 신경 쓰여 몰래 엿들은 내용이 새로운 인생을 살면서 도움되리라고는 생각도 못 했다. 책에 실리지 않은 내용이더라도 마법학교에서 일하는 하인츠라면 뭔가 알지도 모른다.

빈센트는 어떻게 해야 선생님에게서 정보를 빼낼지 고민했다. 어린 빈센트에게 생각할 시간만큼은 넘치도록 있었다.

올리아나의 생각을 하지 않은 날은 없었다.

팔에 안아 든 올리아나의 차가운 몸. 빈센트는 그때보다 더 절망스러웠던 적이 없었다.

자기가 조금 더 빨리 갔다면. 조금 더 빨리 올리아나의 이변을 눈치챘다면. 올리아나에게 죽음에 관해 들었을 때 조금 더 다른 시각을 가지고 있었다면——. 후회는 끝을 모르고 샘솟았다.

빈센트는 그저 후회에 얽매인 채 몸을 웅크리고 가만히 앉아 아무것도 안 하는 자기 자신을 용납하지 않았다.

같은 후회를 안고 있었던 올리아나는 이 세상에서 홀로 일어섰다.

'하지만 이번엔 두 번째 인생 때보다 훨씬 도움이 될 수 있어.'

그러려면 올리아나와 합류하기 전에 자기가 할 수 있는 건 최대한 해 두고 싶었다.

빈센트는 가능한 것부터 차근차근 진행하며 기다렸다.

열세 살이 되어 마법학교에 입학할 그날을.

∴　∴　∴　∴

어린 빈센트에게 전화위복의 기회가 왔다. 샤론 비젤과 약혼하는 게 비밀리에 정해진 것이다.

샤론과의 약혼이 결정된 지 닷새가 지난 날 밤에 빈센트는 흔들리는 마차에 몸을 맡기고 있었다.

오늘 밤, 부모님은 만찬에 초대되었다. 저택으로 돌아오는 건 내일 아침일 것이다. 그날을 노려 빈센트는 왕도의 저택에서 벗어났다. 마부로 고른 건 집사 마르셀이었다.

 "남의 눈을 피해 밖에 나가고 싶어. 언젠가 나 혼자 몰래 빠져나가는 것과 네가 잠자코 있어 주는 걸 조건으로 나를 감시할 수 있는 것, 어느 쪽을 선택할 거야?"

 빈센트가 여러 번 고민한 끝에 낸 극단적인 두 개의 선택지 중 하나를 고르게 강요당했는데도 마르셀은 침착한 얼굴로 후자를 선택했다. 빈센트는 신뢰를 줄 테니 대신 마르셀에게 비밀을 지키라고 약속한 뒤, 함께 몰래 마차에 올라탔다.

 향한 곳은 대저택이었다. 대대로 내려온 공작가 왕도 저택도 눈이 휘둥그레질 만큼 크지만, 신식 근대 건축 기술을 총동원해서 지은 에르샤 저택도 정말 훌륭했다.

 마르셀이 면회 수속을 대신 밟는 동안, 빈센트는 긴장해서 몇 번이나 마른침을 삼켰다.

 '올리아나는 아직도 깨있을까?'

 자기와 같은 나이이니 지금은 다섯 살일 터이다.

 '다섯 살인 올리아나도 정말 귀엽겠지…….'

 빈센트는 두 번째 입학식에서 올리아나가 말을 걸었을 때부터 늘 올리아나가 신경 쓰여 어찌할 바를 몰랐었다. 나중에야 깨달았지만 자각하는 게 늦었을 뿐, 첫눈에 반했던 것이다.

 '내가 만나러 온 걸 알고 방에서 뛰쳐나와 내게 와 주지는 않을까…….'

"오래 기다리셨습니다. 당주께서 만나시겠다고 합니다."

예고 없이 찾아온 비상식적인 한밤중의 방문임에도 에르샤 가문의 당주는 면회를 승낙해 준 것 같다. 마르셀에겐 에르샤 가문의 당주가 아니면 신분을 밝히지 말라고 부탁했기에, 그런 신중한 면 때문에 신뢰를 얻었을 것이다.

사용인을 따라 중간 계단을 올라갔다. 추태가 되지 않게 얼굴은 움직이지 않고 시선만으로 주변을 살폈지만, 올리아나 같은 인물은 찾을 수 없었다.

이윽고 응접실이 아닌 서재로 안내받았다. 에르샤는 무례한 방문객을 대하는 예의를 익히 아는 듯했다. 상인이라는 입장상, 온갖 업종과 계급의 인물이 무례하게 저택을 찾을 터였다.

"이런, 이런. 어서 오십시오. 자 이쪽으로 앉으시지요."

서재에 들어서자 에르샤가 일어서서 마르셀을 불러들였다. 처음 보는 올리아나의 아버지는 온화하고 사람 좋아 보였으며 통통하고 작은 체격의 남자였다.

사용인이 자리를 비킨 뒤 마르셀은 소파 뒤에 섰다. 그리고 지금까지 하인 시늉을 하던 빈센트가 소파에 앉았다. 다섯 살인 빈센트는 발끝이 카펫에 닿지 않을 정도로 작았다. 작은 몸에는 익숙해졌다 싶었지만, 이제부터 해야 할 일을 생각하면 마음이 초조하고 불안해질 뿐이었다.

에르샤는 소파에 앉은 작은 하인과 그 행동을 탓하지 않는 장년인 마르셀을 의아하다는 듯이 지켜보았다. 빈센트는 얼굴을 가리던 후드를 벗었다.

"시간을 빼앗아서 미안하게 됐습니다. 저는 빈센트 탄자인이라고 합니다."

"당신은……!"

에르샤가 벌떡 일어났다. 동시에 빈센트도 소파에서 폴짝 뛰어내렸다.

에르샤는 갑자기 시류 공작위 후계자가 나타나서 몹시 놀란 모양이었다. 온화한 얼굴이 단번에 경악으로 가득 찼다. 그 표정도 놀라울 정도로 올리아나와 닮았다.

다섯 살 아이라고는 믿을 수 없을 정도로 어른스러운 빈센트에게 에르샤는 조용히 허리를 숙였다.

"어서 오십시오, 탄자인 님. 따뜻한 차라도 내오겠습니다."

"후의에 답하지 못해 아쉽지만 저희는 금방 떠나야 합니다. 그리고 지금 여기에 있는 건 빈센트라는 한 사람일 뿐입니다."

어린 빈센트가 어른인 에르샤에게 허락을 내렸다. 많은 사람이 에르샤를 두고 어린애에게 아부 떠는 한심한 놈이라고 할지도 모른다. 하지만 에르샤는 귀족――그게 설령 어린아이라 할지라도――을 대하는 적절한 대응법을 아는 것인지, 나이에 걸맞지 않은 빈센트의 거만한 태도에도 거슬리다는 티를 내지 않았다.

에르샤가 얘기를 들어주려는 자세를 보이자 빈센트는 일단 안심했다. 솔직히 문전박대를 당해도 불평할 수 없는 상황이었기 때문이다. 이런 어린애 장단에 어울려 주는 에르샤의 진의는 알 수 없지만 여유 부릴 시간은 없었다. 빈센트가 소파에 앉으니 에르샤도 걸터앉았다.

"그럼 빈센트 님. 바로 본론으로 들어가서, 용건을 말씀해 주시겠습니까?"

다섯 살 꼬마를 향하기엔 어울리지 않는 진지한 목소리였다. 어른을 대하는 듯한 태도를 보여주니 기세가 꺾일 것 같았다. 하지만 여기에서 주춤했다가는 이야기를 들어주는 에르샤가 순식간에 태도를 바꿔 빈센트를 어린애 취급할 것임을 알았다. 마른침을 삼키고 등을 곧게 폈다.

"은밀하게 부탁하고 싶은 것이 하나 있습니다. 비젤가(家)를 아십니까?"

"빈센트 님의 친인척으로 알고 있습니다."

"네. 지난 5일간 비젤 저택에 출입한 상인…… 혹은 비젤가에서 거래를 제안한 상인을 찾아내 어떠한 물건을 확보해 주셨으면 합니다."

아직 아는 사실은 적지만 두 번째 인생을 사는 빈센트는 알았다.

비젤가는 공작 저택에 있는 보석과 귀중품을 빼돌려 팔아치우고 있었다.

주범은 샤론의 어머니로, 실행범으로 뽑힌 것은 아직 어린 샤론이었다.

샤론은 어머니가 하라는 대로 보석이 보관된 보석함을 집으로 가져가곤 했다. 샤론은 그저 빈센트의 어머니에게서 보석을 빌리려고 했던 모양이지만, 샤론이 당당하게 집으로 가져온 액세서리는 그 당일, 바로 비밀리에 팔려나갔다.

공작가의 보물창고에 보관된 넘쳐나는 장식품 한두 개쯤 없어져 봐야 몇 년이 지나도 아무도 눈치 채지 못할 게 분명하다. 그러다가 나중에 문제가 드러나도 현물을 다 팔아치운 상태라면 시치미를 뗄 수 있다. 모든 죄는 공작가의 사용인에게 뒤집어씌우면 된다. 샤론의 어머니는 그렇게 생각했다.

하지만 그렇게 되지는 않았다. 샤론이 훔친 물건 중에는 빈센트의 어머니가 할머니께 선물 받아 가장 소중하게 여기던 목걸이가 있었기 때문이다.

빈센트의 어머니는 몰락 직전인 남작 가문의 딸로, 결혼 당시 변변한 지참금도 마련하지 못했다. 아버지와 결혼한 뒤에도 사교계에서 풍파가 거셌고, 결혼 초반에는 자주 울기도 했다고 한다. 그런 때에 어머니를 위로한 사람이 당시의 공작부인, 빈센트의 할머니였던 것이다. 어머니는 할머니를 따르며 조금씩 공작가의 일원으로 받아들여졌다. 어머니는 자신이 있을 장소를 만들어 준 전 공작부인을 경애했다.

그런 할머니로부터 물려받은 목걸이를 어머니는 소중히 여겼다. 그렇기에 언젠가 며느리가 될 샤론에게도 보여준 것이다.

두 번째 인생에서 도난이 발각된 것은 일주일 뒤. 어머니가 보석을 직접 관리하는 것은 가끔이었기 때문에 사용인과 소통이 잘 되지 않았다. 그 탓에 목걸이가 분실된 것을 알아차리기까지 꽤 오랜 시간이 걸렸다. 더욱이 그 뒤에 비젤가에서 훔쳤다고 판명되기까지 2주가 걸렸다. 목걸이 하나가 암암리에 사라지기엔 충분한 시간이었다.

귀족은 무엇보다도 평판을 신경 쓴다. 그래서 분실 사태는 없었던 일이 되었다.

'없었던 일'을 수색해 달라고는 누구에게도 부탁할 수 없었고, 탄자인가는 곧장 보석을 추적할 수 없었다.

"진부한 말이지만 힘을 빌려주신다면 작게나마 보답할 생각입니다."

"물건을 확보한 뒤에는 어떻게 하실 생각이시죠?"

"그 뒤의 일은 아이가 나설 자리가 아니니까요. 부디 어른끼리 그에 걸맞은 장소에서 대화를 나누시죠."

빈센트는 앳된 얼굴을 능숙히 움직여 유연하게 미소 지었다.

"부디 제가 다른 누구도 아닌 당신을 선택했다는 사실을 기억해 주세요. 공작은 분명 당신에게 감사할 것입니다."

에르샤가 무척 노력해서 목걸이를 찾아낸다고 한들 없었던 일이 된 이상 명예는 얻을 수 없다. 하지만 공작에게 은혜를 베풀었다는 점은 분명하다. 아버지는 종잡을 수 없는 남자이지만, 어머니를 깊이 사랑하는 것은 틀림없었다.

두 번째 인생에서 아버지는 남몰래 목걸이를 수색하고 다녔다. 하지만 올바른 힘이 미치지 않는 암흑가에서 공작가의 빛은 너무 강했다. 아버지는 결국 할머니의 목걸이를 못 찾았다.

그렇게 중요한 목걸이를 되찾으면 아버지는 얼마나 기뻐할까.

"빈센트 님의 마음을 괴롭게 하는 것이 물건이라면 저도 도움이 될 수 있을 겁니다.”

긍정하는 대답에 빈센트는 무릎이 풀려 주저앉을 것처럼 안도했다. 사실 이런 어린애가 하는 이야기를 진지하게 들어줄지 어떨지 불안해서 어쩔 줄 몰랐었다.

‘분명 에르샤 님은 거짓 없이 신분을 밝힌 내 의지를 높게 평가하신 거겠지.’

빈센트는 원하면 이름과 신분을 감출 수 있었다.

‘하지만 올리아나의 아버지를 믿어 보고 싶었어.’

그리고 에르샤는 빈센트가 믿을 만한 남자로서의 행동을 보여주려 했다. 정말 모 아니면 도인 도박이었지만, 그것을 행동으로 옮기지 않으면 결과는 절대로 만들어 낼 수 없다. 이건 그런 종류의 도박이었다.

“여기에 빈센트 님이 와 계신 걸 공작 각하께서 아십니까?”

“아니요. 아버지는 지금 페르베일라 가문의 타운하우스에서 거하게 취해 널브러져 계실 테니까요.”

“그럼 결례가 안 된다면 뒷문으로 배웅해 드리겠습니다.”

“그렇게 해 주시리라 믿고 있었습니다.”

빈센트가 소파에서 일어섰다. 처음 앉았을 때 느꼈던 불안이 마치 거짓인 것처럼, 지금은 마음이 후련했다. 서재 문을 직접 열어주려던 에르샤는 손잡이에 손을 얹은 채로 뒤돌아봤다.

“끝으로…… 왜 이토록 영광스러운 역할을 제게 맡겨 주신 겁니까?”

미소를 잃지는 않았지만 푸근한 얼굴의 작은 눈동자가 날카롭게 빛났다.

시류 공작가에는 당연히 거느리는 상인 가문이 여럿 있다. 지금 빈센트가 부탁한 것을 맡아 줄 상인도 분명 다수 있을 것이다. 실제로 두 번째 인생에서 아버지는 그 상인들에게 의뢰하여 비밀리에 목걸이를 찾게 시켰다.

하지만 빈센트는 에르샤가 그 탄자인 가문 소속의 상인을 뛰어넘길 바랐다.

빈센트는 그저 아버지와 어머니를 기쁘게 하기 위해 이렇게 돌고 돌아 제 목을 조를 만한 일을 벌인 것이 아니다.

누구를 위해 그러는 것인지는 너무나 명백했다.

"그건……."

지금까지 어른 뺨치는 위세와 말투를 보이던 빈센트가 당황해서 고개를 떨궜다. 다섯 살 어린아이의 몸 때문인지 볼에 피가 몰리는 것을 잘 억누를 수가 없었다.

갑자기 얼굴을 붉게 물들이며 횡설수설하는 빈센트를 보자 에르샤는 이날 보인 표정 중 가장 놀란 표정을 지었다.

빈센트는 몇 번 심호흡을 하고 꼬이려는 혀로 중얼거렸다.

"당신은 첫눈에 사랑에 빠진다는 말을 믿으시나요?"

마르셀이 충격을 받은 나머지 몸을 흠칫했다. 에르샤가 미안해서 어쩔 줄 모르겠다는 듯이 입을 열었다.

"공교롭게도 제게는 진심으로 사랑하는 아내가 있어서……."

"압니다."

"그리고 올해 다섯 살이 되는 딸도……."

"네. 압니다."

빈센트는 얼굴이 새빨갛게 달아올랐더라도 고개를 들어 에르샤를 똑바로 마주하려고 했다. 하지만 얼굴을 들자, 진작부터 싱글벙글 웃고 있었던 에르샤의 얼굴이 보였다. 빈센트의 양쪽 볼이 팽팽해졌다.

'이, 이런 얄미운 사람을 봤나!'

에르샤는 허둥거리며 어찌할 줄 모르는 빈센트를 흐뭇하게 바라보며 말했다.

"기쁜 마음으로 받아들이겠습니다. 당신과의 인연도 소중히 할 수 있다면 더할 나위 없이 좋을 텐데요."

"저도 그렇게 되기를 바랍니다."

도도하게 말했지만, 에르샤가 빈센트를 보는 눈이 확연히 변했다는 게 피부로 느껴졌다.

∴　∵　∴　∵

마법 가로등이 길을 밝히는 어두운 밤의 왕도에 다그닥거리는 말발굽 소리가 울려 퍼졌다.

공작가의 문장을 달지 않은 한 마리 말이 이끄는 마차는 작고 마부석과 좌석이 나뉘어 있지 않았다. 빈센트는 고삐를 쥔 마르셀 옆에 다소곳이 앉아 있었다.

"아무것도 안 묻는 거야?"

마차를 타고 가는 동안에도 그랬지만, 돌아가는 마차에서도 마르셀은 빈센트에게 아무것도 묻지 않았다. 사용인으로서는 만점짜리 태도다. 사용인이 되어서 주군의 행동에 관심을 가져서는 안 된다.

하지만 빈센트에게 있어 마르셀은 단순한 사용인이 아니다. 특히 이런 밤에 동행한 뒤에는 더더욱.

"허허. 제가 뭔가 들어주었으면 하시는 겁니까?"

빈센트는 입을 다물었다. 마르셀이 말한 대로였기 때문이다. 빈센트는 고민을 털어놓고 싶었다. 혼자 견뎌야 하는 고뇌의 나날을 끝내고 마르셀에게 모든 것을 털어놓아서 함께 자기와 싸워주길 바랐다.

하지만 마르셀에게 얘기했다가는 일의 중대함 때문에 아버지 귀에도 들어가리라. 그리고 빈센트는 마법학교에 입학할 수 없을 것이다. 두 번째 인생을 믿어 주는 대신에 죽는 것보다는 낫다며 집에 연금될 것이 분명했다.

'그러면 올리아나를 만날 수 없어.'

그것만은 무슨 일이 있어도 피해야 한다. 빈센트가 없으면 올리아나만 죽을지도 모른다. 그리고 무엇보다도 빈센트는 다시 한번 올리아나와 만나고 싶었다.

마르셀의 얼굴을 올려다보며 빈센트는 자기의 작은 손을 꽉 쥐었다.

"너희가 좋아했던 빈센트가 사라진 게 아니야. 이런 나도 부디 받아들여 주길 바라."

오늘 밤 빈센트를 지켜본 마르셀은 이미 빈센트가 달라졌다는 걸 깨달았으리라.

변한 것이 몹시 미안했다. 숨길 수도 있었지만, 빈센트는 주저 없이 자기가 가진 힘을 이용했다. 어떻게 해서든 올리아나와 함께 나아갈 미래를 꿈꾸고 싶었다.

"원래도 총명한 도련님이셨지만 최근에는 더욱 총명함이 연마되어 이 늙은이는 내심 기뻤답니다. 훌륭한 주군을 섬기는 것은 제게 무엇보다도 큰 기쁨입니다."

"솔직하고 발랄하고 애교도 있었던 내가 그립지는 않은가?"

"이런. 저는 지금도 솔직하고 발랄하고…… 애교도 있으시다고 생각했는데 말입니다."

능청을 떨며 눈썹을 치켜드는 마르셀을 보며 빈센트는 얼굴을 붉혔다. 조금 전 제 추태를 떠올렸기 때문이다.

"그건…… 잊어 줬으면 좋겠어."

"오늘 한 외출에 관해서는 어떻게 하시렵니까."

"최대한 잊어 줬으면 좋겠어. 올리아나에게…… 에르샤 가의 따님에게 폐를 끼치고 싶지 않아."

마르셀은 고삐를 흔들었다. 그리고 "성함이 올리아나 님이시군요." 하고 중얼거렸다.

"약속하지. 반드시 가문과 영지를 위해 내 평생을 바치겠다고 맹세하겠어."

"빈센트 님이 가족과 저희 영민을 얼마나 소중하게 생각하시는지 충분히 잘 압니다. 태어나셨을 때부터 섬겼으니까요."

마르셀은 부드럽게 웃더니 빈센트를 내려다봤다.

"오늘 일은 일단 이 늙은이의 가슴에 묻어 두겠습니다."

빈센트는 얼굴을 들어 빛나는 눈동자로 마르셀을 바라봤다. 외출하면서 약속했다고는 해도 오늘 밤 빈센트가 강행한 이 외출은 90퍼센트의 확률로 아버지에게 알려질 거라고 생각했기 때문이다.

빈센트의 주도하에 에르샤가에서 움직이는 것이 알려지면, 아버지는 이것을 손해라고 보고 에르샤가에 고마움을 느끼지 못할 것이다. 그것뿐만 아니라 오히려 그 도난 사건이 빈센트에 때문에 일어난 사건이라고 여길지도 몰랐다.

"그 대신 제가 아직 일하고 있을 때 꼭 올리아나 님을 데려와 주세요."

"무슨 소리야. 나는 마르셀이 비실비실해져서 지팡이 없이 못 걷게 되더라도 시골로 돌려보내지 않을 거야."

"그럼 빈센트 님의 아이를 안아 볼 수 있길 기대하며 앞으로도 더욱 힘쓰겠습니다."

"아, 아이라니……! 마르셀!"

빈센트의 얼굴이 다시 새빨갛게 물들었다. 그 얼굴을 보며 마르셀도 기쁘다는 듯이 웃었다.

∵　∵　∵　∵

마르셀은 약속대로 아버지에게 아무 얘기도 하지 않고 지냈다. 또한 두 번째 인생과 마찬가지로 비젤가에서 목걸이를 훔쳤다는 사실이 발각되어 샤론과의 약혼은 파기되었다. 하지만 두 번째 인생과는 달리, 목걸이는 일 년 내로 어머니의 가슴팍에 돌아왔다. 에르샤가 정말 잘해 준 것이다.

별 탈 없이 빈센트는 건강하게 자랐다.

두 번째 일곱 살 생일을 맞았을 때 빈센트에게는 자기 방이 주어졌다. 어린 남동생, 여동생과 함께 쓰던 아이 방에서 나오게 되어 빈센트는 안도했다. 이제부터 자기 혼자만의 시간이 늘어나는 것이었다. 더욱 하고 싶은 것이나 입학하기 전에 꼭 해 두어야 할 연구가 더욱 수월해질 것이 분명했다.

그리고 그날 밤, 빈센트는 아버지의 서재로 향했다.

"드리고 싶은 말씀이 있습니다."

"무슨 일이니. 그렇게 정색하고. 새 조랑말이라도 조르려는 거니?"

서재에서 위스키를 마시던 아버지는 아들의 진지한 표정을 보고 눈썹을 치켜올렸다.

아버지는 아직 삼십 대다. 열일곱 살의 자기와 무척 닮은 아버지의 얼굴을 볼 때마다 빈센트는 마음이 어수선해지곤 했다.

"쇼콜라를 가져오라고 할까?"

"그럼 부탁드리겠습니다."

아버지의 기분을 좋게 만드는 게 좋으리라.

빈센트는 응접용 소파에 오도카니 앉아 사용인이 쇼콜라를 가져오길 기다렸다.

열일곱 살 빈센트는 쇼콜라보다도 커피를 좋아하지만, 이

몸에는 쇼콜라 쪽이 딱 좋았다.

빈센트는 건네받은 쇼콜라를 살며시 한 모금 마시고 아버지를 마주했다.

"저는 마법학교에 입학하려고 합니다."

"아, 그렇지."

"제가 하나 제안드릴 것이 있습니다."

"그게 뭐니?"

"저는 마법학교에서 시류 공작가의 이름에 부끄럽지 않은 성적을 거둘 예정입니다. 아버지께서 만족하실 결과를 가지고 왔을 때 제 소원을 하나 들어주세요."

아버지는 의아하다는 표정을 지으며 빈센트를 들여다봤다.

"소원이 있다면 지금 들어주마. 뭘 원하니?"

"졸업한 뒤에 원하는 것이 생길 예정입니다."

"너는 그런 불확실한 얘기는 안 하는 아이라고 생각했는데 말이다."

아버지가 날카로운 지적하자 동요한 게 표정에 드러날 뻔해서 빈센트는 컵으로 입가를 가렸다.

"그래, 좋다. 하지만 조건이 있다."

"무엇입니까."

아버지가 너무 기뻐 그만 흥분한 목소리를 낸 빈센트를 날카롭게 바라봤다.

"나는 지금 네가 이루고 싶어 하는 소원만 이뤄 줄 수 있어. 지금 이 거래는 그런 식이어야 하니까."

"문제없습니다."

아버지가 말한 조건을 듣고 빈센트는 고개를 힘차게 끄덕였다. 꼬마 같은 아들의 반응에 아버지는 재밌다는 듯 고개를 까딱였다. 아버지는 어린 시절에 품은 '소원' 같은 건 금방 변덕스럽게 변한다고 여길 터였다. 빈센트는 아버지가 어떻게 생각한들 아무 상관없었다. 어차피 이 소원은 변할 리가 없다.

"그래서 나를 만족시킬 결과라는 건 어느 정도지?"

"저는 아직 입학하지 않아서 솔직히 감이 안 잡힙니다."

어린 빈센트는 프라이머리 스쿨에 다니지 않고 아마네셀 왕국의 많은 귀족 자제가 그러하듯 매일 가정교사에게 배웠다. 이 시점에서는 아직 학교가 익숙하지 않다고 얘기해야 했다.

"아버지께서 정해 주시면 저는 그걸 목표로 노력하고 싶습니다."

괜한 억측을 피하고 이쪽이 내놓은 제안보다 한 층 더 어려운 목표를 제시하는 경우를 피하기 위해 빈센트는 아버지가 먼저 제안하게 했다.

"그렇구나. 그럼 알기 쉽게 가자. 학교에서는 1년에 두 번 큰 시험이 있다. 5학년 때까지 계산하면 총 열 번이지. 그 시험에서 전부 1등을 차지하고 와라."

빈센트는 당황해서 입꼬리가 당겨지려는 것을 필사적으로 참았다.

아버지는 마법학교 졸업생이었다. 아버지의 학창 시절 성적을 자세하게는 모르지만 불성실한 품행과는 정반대로 성적은 우수했다고 들었다.

하지만 그럼에도 두 번째 인생의 빈센트 쪽이 더 우수했다고 도 들었었다.

그런 두 번째 인생에서의 빈센트도 5년 동안 1등을 한 적은 한 번도 없었다.

정신이 혼미해질 것 같은 조건이었지만 투덜거리다가 자칫 논문을 써서 상이라도 받아오라고 하는 날에는 엎친 데 덮친 격이 된다.

"알겠습니다. 최선을 다해 정진하겠습니다."

"잘해 보렴."

만족스러운지 그렇게 말한 아버지는 위스키가 담긴 글라스 를 기울였다.

"소원을 적어 놓도록 하렴."

"알겠습니다. 소원을 적은 종이는 마르셀에게 맡겨도 괜찮 을까요?"

"마르셀에게?"

자기가 맡아두려고 했던 아버지는 잠깐 고민하는 기색이었 으나 이내 품위 있게 고개를 끄덕였다.

"알았다. 그렇게 하는 편이 공평하겠지. 졸업할 때까지 내가 네 소원을 방해하지 못할 테니까……. 마르셀을 불러오렴."

방 한쪽 구석에서 대기하고 있던 아버지의 시종이 복도로 나 섰다. 금방 집사 마르셀이 서재로 왔다.

"부르셨다고 들었습니다."

"그래, 불렀지. 이제 난 자리를 비킬 테니 빈센트에게 편지를 하나 받아줬으면 좋겠어. 그리고 앞으로 십 년간 불이 나든 홍수가 나든 무슨 일이 있어도 절대로 분실하지 않게 엄중히 보관하도록."

"받들겠습니다."

아버지는 탁상에 있던 잉크병과 펜, 편지지, 손가락에서 뺀 반지를 빈센트에게 건넨 뒤 서재를 나섰다.

마르셀과 둘이 방에 남은 빈센트는 펜을 집어 들었다. 마르셀은 말없이 빈센트의 뒤에 섰다.

"아무것도 묻지 않는 거야?"

"허허. 전에도 비슷한 말씀을 하신 적이 있지요."

빈센트는 마르셀을 힐끗 쏘아봤다.

"아버지에게 교섭을 제안했어. 내가 마법학교에서 5년 동안 계속 1등을 한다면 내 소원을 들어주실 거야. 원하는 내용을 여기에 적을 테니 네가 갖고 있어 줬으면 해."

"알겠습니다."

마르셀이 다 이해했다는 얼굴로 미소 지었다. 빈센트는 애먼 사람에게 화풀이하고 싶은 걸 참으며 펜에 잉크를 묻혔다.

그리고 잠시 생각하다가 단번에 글을 써 내려갔다.

빈센트 탄자인은 올리아나 에르샤를 단 한 명의 아내로 삼는다.

'약혼', '장래를 함께한다.' 같은 모호한 말을 쓰면 꼬투리를 잡혀 멋대로 해석될 우려가 있으니, 빈센트는 상상을 뛰어넘는 창피함을 무릅쓰고 단도직입적으로 소원을 적었다.

"여성분의 성함을 바꿀 여지를 남기지 않아도 괜찮으시겠습니까?"

"재학 중에 결혼하고 싶은 상대를 바꾸거나 하진 않아."

등 뒤에서 글자를 들여다보던 마르셀에게 딱 잘라 말한 뒤, 빈센트는 잉크가 마른 것을 확인하고 편지지를 세 번 접었다. 편지지에 왁스를 붓고, 아버지의 심벌이 새겨진 반지 인장으로 왁스를 꾹 눌렀다.

"꼭 지켜주길 바라."

"네. 무슨 일이 있어도."

마르셀은 빈센트가 내민 편지를 황송하다는 듯 양손으로 받아들었다. 그리고 이 세상 무엇보다 소중하고 자랑스러운 걸 손에 쥔 듯이 조용히 고개를 숙였다.

∴ ∵ ∴ ∵

입학 전날에 잠이 오지 않았다.

'올리아나를 만나면 무슨 얘기를 할까.'

올리아나가 '그것 봐. 내가 말한 게 맞았지?'라고 말하면 빈센트는 바로 사과할 생각이었다. 그리고 만약 다시 좋아한다고 말한다면 안아줄 생각이었다.

왕도에 있는 저택의 침대에서 몇 번씩 뒤척이기를 반복하다 겨우 잠이 들었을 때는 아침 해가 뜰 무렵이었다. 잠이 덜 깬 채 어찌어찌 마법학교까지 이동한 빈센트는 자기를 데려다주고 미소 짓는 마르셀에게 인사를 한 뒤 교문을 지났다.

'이전 입학식에서는 내가 이 길을 걷고 있는데 올리아나가 큰 소리로 이름을 부르고 내게 뛰어들었지.'

반면 빈센트는 딱딱하게 굳어 있었다. 전혀 알지도 못하는 귀여운 여자아이에게 안겼던 열세 살의 자기를 떠올리고 조금은 연민의 감정이 샘솟았다.

'그리고 거기에서 사랑이 시작될 거라고 생각했는데…….'

아니, 사실 시작됐다. 하지만 무척이나 어긋난 먼 길을 돌아가게 됐다는 건 부정할 수 없다.

다시 1학년이 되어 라겐 마법학교 부지를 걸었다. 모든 것이 그리웠다. 9년 만의 학교생활이 다시 시작되는 것이다.

"언제 어디서 나한테 말을 걸까. 올리아나는 무사히 등교했을까. 내가 먼저 올리아나를 발견하면……."

입학식이 시작되기 전에 반 배정표가 걸린 곳으로 발길을 옮겼다. 그곳에는 신입생과 그 신입생의 손위 형제자매들로 붐볐다.

1학년은 입학하기 전에 치른 수험 결과로 반이 나뉜다. 빈센트는 특별반이었다. 이전에도 그 반을 벗어난 적이 없었고, 이번에는 입학하기 전에 수석 입학자로서 연설을 해 주면 좋겠다고 학교에서 연락을 받은 상태였다.

반 배정표에 적힌 이름을 위에서부터 차례로 훑었다.

익숙한 이름뿐이었다. 당연하다. 이게 바뀌었을 리가 없다. 같은 삶을 반복하고 있으니까.

'그러니까 이건 뭔가 잘못된 거야.'

빈센트는 특별반 명단을 세 번 다시 봤다.

네 번 다시 보지는 않았다.

놀라서 입가에 힘이 들어갔다.

'올리아나의 이름이…… 없어.'

그게 무엇을 의미하는지, 빈센트는 깨닫고 싶지 않았다.

그때 갑자기 그토록 원했던 밀크티색 머리카락이 빈센트의 시야에서 흔들렸다.

"아, 있다, 있어."

얼마나 듣고 싶었던 말인가. 얼마나 보고 싶었던가. 심장이 꽉 옥죄이는 것처럼 괴로웠다.

빈센트 옆에서 올리아나가 반 배정표를 보고 있다. 올리아나는 2반 앞쪽에 서 있었다. 그 반 명단에 올리아나의 이름이 있는 것일까.

빈센트는 '아, 진짜. 답을 밀려 썼나 봐.' 같은 말을 하길 기대하며 계속 기다렸다.

빈센트는 주먹을 꽉 쥐고 기억하는 것보다 조금 짧은 머리카락을 살랑거리며 이쪽을 보고 미소를 짓기를 기다렸다.

하지만 올리아나는 빈센트를 알아채고는 조금 당황한 듯한 기색으로 살짝 묵례했다.

"아, 저 때문에 방해됐나요? 미안해요."

"아니……."

"이제 갈 테니까 천천히 보세요. 그럼."

올리아나는 빈센트에게 한 치의 관심도 없다는 듯한 눈빛으로 당황한 표정을 한 채, 자리를 떠났다.

망연자실한 빈센트는 올리아나의 뒷모습이 인파 속으로 사라질 때까지 계속 바라만 보고 있었다.

지금까지 빈센트를 지탱한 건 올리아나와 만날 수 있다는 그 마음 하나뿐이었다.

하지만 올리아나는 빈센트를, 두 번째 인생을 기억하지 못했다. 그 사실은 명확했다. 절망에 빠질 것만 같았다.

이제 두 번 다시는 그 올리아나와 만날 수 없다고 생각하면 괴로워서 견딜 수가 없었다.

함께했던 날, 싸웠던 일, 함께 왈츠를 춘 것, 입을 맞추지 못한 키스. 그 모든 시간이 사랑스럽고 추억을 자기 혼자만 기억한다는 사실이 어찌할 수 없을 만큼 슬펐다.

'올리아나도 이런 기분이었을까.'

다 이해한 것 같았지만 전혀 이해하지 못하고 있었다.

더군다나 두 번째 빈센트는 첫 번째 자기 자신을 질투하기까지 했다.

'한심하다……. 빌어먹을 정도로 쓸모없는 놈이다…….'

하지만 멈춰서지 않을 수 있었던 건 아이러니하게도 용목 덕분이었다.

올리아나가 무사히 살아남는 모습을 지켜볼 때까지, 빈센트는 자기에게 계속 걸어 나갈 의무를 지웠다.

∴ ∵ ∴ ∵

학교에서 생활하며 당연히 올리아나와 스쳐 지나갈 때도 있었다.

처음으로 자기 앞에 올리아나가 있음을 깨달았을 때, 빈센트는 지금까지 살아오면서——첫 번째와 두 번째 인생을 통틀어서——가장 심하게 긴장했다.

속이 뒤틀릴 것 같은 긴장감을 억누르며 아무렇지도 않은 얼굴로 복도를 걸었다.

한 걸음씩 올리아나가 다가왔다.

마치 시곗바늘이 천천히 움직이기 시작한 것 같았다. 모든 것이 느리게 느껴졌지만 심장만큼은 터질 것처럼 뛰었다.

올리아나의 곁에는 야나와 아즈라크가, 빈센트 옆에는 미겔이 있었다. 다섯 명 모두 서로 특별한 접점이 없었다. 아무 일 없이 그저 스쳐 지나갈 정도로만 서로를 알고 있었다.

"그래서 그때 월튼 선생님이——."

"말도 안 돼. 전에 퀴시 선생님도——."

올리아나와 야나가 즐겁게 얘기를 나누고 있었다. 아즈라크는 늘 그렇듯 무표정으로 야나와 올리아나의 뒤에서 걷고 있었다.

'왜인지 기억을 가지고 넘어온 건 나뿐이야.'

빈센트는 무의식적으로 숨을 참을 정도로 긴장하고 있었다.

'나한테 말을 걸 리 없어. 알아. 올리아나는 기억 못해. 그러니까 기대 같은 건…….'

눈이 마주쳤다.

스쳐 지나가는 순간 올리아나가 이쪽을 보았다.

그 충격으로 빈센트는 걸음뿐만 아니라 심장마저 멎는 게 아닐까 싶었다.

'설마, 설마…… 설마.'

기억해 낸 걸까. 아니면 올리아나의 인생이 다시 시작된 건 입학한 뒤였는지도 모른다. 그런 기대가 빈센트의 마음을 스쳤다.

숨조차 쉴 수 없는 긴장 상태. 그때, 올리아나는 가볍게 묵례하고 시선을 돌려 빈센트 옆을 스쳐 지나갔다.

"빈센트?"

갑자기 멈춰 선 친구를 걱정하는 건지 옆에서 걷던 미겔이 빈센트를 불렀다.

굳을 것만 같은 얼굴을 어떻게든 움직였다.

'웃어.'

속으로 자기를 질타했다. 자기에게 이렇게 심하게 실망한 적이 없었다.

'웃어.'

"미안. 잠깐 다른 생각 좀 하느라."

빈센트는 평소와 같은 미소를 지었다.

말도 안 되는 기대를 한 자신을 차라리 보란 듯이 비웃고 싶었다.

이전 삶의 기억이 없는 올리아나는 늘 즐겁게 웃었다. 하지만 두 번째 인생과는 달리, 그 미소가 빈센트를 향하는 일은 없었다.

올리아나는 수재가 아니었다. 성적은 중하위, 잘해도 중위권이었다. 당연히 특별반에 올 수 있을 리 없었다.

공부는 그다지 좋아하는 것 같지 않았다. 시험 전에는 싫어한다는 게 눈에 보이는 모습을 하고 자습실에 다니는 걸 보였다.

그렇게 자주 자습실에서 함께 공부했는데 의아하게 여긴 자기가 부끄러워졌고 동시에 올리아나를 향한 애정이 한층 깊어졌다.

'나와 함께 있으려고 공부했던 건가……'

지금의 올리아나를 알면 알수록 두 번째 인생의 올리아나가 얼마나 고생했는지 알게 됐다.

반이 달라지면 접점이 거의 없다. 게다가 성별까지 다르다. 올리아나가 얼마나 노력해서 자기 곁에 있었는지, 빈센트는 생생하게 깨달았다.

올리아나의 노력을 깨달은 뒤로 몇 번인가 자습실에서 머리를 싸맨 올리아나를 발견한 적이 있다.

그런 모습이 너무나 사랑스러웠다.

올리아나는 인기가 많았다.

첫 번째 빈센트가 왜 참지 못하고 재학 중에 올리아나에게 마음을 고백했는지 빈센트는 너무도 잘 알았다.

어디에서 올리아나를 발견해도 그 주변에는 여러 명의 친구가 있었다. 밝고 허물없고 누구든 친하게 지내는 올리아나는 늘 대화의 중심에 있었다. 누구든 올리아나를 의지하고 올리아나에게 도움이 되고자 말을 걸었다.

물론 그 테두리 안에 빈센트는 없었다.

'어설픈 밑 작업은 필요 없었구나.'

이 몸이 아직 작았을 무렵, 밤에 저택을 빠져나와 에르샤 저택에 갔던 것을 떠올리면 괴로웠다.

빈센트가 아버지와의 약속을 적은 편지를 원하는 대로 쓸 날은 오지 않을 것이다. 마르셀에게는 이미 그 종이를 불태우라고 말해 뒀다. 애초에 올리아나와 마음이 통한다는 전제하에 만든 것이었다. 그렇지 않은 지금, 그 종이를 떠올리는 것만으로도 괴로웠다. 사랑에 빠져 허우적대던 남자의 어리석은 헛짓거리를 노골적으로 보여줄 뿐이었다.

빈센트는 3학년 때까지 올리아나에게 다가가지 않았다.

해야만 하는 일이 산더미 같기도 했지만, 자기가 다가갔다가 아무 자각이 없는 올리아나에게 닥칠 죽음이라는 미래가 확정될까 봐 두려웠다.

첫 번째 인생의 기억을 가지고 있었던 올리아나와 두 번째 인생의 기억을 가진 자기가 이 죽어서 되돌아간 학교 생활과 무관하다고는 생각할 수 없다.

「빈센트! 정말 좋아해!」

일부러 더욱 밝게 행동했던 기억 속의 올리아나를 떠올렸다. 과거를 알기에 올리아나는 짊어질 필요가 없는 무거운 짐을 안고 있었다. 그런 올리아나에게 느낀 것은 죄책감과 흘러넘칠 정도의 사랑스러움이었다.

'이런 감정은 모르는 편이 좋아……. 올리아나는 이전 삶보다 훨씬 활기차고 즐겁게 살고 있어.'

공부는 적당히 열심히 하고 친구들과 마음껏 노는 세 번째 인생의 모습은 두 번째 인생에선 못 보던 모습이었다.

그렇다. 올리아나는 빈센트가 없어도 행복해 보였다.

'올리아나는 나를 필요로 하지 않아.'

아무것도 기억 못하는 올리아나가 책임을 지지 않아도 돼서 다행이라고 안도하면서도 올리아나를 놓아줘야만 하는 사실이 가슴에 사무쳤다.

'사실 올리아나나 나의 기억이 몇 번이고 지워졌고, 어쩌면 이것이 세 번째 삶이 아닐지도 몰라.'

언제부턴가 어쩌면 이번 인생이 몇 번이나 되돌아갔던 시간 중 하나일 뿐인 건 아닐까 싶기도 했다.

'그렇다면 이 끝이 없는 나날에 끝은 있을까.'

부정하며 고개를 저었다.

'내가 끝내는 거야. 이번 삶에서 기필코 두 번 다시 올리아나에게 이런 책임을 지우지 않겠어.'

빈센트는 마음이 꺾일 것 같을 때마다 몇 번이고 자기에게 다짐했다.

──그리고 때는 3학년이 되고 맞은 여름.

안뜰에서 혼자 걷던 빈센트는 그토록 애타게 그리던 목소리를 듣고 멈춰 서게 되었다.

"안녕. 오늘 수업은 다 끝난 거야?"

복도를 걷던 학생이 일제히 술렁였다.

빈센트가 리스티드를 퇴치하고 5일이 지났다. 끈질기게 오던 편지와 면회 신청은 갑자기 뚝 끊겼다.

이 모든 것이 빈센트 탄자인 덕분이다. 다만······.

"올리아나?"

자기 이름을 부르는 소리를 듣고 그제야 상대가 자기에게 말을 걸었다고 확신한 올리아나는 얼떨떨해서 입을 다물지 못한 채 빈센트를 쳐다봤다. 어깨에서 로브가 흘러내렸다.

빈센트의 미모는 당연하게도 전에 봤을 때 이후로 전혀 시들지 않았고── 아니, 오히려 왜인지 반짝임이 더욱 강해진 것처럼 느껴졌다. 처음 꽃을 발견한 소년처럼 옅은 수줍음을 띤 웃는 얼굴이 눈부셨다.

오늘 수업이 다 끝난 올리아나는 친구 야나 노바 마하틴, 아즈라크 자레나와 함께 늘 애용하는 휴게실로 가던 참이었다. 셋이서 담소를 나누며 걷고 있을 때, 때마침 근처 교실에서 수업을 들은 특별반의 빈센트가 복도로 나왔다.

복도에 있던 2반 학생은 물론 특별반 학생, 심지어 아직 교실에 있던 대항마법학 교사 립스 선생님까지 눈이 휘둥그레져서 어안이 벙벙한 얼굴로 빈센트를 쳐다봤다.

놀람을 감출 생각도 없이 올리아나를 쳐다보는 여러 시선을 견디지 못하고 올리아나는 눈을 피했다.

"네. 오늘은 이걸로 끝이에요. 저번에는 고마웠어요. 어, 그럼 저는 이만⋯⋯."

다급히 필요한 말만 끝내고 허둥지둥 자리를 피했다.

그런 곳에서는 1초도 더 못 버틸 것 같았다.

∴　∵　∴　∵

빈센트는 멍하니 올리아나가 사라진 자리를 바라봤다. 왜인지 올리아나가 완벽히 '도망친 것'이라고 이해했다.

"도망쳐? 올리아나가? 나한테서?"

도무지 받아들이기 힘든 감정이었다. 몇 초간 입을 다물지 못했다.

"천하의 탄자인이 여학생에게 말을 걸어⋯⋯?"

"그 애가 누군데? 어느 반이야?"

"몰라. 서민인 듯."

"근데 혹시⋯⋯ 이름으로 부르지 않았어?"

복도나 교실에서 희미하게 들려오는 목소리에 빈센트는 자기가 주목받고 있었음을 깨달았다. 사방을 둘러보니 주변 동급생들이 놀란 얼굴을 하고 이쪽을 보고 있었다.

"그럼, 가 볼까."

옆에 있던 미겔이 빈센트의 어깨에 팔을 두르고 걷기 시작했다. 빈센트는 반은 끌려가듯 교실을 뒤로했다.

두 번째 인생과 비교했을 때, 올리아나 외에는 누구도 달라지지 않았다.

하지만 빈센트가 달라졌다.

공부와 용목을 조사하느라 바쁜 세 번째 인생의 빈센트는 두 번째 인생의 빈센트보다 훨씬 더 다른 학생과 거리를 두고 지냈다.

그런 와중에도 어릴 때부터 알고 지낸 미겔과는 유일하다고 해도 좋을 만큼 두 번째 인생과 같은 관계를 이어가고 있다. 미겔은 빈센트가 어느 날 갑자기 어른스러워졌어도 친구보다 공부를 우선시해도 전혀 신경 쓰지 않고 곁에 있어 주었다.

두 번째 인생에서는 당연시했던 미겔의 친애와 우정이, 세 번째 인생의 빈센트에게는 귀한 보물처럼 느껴질 때가 있었다.

'절대로 말은 안 하겠지만.'

미겔은 중앙건물에서 나오자 빈센트의 몸을 놔줬다. 그리고 자랑스럽다는 듯한 표정으로 웃었다.

"드디어 말을 걸었네? 올리아나 에르샤를 쭉 신경 썼잖아."

"알고 있었구나."

"그야, 뭐."

'그야, 뭐? 그렇게 알기 쉬웠다는 건가?'

빈센트는 신음하고 싶었다. 자기 감정을 주변 사람에게 뻔히 다 보였다고 생각하고 싶지 않았다.

얼마나 많은 사람에게 들켰는지도 신경 쓰이지만, 그것보다도 훨씬 더 빈센트의 마음을 사로잡은 것이 있다.

"도망쳤어……."

"응. 봤지."

"왜일까? 이제 서로 아는 사이가 됐는데."

"아니, 이렇게 되기 싫어서 지금까지 말 못 걸었던 거잖아?"

빈센트는 망연자실했다. 그런 가능성은 추호도 생각해본 적이 없었다.

입학한 후 빈센트는 늘 올리아나를 지켜봤다. 올리아나를 의식하지 않는 날은 없었지만 어떤 행동을 할 생각은 추호에도 없었다.

'이제 더는 네게 사랑받지 못해도 좋으니, 살아만 줘.'

그렇게 생각하기로 했다.

아니 그렇게 생각했다. 지난 3년 동안.

'하지만 내게 말을 걸고 미소를 지어서 어쩔 수 없다.'

빈센트는 너무나도 쉽게 무장해제 됐다. 올리아나의 눈동자에 담기고 싶다고 올리아나가 말을 걸어줬으면 좋겠다고 올리아나의 세상에 자기도 들어가고 싶다고 생각한 것이다.

「네네. 그렇죠. 물론 그 말대로예요. 빈센트.」

올리아나에게 이름을 불리자마자 약했던 자신의 결의를 보완하기 위해 노력하겠다고 각오를 다졌었다.

올리아나의 곁에 있어도 올리아나와 자신의 죽음은 무슨 일이 있어도 막겠다고, 그토록 회피하고 있던 것이 거짓말이었던 것처럼, 너무나도 순순히 다짐할 수 있었다. 이제 올리아나를 놓아줄 수 있을 리가 없었다.

'하지만 실제로는 기피당하고 있잖아.'

빈센트는 그 자리에서 주르륵 주저앉아 양 손바닥에 얼굴을 묻었다.

'정말로 다가갈 마음은 없었어. 하지만 마음 한구석으로 우리가 아는 사이가 되기만 하면 어떻게든 될 거라고 생각했던 거야……'

두 번째 입학식에서 처음 올리아나가 말을 걸었을 때부터 쭉 빈센트는 올리아나를 잊을 수 없었다.

말을 건 것만으로도 한껏 들떠서, 결국에는 분노했을 정도로 강렬히 올리아나를 의식했던 자기 자신.

그랬던 자기와 올리아나는 다르다고, 지금, 이 현실이 가차 없이 빈센트를 치고 지나갔다.

"거리감을 제대로 모르겠어……."

"거리감이고 자시고 제대로 얘기해 본 게 두 번째인가 그렇잖아? 그럼 그냥 모르는 사람이지. 아직은."

빈센트는 눈을 부릅뜨고 미겔을 쳐다봤다. 아마 빈센트 등 뒤로 '띠용'이라는 글자가 떠올랐을지도 모른다.

'올리아나와 삶을 세 번이나 함께했어. 무언가 보이지 않는다 하더라도 유대감 같은 게 있을 거라고……'

시시한 이야기에 얼굴에 자조가 번졌다.

'아니야. 유대감을 만든 건, 항상 나에게 다가온 건 올리아나였어.'

올리아나는 항상 웃는 얼굴로 있었다. 빈센트가 얼마나 매정하게 굴든 늘 곁에 있었다.

올리아나에게 무관심했던, 아니 무관심한 정도가 아니라 계속 거부하기까지 했던 빈센트에게 미소 짓기란 얼마나 힘들었을까.

'정말로 심한 짓을…….'

다시 한번 되돌아갈 수 있다면 절대로 단 한 번도 올리아나를 거절하지 않았을 것이다. 자기가 품은 떨쳐버릴 수 없는 후회에 가슴이 아팠다.

'올리아나는 자기 힘으로 내게 다가왔는데…….'

올리아나가 선택한 방법은 최선책이었다. 빈센트와 같이 있는 시간을 늘리기 위해 공부에 전념하고, 빈센트의 곁에 있기 위해 자기의 연심을 주변에 들키는 것도 마다하지 않고 늘 곁에 있었다.

하지만 빈센트는 같은 방법을 택할 수 없다. 공작가의 장남으로 태어난 빈센트는 의무와 전통을 존중하며 질서정연한 삶을 살아야만 한다.

빈센트에게는 올리아나 이외에도 짊어져야 하고 지켜내야만 하는 것이 있다. 장차 공작위를 물려받기로 정해진 이상, 의도적으로 노력을 덜할 수는 없다.

또한 전혀 일면식 없는 남자가 여자의 주변에서 서성이는 건 명백하게 매너에 위반되는 행동이다. 얼굴을 텄다고 해도 올리아나에게 환영받지 못하면 리스티드처럼 공포감을 줄 뿐이다.

두 번째 인생의 올리아나는 빈센트에게 항상 붙어있었지만, 그걸 빈센트가 무섭게 여길 일은 없었다. 올리아나가 만에 하나 빈센트의 약점을 건드린다고 해도 리스티드 때처럼 제압할 만한 힘이 있다고 자부했기 때문이다.

완력이든 두뇌든 마법 성적이든 계급이든 모든 게 지금의 올리아나를 뛰어넘는 빈센트는 올리아나에게 다가감에 있어 신중을 거듭하는 편이 좋았다.

공작가의 적남인 빈센트는 태어나면서부터 남보다 더 많은 특권을 누렸다.

빈센트가 타고난 권리나 입장을 과시하지는 않았지만 필요할 때에 힘을 행사하는 걸 망설이는 멍청이는 아니었다. 그 증거로 빈센트는 리스티드를 학교 밖, 자기가 타고난 세상으로 끌어들여 미소 하나로 쫓아냈다.

'올리아나가 나를 의지해서 정말 다행이야.'

세 번째 인생의 올리아나에게 결혼 후보 상대가 있었다는 건, 두 번째 인생의 올리아나에게도 있었다는 얘기다. 그걸 자기가 왜 전혀 몰랐는지 이해가 안 가지만 두 번째 인생의 올리아나가 스토킹 피해를 입지 않은 것은 거의 확실했다.

그렇다면 세 번째 인생의 빈센트가 일으킨 행동 때문에 변화가 일어난 것일까.

올리아나의 아버지가 귀족과 인연이 있는 건 빈센트 덕분일 것이다. 빈센트가 어릴 적 나섰던 '밤 산책'이 세월이 흘러 결실을 본 게 분명했다.

'겨우 다시 이름을 불러 줬는데…… 이렇게 계속 타인보다도 먼 거리에 있어야만 하는 건가.'

빈센트는 다시 손바닥에 얼굴을 묻었다. 몹시 쓴 음식을 삼킨 것처럼 빈센트의 얼굴은 씁쓸함으로 일그러졌다.

"올리아나는 왜 날 좋아하지 않는 거야……."

"와, 소름 돋는다……. 차기 시류 공작이 그런 무서운 생각을 하다니……."

"뭐가."

울컥해서 미겔을 봤다. 이대로라면 제2의 리스티드가 된다. 지인도 아니고 조금 얘기를 나눈 적 있는 동급생이 새로운 스토커가 될 뿐이다. 그렇게 될 행동은 절대로 해선 안 된다.

"보통은 이렇지. 일단 친구가 되고 호감을…… 이 아니고, 의식하게 하는 데부터 시작한다고."

빈센트는 눈이 번쩍 뜨였다. 처음부터 빈스와 빈센트 사이에 차이가 있었다고 해도, 올리아나가 최대치의 호감도로 매달렸던 빈센트에게는 없었던 착안점이었다.

지금의 올리아나에게 빈센트의 호감도는 0이었다.

"그래…… 그렇군."

빈센트는 고개를 떨궜다. 두 번째 인생에서 처음부터 유리한 조건으로 시작할 수 있었던 건, 다름 아닌 첫 번째 인생의 빈스가 올리아나가 자기를 의식하도록 노력한 결과였다.

'역시 나는 언제까지고 빈스에게 당해 낼 수 없어.'

축 떨궜던 고개를 들었다.

"즉, 다음엔 내가 노력할 차례라는 건가."

지금까지는 올리아나가 죽지 않게 하려고 용목 조사와 공부에만 온 힘을 다했다. 이제 그것과 병행해 올리아나와 친구가되기 위한 노력이나 자기를 좋아하게 만들 어필도 해야 한다는 뜻이다.

'내가 완전히 무지한 분야다.'

빈센트는 미겔을 지긋이 바라봤다. 바로 여기에 그런 일이 특기인 남자가 있었다.

빈센트는 유독 부아가 치밀었지만 미겔에게 조언을 구하기로 했다.

"내가 어떻게 하면 좋을까?"

로브 옷자락에서 사탕을 꺼낸 미겔은 껍질을 벗기며 "으음──." 하고 운을 뗐다.

"일단 그쪽에 맞춰주려면 초반에는 사람들 앞에서 접촉하지 말고 조금씩 거리를 좁히는 게 어때? 아무래도 에르샤는 남 때문에 주목받는 걸 그다지 안 좋아하는 것 같으니."

이 얼마나 의지가되는 남자란 말인가. 미겔이 이렇게나 든 든하다고 여긴 적은 없었다. 어쩌면 첫 번째 인생의 빈스도 당시엔 미겔을 스승으로 모셨을지도 모른다. 어찌 됐든 빈스도 분명히 이런 분야에는 무지했을 테니까. 그렇다고 단언할 수 있다.

"알았어. 그렇게 하지……."

빈센트는 순순히 고개를 끄덕였다. 그리고 미겔이 말없이 건넨 오렌지색 막대사탕을 살며시 받아들었다.

여담이지만 빈센트가 시무룩해져서 계속 중앙건물 입구에 쭈그려 앉아있던 탓에, 다른 학생은 나가고 싶어도 나가지 못하고 복도에서 어슬렁거릴 수밖에 없었다.

∴　∴　∴　∴

"올리아나. 너 언제 아마네셀 왕국의 하치류 중 한 분을 길들인 거야?"

중앙건물을 나와 안뜰을 걷고 있을 때 야나가 호들갑스러운 말투로 말했다. 올리아나는 확 고개를 젖혔다. 그렇게 들으니 일이 커졌다는 느낌이 심각하게 다가왔기 때문이다.

"아니…… 얼마 전에 내가 좀 신세를 져서……."

딱 그때만 그랬었다고 여긴 올리아나는 왜 빈센트가 당연하게──그것도 꽤나 친밀하게──말을 걸었는지 당최 이해가 안 됐다.

그쪽에서 제안한 「빈센트」라고 부르는 안건은 일단 잘 실행했다. 어찌 됐든 지금까지 단 한 번도 접점이 없었던 터라 그렇게 부를 기회가 없었지만, 불러야 할 때가 오면 남들 앞에서라도 이거 아니면 죽는다는 심정으로라도 이름을 불러줄 생각이었다. 그것이 올리아나의 방식이었다.

'역시 좀 더 제대로 빚을 갚으라는 건가……?'

빚을 졌다고 얘기하며 계속 구질구질하게 그와의 관계성을 이어나가려고 하는 편이 공작가에서 태어난 빈센트에게는 번거로울 것이라고 올리아나는 생각했다.

올리아나는 상인의 딸이다. 도움을 요청하는 자에게 도움의 손길을 주는 걸 당연시하는 귀족과는 다른 방식으로 자랐다. 상인의 가르침이란 이것이다. 빚을 졌다면 갚아라. 남이 네게 빚을 졌다면 배로 갚게 해라. 상류층 사람이 보기에는 천박하기 짝이 없는 교육방침이다.

"아즈라크. 같은 학년인 데다 같은 남자인데……. 혹시 빈센트에 관해…… 뭐 아는 거 없어?"

평소에는 본심을 거의 드러내지 않는 두 사람의 눈이 휘둥그레졌다.

"얼마 전에…… 조금, 신세졌다고, 이름을…… 그것도 반말로 불러 달라고……. 어어?"

야나의 시선이 따가웠다. 올리아나는 북 밴드로 묶은 교과서를 들어 야나의 시선을 막았다.

"좀 여러모로 이런저런 일이 있었거든…….'"

아무런 설명도 되지 못했다. 야나는 아련하게 눈썹을 늘어뜨렸다. 그리고 입가에 손을 가져가더니 애교 부리듯 말했다.

"나한테는 말해주지 않을 거야?"

"있는 것 없는 것 다 털어놓겠습니다."

그렁거리며 반짝이는 야나의 눈동자를 본 순간, 올리아나는 가슴팍에 손을 얹고 허리를 푹 숙였다. 아즈라크가 입꼬리를 올리며 웃었다. 어쩔 수 없다. 여자라는 생물은 예쁜 여자애의 눈물에 당해낼 수 없다. 만약 그 눈물을 자유자재로 흘리고 그치고 할 수 있다고 해도.

　올리아나는 어슬렁거리며 다리를 움직이더니 겸연쩍게 말했다.

　"사실…… 집에서 있었던 일로 어떤 남자가 날 쫓아다녔는데 우연히 지나가던 빈센트가 도와줬어. 그래서 서로 이름을 부르게 됐다고 할까?"

　빈센트의 진짜 의도를 알 수 없었고 조리 있게 얘기할 자신도 없어서 이름을 부르기까지의 단계를 큰 폭으로 생략한 듯한 기분이었다. 하지만 야나는 이름으로 불렀다는 부분은 별로 신경 쓰이지 않는다는 듯이 아름다운 얼굴을 찡그렸다.

　"남자가 달라붙었다는 건…… 몰랐어. 언제? 너한테 위해를 가한 건 아니야?"

　"외부 사람이라서 외출할 때나 면회로만 찾아왔거든……. 거기다 지인이기도 했고……. 아마 야나가 있을 때는 아즈라크도 있었으니까 가까이 오지 않았던 것 같아."

　"그 남자를 피했다는 건, 너도 꺼림칙하다는 자각이 있었다는 뜻이야. 그럴 때는 사양 말고 내게 얘기하면 돼."

　평소에는 자기가 나서서 올리아나와 야나의 대화에 끼어들려고 하지 않는 아즈라크가 진지한 얼굴로 말했다.

사실 남자애에게 동행을 부탁하려고 했을 때 가장 먼저 떠오른 인물이 아즈라크였다. 호위인 만큼 키가 크고 건장했고 얼굴도 다부졌기에 리스티드에게 영향력을 행사할 것 같았기 때문이다.

하지만 야나는 한 왕국의 왕녀다. 학교에서는 서로 동등한 입장이지만, 리스티드와 얽히면 학교를 벗어난 일이 될 수도 있다. 올리아나는 옆 나라의 왕족을 끌어들일 문제가 아니다 싶어 물러선 것이다.

"아즈라크 말이 맞아, 올리아나. 절대로 지인이라고 안심하면 안 돼."

늘 오아시스 위에서 나부끼는 요정처럼 밝기만 한 야나도 드물게 엄격한 표정으로 말했다.

야나의 고국, 에테 카리마 왕국은 이 아마네셀 왕국보다도 훨씬 더 남자와 여자의 사회적 격차가 심했다. 절대적인 힘을 가진 남자에 대한 공포는 야나가 훨씬 강하게 느꼈으리라.

"올리아나가 무서워했다는 걸 내가 몰랐다니……."

"미안해. 걱정 끼칠 것 같아서."

"걱정 정도는 하고 싶어."

야나의 진심에서 우러난 말을 듣고 올리아나는 눈썹이 축 늘어졌다.

"그렇지. 미안……. 다음에는 곧장 야나에게 얘기할게."

"정말 그렇게 해야 해. 내가 뭐 때문에 우리 나라에서 아즈라크를 데려왔겠어."

"그건 너를 위해서잖아."

올리아나가 따지니 야나와 아즈라크가 오호라 하는 듯한 얼굴로 웃었다. 분명 야나는 올리아나가 위험한 걸 알았으면 최대한 융통성을 발휘했을 것이다. 에테 카리마 왕국의 왕녀가 베푸는 친절을 받아들이고 말고를 떠나서 올리아나는 친구의 그 마음씨가 진심으로 기뻤다.

"무서울 때 곁에 있어 주지 못해서 미안해."

올리아나는 가련하게 웃는 야나의 손을 꽉 잡았다. 어릴 때도 이렇게 우정을 실감해 본 기억이 없다. 하지만 야나에게 하나 숨긴 게 있어서 죄책감으로 부끄러워진 마음을 감추려고 야나의 부드럽고 가느다란 손을 흔들었다.

"그게 아니야. 오히려 야나랑 아즈라크가 옆에 있을 때는 무섭지 않았어. 제대로 도와줬거든."

"후후."

야나가 제멋대로 끌려 다니는 자기 손을 보고 쿡쿡 웃었다. 야나의 웃는 얼굴에 생각보다도 훨씬 더 안심했다. 손 흔들기를 멈추고 야나의 손등을 살며시 쓰다듬었다. 그리고 조금 세게 자기 쪽으로 잡아당겨 야나의 어깨에 얼굴을 묻었다.

"앞으로는 뭐든 얘기할게. 얘기하게 해 줘."

어지간히 깊이 반성한 어린애 같은 목소리를 냈는지, 야나가 다시 한번 키득거렸다.

"네가 자다가 침대에 몇 번 실례했는지 같은 건 비밀에 부쳐도 돼."

"그럼 나도 야나가 이층침대에서 몇 번 떨어졌는지는 비밀로 할게."

"얘가."

야나가 전혀 무섭지 않은 얼굴로 째려봤다. 두 사람이 키득거렸다. 그런 모습을 아즈라크가 따뜻한 눈빛으로 바라보고 있었다.

∴ ∴ ∴ ∴

"으아……."

올리아나의 입에서 새어 나온 목소리는 문장으로 이어지지 않는 신음이었다.

올리아나는 밤이 되어서야 오늘 수업에서 온실에 물건을 두고 온 것을 깨달았다. 오후 수업이 시작되기 전에 다급히 다시 바르다가 연지(臙脂)를 떨어뜨린 모양이다.

지금 시간이면 아직 온실이 열려있을지도 모른다. 야나와 리포트를 쓰려고 기숙사의 휴게실에 갈 예정이었지만 올리아나는 혼자서 온실로 향했다.

다행히도 온실에는 아직 학과 담당인 하인츠가 있는 듯했다. 온실은 규모가 크다 보니 멀리서도 안에 불이 켜졌는지 알 수 있다. 마법 등이 반짝반짝 빛나는 별처럼 유리로 된 온실을 아름답게 밝혔다.

올리아나는 그런 온실 안으로 마치 떠나려는 마선로에 슬라

이딩해서 들어가듯 아슬아슬하게 도착했다. 하인츠라면 그런 예의에 어긋나는 행동을 보고 어이없어하긴 해도 화내지는 않을 것이다.

그러다 보니 올리아나는 자기가 "으아아아······." 하고 신음할 처지에 놓이리라고는 상상도 못했다.

"아, 안녕하세요. 두 분 모두 안녕하세요. 별이 아름다운 밤이네요."

헛기침하고선 아무 일도 없었다는 듯이 숙녀처럼 행동하는 올리아나를 보고, 하인츠는 갑자기 감기라도 도진 것인지 이윽고 커다란 기침 소리가 터져 나왔다.

흰 가운을 입고 등을 돌린 채 작게 어깨를 흔드는 모습을 보아하니 기침해서 괴로운가 보다. 분명 괴로우리라.

살짝 어안이 벙벙한 표정을 지은 빈센트는 올리아나의 민망해하는 얼굴을 보더니 바로 미소를 지었다.

빈센트와 마주치는 건 조금 어색했다. 얼마 전에 도망쳤기 때문이다.

하지만 빈센트는 올리아나가 도망쳤다고 눈치채지 못했는지 평범하게 대답했다.

"그러게. 넌 이렇게 늦은 시간에 무슨 일이야?"

"잃어버린 물건이 있어서······."

선생님보다도 선생님 같은 질문을 하는 빈센트에게 올리아나는 학생다운 얼굴로 답했다.

"그렇구나. 여기에서 잃어버린 거야?"

"아마도."

"찾았으면 좋겠다."

"네."

올리아나는 왜인지 한 번 더 네, 하고 중얼거리고 살그머니 이동했다.

'왜일까. 엄청 긴장돼.'

올리아나는 빈센트를 마주할 때면 라겐 마법학교에서 제일 무섭다고 소문난 펠리츠 선생님 앞에 섰을 때보다도 긴장한다.

온실에는 무수히 많은 식물이 우거져 있다. 조금만 신경 쓰니 빈센트와 하인츠의 시야에서 쉽게 벗어날 수 있었다. 잃어버린 게 뭐냐고 물으면 어떡하지 하며 내심 조마조마했던 올리아나는 수풀을 벽 삼아 살금살금 오늘 걸었던 장소를 찾아다녔다.

"언제까지 웃으실 건가요, 선생님."

"아니 근데 좀 전에 에르샤의 그 꼬리라도 밟힌 듯한 강아지 같은 얼굴은…… 큭, 아니, 크흡. 네가 상대하게 해서 미안하다, 우등생."

'젠장. 역시 웃고 있었잖아. 저건 교사라고도 할 수 없어. 누가 강아지야? 그냥 조금 놀란 것뿐이잖아. 얼빠진 소리를 내기는 했지만.'

올리아나는 수풀 속을 헤집었다. 떨어뜨린 건 자개로 된 케이스에 담긴 연지다. 연지에는 색을 내는 것뿐만 아니라 보습 성분도 듬뿍 들어서 마음에 들었다. 작은 자개 케이스는 휴대하기에는 편리했지만 한번 잃어버리면 다시 찾기 힘들었다.

"아무튼 얘기를 계속할게요. 여기 보조 장식과 조건 설정에 관해서인데요……."

"몇 번이나 얘기하지만 나는 마법진은 잘 몰라. 마법진 관련해서는 퀴시 선생님께 물어봤으면 하는데……."

빈센트는 하인츠에게 질문하러 왔나 보다.

'뭐야. 이 시간에 이런 장소에 있으니까, 잃어버린 물건이 있어서 왔다고만……. 아니지, 그럴 리가 없다.'

빈센트 탄자인은 완벽한 초인이다. 라겐 마법학교에서는 당연하게 여기는 사실이었다. 집안도 얼굴도 성적도 완벽한 데다 입학한 뒤로 몸이 안 좋았던 적도 없다고 한다. 마치 신이 공들여 만들어 낸 완성품 같았다.

올리아나와 같은 학년에서 지금까지 1등을 차지한 사람은 둘도 없다. 지금까지 3년간, 모든 시험에서 빈센트 탄자인이 1등을 차지했기 때문이다.

그런 빈센트도 이런 시간에 질문하러 온다고 생각하니 친근감이 들 뻔했다가 번뜩 뭔가가 떠올랐다.

"아냐……. 이런 시간까지 공부에 몰두하니까 결과가……."

올리아나는 빈센트가 다른 세상에 사는 사람이라고 뼈저리게 실감했다.

같은 반 애들 중에 그렇게까지 열심히 공부하는 사람은 없다. 모두 고만고만한 성적이었고 어찌어찌 즐겁게 학교생활을 보내면 좋겠다고 생각했다. 올리아나도 그랬다.

'내 마음대로 동료라고 생각해서 정말 미안해요…….'

올리아나는 마음속으로 사과하고 허리를 낮춰 본격적으로 물건을 찾는 데에 집중했다.

온실에는 학생을 위해 간단히 강의를 진행할 수 있는 공간이 있다. 알코브처럼 반원 형태로 오목하게 비워놓은 공간에 한 학급이 겨우 들어가 앉을 정도의 벤치가 있다.

올리아나는 낮에 자기가 앉았던 데로 가서 벤치 아래쪽이나 뒤를 꼼꼼히 살폈다. 그리고 벤치 뒤에 놓인 화분 틈에서 찾고 있던 연지 케이스를 찾아냈다.

안심한 올리아나는 손을 뻗어 연지가 담긴 자개 케이스를 꺼내 소매 속에 넣었다.

"그래서 미래를 생각했을 때, {回(회)}는 간단한 마법진이라 학생도 양산할 수 있지 않을까 싶은데……."

"그때…… {足(족)}은 어쩔 건데. 보조 장식으로 그 움직이는 방법을 지정한다고 해도 궁합이 안 좋잖아."

"몇 가지 단계를 설정해서 실험을……."

강의 공간 근처에 있던 빈센트와 하인츠의 대화가 귀에 들어왔다. 두 사람은 진지한 얼굴로 가든 테이블 위에 펼쳐진 무언가의 도안을 들여다보고 있었다.

몰래 엿듣는 것도 방해하는 것도 별로 좋지 못한 행동이다. 올리아나는 조용히 이 장소에서 떠나려고 했다.

"찾았어?"

"네, 네엡!"

갑자기 자기에게 말을 거는 소리가 들려 펄쩍 뛰었다. 빈센트를 보니 도안에서 얼굴을 떼지 않은 채였다.

'어떻게 알았지. 걸음 소리도 죽이고 거북이처럼 조용히 움직였는데.'

빈센트는 턱에 손을 짚은 채로 화들짝 놀란 올리아나를 쳐다보지 않은 채 말했다.

"너무 늦었어. 갈 때는 내가 바래다줄게. 금방 끝낼 테니까 거기서 기다려 줄 수 없을까?"

"아, 네……."

대화는 겉으로 의문문으로 끝났지만, 올리아나의 귀에는 명령문으로 들렸다. 예스, 응, 네. 이렇게 세 가지 대답 중에 고르기를 원하는 듯한 질문에 형식적으로 답했다.

'굳이 안 그래도…… 여자 기숙사에는 금방 갈 수 있는데…….'

타고난 가치관이 다른 빈센트에게 그렇게 말한들 별 의미 없을 테니 올리아나는 영리하게 말을 삼켰다.

빈센트는 아까 말한 대로 하인츠와 대화를 끝낸 뒤에 큰 도안을 옆구리에 끼우고 벤치에 앉아 기다리던 올리아나에게로 왔다.

"미안. 가자."

"아니에요. 나야말로…… 귀찮게 해서…….."

일어서서 치마를 털었다. 예의상 숙였던 얼굴을 드니, 얼핏 휘어 올라간 입꼬리가 보였다.

"귀찮을 리가."

기분 탓인지 빈센트의 말투가 들쑥날쑥한 것 같았다.

"세상에서 제일 말도 안 되는 소리일지도 모르지만 데려다 주면서 엄한 생각하면 안 된다~."

"용에게 맹세코 무사히 데려다주겠습니다."

하인츠가 문단속을 하며 손을 흔들었다. 올리아나는 "늦게까지 죄송했어요~!" 하고 똑같이 손을 흔들고 빈센트와 함께 온실을 나왔다.

길가를 따라 놓인 마법 가로등 덕에 라겐 마법학교의 길은 밤에도 밝았다. 손에 든 마법 등으로 발밑을 비추면 더욱 좋았다.

두 사람은 '한두 번 얘기해 본 적 있는 학우'에 알맞은 거리를 유지하며 밤길을 걸었다. 걸음을 옮길 때마다 마법 등의 빛이 지면에서 흔들렸다.

"그 뒤로 어땠어?"

"덕분에 별 탈 없이 지내고 있어요."

너무 의식한 나머지 선생님에게 하는 것처럼 대답했다. 올리아나는 감사하는 마음을 담아 다시 한번 말했다.

"편지도 면회도 뚝 끊겼어요. 정말로 고마워요."

"오히려 화내거나 하지는 않았어?"

"지금까지는 없었어요. 그렇긴 해도 집에 돌아가면 얼굴을 마주쳐야 하니 불편할 수는 있겠지만……."

"그렇구나. 당분간은 괜찮을 거라는 얘기네. 다행이야. 무슨 일이 생기면 내게도 책임이 있으니 바로 말해 줬으면 해."

"고마워요."

의례적인 미소를 돌려주자 빈센트는 천천히 입을 열었다.

"온실에서 너를 만나서 마침 잘됐다 싶었어. 네게 묻고 싶은 게 있거든."

긴장한 것처럼 들리기도 하는 빈센트의 목소리에 올리아나는 고개를 갸우뚱했다.

"무슨 질문이에요?"

"어디까지면 괜찮아?"

"어어어?"

빈센트의 질문에 올리아나는 갑자기 걸음을 멈췄다. 장소와 시간에 따라서는 제법 아슬아슬한 질문이 아니겠는가?

그리고 지금은 인기척도 없는 밤길에 단둘이 있었다.

"어어, 그러니까 그건…… 지금부터 우리에 대해서…… 같은 얘기……?"

대놓고 손대려고 그러는 거냐고 묻기에는 아무래도 꺼려졌다. 좀 전에 하인츠의 장난에 용에게 맹세코 무사히 데려다주겠다고 말한 빈센트의 언행과 일치하지 않았다.

'분명 내 착각일 테고 바로 '뭐? 그럴 리가 없잖아.' 라고 할 테니까 나는 그다음에…….'

"맞아."

머릿속에서 다음에 뭐라고 말할지 생각하던 올리아나는 머릿속이 새하얘졌다.

'어……? 이런 청렴결백한 얼굴을 한 사람에게도 그런 면이

있나?'

빈센트는 놀라서 멍하니 입을 다물지 못한 올리아나를 향해 몸을 돌렸다.

"네 방식에 따를게."

"네?"

'아니, 나는 그런 방식 같은 걸 알 만큼 전문가는 아닌데…… 처녀고……. 아니 그게 아니지. 어? 나 지금 경계해야 하는 건가?!'

올리아나는 주변을 둘러봤다. 만약 바로 근처에 있는 수풀에 끌려간다고 해도 빈센트가 말한 그 '어디까지 괜찮은' 짓을 당할 수는 없다. 빈센트가 아무리 얼굴이나 집안이나 성적이 잘났다 한들, 가볍게 따라갈 만큼 올리아나는 자기 몸의 가치를 낮게 여기지 않았다.

"지금은 나와 평범하게 얘기를 나눴다는 건, 사람들 앞에서 말을 거는 게 싫었던 거지?"

"어? 응? 아아! 그렇죠. 역시 그런……. 네네, 저 올리아나는 알고 있었습니다요."

올리아나는 로브 소맷자락으로 이마에 맺힌 식은땀을 닦아냈다. 다행이다. 경악스러울 만큼 바보 같고 자의식과잉인 착각을 입 밖에 내지 않아서 정말 다행이다.

"무슨 말을 하는 거야?"

"아니에요. 아무것도 아니에요……."

올리아나는 멋대로 상상한 것이 너무 수치스러워서 조용히 고개를 흔들었다.

"저번에 말을 걸었을 때 도망갔잖아?"

'앗, 눈치챘구나. 아니지 당연하지. 응, 맞아. 미안합니다.'

올리아나의 표정을 보고 초조해하는 걸 짐작했는지 빈센트는 쓴웃음을 지었다.

"구체적으로 네가 곤란하게 여기는 부분이 뭔지 말해 주면 고칠게."

앞으로도 말을 걸겠다는 말인가. 올리아나는 빈센트가 자기와 어떤 관계이기를 원하는지 몰라서 당혹스러웠다.

'구체적으로 곤란하게 여기는 부분을 말하면 고치겠다고?'

천하의 빈센트 탄자인이?

빈센트는 완벽한 인물이다.

빈센트에 관해 많이 아는 건 아니지만 들려오는 소문에 따르면 빈센트에게는 부족한 부분도 개선해야 할 부분도 없는 것처럼 느껴졌다.

'그런데…… 왜 굳이 날 위해 자기를 바꾸겠다……는 거야?'

올리아나의 머릿속에 의문이 마구 떠올랐다.

"왜????"

단순하고 명쾌한 감정이었다.

왜??

그 한마디면 충분했다.

빈센트에게 이런 말을 들을 정도로 친해졌다고는 할 수 없다.

"내가 말을 거는 게 싫어?"

"네? 아니, 싫은 건……."

싫은 게 아니라면 어떻다는 말인가. 올리아나는 자기에게 되물었다.

"그럼 말 걸어도 돼?"

"으, 으음. 으으으음……."

거의 초면인데 이렇게 핵심을 건드리려고 하는 사람인 줄은 몰랐다. 올리아나는 곤혹스러워서 신음했다.

'왜 이렇게 완고하게 들이밀고 오는 거지……? 나한테 관심이 있나? 아니, 설마.'

올리아나는 입을 꾹 다문 채 눈을 감고 미간을 찌푸렸다.

'뭔가 꿍꿍이가 있나? 나랑…… 에르샤 가문이랑 친목을 쌓아서 빈센트가 얻는 게 뭐지?'

지금까지 올리아나는 이렇게 진지하게 빈센트 탄자인에 관해 생각한 적이 없었다.

'아빠의 돈을 목적으로 접근하려고 하는 사람은 대충 알고 그런 사람이랑도 잘 지내려고 하지만, 아마 빈센트가 그렇지는 않을 거야. 애초에 공작가가 재정적으로 곤란하다는 얘기는 들어본 적 없고…… 아니, 내 귀에 들어올 정도로 소문이 퍼졌다면 그건 거의 끝장난 거나 다름없나…….'

솔직히 말하면 올리아나는 사교계에도 빈센트라는 사람에게도 관심이 없었다.

빈센트는 멋있고 머리 좋고 신분도 좋지만 왜인지 자신과 너무 먼 존재라 같은 세상에서 숨 쉬는 사람이라고 느껴지지 않았다.

　리스티드 일로 도움받은 것은 그쪽에서 제시한 조건으로 예의를 다했을 터였다. 가벼운 대가를 요구한 것은 그 이상 올리아나에게 간섭받고 싶지 않아서 그런 거라고 해석했다.

　그 정도로 평민인 데다가 2반 학생인 올리아나 에르샤와 아마네셀 왕국 8대 귀족 후계자로 학교에서 수석을 놓치지 않는 빈센트 탄자인은 사는 세상이 다르다.

　생각에 잠겨 있던 올리아나가 이내 빈센트를 보니, 빈센트는 지긋이 이쪽을 바라보고 있었다. 재촉하지 않고 답을 기다렸던 것이다. 자기 생각만 했던 스스로가 부끄러워졌다.

　"으으음……. 왠지 미안해요."

　이렇게까지 할 의무는 없는데 말이다.

　뼛속까지 신사다. 자기가 빈센트를 기다리게 하는 거라면 빨리 답을 줘야겠다는 생각에 마음이 급해졌다.

　하지만 빈센트를 의심하기만 하는 자기가 올바른 답을 낼 수 있을 리 없었다.

　'그래. 나 혼자 고민한들 답이 안 나와.'

　올리아나는 마음을 다잡고 빈센트를 바라봤다.

　"미안해요. 정리가 잘 안 돼서 그러는데, 나도 질문 하나 해도 될까요?"

　"물론이지. 대환영이야."

　"비, 빈센트는…… 저와 어떻게 되고 싶은 건가요? 왜 앞으로도 내게 말을 걸어야 하는 거죠?"

너무 솔직하게 물었는지 빈센트는 허를 찔린 듯한 표정을 하고 한숨을 내쉬었다.

"모처럼 알게 됐으니까 친해지면 좋겠다 싶었어."

"끈질기게 물어서 미안하지만 조금 더 답해 주세요. 왜 저랑 친해지고 싶은데요? 그에 걸맞은 무언가를 줄 수 없을 것 같아요."

단연코 불안해서 그러는 게 아니다. 더 관심을 받고 싶어서 그러는 것도 아니다. 부정을 부정하길 바라는 것도 아니다.

'이 남자의 속셈을 몰라서…… 막연히 무서워.'

올리아나는 이 '품행단정'이라는 단어를 사람으로 만든 듯한 남자인 빈센트 탄자인이 어째서인지 무서워서 어쩔 줄 몰라 했다. 옆에 있으면 조마조마해서 진정되지 않았다.

빈센트는 잠시 입을 다물고 있었다. 꽤 진지하게 생각하는지 빈센트는 천천히 나직하게 말했다.

"어떤 이익이 있는지 알고 싶은 거라면 조금만 기다려 줘. 심사숙고한 뒤에 목록으로 정리해서 줄게."

"네……?"

빈센트는 질문에 얼버무리지도, 올리아나의 말을 부정하지도 않고 솔직하게 답했다.

하지만 설마 이렇게 솔직하게 손익을 따지겠다고 말하는 사람이 있을 줄이야. 인간관계에서 서로에게 어떤 이익이 있는지는 감추고 싶은 게 당연하다. 그걸 목록으로 정리해서 상대방에게 솔직하게 공개하겠다는 발상에 무척 놀랐다.

"나에게도 너에게도 이득이 있다고 증명하면 친구가 되어주겠어?"

빈센트의 말을 머릿속에서 되풀이하고 겨우 그 뜻을 이해한 올리아나는 눈을 깜빡였다.

"친구가 갖고 싶은…… 거예요?"

"뭐, 맞아. 너와 친해지고 싶었어. 너는 친구가 많지? 나는 친구를 사귀는 데 능숙하지 않아. 당당하게 친구라고 부르는 건 미겔 정도뿐이야. 만약 네가 친구가 되어준다면 기쁠……."

"아, 뭐야……."

너무 안도한 나머지 올리아나는 온몸의 힘이 빠졌다. 빈센트가 휘청거리는 올리아나에게 손을 뻗어 다급히 허리를 받쳤다.

"미안해요. 놀라서. 그런 거군요. 진짜 내가 하는 짓이……. 고마워요."

잡아줘서 고맙다고 인사한 뒤 몸을 뗐다. 올리아나의 마음은 더할 나위 없을 정도로 맑고 선명했다.

'그렇구나. 그러고 보니 빈센트 탄자인의 친구라고 하면…… 페르베일라 정도밖에 안 떠오르네. 아, 뭐야. 그런 거였어? 완벽해 보이는데 친구가 갖고 싶었다니…….'

스스로가 부끄러웠다. 귀족이니까 수재니까 인기인이니까 자기와 친해지고 싶다는 데에는 다른 꿍꿍이가 있을 거라고 여겼다.

'그렇구나. 이 사람도 나랑 똑같은…… 그저 열다섯 살 남자애구나. 아, 아니지, 열여섯 살인가?'

팽팽했던 경계가 사라진 올리아나는 편안해진 표정으로 빈센트에게 물었다.

"생일이 언제예요?"

"어? 봄의 끝 달인데."

"그럼 열다섯 살이네요."

"친구가 되려면 생일을 알아야 해?"

"아뇨. 그냥 나와 똑같은 열다섯 살 남자애구나 싶어서요."

웃으며 말하는 올리아나를 보자 빈센트가 한순간 무표정이 되었다. 하지만 올리아나는 알아채지 못하고 깊이 고개를 숙였다.

"미안해요. 이상한 생각을 너무 많이 했어요. 나라도 괜찮다면…… 모쪼록 우리 친구 해요."

"너와……."

빈센트는 일단 말을 멈추고 진지한 표정으로 마치 맹세하듯이 얘기를 이어나갔다.

"너 같은 친구를 갖게 돼서 나는 자랑스러워. 네게 부끄럽지 않은 사람이 되어야겠다고 또 한 번 깊게 생각했어. 고마워."

올리아나는 빈센트가 내민 손을 반은 얼떨떨한 상태로 잡았다. 그리고 얼굴이 굳은 빈센트를 달래려고 해사하게 웃었다.

"앞으로 친구가 될 건데 조금 호들갑스럽지 않아요? 잘 부탁한다고 하면 충분할 거 같은데."

"그런가. 미안해. 잘 부탁해."

"나도 잘 부탁해요. 빈센트."

맞잡은 손이 잠깐 흠칫 떨렸고 빈센트는 강하게 올리아나의 손을 잡았다. 올리아나도 우정에 보답하기 위해 한 번 더 꽉 손을 잡았다.

12장 흔한 우정

라겐 마법학교는 몇 년 동안 이런 적이 없을 정도로 동요에 휩싸였다.

평소에는 한산한 자습실에 학생이 차고 넘칠 만큼 모여 있었다. 그리고 1학년부터 5학년까지 학년과 상관없이 다들 어느 한 곳으로 경악에 찬 시선을 보내고 있었다.

'가시방석이라는 게 바로 이런 거구나.'

믿을 수 없을 정도로 수많은 시선을 받으며 올리아나는 만년필을 잉크병에 담갔다.

흘끗 시선을 드니 아직도 여전히 익숙하지 않은 인물이 옆자리에 앉아 있었다. 빛나는 금발 머리 아래로 긴 속눈썹이 그림자를 드리운 보라색 눈동자는 진지하게 리포트 종이를 들여다보고 있었다.

자습실 전체에서 쏟아지는 시선은 전혀 신경 안 쓰는 것 같은데, 올리아나가 바라보니 바로 손을 멈추고 올리아나에게 시선을 향했다.

"왜 그래? 모르는 부분이라도 있어?"

"아아, 네에, 아, 아니요."

'지금 이 상황이 아예 이해가 안 간다고 말하는 건 아무래도 좀 그렇지.'

올리아나의 심경을 헤아린 빈센트는 사람들이 있는 데서 말을 거는 건 최대한 자제하려 했지만 그래서는 떳떳이 「친구」라고 말할 수 없다. 그래서 올리아나는 이 친구로서의 거리감을 전면적으로 받아들이기로 했다.

즉, 자기가 빈센트 탄자인의 친구라고 전교생에게 알릴 각오를 한 것이다.

'설마 그렇다고…… 이렇게까지 여파가 클 줄은 몰랐어.'

올리아나의 이름은 단번에 학교 전체로 퍼졌다. 지금은 1학년도 올리아나의 이름을 알 터였다.

올리아나는 지금 난공불락의 남자, 빈센트 탄자인의 첫 여자 사람 친구라는 표현보다도 화려하게 이름을 날리고 있었다.

모두가 뭘 어떻게 해서 그 빈센트의 친구가 된 건지 알려고 올리아나의 일거수일투족을 놓치지 않으려 했다. 경험하지 못한 압박감에 올리아나의 펜촉이 사시나무처럼 떨렸고 잉크가 리포트에 툭 떨어졌다.

"그렇게 겁먹지 않아도 돼. 잡아먹거나 하지 않을 테니까."

올리아나의 대각선 방향 앞쪽, 빈센트의 정면 앞자리에 앉은 미겔 페르베일라가 입꼬리를 끌어올렸다.

미겔과 얘기하는 건 이것이 두 번째였다. 첫 번째는 저녁 식사 후에 휴게실에서 처음 소개받았을 때였다. 그리고 두 번째가 오늘이다. 올리아나는 빈센트의 친구로서 미겔과도 함께 공부하는 자리가 되었다.

지금까지 공부와는 최대한 담을 쌓고 지낸 올리아나는, 빈센트와의 친구 활동을 위해 쉽게 떨어지지 않는 몸을 움직여 이곳에 왔다.

"순순히 잡아먹힐 생각은 없는데……. 예상을 뛰어넘는 반응이라……."

태어났을 때부터 귀족으로서 자란 빈센트나 미겔과는 달리, 올리아나는 주목받는 상황이 낯설었다.

"금방 익숙해질 거야. 올리아나도 빈센트를 위해서 익숙해져야지. 친구니까."

미겔은 처음 인사할 때 에르샤라고 부르다가 언제부터인가 올리아나라고 불러서, 올리아나도 미겔이라고 부른다.

올리아나는 눈만 돌려서 빈센트를 슬쩍 봤다. 빈센트는 진지한 표정으로 올리아나를 바라보고 있었다.

"그렇죠……. 빈센트를 위해서. 우린 친구니까요."

"맞아, 좋아. 그런 마음가짐이야."

대답하며 힘차게 고개를 끄덕이자 또 리포트에 잉크가 떨어졌다. 올리아나는 선생님께 혼날 것을 각오하고 여기저기에 잉크가 떨어진 리포트 용지에 겨우 글을 쓰기 시작했다.

∴   ∴   ∴   ∴

"올. 리. 아. 나!"

교실에 들어선 순간 사람이 물밀듯 몰려왔다. 올리아나는 경악해서 헉 하는 소리를 내고 밀려 넘어지고 말았다.

2반 학생은 모두 사이가 좋았다. 입학하고 3년 동안 거의 반이 안 바뀌고, 매일 얼굴을 마주치니까 당연한 일일지도 모른다. 평민과 귀족이 섞여 있지만 반 아이들 거의 모두가 서로 이름으로 부르는 학급이다.

"야! 이게 무슨 일이야!"

"왜 탄자인이……!"

"야, 올리아나! 내게 페르베일라 좀 소개해 줬으면 하는데!"

"잠깐만. 지금은 그게 문제가 아니야."

"오늘도 자습실에 같이 있었다고 들었는데, 사실을 털어놓을 때까지 면 요리는 금지야."

"뭐~?"

일방적으로 내려온 면 요리 금지령을 듣고 올리아나가 소리쳤다.

올리아나를 둘러싼 인물은 반에서도 올리아나와 특히 사이가 좋은 다섯 명의 친구였다.

떠들썩한 여자아이가 세 명. 남작 가문의 딸로 언니 같은 하이데마리 랜드하임. 기사의 딸로 연애에 목을 맨 콘스탄체 베르츠. 과학자의 딸로 조그만 말괄량이인 에다 길레셴.

그리고 무역상의 아들로 성격이 삐딱한 카이 펠러. 모태 솔로로 소문난 지방 영주의 아들 루시안 코르테스.

"그것 봐. 어차피 시끄러워질 거라고 했지."

복도에서 함께 걸어온 야나가 웃었다. 야나와 아즈라크와는 조금 전에 복도에서 마주쳤다.

빈센트에 관해 묻고 싶어 하는 애들에게 붙잡히지 않게 세심한 주의를 기울이고 겨우 교실에 왔는데, 밖에 있었던 야나나 반 애들까지 벌써 소문을 들었으리라고는 예상하지 못했다. 기본적으로 2반은 쉬는 시간에는 노느라 바빠서 아직 모를 것이라고 기대했다.

"말도 안 돼……."

"올리아나, 포기해."

"뭐야. 야나는 뭔가 알고 있어?!"

에다가 올리아나에게 달려들었다. 그리고 올리아나를 끌어 안은 에다 위로 또 하이데마리가 매달렸다.

"왜 갑자기 탄자인이랑 올리아나가 서로 빨아주는 사이가 된 거냐고! 다 불어."

"말 참 더럽게 하네."

남작 가문의 따님씩이나 되는 하이데마리의 걸걸한 말투에 카이가 질겁했다.

"호, 혹시 청혼받았다든가, 뭐 그런 거야……?!"

"콘스탄체는 이렇게 바로 비약하고 그런다니까……. 아…… 어?! 혹시 진짜야?!"

"하핫! 이렇게 색기라고는 전혀 없는 여자가 그럴 리가……. 엥, 진짜야? 설마 벌써 한 건……."

얘기가 점점 커지고 있었다. 에다와 하이데마리에게 끌어안긴 올리아나는 어찌어찌 손을 움직여 루시안의 머리를 때리고 사납게 째려봤다.

"친구가 된 것뿐이야."

"저기요……? 그것뿐일 리가! 그런 말을 우리가 납득할 것 같아?!"

"올리아나 이놈, 진짜 다 털어놔!"

"으악…….'

올리아나에게 매달린 에다가 올리아나의 목덜미를 양손으로 잡고 흔들었다. 올리아나의 밀크티색 머리칼이 흔들렸다.

"근데 진짜로 그런 것뿐인데……! 빈센트가…….'

"비인세엔트으?!"

"천하의 빈센트 탄자인을 지금 빈센트라고 불렀어?!"

"으아악……!"

덜걱거리며 몸이 흔들리는 와중에 곁눈질로 보니, 조금 전까지 옆에 있던 야나는 쿨한 얼굴로 아즈라크와 함께 자리에 앉아있었다.

아마 조금 전 질문의 방향이 자기에게 향해서 도망친 것이리라. 야나는 귀찮은 일은 피하는 타입이다. 이런 면은 정말 빈틈이 없다.

올리아나는 자기가 이제 무슨 말을 해도 불난 데 기름을 붓는 격밖에 안 된다고 체념했다. 눈을 감고 미간에 주름을 잡고 입을 꾹 다문 채로 친구들의 흥분이 가라앉기만을 기다리는 것 말고는 딱히 방법이 없는 상황이었다.

'빈센트가 친구를 갖고 싶어 했다고 말하면…… 자존심에 상처를 줄 것 같아.'

그건 아마 올리아나가 리스티드라는 약점을 보였기에, 빈센트가 보인 약점이었을 것이다. 반 친구와 아무리 사이좋아도, 새로 생긴 친구의 개인적인 고민을 털어놓지는 않을 것이다.

"그 정도로 해 둬. 수업이 시작할 거야."

"카, 카이!"

카이가 올리아나를 계속 흔들어대는 에다를 말렸다. 올리아나에게는 이 도움이 하늘에서 내린 광명처럼 느껴졌다.

"뭐야? 그럼 카이 님께서는 전혀 신경 안 쓰인다는 말입니까? 이성적인 남자이신가 보네요. 난 신경 쓰인다고. 올리아나 친구니까!"

흥! 하고 뻐기는 듯한 표정으로 에다가 몸을 들이밀었다. 카이는 중성적인 외모에 키가 그다지 크지 않아서 그런지 에다는 완전히 카이를 얕보고 있었다.

카이는 어이가 없다는 표정을 지었지만, 에다의 손이 올리아나 목에서 떨어진 걸 확인하고는 "진짜 바보 같아서."라고 말하며 제자리로 돌아갔다.

카이가 야나와 아즈라크 근처에 앉은 걸 확인하고 올리아나는 모두가 들을 정도로 큰 목소리로 말했다.

"난…… 정말로 그냥 빈센트랑 친구가 된 것뿐이야. 에다나 다른 애들과 그렇듯 사이좋은 친구가 됐으면 좋겠다 싶어."

일반적인 「친구」라면 자기가 노력하는 만큼 관계가 이어지겠지만, 빈센트와의 교우 관계만큼은 올리아나의 노력에 달려 있다고 느껴졌다.

빈센트는 친구를 원하고, 올리아나는 도움을 받은 답례로 친구가 되어 주고 싶었다. 그렇다고는 해도 「친구」가 된 이상 이쪽도 진심으로 친해지겠다고 마음먹었다.

"그래서 자습실에서 30분 정도 같이 공부한 것뿐이니까 그렇게 막 너무 재밌어하고 그러지 마. 앞으로 자주 그럴 테니까."

모두가 원한 대답은 아닐지도 모르지만, 조용해졌다는 것은 다들 어느 정도 올리아나의 말을 받아들였다는 것이리라. 그렇게 생각하며 친구들을 바라보니 다들 당장에라도 바닥에 쓰러질 것처럼 몸을 떨고 있었다.

"뭐, 뭐야. 그게?"

"정말 너무해……."

"올리아나만, 왜 올리아나만! 치사하다고……! 나도 친구 하고 싶어!!"

"나도 빈센트 탄자인이랑 결혼하고 싶은데!!"

"아니, 그러니까 친구라고 했잖아."

타이밍 좋게 수업종이 울렸다. 일단 큰 소동은 수습됐다고 판단하고 올리아나는 야나 옆자리에 앉아 교과서를 펼쳤다.

∴　∴　∴　∴

올리아나는 복도를 걷고 있었다. 양옆과 뒤에 친구들을 주렁주렁 매단 채로.

"진짜 그만 좀 해……. 죽을 만큼 창피해……."

얼굴을 새빨갛게 붉힌 올리아나가 부들부들 떨었다. 오른팔에는 에다, 왼팔에는 하이데마리, 목에는 콘스탄체가 매달려있었다. 덧붙여 아즈라크를 흉내 내는 건지 루시안은 호위처럼 꼿꼿이 서서 주위를 노려보며 살피고 있었다.

주변에 있는 아이들은 올리아나에게 말을 걸고 싶었지만 그럴 수 없었다. 카이와 야나, 아즈라크는 뒤에서 모르는 사람인 양 이 무리를 따라갔다.

"정말 그만해……. 죽겠다. 진짜 죽겠어……."

스쳐 지나가는 아이들이 무슨 일인가 싶어 힐끔거리며 올리아나를 쳐다봤다. 올리아나를 지켜주려는 걸지도 모르지만 지금은 수치심 때문에 몸이 터져 버릴 것만 같았다.

"죽으면 안 돼. 올리아나. 최소한 죽기 전에 글 하나는 써야지. 네. 저 올리아나 에르샤는 친구 대표로서 콘스탄체 베르츠를 빈센트 탄자인의 연인 후보로 추천합니다……."

"허! 콘스탄체만 그러는 건 치사하지! 그럼 나도 써 줘! 난 페르베일라 앞으로!"

"안 써요. 올리아나 에르샤는 콘스탄체에게도 에다에게도 누구에게도 안 써줄 거야!"

이렇게나 주목받는 상황에서 큰 소리로 떠들다니. 올리아나는 얼굴을 감추고 싶었다. 하지만 양팔에 매달린 에다와 하이데마리 때문에 손가락 하나 까딱할 수 없었다.

이 상태가 너무 수치스러워서 눈물이 흐르기 시작했고 올리
아나는 어찌어찌 겨우 얼굴을 들었다.

설마 빈센트가 2층 복도 창문으로 이쪽을 내려다보리라고
는 생각지도 못한 채.

"앗……. 하아……."

지금 벌어진 사태를 다 본 것이다. 끝없는 수치심이 올리아
나를 덮쳤다. 올리아나가 절망하며 한발 물러선 걸 알아챈 에
다가 야생적인 감각을 발휘해 민첩하게 고개를 들어 올려다
보자 얼굴에 화색이 돌았다.

"앗! 탄자인!"

"어, 어디, 어디!"

"하지 마. 난 서커스의 광대가 아니란 말이야. 예의 없는 행
동이라고. 정말 그만해."

에다와 하이데마리에게 한 소리 하고 올리아나가 다시 위를
올려다봤지만 빈센트는 더 이상 그곳에 없었다.

"그것 봐……! 완전히 질려 하잖아."

"왜. 우린 올리아나를 지키는 진짜 좋은 친구들인데!"

"쳇. 창문 정도는 열어 주면 좋았을 텐데. 너 완전 무시당하
고 있잖아. 너도 정말, 뭐가 친구냐."

올리아나가 눈을 가늘게 뜨고 루시안을 쩌려봤다. 누구 때
문에 정색한 줄 아냐고 한 대 쳐 주고 싶었다.

"올리아나를 인질로 바치고 대신에 여자애 한 명 소개해 달
라고 하려 했는데. 뭐 별 볼 일 없는 인기남이네."

"모태 솔로는 좀 닥쳐라. 모태 솔로는 곧잘 남자의 인기 요인이 얼굴밖에 없다고 비약한다니까."

"모태 솔로는 진짜 못 봐 주겠어."

"자, 자. 다들 어쩔 수 없잖아. 탄자인의 주위에 있는 여자애랑은 일단 얼굴만 트면 어떻게 해 볼 수 있을 거라고 생각하는 모태 솔로니까 말이지."

"너네 진짜!"

하이데마리와 에다, 콘스탄체가 무자비하게 루시안의 뼈를 때리는 말을 쏟아냈다.

"아~. 루시안이 바보처럼 떠드니까 어디론가 가 버렸잖아."

"여자애가 조금 봐 준 것만으로도 자기한테 호감 있다고 생각하는 모태솔로 때문에 말이지."

"여자애가 공을 주워주는 것만으로도 사귈 수 있을 거라고 여기는 모태 솔로라서 그래."

"여자애한테 마법 종이를 빌리다가 손가락이 조금 닿은 거 가지고 밤이 되면 불끈……."

"아아악! 이제 그만……!"

떠들썩한 2인조에가 루시안에게 중상을 입혔다.

'사람을 미끼로 쓰려고 하니까 그렇지.'

올리아나가 축 처진 루시안을 보는데, 에다가 오른팔을 잡아당겼다.

"올리아나! 올리아나! 왔어!"

"어?"

에다가 바라보는 쪽으로 얼굴을 돌리니 빈센트가 이쪽을 향해 걸어오고 있었다. 조금 전에 창가에서 사라졌던 건 1층으로 내려오느라 그런 거였나 보다.

"안녕, 올리아나. 정말 활기가 넘치는구나."

빈센트가 눈을 가늘게 휘어 눈웃음을 지었다. 미소를 받은 올리아나, 올리아나에게 매달려 있던 주렁주렁 파티와 루시안은 깍듯한 자세를 한 채 몸이 굳었다.

주렁주렁 파티는 맥없이 올리아나에게서 떨어져 얌전히 올리아나의 등 뒤에 숨었다. 조금 전까지만 해도 그렇게 기세등등했던 루시안마저 줄 맨 끝으로 합류했다.

'뭐야. 그렇게 떠들어 댔으면서 정작 장본인이 나타나니까 그 앞에서는 숨는 거야?'

등 뒤에 네 사람을 거느리니, 마치 한 마리 애벌레 같은 행렬이 되었다. 그 그룹의 리더가 된 올리아나는 힐끗 뒤를 돌아봤다. 하지만 뒤에 있는 네 사람은 어서 앞을 보고 빈센트 탄자인을 챙기라는 듯이 손을 흔들며 올리아나의 시선을 쫓아냈다. 참 제멋대로인 친구들이다.

"안녕, 빈센트. 너무 소란스러워서 미안해요."

"즐거워 보여서 다행이야."

빈센트가 미소를 지으며 가까이 다가오니 조금 전까지 난리를 치던 게 거짓인 것처럼 파티원이 황급히 도망쳤다. 그리고는 복도 기둥 뒤에 숨어서 이쪽을 숨죽이고 바라봤다.

"내가 뭔가 했어……?"

"아니…… . 하하……하하하…… ."

올리아나는 미안해서 그저 민망하게 웃을 수밖에 없었다.

'빈센트가 친구를 갖고 싶어하는 건 이런 일이 쌓여서 그런 거겠지…… .'

빈센트가 미소 지으며 다가오는 것만으로도 사람들은 긴장해서 도망간다. 고독한 빈센트가 안타깝다는 생각이 드는 반면, 도망치는 사람의 기분도 이해됐다.

'빈센트가 친구를 갖고 싶어 하는 걸 알기 전에는 나도 저렇게 도망치는 입장이었으니까.'

뭐니 뭐니 해도 빈센트가 이름을 부르고 인사한 것만으로도 도망친 게 자기니까 말이다.

'그 정도로 멀리 있는 존재였어. 알고 보면 그냥 동급생일 뿐인데.'

이제는 그 고고한 빈센트 탄자인이 유난히 쓸쓸한 달처럼 보이니, 참 신기한 일이다.

"사람에게 모습을 보이면 사라져버리는 요정이라고 생각하면…… ."

"아, 요정…… . 그렇게 생각하니까 아주 귀엽네."

빈센트가 기둥으로 시선을 돌렸다.

"아, 모습을 보여주지는 않는 거지?"

기둥 뒤에 숨어있던 네 요정이 픽 쓰러졌다. 매력의 집중포화에 당해버린 것이다.

그런 반면에 올리아나는 네 사람을 쏘아봤다가 다시 빈센트를 바라보고 민망한 듯 웃었다.

"친구예요."

"그래, 알아. 항상 즐거워 보였거든."

'어? 안다고? 혹시 이 무리에 끼워 달라는 건가? 뭐야! 귀엽잖아. 심장이 두근거린다고.'

올리아나는 한순간 놀랐다. 그 빈센트 탄자인을 보고 귀여워서 가슴이 뛰는 날이 오리라고는 생각지도 못했기 때문이다.

"다들 심성이 착해요. 괜찮으면 소개할까요?"

"고마워. 사실 그러려고 미겔도 놔두고 급하게 온 거야."

'뭐야, 정말 그랬구나……. 너무 귀여운 거 아니야……?'

올리아나는 심장이 두근거렸지만 절대로 얼굴에 드러나지 않게 웃는 얼굴을 유지하며 빈센트에게 친구들을 소개했다. 뒤늦게 쫓아온 미겔에게도 똑같이 친구들을 소개했다.

에다, 하이데마리, 콘스탄체는 평소와 정반대로 얌전을 떨면서 안절부절못한 채 인사했다.

콘스탄체는 이름을 말하다가 목소리가 갈라질 정도였다.

빈센트를 '별 볼 일 없는 미남'이라고 칭한 루시안은 무슨 철면피를 깐 것처럼 얌전한 척하며 기특하게도 점잔을 떨었다. 얄미운 모습을 보고 좀 전의 언동을 폭로하고 싶어졌다.

빈센트와 미겔을 앞에 두고도 야나와 아즈라크가 유연하게 인사를 끝낸 건 예상한 바였지만, 카이마저 당당한 태도를 유지한 건 놀라웠다.

"너도 상인 가문의 사람이니?"

"네. 탄자인과 페르베일라와 알게 되어 무척 기쁩니다. 앞으로도 잘 부탁합니다."

항상 삐딱한 태도에 만사를 귀찮아하는 카이가 빈센트에게 친근하게 구는 걸 보고 다들 휘파람을 불었다. 그런 친구들을 뒤돌아보고 그저 웃으며 무언의 압박을 주는 카이에게서 다들 시선을 피했다.

무척 앞뒤가 달랐지만 카이의 심정은 뼈저리게 이해할 수 있었다. 장사꾼 집안에 태어났다면 최대한 귀족과 인연을 만들고 싶은 것이 당연하다. 특히 카이는 장래에 가문을 이을 몸이다. 그러니까 미래를 위해서도 이 인연을 귀중하게 여기고 싶었을 것이다.

그대로 안뜰에서 조금 이야기를 나누고 각자 수업을 들으러 헤어졌다. 빈센트와 미겔의 뒷모습이 사라진 걸 확인하자, 다들 비명을 지르며 호들갑을 떨었다.

"봤어? 탄자인이랑 페르베일라…… 미쳤지!"

"두 사람 주변만 뭔가 반짝거리지 않았어?!"

"뭔가 좋은 향기가 났어……."

"악수해 줬어……. 오늘은 손 안 닦을 거야……!"

조금 전까지만 해도 쭈뼛거리던 시끄러운 여자애들과 루시안이 평소 모습을 되찾았다.

야나와 함께 그 모습을 지켜보던 올리아나에게 카이가 다가왔다.

"나도 상인 가문이냐고 물어보던데."

"어? 뭐가?"

"우리 집이 상인 집안인 걸 알았을 때 탄자인이 한 말이야. 너 이러다 잘되는 거 아니야?"

'그건 그냥 단순히 나랑 원래 아는 사이였으니까 그런 거 아닌가?'

눈을 깜빡이며 카이를 봤다. 아무래도 카이 눈에는 그 이상으로 비친 모양이다.

"신기하네. 콘스탄체라면 몰라도 카이가 그런 말을 하다니."

"콘스탄체의 연애 세포가 옳은 거야."

코웃음 치는 카이를 놀리며 올리아나는 다음 수업이 있는 교실로 향했다.

∴   ∴   ∴   ∴

"아즈라크, 그게 뭐야?"

올리아나는 눈을 동그랗게 뜨고 아즈라크를 보았다.

아즈라크는 온몸이 흙투성이가 되어 나뭇잎이 붙은 채로 앉아 있었다. 정색한 얼굴에는 누가 할퀸 듯한 상처가 여러 군데에 있었고 커다란 양손 안에는 날뛰는 털 뭉치가 있었다.

"잠깐이라도 좋으니까 좀 봐달라고 부탁받았어. 손을 떼면 도망가서 손이 닿지 않는 곳에 틀어박히니까 어쩔 수 없이 이런 상태다."

아즈라크의 손에 잡힌 채 하악 하는 소리를 내는 건 흰 바탕에 갈색 무늬가 있는 귀여운 새끼 고양이였다. 새끼 고양이는 자그마한 손톱으로 아즈라크의 손을 할퀴면서 어떻게든 빠져나가려고 발버둥 쳤다. 아즈라크의 손은 상처투성이였다.

야나를 호위하기 위해 학교 부지 안을 여기저기 돌아다니는 아즈라크는 관리인에게 신세 질 때가 많다. 이렇다 할 친구를 만들지 못한 아즈라크가 가장 허물없이 대화를 나눌 수 있는 상대는 이렇게 언제든 만날 수 있는 관리인이 아닐까 하고 올리아나는 추측했다.

야나와 아즈라크는 기본적으로 행동을 함께하지만 24시간 내내 같이 있는 것은 아니다.

남자와 여자는 듣는 과목이 나뉠 때가 있는 데다가 아즈라크도 일단은 학생으로 입학했기 때문에 학생으로서 해야 할 책무도 있다. 그중 하나를 수행하려고 아주 잠시만 떨어져 있었을 뿐인데, 뭔가 일이 재밌게 되었다.

새끼 고양이에게 할퀴어 어쩔 줄을 몰라 하는 이 덩치 큰 남자를 올리아나는 눈을 빛내며 바라봤다. 뭐든지 능숙하게 해내는 아즈라크에게도 작고 귀여운 생물을 다루기란 어려운 모양이다.

재미있어하며 아즈라크를 지켜보는 올리아나 옆에서 굳은 채 서 있던 야나가 움직였다. 그리고는 쭈그리고 앉아 새끼 고양이와 시선을 맞추고 울음소리를 흉내 냈다.

"야옹~."

전혀 안 비슷했지만 심장이 터질 만큼 귀여웠다.

"냐~앙?"

항상 고혹적인 새까만 눈동자가 호기심과 애정으로 빛났다. 살짝 상기된 뺨이 야나의 들뜬 마음을 드러냈다.

넋을 잃고 야나를 바라보던 올리아나는 아즈라크에게로 시선을 돌렸다. 아즈라크는 가늘고 긴 눈매를 눈을 가늘게 뜨고 있었다.

야나는 원래 장난스럽긴 했지만 기본적으로 왕녀답지 않은 행동은 하지 않는다. 무릎을 꿇고 자그마한 동물에게 시선을 맞추는 모습은 어떻게 보아도 왕녀답지 않았다.

"냐앙냐앙~."

야나가 살며시 새끼 고양이에게 손가락을 가져다 댔다. 정신을 차린 아즈라크가 황급히 새끼 고양이를 잡은 손을 움직였다.

"야나 님. 그 이상은 안 됩니다."

"아주 살짝만 보는 거야. 아주 살짝만 그 보드라운 발을 만져보기만 할게."

"아주 사나운 건 알고 계시죠? 저는 허락할 수 없습니다."

상처투성이인 아즈라크의 얼굴과 손을 보면 새끼 고양이가 얼마나 흉포한지 한눈에 알 수 있었다.

"허락할 수 없다니, 아즈라크, 너 건방져."

"뭐라 말씀하셔도 안 됩니다."

"내 애정을 새끼 고양이한테 뺏길까 봐 질투하는 거지?"

"그런 말장난에 미음이 흐트러질 호위라고 얕잡아 보지 마시기 바랍니다."

평소답지 않게 고집스러운 아즈라크와 희한하게 시비조인 야나를 올리아나는 그저 조마조마한 마음으로 지켜봤다.

이렇게 야나가 원하는데 잠깐이라도 만지게 해 주면 안 되냐는 생각도 들었으나, 아즈라크의 상처투성이 손을 보고 말문이 막혔다.

"넌 옛날부터 그래. 늘 내가 뭔가를 원하면 이것도 안 돼, 저것도 안 돼 하면서……."

"야나 님을 위해서입니다."

"네 살 때도 그랬지. 신라 오라버니가 키우기 시작한 신티의 꼬리를 살짝 만지려고 했더니……."

"잊으신 듯하지만 그때 신티는 이미 야나 님보다 컸습니다. 호랑이니까요."

"지금 이 새끼 고양이는 조그맣잖아."

"하지만 신티보다 훨씬 사납습니다."

"그럼 다음에 신티를 못 만지게 하면 용서하지 않을 거야."

"그것과 이것은 또 얘기가 다릅니다."

"너, 진짜!"

올리아나가 전전긍긍하는 동안에도 야나와 아즈라크는 언쟁을 이어갔지만, 아즈라크는 결코 야나가 새끼 고양이를 만지게 허락하지 않았다.

우왕좌왕하는 사이에 새끼 고양이를 위한 도구 세트를 품에 안은 관리인 아저씨가 돌아왔다.

"아이고 어쩌나. 이게 무슨 일이람."

"아저씨……!"

관리인 아저씨가 마치 구세주처럼 느껴진 올리아나는 금방이라도 눈물을 흘릴 것처럼 기뻐했다. 관리인 아저씨는 아즈라크의 손을 보고 깜짝 놀랐다.

"아이고 너 동물과 잘 안 맞는구나. 미안하다. 바로 보건실로 가렴. 맡아줘서 고맙다."

관리인 아저씨는 아즈라크의 손에서 새끼 고양이를 가볍게 받아 들고 손에 들고 있던 수건으로 그 작은 몸을 돌돌 감쌌다. 순식간에 얌전해진 새끼 고양이는 관리인 아저씨의 품에 얌전히 안겼다. 관리인 아저씨는 능숙한 손길로 새끼 고양이의 입가에 우유를 적신 천을 가져다 댔다. 야나는 꿀꺽거리며 우유를 마시는 새끼 고양이를 뚫어질 듯 들여다봤다. 올리아나와 아즈라크도 그 모습을 지켜봤다.

"보건실 안 가?"

"지금 가는 건 조금……."

"저기……."

야나 뒤에서 아즈라크와 소곤거리며 대화하는데, 야나가 관리인 아저씨에게 말을 걸었다.

"제가 해 봐도 될까요?"

"그래. 좋지. 하는 법은 방금 봤지?"

"네."

올리아나가 저지하려는 아즈라크의 로브를 당겼다. 안타까운 표정으로 고개를 젓자 아즈라크는 마지못해 물러났다. 조금 전과는 다르게 훨씬 안전한 상태임을 인정한 것이리라.

조심스러운 손길로 따라 하는 야나는 수업시간에도 본 적 없는 진지한 얼굴로 아기고양이에게 우유를 줬다.

야나가 내민 천에 새끼 고양이가 달라붙었다. 야나는 숨을 죽이고 한순간도 놓치지 않겠다는 듯 눈도 깜빡이지 않고 바라봤다.

새끼 고양이가 우유를 재촉하며 울었다. 천에 적신 우유가 다 떨어진 모양이다. 야나는 조용히 천을 관리인에게 넘겼다.

"이제 됐니?"

"폐를 끼쳤네요. 정말 만족했습니다."

"그러니? 조금 더 보고 갈래?"

"네."

야나는 더 손을 대려고 하지 않았다. 하지만 열심히 매달리는 새끼 고양이를 계속해서 바라봤다.

"여기에서는 야나 님이 솔직하게 뭔가를 원한다고 말하실 수 있어."

아즈라크가 작은 목소리로 중얼거렸다. 하지만 얼굴에 금방 자조가 번졌다.

마음속으로는 분명히 무엇이든 해 주고 싶을 것이다. 무엇이든 하게 해 주고 싶을 것이다. 하지만 야나가 너무나 소중해서 과보호하고 마는 것이다.

새끼 고양이를 진지하게 바라보는 야나를 보던 아즈라크가 자조 섞인 표정을 지우고 올리아나에게로 얼굴을 돌렸다.

"미안하지만 보건실에 다녀올게."

"응."

아즈라크는 몸에 상처가 나면 반드시 보건실에 간다. 올리아나에게는 그게 상처를 치료하러 간다기보다 야나가 걱정하지 않게 하려고 가는 것처럼 보였다.

"내가 이따가 야나랑 같이 갈게."

"미안하게 됐다."

"친구니까."

아즈라크는 입꼬리를 휘어 보이며 웃었다. 무뚝뚝하고 융통성이 없어 보이는 이 남자. 그런 필살의 무기를 갖고 있어서 사실 여자애들 사이에서는 조용히 인기가 많다.

아즈라크가 보건실로 향한 뒤에도 야나는 지긋이 새끼 고양이를 봤다. 한 번 만지고 난 뒤에는 아까까지 소란을 떨었던 게 거짓말처럼 차분하게 새끼 고양이를 지켜봤다.

황금의 나라 에테 카리마.

왕의 딸은 뭐든 손에 넣으리라 생각했는데, 달콤하게 들끓는 눈동자로 새끼 고양이를 가만히 바라보는 야나가 올리아나 눈에는 너무나도 처연하게 비쳤다.

∴　∴　∴　∴

라겐 마법학교 옆에는 숲이 있다. 숲의 입구에는 마법약학 수업에서 이용하는 온실과 밭이 몇 개 있다.

"오!"

"와, 이거 우연이네."

그 밭 중 하나에 미겔과 빈센트가 있었다. 두 사람은 머리에 수건을 두르고 실습복을 입고 밭모퉁이에 서 있었다.

올리아나, 야나, 아즈라크는 하루가 다르게 자라는 새끼 고양이를 보러 종종 관리인실에 들렀다. 이제 곧 관리인 아저씨의 지인에게 입양되어 떠날 귀여운 새끼 고양이를 보는 것도 이걸로 마지막이었다. 그렇게 관리인실을 떠나는 길에 관리인 아저씨께 심부름을 부탁받은 세 사람은 온실에 있는 하인츠에게 가던 길이었다.

"안녕하세요. 뭐 하고 있었던 건가요?"

빈센트는 계속해서 뚝딱거리고 덜컹거리는 거대한 장치를 손에 쥐고 있었다. 가늘고 세로로 긴 장대로 옆에 서 있는 빈센트의 키와 맞먹는 길이였다.

제멋대로 움직이는 모습을 보아하니 마법 도구이리라. 빈센트가 든 장대가 흔들리는 장치의 하부에 연결되어 있었다. 중요한 부분은 밭의 흙더미에 묻혀서 이 마법 도구가 무엇인지 알기 어려웠다.

"오늘 특별반은 약학 수업이 있었나요?"

마법약학 수업 시설은 중앙건물에서 멀리 떨어진 곳에 있다. 수업 내용에 따라 실습복으로 갈아입어야 할 때도 있어, 학생이 이동하거나 옷을 갈아입는 데 시간이 걸리는 만큼 밖

으로 나가야 하는 날에는 마법약학 수업이 한나절 내내 이어
진다.

"그래. 오전에 있었어. 남아서 해 보고 싶었던 실험을 하던
중이야."

빈센트가 소매로 땀을 닦았다. 그러는 모습마저 그림 같다
니, 역시 색기 있는 남자는 복 받은 존재다.

"마침 잘됐다. 나 볼일이 있었거든. 올리아나, 미안하지만
나 대신에 도와줄 수 없을까?"

"어, 내가요?"

미겔이 말을 걸자 올리아나의 눈이 깜빡이며 휘둥그레졌다.

"미안. 혼자서는 아무래도 잘 안 될 것 같아. 조금만 도와주
면 정말 큰 도움이 될 거야."

"그렇다면야. 완전 괜찮아요. 제가 도와줄 수 있는 건가요?"

"맞아."

빈센트가 가볍게 고개를 끄덕이자, 올리아나는 용기를 얻어
야나와 아즈라크에게로 돌아섰다.

"야나, 아즈라크, 미안. 심부름은 너희에게 부탁해도 돼?"

"응. 끝나면 기숙사로 갈게."

"응. 부탁해. 아즈라크도 미안!"

"괜찮아."

올리아나는 야나와 아즈라크에게 인사하고 밭으로 들어갔
다. 로브가 분명 더러워질 것 같아서 벗어서 울타리에 걸쳤다.

"그럼 부탁할게."

미겔이 올리아나의 머리를 톡 치고 학교 건물 쪽으로 갔다.
올리아나는 소매를 걷어 올렸다.

"그럼 어떻게 도우면 될까요?"

"이걸 가지고 있어 줄래?"

빈센트가 쥐고 있던 장치를 올리아나에게 내밀었다. 장대를
손에 쥔 순간 올리아나의 몸이 떨리기 시작했다. 제어가 안 되
는 마법 도구가 밭을 이리저리 휘젓고 다니며 흙을 뿌렸다.

"으아악……!"

"아, 미안."

아쉽게도 진동을 제어할만한 힘이 없는 올리아나의 손에서
빈센트가 마법 도구를 빼앗았다. 올리아나의 손에서는 한시
도 가만히 있지 않던 마법 도구가, 빈센트가 잡으니 지면에 딱
붙었다.

"그럼 올리아나가 그려줄래?"

빈센트가 손에 들고 있던 마법 종이 뭉치와 잉크를 넣은 펜
을 올리아나에게 건넸다.

"어? 그, 그리라니, 진을?"

싫다. 진짜 싫다.

수업에서 진을 그리는 방법은 이렇다. 일단 제도부터 시작
한다. 흑연과 점토를 반죽해 만든 지워지는 필기구로 대략적
인 형태를 잡고 이후에 세밀한 부분을 그려 넣는 것이다.

러프 없이 처음부터 한 번에 진을 그리는 사람은 일류 마법사
뿐이다. 마법학교 3학년인 올리아나에게는 도저히 불가능한

일이다.

빈센트가 펜만 건넸다는 건, 한 번에 그릴 수 있기 때문이리라. 조금 전 상황으로 미루어보아 미겔도 가능할지 모른다. 아직 3학년밖에 안 됐는데 애송이면서도 뼛속까지 마법사인 사람들이다.

"침착해. 천천히 그려도 상관없어. 일단 {走(주)}부터……."

도와주겠다고 말한 건 올리아나였다. 반은 절망하면서 쪼그려 앉은 무릎 위에 마법 종이를 펼치고 빈센트가 말하는 대로 펜으로 마법진을 그리기 시작했다.

비교적 초보적인 마법진이라도 누군가가 손을 뚫어지게 본다는 긴장감 넘치는 상황 속에서 중심 잡기도 어려운 무릎 위에 얹은 종이에 한 번에 그려내야 한다니. 더군다나 옆에 진동하는 장치가 있는 상태에서 잘 그릴 수 있을 리가 없다.

"으아아……. 미안해요, 빈센트……!"

"괜찮아. 아직 종이 있지?"

하지만 그다음 시도에서도 올리아나는 실패했다. 장치의 진동이 아니라 다른 떨림이 올리아나의 몸을 내달렸다.

"이제 좀 봐주세요……. 미안해요. 못하겠어요. 제가 그리면 낭비만 하게 돼요."

"너무 순진하잖아……. 그렇게 스트레스받지 않아도 돼. 괜찮아. 마법 종이 같은 건 다 쓰면 또 사면 돼. 걱정하지 마. 네가 열심히 하고 있는데 내가 화를 낼 리가 없잖아."

진동하는 마법 도구만큼이나 떨기 시작한 올리아나에게 빈센트는 한 치의 혐오도 드러내지 않으며 말했다.

오히려 걱정하는 마음이 뚝뚝 묻어나는 모습에 민망하고 미안했던 올리아나의 마음이 한결 가벼워졌다.

"서툴러도 괜찮아……?"

"괜찮아. 단 몇 초 만이라도 발동하면 그걸로 충분해."

"네."

빈센트가 목표치를 낮춰 준 덕에 올리아나는 겨우 진을 하나 그려냈다. 빈센트가 마법 도구에 마법 종이를 붙이고 아직 미완성인 지팡이를 휘둘러 마법진을 발동시켰다.

기본적으로 학생은 수업시간 외에 마법을 쓰면 안 되지만, 빈센트가 이런 곳에서 이렇게 당당히 쓰는 걸 보면 선생님께 허가를 받았으리라.

올리아나가 그린 마법진은 어찌어찌 발동되긴 했지만, 역시 그 수명은 덧없었다. 빈센트의 고급 마법 종이를 쓰고도 고작 몇 초 발동하고 끝이라니. 얼마나 질 떨어지는 진을 그린 건지, 수치심에 괴로워질 지경이었다.

"올리아나, 다음은 {吐(토)}야."

"네."

발동한 마법진을 천천히 관찰한 빈센트가 다음 마법진을 지정했다. 올리아나는 쭈그려 앉아 필사적으로 펜을 움직였다.

웬만한 실험이 끝났을 때 벌써 해는 지고 있었다. 계속 흔들리던 마법 도구도 마침내 힘이 다했는지 조용해진 채 가만히 우뚝 서 있었다.

복잡한 표정으로 장치를 노려보던 빈센트가 올리아나에게로 시선을 돌렸다.

"고마워. 좋은 데이터를 얻었어."

"도움이 됐다면 정말 다행이에요."

올리아나는 옷에 묻은 흙을 털어냈다. 밭에서 그렇게 고군분투했으니 흙이 묻는 것도 어쩔 수 없다.

"미안해. 더러워졌네."

"괜찮아요. 여벌 교복이 있으니까 전혀 문제없어요."

웃으며 손을 젓는 올리아나를 본 빈센트가 자기 허리춤을 두드렸다. 그러고는 멋쩍은 미소를 지었다.

"그러고 보니 실습복 차림이네. 손수건이 있을 리가 없구나."

"아하하. 신경 쓰지 마요."

그렇게 말하긴 했지만 땀 때문에 목덜미에 머리카락이 달라붙어 찝찝했다. 올리아나의 손수건은 앞서 고양이와 놀았을 때 고양이가 흘린 우유를 닦는 데 써서 그걸로 목덜미를 닦을 마음은 없었다.

'뭐, 상관없나. 여기서 기숙사까지는 금방이고. 저녁 먹기 전에 갈아입고 가지 뭐.'

목덜미에 바람이 통하라고 머리카락을 하나로 모아 올렸다. 시원한 바람이 목덜미에 닿자 몸이 쾌적해졌다. 그 모습을 지켜보던 빈센트가 자기 머리에서 수건을 풀었다. 손에 쥔 삼베 원단으로 된 수건을 코로 가져갔다.

"역시 냄새나려나."

"내가 써도 되나요?"

"그러기 싫지 않아?"

"전혀요."

말한 대로 전혀 싫지 않았다.

다른 남자애가 쓴 수건을 상상하면 절대로 받아들일 수 없지만, 왠지 빈센트의 땀이라면 신경 쓰이지 않았다. 이게 항간에 자주 도는 '다만, 미남에 한정됨'의 케이스구나 싶어 감회가 새로웠다.

"그렇다면……."

"고마워요."

수건을 받아 들어 이마와 목을 훑었다. 낯선 시더우드 향과 남자아이의 냄새가 났다.

싫지는 않았지만 왠지 갑자기 부끄러워졌다. 후다닥 땀을 훑고 다시 돌려주려던 손을 멈췄다.

"세탁해서 돌려줘도 될까요?"

"네가 그러고 싶다면 그렇게 해."

조금 전에 빈센트의 냄새를 맡고 마음이 술렁였던 만큼 이대로 자기 땀이 스며든 수건을 건넬 수는 없었다. 올리아나는 빈센트에게 허락받고 수건을 가져가기로 했다.

"이제 갈까요?"

"그래. 어두워지기 전에 가자. 이걸 창고에 넣어 놓고 와도 될까?"

'같이 가려나 보다.'

여자 기숙사와 남자 기숙사는 동서로 떨어져 있는데 같이 가 준다니, 빈센트는 정말 신사다. 루시안은 인기를 얻고 싶으면 이 사람을 본받아야 할 것이다.

'아, 아니지…… . 그렇게 흑심이 가득한 채로 데려다주면 오히려 여자가 경계하겠지…… .'

매력 있는 사람이 되는 건 참 어려운 일이다. 빈센트와 함께 마법 도구를 온실 옆에 있는 창고에 넣으면서 올리아나는 루시안의 안타까움을 한탄했다.

"어? 열쇠다."

"비밀로 해 줘."

빈센트가 입꼬리를 살짝 들어 올리며 창고 열쇠를 소매 속에 넣었다. 아마 하인츠에게 예비 열쇠를 맡아 가지고 있는 듯했다. 그만큼 신뢰받는다는 증거일 것이다.

'어, 그럼…… . 열쇠를 받을 정도로 오랫동안 이 실험을 하고 있었다는 건가?'

빈센트가 걷기 시작했다. 올리아나는 뒤에서 따라갔다.

'나는 빈센트에 관해 아무것도 모르는구나.'

왜 이런 실험을 하는지, 어째서 일개 학생이 창고 열쇠를 맡아주는 건지, 마법 종이에 한 번에 마법진을 그리기기까지 얼마나 고생했을지…… 같은 것들 말이다.

'친구인데.'

하지만 그것도 당연했다. 올리아나는 그저 빈센트가 마련한 「친구」라는 테두리 안에 들어간 것뿐이다. 명실상부한 친구가 되려면 앞으로 시간이 많이 필요하리라.

'확실한 건 내가 행동하지 않으면 앞으로도 「친구」는 그저 이름 좋은 허울이 될 뿐이란 거야.'

빈센트가 올리아나보다 반걸음 정도 앞서서 걸었다. 귀에 걸린 금빛 머리카락에 땀방울이 맺혀 있었다. 반사된 석양빛이 반짝거렸다.

아직 돌려주지 않은 수건을 가까이 가져가니 올리아나의 기척을 느꼈는지 빈센트가 멈춰 섰다.

아무 말 없이 올리아나는 손을 뻗었다. 몸을 약간 숙인 빈센트는 올리아나가 닦아줄 때까지 미동도 없이 가만히 있었다.

'이러는 게 싫지 않은지, 내 냄새가 불편하진 않은지……. 그런 것도 전혀 몰라.'

올리아나는 빈센트에게서 손을 떼고 입을 열었다.

"아까 그 실험에서 대체 뭘 했던 거예요?"

"응? 아, 밭을 가는 마법 도구를 개발하고 있어."

"와, 대단하다!"

생각지도 못한 대답을 듣고 올리아나는 눈을 동그랗게 떴다. 학생이 마법 도구를 개발한다는 소리는 들어본 적도 없었다.

마법진 동아리에서는 동아리 활동으로 연구나 개발도 하는 듯하지만 마법 도구를 개발하려면 마법진 외에도 여러 분야의 전문적인 지식이 필요하다. 마법을 배우기 시작한 애송이 마법사가 손댈 분야가 아니다.

"그저 하인츠 선생님을 도우려던 건데…… 직접 해 보니 재

있어서 말이야. 상품화시키려면 어렵겠지만 학교에서 학생이 사용할 때는 문제없을 정도로는 완성하고 싶어."

"그래서 저번에도 하인츠 선생님이랑 얘기했던 거군요. 대단해."

올리아나는 감탄사를 뱉으며 빈센트를 물끄러미 바라봤다.

"벌써 그런 목표가 있다니……. 솔직히 무척 놀랐어요. 저는 그저 매일매일 즐겁게 살고 있을 뿐이었는데……."

목표 같은 건 생각해 본 적 없었다. 누군가에게 도움이 되려고 하거나 무언가를 위해 행동하거나 그런 건 훨씬 나중의 일이라고 생각했다.

미래에는 좋아하는 사람이나 아빠가 정해 준 사람과 결혼해 어딘가에 있는 저택의 여주인이 되겠구나 하는 막연한 생각밖에 안 했던 올리아나는 감동해서 빈센트를 들여다봤다.

"그게 올리아나의 좋은 점이잖아. 난 그런 너와 친구가 되고 싶었던 거니까."

"그렇군요. 긍정적인 것도 중요하죠. 하지만 저도 조금이라도 열심히 공부해 볼까 싶어요."

올리아나는 의례적인 말을 능숙하게 늘어놓았다. 하지만 후반부에 한 말은 조금 진심이었다. 빈센트의 열정에 영향을 받았는지도 모른다.

빈센트가 무척이나 놀란 표정을 지었다. 올리아나는 다급히 손을 휙휙 저었다.

"아니, 내가 조금 노력한들 아무것도 안 변한다는 건 잘 알지만……!"

"아니야."

"네?"

이번에는 올리아나가 놀랄 차례였다.

"너는 성심성의껏 노력할 수 있는 사람이라고 생각해. 결과는 네 노력을 절대로 배신하지 않을 거야."

빈센트가 생각지도 못하게 진지한 표정을 짓고 말하자, 올리아나는 가슴이 술렁였다. 조금 민망한 듯하면서 기쁜 듯도 한…… 이상한 심정이었다.

"그렇게 말해 준다면 노력해 볼게요. 방해는 안 할 테니까 다음에 또 자습실에 같이 가도 될까요?"

"그래. 당연하지."

"최소한 그리라고 말한 진을 바로 떠올리고 싶어요. 항상 1등을 놓치지 않는 빈센트와는 비교도 안 되겠지만."

오늘 빈센트를 위해 마법진을 그리다가 몇 번인가 빈센트가 말한 진이 떠오르지 않았었다. 그럴 때마다 미안하고 부끄러워서 움직이지 못한 펜촉에 잉크가 번지곤 했다.

"내가 1등을 놓치지 않는 건 그저 발악하는 것일 뿐이야."

빈센트가 정면을 바라보며 자조하듯 말했다. 늠름한 옆얼굴에서 희미하게 화제를 피하는 듯한 낌새가 느껴졌다.

'이 부분은 내가 건드리지 않는 편이 좋을지도 몰라.'

고작 얼마 전에 친구가 되어서 이런 건 조금 어렵다.

지금은 빈센트가 어떤 화제를 싫어할지 모르니 더듬거리며 그 선을 찾는 상태다. 상대방에게 상처를 주면 미안하고 불쾌하게 했다가는 이쪽도 큰 상처를 입는다.

'하지만 이 정도는 괜찮겠지?'

손에 쥐고 있었던 수건을 코끝으로 가져갔다. 빈센트의 깜짝 놀란 얼굴을 보며 올리아나는 살짝 웃었다.

'조금은 내가 이렇게 고생하는 것도 나쁘지 않은 것 같아. 이 시더우드 향이 마음에 들었거든.'

13장   너와 나와

"이제는 올리아나가 날 좋아하지 않는데도 나한테 웃어 줘."

"빈센트. 어떻게 된 거야. 그렇게 루시안 코르테스 같은 말이나 하고."

"굴욕적이다……."

루시안이 들었다면 눈물을 흘렸을 말을 중얼거리고 빈센트는 창틀에 기댔다.

미겔과 빈센트의 방 창문에서 바라보는 달은 가늘었고 옅은 구름 뒤에 숨었다가 모습을 드러내기를 반복했다.

창가에 의자를 가져가 하늘을 바라보던 빈센트는 벌써 침대에 누운 미겔에게 한탄했다.

"여자는 왜 좋아하지도 않는 남자한테 웃어주지?"

미겔이 마음을 써서 올리아나와 교대해 준 약초밭에서 돌아오던 길. 왜인지 갑자기 빈센트의 땀이 스며든 수건 냄새를 맡은 올리아나가 빈센트를 올려다보며 웃은 것이다.

그 웃는 얼굴이 그때부터 계속 머릿속에서 떠나지 않았다.

"싫은 거야?"

"싫을 리가 없잖아."

말이 떨어지기가 무섭게 부인한 빈센트는 창틀에 팔꿈치를 괴고 얼굴을 감쌌다.

"하지만 아무리 귀여워도 손도 못 잡아."

'왜냐면 올리아나는 더 이상 나를 좋아하지 않으니까.'

자기가 한 독백에 혼자 시무룩해진 빈센트는 창틀을 부여잡고 부들부들 떨었다.

"야야, 그만하자. 이야기가 이렇게 흘러가다간 네 마음에 너무 상처가 되겠다."

"그래."

질렸다는 듯한 목소리가 침대에서 들려왔다.

다시 올리아나와 얘기할 수 있어 기뻤다.

'하지만 나를 안 좋아하는 올리아나에게 익숙해지지 않아.'

자기를 발견할 때마다 달려와 매달리길 바라는 게 아니다. 물론 그렇게 해 준다면 기쁘겠지만 그렇게 많은 걸 바라지 않는다.

계속 존댓말을 쓰는 것도 정말 씁쓸하지만 그렇다고 못 견딜 정도는 아니다.

두 번째 인생에서 빈센트는 올리아나와 얘기할 때 긴장한 적이 없었다.

내 말을 들어주지 않을지도 모른다고 겁먹은 적도 없었다. 올리아나는 늘 빈센트를 받아주겠다는 신호를 보냈었다.

'어떤 화제에 흥미를 보일까.' '이런 의견에는 정색할지도 모르겠다.' 그런 생각을 한 적이 없었다.

“여자애와 어떻게 해서든 친해지고 싶을 뿐이라니.”

자기에게 이런 모습이 있었음을 깨닫게 해 주는 사람은 온 세상을 몇 번씩 뒤진다고 해도 올리아나뿐일 것이다.

“그리고 말이야. 2반은 다들 사이가 너무 좋은 거 아니야? 저러다가는 부모님들끼리 마음대로 약혼을 진행시켜도 할 말 없을 정도라고.”

“서민은 다들 그렇잖아.”

“특히 코르테스는 올리아나랑 너무 가까워. 정확히 말하면 접촉이 너무 많아. 펠러는 펠러대로 얼굴이 너무 곱고. 올리아나는 그런…… 얼굴이 아름다운 남자한테 약하다고…….”

“빈센트, 너 진짜 귀찮은 사람이 됐어…….”

올리아나에게 친구들을 소개받았을 때, 올리아나가 사는 세상에 자기 자리를 하나 받은 듯한 기분이었다. 하지만 역시 그뿐이었다. 당장 내일 빈센트가 사라진다 하더라도 올리아나는 그저 놀랄 뿐이고 슬퍼하거나 울며 힘들어하지 않을 것이다.

‘그러니까 내 말을 듣고 네가 마음이 움직여 공부를 열심히 해 보려 한다고 말했을 때 놀란 거야.’

「하지만 저도 조금이라도 열심히 공부해 볼까 싶어요.」

밭에서 돌아오는 길에 올리아나가 별생각 없이 중얼거린 말이다. 올리아나에게는 큰 의미 없이 한 말일 텐데, 아직 자기가 올리아나에게 어떠한 영향도 주지 못하는 사람이라고 여기던 빈센트는 마음이 흔들려 어쩔 줄을 몰랐다.

‘2반에서 사람들에게 둘러싸여 즐겁게 웃는 너를 볼 때마다

네가 어떤 각오를 하고 나를 지켜주려고 했는지 알게 돼.'

2반 친구들은 두 번째 인생에서 올리아나에게 없었던 존재였다. 빈센트 곁에 있기 위해, 빈센트를 지키기 위해, 올리아나가 포기한 것들. 그만큼 필사적으로 노력하지 않았다면 올리아나는 특별반을 유지하지 못했을 것이다.

그렇기에 이번에는 내가 너를, 네 주변 사람까지 모두 지키고 싶다.

네가 소중히 여긴 것을 나도 지키고 싶다.

'그렇게 생각하면서도 속 좁고 귀찮은 남자인 내가 조바심이 나. 일 초라도, 한순간이라도 그 사람들보다 나를 생각했으면 좋겠다고 시시한 질투를 하고 만다.'

"뭐 앞날은 기니까. 느긋하게 가면 어때?"

자기에게 길다고 할 만큼 시간이 많이 남았는지는 모르겠지만 빈센트는 고개를 끄덕이기로 했다.

'내가 안달 낸들 별수 없어.'

하지만 그걸 안다고 해도 아는 만큼 안달이 나는 게 사랑이었다.

∴ ∵ ∴ ∵

입학하고 얼마 지나지 않았을 때, 빈센트는 조금 더 개인적으로 얘기를 나눠보고 싶었던 상대와 접촉을 시도했다.

마법약학 교사, 하인츠였다.

수업이 끝난 뒤에 빈센트는 일부러 리포트를 한 장 놓고 갔다. 다른 아이들에게 들키지 않게 놔두고 온 그 리포트를 가지러 방과 후에 천연덕스럽게 다시 교실을 방문했다.

　"죄송합니다. 잃어버린 게 있는 것 같아서요."

　"그래."

　빈센트가 놓고 간 리포트 용지를 본 하인츠는 리포트에서 시선을 뗐다. 그리고 물고 있던 담배를 까딱거리며 흔들었다.

　"이게 탄자인 거였군. 여기 있다. 수업이랑 관련 없는 건 웬만하면 갖고 오지 마."

　"네. 죄송합니다."

　하인츠가 내민 리포트 용지를 빈센트가 받아들었다.

　"저기, 선생님……."

　"엉?"

　"질문하고 싶은 게 있는데요."

　"너 말이다……. 고백하러 오는 여자애 같은 행동 하지 마라. 수업에서 모르는 게 있으면 그냥 질문하러 오면 되잖아."

　하인츠는 빈센트가 리포트를 까먹은 게 아니고 놓고 간 것임을 깨달은 듯했다. 빈센트는 싱긋 웃었다.

　"선생님은 항상 그런 식으로 고백받으시나 보네요. 참고하겠습니다."

　"그래서 질문이 뭔데?"

　부정하지 않은 것을 내심 재밌게 여기며 빈센트는 하인츠의 눈을 똑바로 바라보며 물었다.

"용목으로 사람을 죽이는 게 가능한가요?"

"가능할 리가 없잖아."

즉답했다. 이제 입학한 지 얼마 안 된 1학년 학생이 이런 말도 안 되는 질문을 해도 거리낌 없이 대답했다는 것은 미리 답을 준비해 놓았다는 뜻이리라.

빈센트가 손에 든 리포트에는 세 번째 인생에서 빈센트가 금서를 읽고 뒤져가며 필사적으로 조사한 용목과 관련된 내용이 적혀 있었다.

——그것에 깊이 관여하다 보면 사람은 머리가 이상해져 이윽고 죽음에 이른다.

요약하면 그런 내용이었지만 리포트 속에 「용목」이라는 단어는 쓰지 않았다.

하지만 하인츠는 리포트를 읽고 한 번도 언급되지 않은 단어가 용목임을 알았다.

그건 하인츠가 세간에 알려지지 않은 용목의 숨겨진 정보를 안다는 것이다.

"그럼 인생을 다시 사는 것은요?"

하인츠는 빈센트의 진지한 얼굴을 보고 물고 있던 담배를 입에서 떨어뜨렸다.

"앗, 뜨거!"

하인츠가 떨어뜨린 담배를 황급히 구두 굽으로 밟아 끄고 "아~ 아깝구만." 하고 말하면서 얼굴을 들었다.

"너, 인생을 다시 사는 거냐?"

고작 1학년인 학생에게 말하는 것으로는 너무 어울리지 않는 낮고 날카로운 목소리였다. 어른의 진심을 온몸으로 느낀 빈센트는 잠시 머뭇거렸다. 두 번째 인생을 산다고는 해도 어른과 진지한 대화를 나눠 본 적은 손에 꼽을 정도밖에 없었다. 얕보이지 않도록 빈센트는 더욱 천천히 무거운 입을 열었다.

　"역시 일반적으로는 '다시 산다'고 말하는군요. 그 아이가 '되돌아왔다'고 말하곤 했어서 저도 그쪽으로 생각하고 말았어요."

　하인츠가 부스스한 머리를 긁적였다.

　"물론 그 당사자를 만난 건 처음이다."

　빈센트는 남몰래 주먹을 꽉 쥐었다.

　"용목에 관해 알려주셨으면 합니다. 저 혼자서 조사하는 데는 한계에 다다랐어요."

　"하, 진짜……. 이런 거 두고 가고 그러지 말라고."

　"대놓고 물어봐도 답해주실 줄은 몰랐거든요."

　빈센트의 말이 맞아서 하인츠는 포기했다는 듯이 앓는 소리를 냈다.

　"용목을 부러뜨렸냐?"

　"아니요. 용목을 부러뜨리면 죽는 건가요?"

　용목이 주는 은혜는 반드시 지면에 떨어진 것만 취해야 한다.

　"아니, 아무리 그래도 부러뜨린 것만으로 벌을 받는다는 얘기는 들어본 적 없어."

　"그렇군요……. 하지만 어쩌면 그건 부러뜨린 가지였을지도 몰라요."

불타던 용목 가지는 절단면이 몹시 거칠었다. 지금 생각해 보니 부러뜨릴 때 꺾여서 그런 것 같았다.

"네가 부러뜨린 게 아니면 왜 용목이 널 노린 거지?"

"벽난로에서 용목이 타고 있었어요."

하인츠의 눈이 번뜩였다. 지팡이는 마법사에게 있어 목숨과도 같은 소중한 물건이다. 그 재료가 되는 용목을 불태우다니, 상식적으로는 믿을 수 없는 일이었다.

"일반적으로 타는 모습이 아니었어요. 그리고 취해버릴 것 같은 달콤한 향기도 났고요. 또, 용목 가지가 타고 있었을 때…… 저와…… 그 아이가……."

그 후 어떻게 되었는지 남에게 설명하는 건 괴로웠다.

현실로 받아들였다고 해도 아직 자기가 죽었다고, 올리아나가 죽었다고 소리 내어 말하기는 두려웠다.

"거기까지 아는 걸 보니 정말 인생을 다시 산단 소리구나."

"네?"

"용목은 반드시 두 사람을 죽여. 그것도 남자와 여자를."

빈센트는 얼굴을 일그러뜨렸다. 지금까지 마력을 베푸는 나무인 용목에 악감정 같은 건 품은 적이 없었는데 정말로 증오스럽게 느껴졌다.

빈센트의 가슴에 맺힌 분노를 느꼈는지 하인츠는 교사의 얼굴을 하고 아직 열세 살인 빈센트의 머리를 톡 쳤다.

"마법 도구를 만들어라. 밭을 갈 수 있는 거."

"네?"

독기가 빠진다는 건 이런 걸 보고 하는 얘기다. 예상치 못한 말에 빈센트는 미간을 찌푸렸다.

"내가 요즘 허리가 아파서 말이다. 밭을 가느라 고생하고 있어. 그게 교섭 조건이다. 그 대신 용목을 조사해 주지."

그러니까 울지 마.

이어서 나온 말에 숨이 턱 막혔다.

울지 않았다.

하지만 지금 눈물이 나올 만큼 크게 안도했다.

'올리아나는 외롭게 혼자서 힘냈어.'

그러니까 자기도 혼자서 힘내야만 한다고 생각했다. 하지만 어른의, 그것도 약학 전문가가 자기편이 되어주기로 했다. 단순히 마음이 든든하다는 말로는 표현할 수 없는 심정이었다.

"정말 감사합니다."

"그래."

하인츠가 손을 흔들었다. 빈센트가 머리를 그렇게 깊숙이 숙인 건 두 번의 인생에서 처음 있는 일이었다.

'너를 구하기 위해서라면 난 무엇이든 할 거야.'

∴   ∴   ∴   ∴

"아하하!"

올리아나의 웃음소리는 들으면 바로 알 수 있다. 자습실에서 돌아가는 길에 올리아나와 친구들이 늘 모이는 휴게실 앞을 지나던 빈센트는 걸음을 멈췄다.

아니나 다를까 2반 아이들이 휴게실 소파 쪽에 모여 담소를 나누고 있었다.

야나와 아즈라크는 없었다. 어딘가에서 시련을 수행하는 모양이다.

'그 두 사람이 다시 함께 웃어서 다행이야.'

빈센트는 야나와 아즈라크에게 특별한 감정은 없었지만, 그 두 사람이 잘되면 올리아나가 기뻐할 것이다. 그들의 앞날이 어떻게 될지는 가늠조차 안 되지만, 일단 미겔에게만큼은 절대로 가벼운 마음으로 시련에 도전하지 말라고 충고해 뒀다.

세 번째 인생에 와서 빈센트는 동관 끝에 있는 작은 휴게실에 거의 들르지 않았다.

가끔 청소하러 들르는 정도였다. 벽난로 옆에 정기적으로 장작이 보충되는 걸 보면 다른 학생도 가끔 이용하는 듯했다.

빈센트는 이른 아침에도 쉬는 시간에도 방과 후에도 틈만 나면 자습실이나 도서실, 심지어 마법약학 관련 시설에 가 있었다. 두 번째 인생이라고는 하지만 계속 1등을 차지하는 것은 쉬운 일이 아니다. 이제 의미 없는 약속일지도 모르지만, 빈센트는 1등을 놓치지 않는 것으로 자신을 북돋고 있었다. 공부하는 시간 외에는 약초밭에 실험을 하러 가서 실질적으로 매일 24시간을 늘 올리아나를 위해 살고 있다.

휴게실에 들를 시간도 친구를 만들 여유도 있을 리가 없었다. 지금까지는.

"아, 빈센트, 미겔!"

그런 빈센트에게 올리아나가 손을 흔들었다. 당연하다는 듯 자기 옆을 손가락으로 가리켰다.

'괜찮아. 난 틀리지 않았어.'

올리아나의 웃는 얼굴을 볼 때면 불안만 가득했던 세 번째 인생을 잘 살고 있다고 인정받은 것 같았다. 빈센트는 소파로 향한 미겔의 뒤를 쫓아 휴게실에 들어섰다.

"무슨 얘기 하고 있었어?"

올리아나에게서 적당한 거리를 유지하며 빈센트는 소파에 걸터앉았다. 여성을 대하는 매너는 몸에 배어 있었다.

그럼에도 올리아나 앞에서는 무심코 아주 조금만 더, 딱 한 걸음이라면 더 가까이 다가가도 되지 않을까 하고 이성이 충동에 질 것 같은 때가 있다.

소파 앉는 자리에 내려놓은 올리아나의 손을 잡고 싶은 마음을 억눌렀다. 바로 옆에 있는 올리아나의 허벅지는 보지 못한 척했다. 너무 의식하다 보니 올리아나에게 시선을 돌릴 수도 없었다.

"펜촉 얘기요."

"탄자인이랑 페르베일라는 어떤 걸 써요?"

올리아나를 따라 맞은편 자리에 앉은 콘스탄체가 물었다.

아마네셀 왕국뿐 아니라 마법이 발전한 나라에서는 문구 산업이 활발했다. 마법진을 그리는 데 필수품이기 때문이다. 사용자도 제조원도 마법사 개개인에게 자기만의 취향이 있다.

"음. 나는 라지샤 제품."

"거기는 잉크 조절이 절묘하죠."

미겔이 답하니 하이데마리가 고개를 끄덕였다.

"그래? 나도 다음에 그거 살래. 페르베일라랑 똑같은 거 쓴다고 하면 나도 인기 폭발할 것 같지 않아?"

"아니, 오히려 루시안이 썼다간 라지샤의 평판이 나빠지지 않을까?"

"에다, 너 진짜."

"빈센트는?"

"나는 전담 장인이 만들어 준 걸 써."

올리아나의 질문에 빈센트가 멋쩍은 미소를 지으며 대답했다. 들뜬 대화에 찬물을 끼얹은 것 같아서 멋쩍은 표정을 감출 수 없었다. 아니나 다를까 에다와 콘스탄체가 한숨을 쉬었다.

"역시 하치류……!"

"역시 격이 달라요……!"

두 사람은 몸을 수그리고 소곤거리기 시작했지만, 빈센트의 예상을 벗어나는 방향으로 화제가 흘러갔다.

"어떻게 딱 하나만이라도 가질 수 없을까……?"

"그런 건 만에 하나 가진다고 쳐도 큰일이야. 라겐 마법학교 여학생 모두가 기뻐하면서 널 제단에 바치려 할걸."

"그건 좀 기분 나쁜데."

"하이데마리! 너 혼자만 선점해서 독차지하게 놔두지는 않을 거야!”

"사실 하이데마리도 공작가 전용 펜촉…… 아니 탄자인이 사용한 펜촉을 하나 갖고 싶은 거지?!”

"물론 하나 받을 수 있다면 당연히 받을 건데?”

갑자기 소란스러워진 세 사람을 뒤로하고 카이가 미겔에게 말을 걸었다.

"사용하는 라지샤 제품은 규격이 어떻게 되나요?”

"볼래? 지금 갖고 있는데.”

"네, 부탁해요.”

"나도 나도.”

북 밴드에 끼웠던 펜을 꺼내는 미겔의 손끝을 카이와 루시안이 들여다봤다.

"저번에 빌린 컨버터식 펜도 장인이 만든 건가요?”

올리아나의 질문에 빈센트는 그쪽으로 시선을 돌렸다.

"그래. 맞아.”

"펜대나 카트리지까지 다 수제예요?”

"공방이 있어. 펜대 같은 건 전부 장인의 제자가 만들어.”

"대단해요. 저번에는 혼란스러워서 필기감은 딱히 생각 못했는데 생각해 보면 일체형이라고는 믿을 수 없을 정도로 그리기 쉬웠구나 싶어요.”

밭에서 있었던 일을 떠올린 것이다. 고민하는 듯한 얼굴로 조금씩 고개를 끄덕이는 올리아나가 귀여워서 빈센트는 이렇게 물었다.

"선물로 줄까?"

"그런 말 말아요. 펜촉을 모시고 살게 된단 말이에요."

한 치의 망설임도 없이 단칼에 거절당해서 조금 충격받았다.

'두 번째 인생의 올리아나였다면 분명 두말없이 고개를 끄덕였겠지. 이상한 얘기지만 내가 쓰다 만 펜촉을 줘도 좋아하면서 받았을 거야. 그러니까 나는 아직 올리아나의 마음속에서 그렇게까지 큰 존재가 아니다.'

빈센트는 가라앉는 기분을 겉으로 드러내지 않고 물었다.

"올리아나는 어디 걸 써?"

"딱히 하나 정해 놓은 게 없어서 여러 곳의 제품을 써요. 사실 아빠가 여기저기서 사오거나 받아오거나 해서 집에 산더미만큼 재고가 쌓여 있거든요."

올리아나의 표정이 시시각각 변했다. 전에 처음으로 안뜰에서 말을 걸었을 때보다 훨씬 더 다채로운 표정을 보여주었다.

올리아나가 자기 이야기를 해 주는 것도 귀중했다. 빈센트에게 들려줄 이야기를 이것저것 생각하는 모습이 너무 귀여워서 빈센트는 천천히 고개를 끄덕였다.

"그래?"

"저번에도 아빠가 새로운 거래처에서 잉크 샘플을 엄청 받아왔는데 말이죠."

"응."

"사용인이 잉크인 걸 모르고 들어 올렸다가 병을 깨트려서."

"응."

"세탁소가 열려있는 시간이라 다급히 얼룩을 빼 주는 마법사를 부르러 갔는데 말이죠. 그 사람이 아직 잠이 덜 깨서 오히려 얼룩을 더 크게 만드는 바람에 다들 엄청 웃고……."

"그랬……?!"

자그마한 입으로 즐겁게 얘기하는 올리아나를 바라보던 빈센트는 갑자기 누군가에게 머리를 잡혔다.

놀라서 고개를 돌려 보니 기대서 앉은 소파 뒤로 어느새 미겔이 와 있었다. 빈센트의 머리를 한 손으로 잡은 채 내려다보고 있었다.

의아하다는 표정으로 미겔을 올려다보니 미겔이 빈센트의 귓가로 얼굴을 가져갔다.

"너무 쳐다보잖아."

"큭!"

무슨 얘기인지 단번에 이해한 빈센트가 놀라서 몸을 움츠렸다. 빈센트가 이해한 걸 확인한 미겔이 입꼬리를 끌어올렸다.

"아무튼 부탁한다. 난 볼일이 떠올라서 먼저 간다."

"알았어."

"안녕……."

빈센트는 한 손에 얼굴을 묻고 다른 한 손을 힘없이 흔들어 미겔에게 인사했다. 올리아나도 손을 흔들자, 미겔은 다시 이쪽을 돌아보고 손을 흔든 뒤에 떠났다.

아마 볼일 같은 건 없을 것이다. 빈센트가 도저히 올리아나를 향한 연정을 숨기지 못하니까 충고하려고 자리를 뜬 것이 분명했다.

'이건 좀 부끄럽네……'

친구에게 충고와 격려를 받은 빈센트는 얼굴이 빨개지지 않았길 바라며 고개를 들었다.

올리아나와 하던 대화가 끊긴 탓에 카이와 루시안의 목소리가 들려왔다.

"아~. 내가 있는 위치에서는 안 보였어서 모르겠어."

"너 진짜 바보 아니냐! 아깝잖아! 확실히 말할 수 있어. 그건 분명 흰색이었어."

"뭐가 흰색이었다고?"

올리아나가 그 대화에 끼려고 루시안에게 묻자, 루시안은 갑자기 당황해서 부산을 떨었다.

"그…… 갑자기 끼어들지 말라고!"

"엥? 왜 그렇게 당황하는데?"

올리아나가 갑자기 소리치는 루시안에게 정색하며 말했다.

"나는 안 봐서 모르지만 루시안이 여자애의 팬티를 봤대. 나는 안 봐서 모르지만."

카이가 다시 한번 반복했다. 대충 무슨 얘기를 하는지 짐작이 간 빈센트는 한심하다는 시선으로 루시안을 봤다.

완전히 질색한 올리아나가 손으로 루시안을 가리켰다.

"콘스탄체, 가라!"

"제가 패 주겠어요."

올리아나가 감정이 말끔히 사라진 얼굴로 말하자, 콘스탄체가 자리에서 일어났다.

"하지 마! 이 괴력녀야! 네 주먹은 진짜 장난 아니라고!"

루시안은 얼굴이 새파랗게 질려 도망쳤지만 금방 에다에게 붙잡혔다.

"뭐냐고 진짜! 너희들이랑은 상관없잖아!"

"여자애의 팬티를 봤다는데 어떻게 상관이 없어?!"

"조용히 해! 나라고 좋다고 쫓아가서 본 게 아니라고! 바람이랑 계단 때문에 그런 거야! 내가 그런 게 아니래도!"

"못 본 척 하거나 이런 데서 언급하지 않거나! 그런 배려는 할 수 있었을 거 아니야!"

참다못한 하이데마리가 에다에게 붙잡혀 있는 루시안의 머리를 주먹으로 때렸다.

"아야! 카이가 못 봤다고 하니까 말한 거잖아!"

"그럼 나중에 조용히 알려주지 그랬어."

"카이……?"

"아니…… 뭐."

'그런 문제가 아니잖아.' 라고 말하는 듯한 하이데마리의 시선을 견디지 못하고 불편한 듯 카이가 시선을 피했다.

"아악, 진짜 시끄러워 너희들! 건강한 남자가 여자 팬티에 관심을 좀 갖는 건 나쁜 게 아니라고, 멍청아!"

자포자기해서 소리치는 루시안에게 올리아나가 진지한 얼굴로 대답했다.

"아니, 빈센트는 관심 없거든."

'뭐?'

왜 지금 갑자기 자기가 화제에 올랐는지 모른 채 빈센트는 몸이 경직됐다. 빈센트가 사는 세상에서는 여자애와 이런 대화를 하는 분위기가 아니다. 빈센트는 다른 남자와도 이런 얘기는 하지 않았다.

"관심 없지?"

순수하게 빈센트를 믿는 무구한 시선이 쏟아졌다.

빈센트는 무심하게 입을 열었다.

"그…… 네."

"그…… 네?"

에다의 손에서 도망친 루시안이 경직된 빈센트의 어깨를 툭툭 토닥이고 엄지를 들었다.

시원시원하게 웃는 얼굴이었지만 빈센트는 똑같이 엄지를 들고 싶지는 않았다.

저녁 식사 시간이 다가왔다. 빈센트도 올리아나와 친구들과 함께 식당으로 이동했다. 줄줄이 복도를 걷다가 어느새 대화가 좋아하는 사람에 관한 화제로 바뀌었다.

"나는 사랑 같은 건 됐고 조건이 좋은 남자를 찾고 싶어."

"에다는 늘 그렇게 연애를 대수롭지 않게 생각한다니까."

"콘스탄체처럼 키도 안 크고, 가슴도 없으니까 뭐."

"그럼 나는 키도 크고 가슴도 있는데 왜 멋진 연인이 안 생기는데……?"

한탄하며 콘스탄체가 어깨를 축 늘어뜨렸다. 콘스탄체의 훤칠한 체구는 꼿꼿한 자세와 어울려 여기사다운 늠름한 인상을 준다. 그 좀 너무 정열적인 입만 닫으면 지금쯤 콘스탄체에게는 자기를 떠받드는 추종자가 가득했을 것이다.

"하이데마리는? 좋아하는 사람 있어?"

올리아나가 물어보자, 평소답지 않게 대화에 참여하지 않던 하이데마리가 우물쭈물 입을 열었다.

"뭐, 그럭저럭."

"뭐?! 이, 이, 있는 거야?!"

"아니 그럭저럭이라니?! 그건 좋아하는 사람 수야? 아니면 감정의 깊이야?"

콘스탄체와 에다가 하이데마리에게 달려들었다.

"하이데마리, 너 뭐야~. 날 좋아한다든가 그런 소리는 하지 말아라?"

루시안이 히죽거리자, 하이데마리가 싸늘한 눈으로 루시안을 쳐다봤다.

"왜 모태 솔로는 자기 지인이 좋아하는 사람이 있다고 하면 그게 자기일지도 모른다고 상상할까……?"

"애잔한 종족이라서 그런가……?"

"야, 지인이 뭐야. 친구잖아?! 그리고 말이야!"

왁자지껄 떠드는 전방을 보며 빈센트는 복도를 걸었다. 적극적으로 대화에 끼어들 마음은 없지만 즐겁게 얘기를 나누는 애들…… 주로 올리아나를 보는 게 좋았다.

"역시 하이데마리는 어른이야."

빈센트 옆에서 걸으며 올리아나가 작게 중얼거렸다.

"친구를 좋아하는 거랑 뭐가 다를까요."

올리아나가 빈센트를 올려다보며 물었다.

단순히 동의를 구하는 질문임을 깨달았다. 하지만 빈센트는 고개를 끄덕일 수 없었다. 올리아나를 향한 감정을 숨길 순 있어도 없는 척하고 싶지는 않아서였다.

"어? 혹시 빈센트……."

올리아나는 손을 입으로 막고 한 번 말을 끊었다. 너무 사적인 질문을 했다고 생각했는지도 모른다.

'좋아하는 사람이 있다고 하면 올리아나는 어떻게 생각할까. 조금 조바심을 낼까? 완전히 연애 상대에서 제외되는 건 아닐까?'

그건 싫다. 하지만 거짓말을 한다는 선택지는 없다. 그리고 올리아나가 어떤 식으로도 자기를 의식하지 않는 지금 상태에서는 무슨 얘기를 해도 금방 잊어버릴 것이다.

빈센트는 입으로 손가락을 가져와 살짝 웃었다.

"비밀로 해 줄 거지?"

"네, 물론이죠."

올리아나가 작게 고개를 끄덕였다. 전방에 있는 떠들썩한 모습과 대조적으로 올리아나는 입을 꾹 다물고 침묵했다. 말하지 말았어야 했나. 빈센트가 후회하기 시작하니 올리아나가 살짝 몸을 기울였다.

"미안해요."

"어?"

갑작스러운 사죄에 빈센트는 얼어붙었다.

'설마 좋아하는 사람이 올리아나라고 들킨 건가……? 그래서 먼저 거절했나……?'

꽤 절망적인 상황에 무방비한 상태로 있으니 올리아나가 작은 목소리로 얘기를 시작했다.

"멋대로 배신당했다고 느꼈어요……. 나한테 친구가 되어달라고 했던 빈센트라면 저랑 똑같이 아직 사랑을 모를 거라고 여겼던 것 같아요……. 정말 실례되는 생각을……."

"그래. 아니, 난 그런 거 신경 안 써."

'죽는 줄 알았어.'

빈센트는 지금 당장 주저앉을 만큼 안도했다.

'차인 게 아니야. 그리고 올리아나는 아직 좋아하는 사람이 없어.'

그렇다는 건 빈센트도 포함해 '좋아하는 사람이 없다'는 말이지만, 지금은 그것만으로도 괜찮다고 여기기로 했다.

"누구인지는 알려주지 않을 건가요?"

"뭐, 조만간."

마음을 전할 수 있는 날이 하루라도 빨리 오기만을 바라는 빈센트에게 올리아나가 웃어줬다.

"어떤 사람인지는요?"

올리아나의 반짝반짝 빛나는 눈에 저항하지 못하고 빈센트는 목소리를 낮춰 얘기했다.

"귀여운 사람이야."

"그렇겠네요. 그리고? 그리고요?"

"나랑 나이가 같고……."

"응응."

"귀여워……."

"에이~ 그 빈센트 탄자인이 좋아하는 사람을 설명할 말이 '귀엽다' 밖에 없나요?"

'지금은 그걸로도 벅차.'

어째서 그 장본인을 앞에 두고 이런 말을 해야 한단 말인가. 왠지 억울하면서도 그걸 넘어설 정도의 부끄러움에 머리가 이상해질 지경이었다.

"더 없어요?"

순진무구한 질문에 열받기도 했지만, 그 이상으로 올리아나의 호기심을 채워주고 싶은 욕구가 앞섰다.

'만족시켜주고 싶어. 다른 누구도 아닌 내가 널 기쁘게 해 주고 싶어.'

조금이라도 자기에게 관심을 가져주는 것이 기뻐서 마음을 가다듬고 할 말을 찾았다.

"나는……."

"응응."

"태어났을 때부터 줄곧 나 자신에 관해 딱히 생각해 본 적이 없었어."

"응."

"이름도 성적도 미래도 미리 정해져서 그저 한결같이 악착같이 이루어 나가면 됐어."

"응."

"하지만 그 아이와 만나고……."

"응."

"그때 처음으로 스스로 행동한 거야. 처음부터 하라고 정해지지 않은 사소한 것도 많이 했어."

"응."

"나는 그런 내가 싫지 않았어. 그 사람이 내게 부족한 부분을 채워줬을 때 깨달았어. 내가 부족한 것투성이라는 걸. 그 사람만이 나를 채워 줘."

부끄러운 얘기를 너무 많이 한 것 같아 빈센트는 입을 닫았다. 열기가 올라온 뺨은 모르는 척하며 올리아나를 힐끗 쳐다봤다.

"질문에 대한 답이 안 됐을까?"

"아니요. 충분해요."

올리아나의 눈동자에는 조금 전까지만 해도 가득했던 호기심이 보이지 않았다.

그저 깊은 바다를 들여다본 듯한, 광활한 하늘을 올려다본 듯한 오묘한 반짝임이 남아 있었다.

"고백은 안 할 거예요?"

"사정이 좀 있어서. 한 번 멀어지게 된 적이 있어서 거리감을 재는 중이야."

"그렇군요. 복잡하네요. 그 사람을 정말 좋아하는 게 무척 느껴졌어요."

"그래."

그것만은 단언할 수 있었다.

'두 번째 인생에서 날 쫓아와 준 너, 지금 이렇게 옆에서 얘기를 들어주는 너, 어떠한 너도 사랑스러워.'

소원을 담아서 눈이 부신 것 같은 표정으로 올려다보는 올리아나를 바라봤다.

'얼마든지 '그래' 라고 말할 테니까. 제발 다시 한번 나를 좋아해 줘.'

똑바로 바라보는 빈센트를 마주하고 올리아나는 희미하게 당혹감을 내비쳤다.

'더 바라보는 건 너무 부자연스럽나.'

빈센트는 애끓는 심정으로 시선을 돌렸다. 그저 바라보는 것조차 친밀한 분위기를 만드는 것조차 할 수 없는 지금 이 입장이 답답해서 미칠 것 같았다.

빈센트가 시선을 돌려서 안심했는지 올리아나가 다시 미소를 띠었다.

"저도 좋아하는 사람이 생기면 말해 줄게요."

'그게 나면 돼.'

그런 말은 당연히 할 수 없어 빈센트는 그저 입꼬리를 끌어올렸다.

"친구니까?"

"네. 친구니까."

"맨 처음에 나한테 알려줄래?"

"좋아요. 달려가서 말해 줄게요."

'그럼 지금은 이 입장에 만족하자.'

빈센트는 시끌벅적 웃고 떠드는 무리 뒤에서 올리아나와 함께 걸으며 차분하게 웃었다.

∴　∴　∴　∴

최근 새로 사귄 친구에게 감화되어 열심히 공부해 보자 마음 먹은들 금방 눈에 띄는 결과가 나올 리 없다.

하지만 전체적으로 예전보다 조금이라도 나은 정기시험 성적표를 손에 쥐고 올리아나는 크게 숨을 내뱉었다.

"야 나는 어땠어?"

"나쁘지 않았어. 좋지도 않았지만."

"아즈라크는?"

"난 항상 최선을 다한다."

"아하!"

아즈라크의 말투에 웃음이 나왔다. 자기는 호위라고 못 박아 두고 아즈라크는 그저 야나와 같은 점수를 받을 정도로만 공부하고 있다. 원래부터 공부를 좋아하는 것 같지는 않지만 할 마음만 있으면 특별반도 노려 볼 만하다고 퀴시 선생님이 말하는 걸 들은 적이 있다.

시험이 끝난 뒤의 반 분위기는 각양각색이다. 안심하는 사람, 얼떨떨한 사람, 절망하는 사람도 있다.

"그럼 보충수업은 세 사람만 듣네. 힘내. 에다, 콘스탄체, 루시안."

「2반의 절망하는 사람 대표」인 세 사람은 사이좋게 책상에 엎드려 있었다. 이 세 사람 주변만 마치 장례식장에 온 것처럼 침울한 분위기였다.

"이럴 수가, 이럴 리가……!"

콘스탄체가 눈물 젖은 눈으로 부들부들 떨며 시험 결과를 살짝 보더니 다시 책상에 엎드렸다.

"안 돼…… 나는 왜 이렇게 멍청하지……? 시험 보기 전에 제대로 공부도 했단 말이야……!"

"시험 보기 전에만 공부하니까 그렇지."

에다가 한탄하자, 카이가 그렇게 받아쳤다.

"아파! 오늘도 카이의 정론이 아프다고!"

"잠깐! 저는 벌써 중상을 입었는데요! 이 이상 뼈 때리지 말아 줄래요?!"

정론이 콕콕 박힌 루시안과 에다가, 그렇게 늘 싸우면서도 이번만큼은 손까지 맞잡고 서로를 위로해 주었다.

"다 좋은데 계속 이러면 너희 진짜 유급하는 거 아니야?"

루시안의 손에서 빼낸 성적표를 보며 카이가 어이없다는 듯이 말했다.

라겐 마법학교에서는 한 번의 시험에서 낙제점이 네 개 이상 나오면 의무적으로 재시험을 봐야 한다. 그 재시험에서도 성적이 부진한 경우, 낮은 반에 가게 되고 최악의 경우에는 유급한다.

"유급……?! 그것만은 안 돼. 그럼 집에 못 간다고……. 우리 부모님의 체면이……!"

"잠깐만, 나도……나도 위험하잖아……. 확실히 바보에 유급까지 하는 건 심각해. 아빠가 하는 과학 실험의 재료가 되고 말 거야……."

"나도 아빠가 반 죽여 놓는다고……. 방학에 집에 안 갈래!"

영주의 아들과 과학자의 딸, 기사의 딸이 비장하게 말했다.

"우와 진짜로 네 개가 넘네."

카이의 어깨너머로 하이데마리가 루시안의 성적표를 봤다. 카이는 하이데마리가 잘 볼 수 있게 종이를 내밀었다.

"혹시 너희 다 이래? 너희 진짜 바보야? 아, 맞다. 바보였지."

"하이데마리, 이 바보야!"

"진짜 바보가 할 말이 아닙니다."

"정말 너무해! 점수 좀 잘 받았다고!"

"콘스탄체가 너희 점수의 두 배는 받았을 텐데. 아니 문자 그대로 진짜로."

모든 애들의 시험 결과를 본 하이데마리는 얼굴이 새파래져서 말했다.

"어쩌겠니……. 내가 도와줄 테니까 진짜 죽을 각오로 공부하는 거다."

　항상 반에서 5등 안에는 드는 하이데마리가 마지못해 말하자, 세 사람은 눈을 빛냈다.

　"하, 하이데마리——!"

　"역시 내가 인정한 여자!"

　"반할 것 같아…….."

　"그것만은 사양할게."

　촉촉해진 눈으로 하이데마리를 바라보는 루시안을 단칼에 거부한 하이데마리 옆에서 카이가 돌아갈 준비를 시작했다.

　"카이~. 너도 도와줘~."

　하이데마리와 똑같이 반에서 자주 5등 안에 들곤 하는 카이를 루시안이 멈춰 세웠다.

　"난 몰라. 네가 싼 똥은 네가 치워라."

　"이 매정한 놈아!"

　"멍청이는 입 다물어. 하이데마리, 어쩔 수 없이 도움이 필요하면 날 불러도 돼."

　"고마워 카이. 올리아나랑 야나는 어떡할래?"

　"나는 누굴 가르칠 만큼 머리가 좋지 않으니까 오늘은 그냥 갈게."

　"나도 괜찮아. 학생이 더 늘어도 곤란하잖아?"

　야나가 사양한다는 것은 물론 아즈라크도 사양한다는 것이 된다. 하이데마리는 씨익 웃어 보이며 고개를 끄덕였다.

　"오케이. 그럼 내일 봐. 야, 너희 바보들은 교과서 펼치고!"

"흑, 받아칠 수가 없어."

"진실이란 가끔 잔혹해……."

세 사람은 시무룩해져서 찡찡거리며 교과서와 답안지를 마주했다. 넷에게 인사를 하고 올리아나와 나머지 무리는 복도로 나왔다.

"이번에 점수 잘 받았네. 탄자인이랑 공부한 성과야?"

"하지만 아무래도 2반 조무래기가 시험 전에 특별반 학생의 시간을 빼앗지는 못하겠더라고."

특별반과 2반은 배우는 내용도 진도도 꽤 차이가 있다. 일방적으로 배워야 하는 처지에서 친구라는 칭호를 방패로 들이대는 건 역시 평상시에만 가능한 일이었다.

"집중하고 싶을 테고 내가 가면 시끄러워질 테니까."

라겐 마법학교 학생들은 여전히 빈센트가 평민과 함께 있는 게 익숙하지 않아서, 올리아나와 빈센트가 나란히 앉아 공부하는 것만으로도 인파가 몰린다. 그렇다 보니 이번 시험 기간에 올리아나는 자습실 근처에도 가지 않으려고 했다.

빈센트는 지금까지 이렇게 노력하는 사람을 본 적 없을 정도로 진지하게 공부에 몰두하는 사람이었다. 그런 빈센트를 방해하고 싶지 않았다.

'그러고 보니 1등을 안 놓치는 건 발악하는 거라며 웃었지.'

그저 발악한다고 3년 동안 계속 1등을 차지할 수 있을까.

'그러는 이유도 조만간 알려주려나.'

더 파고들지 않길 바라는 것 같아서 그냥 넘겼지만, 어떤 뜻으로 발악이라는 말을 했는지 묻지 않은 것도 공부를 방해하고 싶지 않았던 것도 결국 같은 이유로 그런 것이었다.

'그저 부담감이 커지지 않길 바라는 마음에서 그런 게 아니고…… 아마 내가 부담스럽게 여기지 않았으면 해서 그랬던 것 같아.'

올리아나는 속으로 좀 야속한 자신에게 웃었다.

「너는 성심성의껏 노력할 수 있는 사람이라고 생각해. 결과는 네 노력을 절대로 배신하지 않을 거야.」

누가 자기에게 그런 식으로 말해 준 건 처음이었다.

생각해 보면 올리아나는 특별히 노력이란 것을 해 본 적이 없었다. 아빠의 재력 덕분에 고생 없이 생활했고 학교에 다니기 시작한 뒤로 그럭저럭 즐기며 살고 있다. 그럭저럭 사는 게 나쁘다고 생각하지 않는다. 인복이 있어서 친구도 사귀고 매일 즐겁게 지낸다.

'그냥 조바심이 난 거야.'

같은 나이인 남자애가 똑바로 미래를 바라보며 점점 앞으로 나아가는 모습을 바로 옆에서 지켜봤으니까.

그 모습이 눈부셨고 살짝…… 함께 걸어 나가고 싶기도 했다.

"야나랑 아즈라크는 장래에 관해서 생각하고 있어?"

"응. 난 졸업한 뒤에 아마네셀 마법 사절단에 들어갈 거야."

"뭐어?"

야나가 쿨한 얼굴로 아무 망설임 없이 말했다. 마법사절단이란 국가 간에 마법 관련으로 교류해야 할 때, 각국 대표로 파견되는 단체다.

"제의가 들어왔어. 마법학교 졸업생에 에테 카리마 왕족이라면 그걸로도 스펙이 화려하잖아?"

여자 하면 애교, 경우에 따라서는 실력. 여자는 남자에게 사랑받기 위해 아름답게 존재해야 하며, 자기 신분을 아낌없이 활용해야 한다는 것이 야나의 신조였다.

올리아나는 야나의 그 가치관이 좋았다. 입학하고 표면상으로는 존재하지 않을 신분 차이를 실감하고 상인의 딸이라 고민하던 시기에 야나의 신념 덕에 꽤 마음이 편해졌다.

"스카우트를 제의한 쪽은 이미 몇 번 만났으니까 졸업하면 바로 입단할 거야."

올리아나는 얼떨떨해서 야나를 쳐다봤다. 여러 가지로 묻고 싶은 것투성이라 머릿속이 뒤죽박죽이었지만 가장 궁금한 걸 먼저 물었다.

"그렇다는 건 졸업한 뒤에도 아마네셀 왕국에 있을 거라는 거야?!"

반짝이는 올리아나의 눈을 본 야나는 꽃봉오리가 터지듯 웃었다.

"여러 나라를 돌아다니는 시기도 있겠지만…… 맞아. 그러려고. 기뻐해 주는 거야?"

"무엇보다도 기뻐!"

"나도 기뻐. 조금은 불안했거든."

"뭐 때문에?! 불안하게 만들어서 미안해! 날 좋아하는 건 너

뿐이야! 이젠 너한테서 떨어지지 않을 거야!"

"후후. 미안해요. 내 사랑은 만인을 위한 거야."

"야나……."

대차게 차인 남친처럼 올리아나는 우는 척을 했다.

그건 그렇고 정말 불안하게 여기던 게 있었다는 말인가. 졸업하고 에테 카리마 왕국으로 돌아가 그저 다시 왕녀다 된다고만 생각했던 야나가 아마네셀 왕국에 남는다고 한다.

다시 왕녀로 돌아가면 그저 일개 상인의 딸일 뿐인 올리아나와 야나의 연결고리는 끊어진다. 반쯤 어쩔 수 없다고 포기했던 올리아나는 야나가 설계한 미래가 너무 기뻐 펄쩍 뛰고 싶을 정도였다. 왕녀에서 단번에 노동자 계급으로 신분이 하락했을 때 야나가 얼마나 고생할지 가늠이 안 되지만, 그 모습을 가까이에서 지지할 수 있을지도 모른다.

"일하는 걸 남편이 허락해 준다면 말이지만……."

올리아나는 야나에게 그 문제도 있었음을 깨닫고 심각한 얼굴로 끄덕였다.

야나는 지금 남편을 선정하는 중이다. 에테 카리마 왕국의 관례에 따라 아즈라크에게 이기는 자와 결혼해야 한다는 시련에 놓인 건 고작 얼마 전에 들은 얘기였다. 리스티드가 쫓아다녔던 것을 야나에게 설명할 때 서로의 결혼관까지 얘기했던 것이다.

야나가 유학 갈 곳으로 아마네셀 왕국을 고른 것은, 에테 카리마 왕국에는 아직도 기혼 여성이 직업을 가진다는 풍조가 없는 게 관련 있을지도 모른다.

"뭐, 아즈라크는 지지 않으니까 그럴 걱정은 없지만 말이야. 그치?"

"물론입니다."

"아즈라크를 데리고 시련을 계속하며 온 세상을 여행하는 거야. 그게 지금 내 꿈이야."

후후 하고 웃으며 야나가 아즈라크의 팔에 매달렸다. 마치 나비가 꽃에 내려앉는 듯한 사뿐한 움직임이었다. 아즈라크는 안정적으로 야나를 팔에 매달고 올리아나를 향해 싱긋 웃었다.

"그렇게 됐어."

"역시. 자동으로 아즈라크의 장래도 정해지는 거네."

아즈라크가 그걸 마음속으로 어떻게 생각하는지는 몰라도, 표면상으로는 이의가 없어 보였다.

"맞아. 나는 야나 님의 호위니까."

아즈라크가 아무렇지도 않게 말하니까 올리아나는 늘 잊고 있던 사실을 떠올릴 수밖에 없었다.

'그렇지. 아즈라크는 사실 학생이 아니고…… 호위로 여기에 온 거지. 벌써 일을 하고 있는 거야.'

왠지 모르게 걱정이 되어 올리아나는 남몰래 야나를 봤다.

야나는 아즈라크의 팔에 매달려 그저 부드럽게 웃고 있었다.

"초조해지네."

혼자서 돌담길을 걸으며 올리아나가 중얼거렸다.

아직 3학년인데 벌써 자기가 하고 싶은 것을 고민하는 학우가 있을 줄 몰랐다. 지금쯤이면 똑 부러진 카이나 하이데마리도 명확한 목표를 갖고 있을지도 모른다.

'내가 하고 싶은 건 뭐지……?'

이렇게 흘러가는 대로 몸을 맡길 뿐인데, 스스로 하고 싶은 걸 찾아낼 수 있을까. 꿈도 목표도 없는 자신이 그저 한낱 쓰레기처럼 느껴졌다.

아무것도 떠올리지 못하고 흐느적거리며 걷다가 디딤돌 턱에 발이 걸렸다.

"앗!"

넘어지겠다 싶었는데 넘어지지 않았다. 누군가가 팔을 잡아당긴 것이다.

"죄송해요. 감사합니…… 미겔!"

올리아나가 넘어지는 걸 막은 사람은 바로 미겔이었다. 입에 사탕을 문 미겔이 커다란 손으로 올리아나의 팔을 붙잡고 있었다.

"헤이. 이런 데서 그렇게 흔들거리다간 진짜로 넘어진다."

"엥, 그렇게 흔들거렸어?"

"뭐, 이 정도였다고 할까?"

웃으며 되묻자 미겔이 자기 몸을 흔들거리기 시작했다.

"그건 오버다."

"아님 이 정도?"

미겔이 조금 약하게 다시 흔들거리자, 올리아나는 입을 크게 열고 웃었다.

"이런 데서 뭐 하고 있었어?"

"빈센트를 도와주고 있었지. 컨버터 잉크가 다 떨어져서 보충하러."

미겔이 가리킨 것은 숲 쪽이었다.

"아, 잉크병이라면 나도 있어."

"음. 그럼 빌려줄래? 어차피 올리아나도 빈센트한테 가려고 한 거지?"

왜 들켰나 싶었는데 사실 이 길을 지나 학생이 갈 만한 곳은 거의 정해져 있다. 이 앞에는 숲이나 약초학 관련 시설밖에 없기 때문이다.

자습실에도 도서실에도 없던 빈센트를 찾아 올리아나는 약초밭으로 가려고 했다. 거의 2주 동안 못 만났으니 '친구'로서 조금 얼굴이 보고 싶어졌다.

"같이 갈래?"

"내가 방해되는 거 아니야?"

"방해되진 않을 것 같은데? 대신 옷은 더러워지겠지만."

"에이, 또?"

오늘은 미겔이 실습복을 안 입어서 로브 여기저기가 더러워져 있었다. 또 밭에서 실험과 데이터 수집을 반복했을 것이다.

빈센트는 여전히 밭을 가는 마법 도구를 만들고 있다. 자유 시간 대부분을 공부에, 남는 시간을 발명에 쏟으니 지난 3년간 미겔 말고 다른 친구가 생기지 않은 것도 이해가 된다.

마법 도구를 발명할 때는 올리아나도 몇 번 함께한 적이 있다. 그때마다 마법진을 그리는 경우가 많아서 요즘 올리아나의 옷자락 속에는 항상 마법 종이와 펜이 들어 있었다.

"사탕 먹을래?"

"아니. 이따 도와주려면 손이 더러워질 테니까."

"애초에 아예 도와줄 생각으로 왔잖아. 너무 착하다～."

"어? 그래? 그럼 더 칭찬해 줘도 돼."

"대단해, 대단해. 옷이 더러워지는 것도 마다하지 않고 수업에서 안 쓰는 마법진도 엄청 외워 오고. 무척 도움이 됩니다."

"아니 그러지 마……. 그러면 부끄럽잖아……."

"부끄럽게 만들고 있는데."

"아 진짜! 잘났다니까!"

"하하!"

언제부터 도와주고 있는지는 몰라도 미겔은 빈센트와 절묘한 팀을 이뤄 실험을 보조했다. 물론 올리아나는 경험도 지식도 팀워크도 미겔의 발톱만큼도 못 따라갔다.

그런데도 올리아나가 비굴해지지 않을 수 있는 건 미겔과 빈센트가 이렇게 받아들여 주기 때문이었다.

그래서 올리아나도 두 사람에게 도움이 되고 싶다고 느끼고 마법진의 종류를 공부하거나 한 번에 마법진을 그릴 수 있게 제도 연습을 하고 있다.

남을 위해 필사적으로 노력하는 건 조금 부끄러웠지만 성과가 나서 기뻐해 주면 올리아나도 기뻤다.

'미겔도 벌써 자기 미래를 생각하고 있을까.'

이렇게 빈센트와 함께 정해진 교과 과정 이외에도 진심으로 노력하는 걸 보면 어떠한 목표가 있는지도 모른다. 올리아나는 입을 꾹 다물었다.

팔짱을 끼고 몸을 비틀며 끙끙대던 올리아나는 뭐라 형용할 수 없는 표정으로 미겔을 봤다.

"있잖아요? 미겔 님?"

"왜 그러십니까. 올리아나 님."

"미겔 님은…… 그…… 장래희망이라든지 벌써 정했나요?"

"엥? 뭐야, 갑자기. 진로 조사해?"

"아니, 그, 헤헤……. 다들 생각보다 제대로 정한 것 같더라고. 하고 싶은 게 뭔지도 모르고 멍하게 살던 내가 막 부끄러워진 참이라……."

"응~? 그래? 루시안 같은 애는 절대로 안 정했을 것 같은데."

"그랬다가 벌써 정했으면 어떡해? 난 그 충격으로 쓰러질지도 몰라. 그땐 책임질 거야?"

"좋지. 결혼이라도 할까?"

"뭐야! 나 미래에 백작 부인이 되는 거야……?"

양 볼에 손을 갖다 대고 몸을 비틀자, 미겔이 웃었다. 그 장단에 사탕이 이에 부딪히는 소리가 났다.

"뭐, 나는 장남이니까 미래라고 해도…… 어머니가 세이류 (青竜, 청룡) 가문 출신이니까 그쪽 영애랑 결혼할지도 모르지. 난 그 정도라고나 할까?"

귀족으로서 정치에 참여하고 영지를 다스릴 의무가 있는 미겔은 반대로 미래를 생각할 수 있는 처지가 아닌 듯했다.

"나는…….''

미겔이 물고 있던 막대사탕을 손에 들고 손끝으로 빙글빙글 돌렸다.

"미래보다 지금이 중요할지도. 지금이 없으면 미래도 없으니까."

평소보다 훨씬 느릿느릿한 말투였다. 깊이 생각해 본 적 없을 정도로 당연한 것을 너무 절절하게 말하니 올리아나는 놀라서 걸음을 멈출 수밖에 없었다.

"올리아나는 너무 앞날만 보지 않아도 괜찮지 않을까?"

미겔이 평소처럼 능청스러운 미소를 띠었다.

"하고 싶은 걸 찾기 위해 지금 즐길 수 있는 걸 만끽하면 어때? 하고 싶은 걸 찾는다는 건 다시 말해 네가 즐길 수 있는 걸 찾는다는 얘기잖아?"

눈이 번쩍 뜨인다는 건 딱 이럴 때 쓰는 말이리라. 꽉 막혀있던 속이 시원하게 내려간 듯한 느낌이 든 올리아나는 가슴 앞에 양손을 모아 올리고 미겔을 올려다봤다.

"뭐야? 인생의 스승이라고 불러도 될까요?"

"그러지 마~. 난 올리아나랑은 친구인 게 좋아."

"뭐야! 지금 한 말 뭔데! 왜 귀여운 소리 하고 그래! 두근거렸잖아! 우린 계속 친구야! 광대가 올라가서 안 되겠어. 사탕이라도 줘.”

“네엡. 자, 여기.”

미겔이 소매에서 꺼낸 사탕은 포도 맛이었다. 올리아나는
웃으며 고맙다고 했다. 입에 넣은 사탕은 달콤했고 불안을 날
려 버리는 힘이 있었다.

∴　　∴　　∴　　∴

“빈센트~!”

올리아나가 몸을 쭉 펴고 손을 뻗어 기운차게 흔드는 걸 알
아챘는지 밭 한쪽 구석에 있는 돌에 앉아 무릎에 펼쳐놓은 종
이를 노려보던 빈센트가 고개를 들었다.

“…….”

석양빛을 받아 조금은 붉게 물든 빈센트가 이쪽을 봤다. 조금
멍한 것처럼 본 적 없는 표정을 짓고 있었다. 단정한 얼굴이 앳
돼 보일 만큼 무구하고, 마치 길을 잃은 아이처럼 보였다.

“무슨 일 있어요?”

왠지 불안해진 올리아나는 달려서 빈센트에게 다가갔다. 빈
센트는 걱정스럽게 들여다보는 올리아나의 얼굴을 향해 손을
뻗다가 도중에 멈췄다.

어딘가 애달픈 듯이 올리아나를 바라보던 빈센트가 흠칫 어
깨를 움츠렸다.

“아…… 너였구나.”

그리고 당장에라도 눈물을 쏟을 것 같은 얼굴로 웃었다.

"미안해. 한순간……. 아니…… 아무것도 아니야. 네 얼굴을 보니까 기운이 났어. 고마워."

빈센트는 웃는 얼굴을 보였다.

그 '아무것도 아니야.'라는 말을 깊게 생각할 정도로 사이가 좋아졌다고 하기는 어려웠다.

'얼굴을 봐서 기운이 났어.'라는 말을 진심으로 한 소리라고 받아들일 바보도 아니다.

하지만 왠지 '고마워.'라는 말 만큼은 그대로 받아들여도 좋을 것 같아서 올리아나는 방긋 웃었다.

"이런 얼굴이라도 좋다면 언제든 보고 기운 내요. 그리고 이번 시험에서도 전교 1등 한 거 축하해요."

"고맙습니다."

올리아나가 고개를 숙이며 축하 인사를 건네자 빈센트도 따라 하며 고개를 숙였다.

함께 얼굴을 들고 함께 미소 지었다.

'다행이다. 평범한 미소야.'

무엇을 떠올렸는지는 모르겠지만 조금 전까지 어찌할 바를 몰라 하던 표정은 사라졌다. 올리아나가 안심하자, 빈센트는 그 뒤에 걸어온 미겔에게 말을 걸었다.

"미겔, 좋은 걸 주워왔네."

"게다가 잉크병도 제대로 딸려왔어."

"흠. 그건 올리아나의 공입니다."

"그래, 둘 다 잘했어."

올리아나가 잉크병을 건넸다. 빈센트는 좀 빌리겠다고 하더니 그 잉크로 손에 들고 있던 종이에 재빠른 손짓으로 펜을 놀리기 시작했다.

"대단해요. 시험이 끝나자마자 이쪽 일에 집중하고."

"시간은 한정되어 있으니까."

빈센트가 손을 멈추지 않은 채 대답했다.

밭 한쪽에 놓인 마법 도구 시제품 4호는 흙투성이었다. 4호란 올리아나가 도와주기 시작하면서부터 멋대로 붙인 번호다.

"도와줄게요."

소매를 걷어 올린 올리아나는 미겔에게 받은 사탕을 물고 있다는 것이 생각나서 입에서 꺼냈다. 막 입에서 녹기 시작한 터라 사탕은 아직 꽤 컸다.

"기껏 줬는데 미안해. 깨물어 먹어도 돼?"

"물론이지. 좋을 대로 해."

납작한 막대사탕을 어금니 사이에 끼워 넣고 힘을 주었지만 잘 깨지지 않았다.

미겔과 빈센트가 힘을 주는 올리아나를 물끄러미 바라보고 있었다.

올리아나는 한 번 막대사탕을 꺼내고 헛기침했다.

"그렇게 보지 말아 줄래요. 창피하니까."

미겔은 웃었고 빈센트는 조금 뻘쭘한지 시선을 돌렸다. 두 사람이 안 보는 걸 확인한 올리아나는 다시 사탕을 깨 먹으려고 어금니에 힘을 줬다. 빠직하는 소리가 나며 사탕이 깨졌다. 하지만 깨지는 순간 조각이 입안을 베어 날카로운 통증이 밀려왔다.

"아야……."

"왜 그래."

돌 위에 앉아있던 빈센트가 일어나서 올리아나의 얼굴을 잡았다.

"헉……?!"

방금 깨문 사탕을 쏙 빼닮은 보라색 눈동자가 너무 가까이에 있어서 올리아나는 몸이 굳었다.

'어, 뭐지? 키스 당하는 건가?'

양 볼을 붙잡힌 채로 진지한 빈센트의 시선을 받자 올리아나의 심장이 날뛰기 시작했다. 얼굴이 새빨갛게 물들었고 입술이 떨렸다.

"입 벌려 봐."

"?!"

혼란스러운 채로 입을 벌리자, 빈센트가 입안을 들여다봤다.

'키스는 아니……지만 뭐 하는 거지?!'

빈센트가 혀 위에 얹힌 사탕 조각을 손가락으로 집었다.

"으응……!"

이상한 목소리가 나왔다. 사탕을 집으면서 빈센트의 손가락이 올리아나의 혀를 쓰다듬은 것이었다.

'지금 이게 무슨 일이야……. 어?! 그거 내가 핥던 사탕인

데…… 잡았다고…….'

올리아나는 같은 나이대의 이성에게 입안을 보인 적이 없다. 입안에 손가락이 들어온 적도 입에서 오물거리던 것을 다른 사람이 집은 적도 당연히 없었다.

빈센트는 딱딱하게 굳어서 못 움직이게 된 올리아나의 얼굴을 움직여 가며 거리낌 없이 여러 각도로 입안을 들여다봤다. 의사가 진료하는 것처럼 각도를 바꿔가며 입안을 내보이는 상황에 처하자, 울고 싶을 만큼 수치심이 엄습했다.

'헉~! 무슨 일이야. 무슨 짓을 당하는 거야? 안 돼. 내가 아까 뭐 먹었더라? 양치하고 올걸. 빨리, 빨리 끝나라……!'

입을 들여다보고 있으니 혀를 움직이기는 부끄럽고 소리를 낼 수도 없었다. 입에 침이 고여 입을 벌린 채 침을 삼켰다. 얼굴이 새빨개져서 눈을 질끈 감은 채 이 시간이 끝나기만을 기다릴 수밖에 없었다.

'미겔, 뭐 하는 거야?! 날 도와줘도 되지 않을까?!'

앞인지 뒤인지 옆인지, 아무튼 어딘가에 미겔이 있을 텐데 아무런 도움도 주지 않았다. 그뿐만 아니라 아예 기척이 사라진 듯했다.

"베인 것뿐인가. 아파?"

빈센트가 베인 상처를 발견했는지 고개를 비스듬히 꺾은 채 진지한 목소리로 말했다.

올리아나는 온 힘을 다해 고개를 좌우로 저었다. 좀 전에는 놀라서 소리를 낸 것뿐이었고 이렇게 신경 쓸 만한 상처가 아니었다.

상처가 작은 걸 보고 안도했는지 빈센트가 올리아나의 얼굴에서 손을 뗐다. 마음이 놓여 힘이 풀려 버릴 것 같은 올리아나의 어깨에 빈센트가 머리를 기댔다.

"다행이다……."

'그렇게 죽느니 사느니 하는 응급사태도 아니라니까…….'

빈센트의 과장된 행동을 보고 당혹감이 더욱 커졌다. 빈센트는 불필요하게 올리아나와 접촉하려 하지 않는다. 빈센트가 이런 식으로 자기에게 닿은 건 처음이었다. 하필 그것이 이렇게 과도한 접촉이 되었다. 남학생과의 신체 접촉이 익숙하지 않은 올리아나는 심장이 쿵쾅거렸다.

지금 다시 한번 올리아나의 움직임이 봉쇄당했다. 당연하지만 비슷한 나이대의 남자에게 어깨를 빌려준 적도 없었다.

"걱정을 끼쳤네요. 그, 난 무사하니까……."

올리아나가 말을 채 마치기도 전에 빈센트가 올리아나를 양팔로 끌어안았다.

"어."

올리아나의 등을 감싸 안았던 빈센트의 팔은 금방 떨어졌다. 빈센트의 몸이 미끄러져 내렸다. 아무래도 올리아나의 등을 잡고 기대려 한 모양이다.

올리아나는 바로 빈센트의 몸을 안았다. 하지만 올리아나는 제대로 지탱하지 못하고 그 자리에서 넘어지고 말았다. 엉덩방아를 찧은 올리아나의 무르팍에 빈센트가 엎드린 채 쓰러져 있었다.

"아야야……."

"괜찮아?"

미겔이 종종걸음으로 이쪽으로 달려왔다. 왜인지 우리와 떨어진 곳에 있었던 모양이다. 올리아나는 그래서 자기가 부끄러워 죽을 뻔했는데도 미겔이 도와주러 오지 않았구나 하는 생각에 눈물이 그렁그렁한 눈으로 미겔을 노려봤다.

"이게 괜찮아 보여?! 빈센트, 빈센트?!"

무릎 위에 쓰러진 빈센트는 완전히 정신을 잃은 상태였다. 얼굴을 보니 새빨갰다. 호흡도 거칠었다. 조금 전에 얼굴이 빨개 보였던 건 석양빛을 받아서라고 생각했지만, 열이 나서 그랬던 것임을 깨달았다.

"어떡해! 무슨 병이라도 있는 거 아니야?!"

갑자기 쓰러지다니, 혹시 큰 병이라도 있는 건 아닌지 올리아나는 불안했다.

"요즘 공부니 연구니 너무 바빠서 피로가 쌓였을 거야. 미안해. 무겁지."

올리아나의 다리에 쓰러져 있는 빈센트의 팔을 미겔이 가볍게 당겼다. 미겔은 빈센트를 가볍게 등에 업었다. 올리아나가 옮기려고 했을 때는 전혀 움직일 생각을 안 했는데 미겔은 간단히 업었다. 빈센트는 축 늘어져 미겔의 등에 몸을 맡기고 있었다.

"너무 무리하게 내버려 뒀나 봐."

"감기도 걸린 적 없는 초인이라고 들었는데."

"모처럼 옆에 같이 있으니까 소문보다는 지금의 상황으로 판단해."

'맞는 말이다.'

뼈를 맞은 것 같았다. 아마 올리아나가 자책하는 걸 포착했을 것이다. 미겔이 자기 머리를 헝클어뜨렸다.

"미안해. 방금 한 말은 화풀이였어. 얘가 괜찮다고 하는 말을 곧이곧대로 받아들인 내게 화가 나서."

"아니야. 미안해. 빈센트의 성과가 전부 노력해서 얻은 결과인 걸 알면서도……."

아무리 빈센트 탄자인이라 해도 공부하지 않으면 1등은 할 수 없고, 무리하면 열이 난다. 올리아나도 어릴 때는 자주 머리를 쓰다가 열이 나서 아빠를 걱정시키곤 했다.

빈센트가 그저 평범한 사람일 뿐이라는 걸 알았으면서 바보 같은 소리를 한 자기가 부끄러웠다.

빈센트의 실습복 주머니에서 열쇠를 꺼내 실험 중이던 마법 도구를 넣고 문을 잠갔다. 빈센트가 진지하게 보고 있었던 종이는 올리아나가 들고 빈센트를 업은 미겔과 나란히 보건실로 향했다.

"평소라면 적절하게 컨디션을 유지하는데 말이야. 이번에는 너무 열심히 했나 봐."

"그러는 이유가 있어?"

"올리아나랑 만나고 처음 치루는 시험이어서…… 그럴까."

"어?"

빈센트를 등에 업은 미겔이 정면을 바라보며 얘기했다.

"새로 생긴「친구」한테 좋은 모습을 보여주고 싶었겠지."

"좋은 모습이라면 늘 보여주는데……."

"병문안 가면 꼭 그 얘기를 해 줘."

"이 올리아나만 믿고 계세요."

에헴 하며 가슴을 쳤지만, 빈센트의 괴로운 듯한 숨소리를 듣고 올리아나의 눈썹이 처졌다.

"남자 기숙사에도 병문안을 갈 수 있으면 좋을 텐데."

"올래? 내가 들여보내 줄게."

"어? 들어갈 수 있어?"

"우리 방은 2층이고 옆쪽에 나무가 있거든."

"아. 선생님이나 기숙사장한테 허락을 받는 게 아니라 몰래 가는 거야? 그것도 나무를 타고?"

"그렇지."

당연하다는 듯 고개를 끄덕이는 미겔을 보고 올리아나는 웃음을 터뜨렸다.

"미겔은 아무렇지도 않게 나를 남자인 친구처럼 대하네. 나무를 타라는 소리는 처음 들어봤어."

"여자애로 대하면 놀아주지 않을 거잖아? 난 올리아나랑 빈센트랑 셋이 있는 걸 좋아하거든."

만약 농담이라고 해도 그게 전부 거짓은 아닐 것이다.

제대로 얘기하기 시작하게 된 게 4개월 전. 아직 셋이서 오랜 시간을 함께한 것이 아니다. 하지만 그 사소했던 기회를 특별한 게 여긴다는 걸 알기에, 올리아나는 마음이 따뜻해졌다.

"고마워……. 이런 거, 이런 얘기 들으니까 참 기쁘네."

다음부터는 부끄러워하지 말고 말하자고 생각한 올리아나는 지금을 첫걸음 삼아 미겔을 마주했다.

"나도 셋이 함께 있는 거 좋아."

아직 그렇게 실감은 안 났지만 조금 전 미겔에게 받은 기쁨을 돌려주고 싶은 심정이었다.

그래서 놀랐다.

'그렇게 기쁘게 웃어 주다니.'

평소에는 종잡을 수 없는 미겔이 진심으로 기쁘다는 듯 눈을 가늘게 휘어 보이니까, 올리아나는 무심코 넋을 잃고 바라볼 수밖에 없었다.

∵　∵　∵　∵

나무 등정 병문안 작전은 당연하지만 결행되지 않았다. 과로로 몸살이 난 빈센트는 보건실에서 회복했기 때문이다. 평소에는 컨디션 관리가 완벽했던 빈센트의 부진에 학교 전체가 술렁였다. 그만큼 빈센트 탄자인은 라겐 마법학교에서 완벽한 인간으로 인식되고 있었다.

빈센트가 수업에 나왔다는 소문이 올리아나의 귀에 들어온 건, 빈센트가 쓰러진 다다음 날 오후 수업이 시작한 뒤였다.

그 탓에 올리아나는 오후 수업 내내 계속 안절부절못하며 산만했다.

수업이 끝나고 올리아나는 발걸음을 재촉하며 복도를 걸었다. 그리고 몰래 특별반 교실을 들여다봤다. 수업이 다 끝난 교실에서 빈센트는 돌아갈 준비를 하고 있었다. 옆에는 미겔과…… 올리아나가 본 적 없는 여자애가 있었다.

'앗…… 나 말고 다른 여자애랑도 얘기하는구나.'

올리아나는 자기가 아주 살짝 충격을 받았다는 것에 경악했다. 정신을 차릴 때까지 자기 뺨을 때려 주고 싶은 심정이었다.

'아니! 그렇게 빈센트를 낮춰 보지 않겠다고 다짐했으면서!'

빈센트를 완전히 친구 없는 애 취급한 자기를 마음속으로 질타했다.

'아니, 그치만 처음에 빈센트가 친구는 미겔뿐이라고 했으니까……. 그래. 그러니까 있을 거라고 생각 못한 것뿐이고……. 그럼 딱히 싸대기를 때릴 것까지는 없지 않나?'

빈센트 옆에 있는 눈부신 금발 머리의 여자애를 봤다. 아름다운 아이였다. 이목구비가 정갈하고 고고한 분위기를 지닌 아이. 움직임이 아름답고 그 움직임 하나하나에서 기품이 느껴졌다. 분명 귀족이리라.

'우와~. 잘 어울려~.'

백작가 적남, 공작가 적남, 아름다운 귀족 영애. 세 사람의 모습은 정말 한 폭의 그림 같았다. 오랜 세월 동안 쌓아 올린 듯한 자연스러운 분위기도 감돌았다.

올리아나는 왠지 계속 보고 있을 수 없어서 문 뒤에 숨었다.

'어라. 혹시 전부 다 겉치레였나?'

빈센트가 친구가 되고 싶다고 말한 건 괜히 의심만 많은 올리아나를 납득시키기 위해서고, 미겔이 셋이 있는 게 좋다고 말한 것도 사실 별다른 의미가 없었는지도 모른다.

올리아나는 한순간 그런 불안에 휩싸였지만 아닐 거라고 생각하며 제 극단적인 추론을 떨쳐 버렸다.

'그럴 리가 없어. 지난 4개월 동안 나 나름대로 접하면서⋯⋯ 그 아이들이 정말로 내 친구가 되려 한다고 느꼈으니까.'

올리아나는 셋이 있는 게 좋다고 말했을 때 미겔이 보여준 그 웃는 얼굴을 떠올릴 때마다 마음속에서 죄책감이 솟아오를 정도였다.

'분명 그 웃는 얼굴에 걸맞게 내가 「좋아함」을 돌려주지 않았으니까.'

그리고 빈센트는 좋아하는 사람에 관한 얘기까지 해 줬다.

'그런 둘과의 시간을 전부 거짓이라며 가볍게 생각하고 싶지 않아.'

그래, 좋아, 하며 부정적으로 생각하기 시작한 자신을 격려하고 있자니, 열려 있던 교실 문으로 학생들이 나왔다.

"올리아나?"

머리 위에서 목소리가 들려 얼굴을 들었다. 막 문에서 나오려는 참이던 빈센트와 눈이 마주쳤다.

"오, 웬일이야? 여기까지 오고. 이런 일은 흔치 않은데."

빈센트 옆에서 미겔이 얼굴을 빼꼼 내밀었다.

그 여학생이 나올 기색은 없어서 마음이 놓였다. 그리고 그것에 안도한 자기가 한심했다. 둘에게 다른 여자인 친구가 있다고 멋대로 배신당한 기분을 맛보다니 말도 안 되는 비극의 여주인공 같다.

"잘 회복해서 다행이에요. 조금 걱정돼서 보러 왔어요."

"고작 그것 때문에 굳이 얼굴 비치러 온 거야? 고마워."

'고작 그것 때문.' '굳이.'

민폐를 끼쳤나. 과한 행동인가.

지금까지는 전혀 신경도 안 썼던 단어들이 하나하나 거슬렸다. 너무 의식하고 있다. 아무런 비난도 담지 않았을 텐데, 갑자기 자기가 몹시 부끄러운 행동을 하는 듯한 기분이 들어 마음이 어수선했다.

"친구니까 당연하죠."

2반에서는 평범한 일이라고 굳이 강조해서 다시 말했다. 올리아나가 빈센트를 특히 더 걱정해서 초조해 안절부절못했다는 사실이 들키는 건 왠지 엄청 부끄러웠다.

"미안해. 올리아나, 잠깐 괜찮을까?"

빈센트에게 고개를 끄덕이니 미겔이 "간다." 하고 올리아나에게 가볍게 손을 흔들었다. 빈센트가 올리아나를 복도 끝으로 불렀다.

걸어 다니는 사람들에게서 떨어진 곳에 단둘이 남게 되었다. 그러자 무슨 일인가 싶어서 긴장됐다. 빈센트가 소리를 내어 올리아나에게 말하기 시작했다.

"저번에는 정말 미안했어. 너한테 그……. 널 끌어안았다고 들었는데……."

"아, 뭐예요. 겨우 그런 걸로."

무슨 말을 하려나 싶어 초조했던 올리아나의 몸에서 힘이 쭉 빠졌다. 아팠으니까 딱히 신경 안 써도 되는데.

"그런 거라니……."

"괜찮아요. 그것보다도 잘 받아내지 못해서 미안해요."

그 전에 입안을 관찰한 건 기억할까. 그건 진짜 부끄러웠으니 잊어줬으면. 그게 최선이다.

"네가 사과할 이유는 하나도 없어. 이상한 의도가 있던 게 아니라는 걸 알려주고 싶어서."

이상한 의도.

올리아나는 마음이 싹 식어서 무표정이 되었다.

"아, 네."

"별다른 뜻은 없었으니까 신경 쓰지 않았으면 좋겠어."

"네."

'그런 건 나도 아는데.'

정신을 잃을 것 같았다. 여러모로 한계에 다다랐던 것이다. 그 모습을 올리아나는 가장 가까이에서 지켜봤으니까 누구보다도 잘 알고 있었다.

'이렇게 꼭 못 박아야 하는 거야? 이런 데로 끌고 와서까지? 일일이 신경 쓰지 않아도 살짝 입안을 보이고 살짝 끌어안긴

정도로 누굴 좋아하지는 않는다고.'

왠지 열받아서 올리아나는 마음속에서 반항적으로 비꼬았다. 그리고 빈센트가 좋아하는 사람을 떠올렸다.

「나는 그런 내가 싫지 않았어. 그 사람이 내게 부족한 부분을 채워줬을 때 깨달았어. 내가 부족한 것투성이라는 걸. 그 사람만이 나를 채워 줘. 그때 처음으로 스스로 행동한 거야. 처음부터 하라고 정해지지 않은 사소한 것도 많이 했어.」

이미 그토록 깊게 좋아하는 사람이 있는 귀족 남자를 좋아할 정도로 어리석지는 않다.

하지만——.

「정말 좋아하는군요.」

「그래.」

'그래.'라고 말하는 목소리가 너무 다정해서, 마치 처음 보는 것처럼 빈센트의 미소가 달콤해서. 빈센트를 이렇게 만드는 사람을 부럽다고 생각하고 말았다.

'그렇게 사랑받으면 어떤 기분일까 하고……. 그게 나라면 좋을 텐데 하고.'

특별한 사람을 만들지 않으려 하는 빈센트가 한 말이라 신경 쓰인 것뿐이다. 그것뿐이다. 그 외에 무슨 이유가 있겠는가.

문득 교실을 바라보자, 조금 전 빈센트 옆에 있던 여자아이가 이쪽을 보고 있는 걸 깨달았다. 올리아나가 쳐다보는 걸 알아채고 싱긋 미소 짓더니 그대로 떠났다.

심장이 갑자기 죄어오는 것 같아서 올리아나는 반사적으로 웃음을 지었다.

"친구잖아요! 그런 일도 있는 거죠."

"그런가. 친구니까."

"네. 친구니까요!"

'그러니까 열이 나면 받아주는 거고 마법 도구 발명도 도와주는 거야.'

친구니까.

올리아나는 다시 한번 마음속으로 되뇌었다.

방학이 이렇게 길게 느껴진 건 이번이 처음이었다.

빈센트는 집에 있는 소파에서 엄마와 누나들에게 둘러싸인 채, 조용히 몸부림쳤다. 누나가 우린 일품 홍차의 맛이 전혀 느껴지지 않았다.

'올리아나가 보고 싶어.'

영지를 둘러볼 때도 저택에 있을 때도 무도회에 초대받았을 때도 머릿속에는 오직 그 생각만 가득했다.

3학년도 마무리되어 학생들은 방학을 맞았다. 빈센트는 매년 방학 중에는 쭉 영지에서 지냈다. 영지 사찰과 이웃 귀족과의 교류 활동을 빼먹을 수 없었기 때문이다.

하지만 올해에는 왕도에 머문다고 하시는 아버지를 따라 방학 기간의 절반은 왕도에서 지냈다. 영지에 있으면 절대로 만날 수 없는 올리아나도 왕도에 있으면 희박한 확률이나마 만날 수 있을지도 모르니까.

'내가 생각해도 남자답지 못하네.'

하지만 방학은 이제 3분의 1 정도밖에 안 남았는데 아쉽게도 빈센트의 계획은 빗나가고 있었다. 그저 다 읽은 책만 늘어날 뿐이었다.

"빈센트. 이제 2시간 뒤면 나갈 테니까 미리 준비하렴."

티타임 내내 마음이 어수선했던 빈센트에게 어머니께서 차가운 목소리로 말씀하셨다. 가족끼리 함께 보내는 티타임을 무엇보다도 중요시하는 어머니의 기분을 상하게 한 것이다. 서둘러 손을 내밀자 어머니는 새침한 표정으로 빈센트의 손을 잡고 일어섰다.

그러고 보니 어느새 누나들은 벌써 살롱에서 사라지고 없었다. 지금쯤이면 의상실에서 오늘 오페라에 입고 갈 드레스를 이것저것 뒤지며 고르고 있을 터였다. 이제 곧 누나들의 파트너가 마중 올 시간이었다.

"준비실까지 모셔 드릴게요."

"지금은 네가 준비하라고 한 거야."

"저는 남자니까 금방 끝낼 수 있어요."

어머니는 빈센트를 힐끗 쳐다봤지만 그 이상 아무 말도 하지 않으셨다. 어머니의 바람대로 공손히 손을 이끌어 준비실까지 모셔다드렸다.

이제 자기 방에 가려는 빈센트에게 집사 마르셀이 다가왔다.

"꽃다발을 준비했습니다."

"그래, 고마워."

빈센트는 매년 올리아나의 생일에 익명으로 꽃다발을 선물했다.

이렇게 꽃다발을 선물하기 시작한 건 자기에게도 예전 기억이 있다는 것을 올리아나에게 슬쩍 전하기 위해서였다.

　매해 빈센트는 집 주변을 거닐면서 찾은 꽃으로 손수 꽃다발을 만들었다. 그리고 마르셀에게 부탁해 아무도 모르게 에르샤 저택에 보내게 했다. 숲이나 길가에 피는 자연 야생화를 사용해 만든 소박한 꽃다발은 선명한 색조도 이목을 끄는 화려함도 없어 차분했고 오히려 검소하다고도 할 수 있는 느낌으로 만들었다.

　전혀 생일선물에 걸맞은 꽃다발이 아니었다.

　하지만 그렇기에 올리아나가 이것이 누가 보낸 꽃다발인지 알아주리라 믿었다.

　'설마 기억이 없을 거라고는 생각 못했으니까.'

　만약 두 번째 인생의 기억을 갖고 있었다면 올리아나는 금방 알아챘으리라.

　무도회에 초대했을 때 빈센트가 즉석에서 만든 그때 그 꽃다발과 같다고.

　"또한 오늘 행사에 관해 미리 말씀드리고 싶은 게 있습니다."

　"뭐지? 극장 주최자가 좋아할 꽃이라도 꽂고 가야 하나?"

　어디선가 올리아나와 만날 수 있을지도 모른다며 행사에는 꾸준히 적극적으로 참석한 빈센트였지만, 밤낮 할 것 없이 매일같이 이어지는 외출에 이제 슬슬 지치기 시작한 터였다.

　빈센트가 빈정대는 말투로 대답하자 마르셀은 유연한 미소를 띠며 얘기했다.

　"위층 관람석에 에르샤 가문 이름으로 예약이 들어왔다고 합니다.”

빈센트의 발이 우뚝 멈췄다.

“소문에 따르면 여성을 위한 달콤한 음료가 준비되었다는 얘기도 있습니다.”

올리아나에게는 어머니가 없었다. 물론 에르샤가 애인이나 후처 후보를 데려올 수도 있다.

하지만 에르샤가 귀여운 외동딸의 생일에 함께 오페라를 관람할 생각을 했어도 이상할 것은 없었다.

요동치는 심장의 고동을 억누르며 빈센트는 천천히 시선을 마르셀에게로 옮겼다.

“아직도 그 이름을 기억하나.”

“물론입니다. 소원을 적은 종이도 불태우지 않았지요. 빈센트 님께서는 계속 1등을 차지하고 계시지 않습니까.”

“젠장…….”

빈센트가 얼굴을 일그러뜨리며 마르셀을 노려봤지만 조금도 타격이 없어 보였다. 오히려 즐기는 듯한 표정을 띤 마르셀에게 빈센트는 툴툴거리듯 내뱉었다.

“하늘색 타이 핀을 준비해 줘.”

“분부 받들겠습니다.”

∴ ∴ ∴ ∴

“우와~ 올해도 장관이네.”

"정말이지, 매년 보지만 진짜 대단하네요."

생일날 아침. 올리아나는 파자마 위에 카디건을 걸친 채 나이가 지긋한 메이드장과 함께 그것을 올려다봤다.

현관 입구에 수북이 쌓인 것은 최근에 두각을 드러낸 상인, 에르샤의 외동딸인 올리아나 에르샤 앞으로 도착한 생일선물이었다. 하지만 솔직히 말해 산더미처럼 쌓인 선물 중 올리아나가 받고 기뻐할 만한 물건은 하나도 없었다. 아빠의 지인들이 경쟁하듯이 크고 값비싼 물건을 앞다투어 선물로 보냈지만, 그중 누구도 올리아나가 선물을 받고 기뻐할지 아닐지를 고려해서 보낸 사람은 없었다.

"그럼 아침 식사 하고 올게~."

"오늘은 아침부터 주방에서도 의욕이 넘쳤답니다."

"알았어. 감사 인사도 꼭 전할게."

"아, 아가씨. 선물 목록과 축하 카드만이라도 한 번 훑어봐 주세요."

"네~에."

메이드장은 올리아나가 태어났을 때부터 쭉 돌봤고, 올리아나에게 또 하나의 어머니와 같았다. 올리아나는 메이드장의 충고에 순순히 따라 목록을 들어 올렸다. 언제 어디서 누구와 마주쳐도 실수하지 않게 생일선물 목록은 매년 훑어보았다. 목록에는 뭐가 뭔지 상상조차 할 수 없는 물건과 아빠 지인의 이름만 잔뜩 나열되어 있었다.

혹시 리스티드의 이름도 있나 슬쩍 확인했다. 보낸 물품은 아빠의 제자로서 적당히 보낼만한 선물이었다. 올리아나는 안심하고 가슴을 쓸어내렸다. 방학이 되면 매일같이 찾아오지 않을까 싶어서 조마조마했지만, 다행히 쓸데없는 고민이었다. 이제는 완전히 그쪽에서 올리아나를 피하는지, 리스티드와는 그날 이후로 한 번도 만난 적이 없었다.

시큰둥하게 바라보던 목록의 제일 마지막에 있는 물건 이름을 보고 그제야 올리아나는 얼굴을 빛냈다.

"어머, 꽃다발이다! 올해에도 왔네!"

발신자를 알 수 없는 꽃다발이 도착하기 시작한 건 십여 년 전부터였다.

언제부터인가 올리아나는 매년 도착하는 야생화로 만든 소박한 꽃다발을 기다리게 되었다. 이토록 잔뜩 쌓인 물건 속에서 단 하나, 오직 그 꽃다발만이 온전히 올리아나를 위해 준비된 선물처럼 느껴졌기 때문이었다.

"네. 아가씨께서 기뻐하실 것 같아서 이미 화병에 장식해 두었답니다."

"나중에 내 방으로 옮겨 줘!"

"네. 그렇게 하겠습니다. 그건 그렇고 정체를 알 수 없는 올리아나 님의 추종자는 도대체 누구일까요?

카드 묶음에서 꽃다발에 꽂혀 있던 카드를 빼 '생일 축하해.'라고 적힌 메시지를 보자 올리아나의 뺨에 웃음기가 번졌다.

"누구여도 좋아. 하지만 누군지 알게 되면 십 년 치 감사 인사를 해야지."

∴　∷　∴　∷

아마네셀 왕국 왕도의 밤은 밝다.

주요 도로에는 일정한 간격으로 가로등이 늘어서 있다. 나라에 마법학교가 두 개나 있어서 마법사가 부족할 일이 없는 아마네셀 왕국이기에 가능한 사치였다. 이 밤거리를 보기 위해 국외에서도 수많은 관광객이 왕도를 방문한다.

그런 왕도 한쪽에 유달리 북적이는 오페라 극장이 있었다.

극장 입구로 마차가 차례로 들어서 승객을 내려주고 떠났다. 극장 앞 거리에는 대기 중인 마차가 즐비하게 늘어서 있었다.

그 풍경 속에서 유독 휘황찬란하게 빛나는 극장 로비에는 각양각색의 의상으로 치장한 신사 숙녀가 빽빽이 들어차 있었다. 오른쪽을 봐도 왼쪽을 봐도 사람으로 발 디딜 틈이 없는 극장에서 아는 사람을 찾기란 무척 어려운 일일 것이 분명했다.

생일날 밤에 오페라 극장을 방문한 올리아나는 일찌감치 아는 얼굴을 찾는 건 포기했다. 같은 반 친구 한 명 정도는 만날 수 있지 않을까 싶었지만 도저히 불가능할 것 같았다.

짧고 통통한 아빠의 팔을 가볍게 잡고 융단이 깔린 계단을 한 걸음씩 올랐다. 계단 위로는 거대한 샹들리에가 달려 있었다. 마법 빛을 반사하는 크리스털이 오페라 극장 로비를 비췄다. 열여섯 살이 된 특별한 밤을 위해 굽이 높은 구두를 신고 온 올리아나였지만, 중심을 잃지 않고 안정적으로 계단을 올랐다.

"어이, 에르샤. 멋진 연인을 데리고 왔군. 내게도 소개해 줄 수 있겠나?"

위층 관람석으로 향하던 아빠를 불러세운 인물을 보고 올리아나는 놀라서 눈이 튀어나올 뻔했다.

"아니, 시류 공작님 아니십니까."

아빠가 부른 이름을 듣고 올리아나는 마른침을 삼켰다.

금빛 머리칼을 한 치의 흐트러짐 없이 말끔히 빗어 넘긴 신사는 빛나는 입가에 미소를 띠었다. 아들과 똑같은 보랏빛 눈동자에서 깊은 사려와 위엄이 느껴졌다. 다가오는 이 남자——빈센트의 부친인 현 시류 공작이 발걸음을 한 발짝 뗀 것만으로도 올리아나는 반사적으로 반걸음 뒤로 물러나고 허리를 굽혀 인사했다.

"실은 연인이 아니고 가족입니다."

"허, 재혼한다는 소식은 못 들었는데?"

"소개해 드리겠습니다. 제 자랑스러운 딸입니다. 자, 올리아나."

"네."

목소리가 완전히 갈라졌다. 조심스레 얼굴을 들자 시류 공작이 상냥한 얼굴로 올리아나를 바라보고 있었다.

마치 빈센트가 그대로 나이를 먹은 것 같이 꼭 닮은 얼굴이었다. 하지만 흘러나오는 색기와 관록이 달랐다.

'우와. 미중년이야.'

친구의 아버지를 보고 가슴이 두근거리다니 말도 안 되는 일이다. 올리아나는 빨갛게 달아오른 볼을 되도록 의식하지 않으려고 싱긋 미소 지었다.

"처음 뵙겠습니다. 올리아나라고 합니다. 만나 뵙게 되어 영광입니다."

"오늘은 딸의 생일을 축하할 겸 함께 오페라라도 보면 좋겠다 싶어서 말이죠."

"호오. 축하한다. 올리아나. 이런 특별한 밤에 만나다니 이것도 운명이라고 생각하지 않니?"

시류 공작이 살짝 턱짓했다. 그가 무엇을 원하는지 알아차린 올리아나는 이번에는 목까지 새빨갛게 물든 채 살며시 오른손을 내밀었다.

장갑 위로 시류 공작이 손끝에 입을 맞췄다. 이런 구식 인사를 이토록 멋지게 할 수 있는 사람이 달리 또 있을까. 아니 절대로 없을 것이다.

'헉……! 안 돼. 너무 멋져……!'

아직 사십 안팎인 시류 공작은 앳된 올리아나의 새빨갛게 달아오른 얼굴을 보고 싱글벙글 미소 지었다.

'빈센트랑 똑같은 목소리와 눈동자야.'

올리아나는 어지러울 만큼 얼굴에 열기가 오르는 것을 느끼며 필사적으로 목소리를 쥐어짰다.

"감사합니다, 각하. 오늘 받은 가장 큰 선물입니다."

하지만 더는 쥐어짜낼 힘도 없었다. 목소리는 가냘팠고 감출 수 없을 만큼 떨렸다. 올리아나는 손끝을 살짝 잡힌 채, 놓아달라는 말도 차마 하지 못하고 그저 꾹 참을 수밖에 없었다.

"아버지, 이제 그만……."

"비, 빈센트!"

마치 용신의 구원이 내려온 것 같았다. 머리끝에서 발끝까지 긴장감에 휩싸였던 올리아나는 사람들 사이에서 시류 공작을 데려가려고 나타난 학우를 보고 안도의 한숨을 내쉬었다. 빈센트라면 올리아나를 궁지에서 구해 줄 거라고 믿었기 때문이다.

"뭐야. 서로 아는 사이인가?"

공작이 눈썹을 치켜올리며 아들을 바라봤다.

"마법학교 학우입니다. 너도 와 있었구나."

"네……."

어찌어찌 대답했지만 새어 나온 목소리는 바싹 메말라 갈라졌다. 새빨갛게 불타오를 것처럼 뜨거웠던 얼굴이 식어가는 게 느껴졌다.

'학우? 친구라고 하지 않았어. 공작님께는 비밀로 하고 싶은 걸까……. 아아. 나는 바보야. 빈센트라고 부르고 말았어.'

학교와 학교 밖은 다르다. 그건 아는데 생각지도 못한 부분에서 충격을 받고 말았다.

올리아나가 당황하는 사이 빈센트가 올리아나의 아버지에게 인사를 마쳤다. 그러고는 시류 공작이 잡고 있던 올리아나의 손을 힐끗 쳐다봤다.

"어머니가 찾고 계세요. 샤론도 기다립니다."

"그렇군. 조금 더 축하해 주고 싶었는데 미안하네. 아내를 화나게 하고 싶지는 않군. 또 보자, 올리아나."

마침내 붙잡혔던 손끝이 놓이자 올리아나는 안도하며 진심 어린 미소를 지었다.

"마음만으로도 감사합니다……. 대화를 나눌 수 있어서 무척 기뻤습니다."

"기특하구나. 다음에 놀러 오렴. 오늘 했던 대화를 이어서 하지."

올리아나는 또다시 손을 잡힐 뻔해서 허둥댔지만, 그 사이에 빈센트가 끼어들어 무사히 상황을 넘길 수 있었다.

"아버지, 시간이……."

"화나게 하면 무서운 건 아들도 마찬가지여서. 그럼, 또 보자, 올리아나."

"네."

시원스럽게 서둘러 자리를 떠나는 모습은 조금 전까지 아들에게 꾸중을 듣던 사람과 동일인물이라고 생각할 수 없었다.

빈센트는 시류 공작이 인파 속으로 사라진 것을 확인한 뒤 천천히 시선을 옮겼다.

하지만 그 시선은 올리아나가 아니라 그 옆에 서 있는 올리아나의 아버지에게 쏠렸다.

"오랜만입니다. 에르샤 님."

"많이 성장하셨네요."

"네. 그때 같은 앳된 미숙함도 없어졌습니다."

"과연 어떨까요?"

아빠가 사람 좋은 웃음을 지으며 올리아나를 보았다. 올리아나는 갑자기 이야기의 화살이 자신을 향한 것 같아서 당황스러웠다. 시류 공작에게도 빈센트의 등장에도 머리가 잘 따라가지 못했다.

빈센트가 겸연쩍은 웃음을 지었다.

"확실히 아직은 애 같은 부분이 있는 것 같네요. 곧 뮤지컬이 시작됩니다. 그러면 다음에 또 뵙겠습니다."

"네. 다음에 또 뵙죠."

가벼운 인사를 건넨 빈센트는 올리아나를 바라봤다.

무언가 얘기하고 싶은 듯한 시선이었다. 무엇을 뜻하는지는 모르지만, 올리아나도 빈센트를 지긋이 바라봤다. 올리아나의 하늘색 눈동자를 바라보며 빈센트는 한숨을 토해내듯 웃었다.

"올리아나, 축하해. 오늘이 네게 좋은 하루가 되길 바라."

"응? 아아…… 고마워."

'오늘이 내 생일인 걸 알고 있었구나.'

아니, 조금 전 공작이 한 말을 듣고 알아챘을 것이다. 뭘 축하하는지 바로 알아채지 못했을 만큼, 빈센트에게 생일 축하를 받는다는 건 상상도 못한 일이었다.

빈센트가 입꼬리를 올리고 손바닥을 내보였다.

손을 흔든 것임을 알아채고 올리아나도 작게 손을 흔들었다.

'학교에 있을 때랑은 거리감이 달라. 하지만…… 조금 전 시선을 보면「친구」를 원하는 게 분명해.'

빈센트에게 거절당하지 않았음을 알았다. 올리아나와의 대화를 피한 것은 무언가 다른 이유가 있을 것이다. 그러니 친구로서 빈센트에게 우정을 돌려주고 싶었다.

올리아나가 살며시 흔드는 손을 보고 빈센트는 만족스러운 얼굴을 했다. 샹들리에의 빛을 받은 하늘색 넥타이핀이 반짝거리며 빛났다.

"자, 그럼."

코트 자락을 휘날리며 빈센트는 시류 공작의 뒤를 쫓았다.

사람들의 대화가 끊이지 않는 소란스러운 오페라 극장의 로비에 서서 올리아나는 빈센트의 뒷모습이 보이지 않을 때까지 배웅했다.

"아빠…… 빈센트랑…… 아니지. 시류 공작하고 아는 사이였어?"

"그건 내가 할 말이다. 시류 공작의 아드님을 상대로 꽤나 친한 사이인 것처럼 이름을 부르더라."

올리아나와 에르샤는 무대가 내려다보이는 말굽형의 자리에 앉았다. 오페라는 성황이었고, 평지의 좌석은 물론 높은 좌석, 위층의 입석까지 모두 훌륭하게 관객으로 채웠다.

올리아나는 테이블 위에 놓인 생일을 축하하는 꽃다발을 보는 척하면서 작은 목소리로 대답했다.

"친구야."

수백 명의 손님들의 수다에 섞이게 최대한 아무렇지도 않은 얼굴로 말했다.

이런 장소에서는 어디서 누가 얘기를 듣고, 그 얘기를 어떻게 받아들일지 알 수 없다. 개막 전의 위층 좌석은 일종의 경기장이라 할 수 있다. 모두 타인의 복장과 표정, 대화 내용을 신경 쓰고 있었다.

"친한 사이니?"

"그럭저럭."

"그렇구나. 그것참 열심히 노력했구나."

'열심히 노력했다고 칭찬받을 정도로 내가 뭔가를 열심히 했나?'

올리아나는 살짝 미안한 마음이 들었다. 미겔을 대할 때도 마찬가지였다. 조금 더 빈센트와 미겔에게 가슴을 펴고 친구라고 얘기할 수 있는 사람이 되고 싶었다.

아빠의 사교활동이나 일하는 모습을 실제로 본 적은 없었지만, 공작이 말을 걸 정도의 입장이라고 생각해 본 적은 없었다.

'하지만 항상 아빠 곁에 있던 리스티드는 아빠의 교우 관계가 넓어지는 걸 알고 있었어⋯⋯.'

그렇기 때문에 더더욱 안달이 나서 그런 난폭한 행동을 하게 됐으리라.

'그때⋯⋯ 자세히 듣지 않았지만, 빈센트는 무언가 알고 있는 것 같았지. 아빠와도 면식이 있는 것 같았고⋯⋯.'

"아빠는 어떻게 빈센트와 알게 된 거야?"

"축하한다. 내 딸, 열여섯 살이 된 올리아나. 이 세상에는 네가 모르는 것으로 가득하다는 것을 넌 오늘 알게 된 거란다."

아빠가 활짝 웃었다. 아마 무슨 질문을 해도 대답하지 않을 얼굴이었다. 멋도 모르고 16년간 아빠의 딸로 살아온 게 아니다.

아빠에게 더 이상 그 얘기를 하는 것은 포기했다. 예의범절을 가르쳐주는 가정교사 가브아네스에 따르면 시선만으로도 소문이 번지는 것이 사교장이라 하는 장소로, 버릇없어 보이지 않게 주의하면서 슬며시 빈센트를 봤다.

어디에 있는지는 바로 알았다. 일등석 높은 자리에 네 사람이 앉아 있었다. 시류 공작과 시류 공작부인. 빈센트, 빈센트와 비슷한 나이대의 소녀였다. 빈센트나 시류 공작과 매우 닮은 옅은 금발의 미소녀는 올리아나도 본 적이 있는 얼굴이었다.

'그 아이다.'

교복을 입지 않았어도 알 수 있었다. 특별반에서 미겔과 빈센트와 친밀하게 얘기를 나눴던 그 소녀였다. 네 사람의 표정을 보면 그 아이가 시류 공작부인과 사이가 좋은 게 분명했다. 친밀감 가득한 표정을 띠고 서로에게 주눅 들지 않고 대화했다.

달콤한 샴페인이 담긴 유리잔으로 시선을 떨궜다.

정장을 차려입은 빈센트는 가슴이 철렁할 만큼 멋졌다.

평소의 익숙한 마법학교 교복과도 실습복과도 다른 느낌의 모습. 신분에 걸맞은 복장을 한 빈센트는 보다 귀공자다웠고 더욱 아름다웠으며 멋졌다.

'사는 세상이 다르구나······.'

마법학교라는 특수한 환경에 익숙해진 것일 뿐임을 방금 뼈저리게 깨달았다. 학교의 규칙 아래에 있지 않은 올리아나는 빈센트를 발견해도 먼저 말을 걸 수조차 없다.

"아빠, 오늘 데려와 줘서 고마워."

"좋은 기억으로 남는 하루가 될 것 같니?"

"응."

아빠에게는 감사해야만 했다.

'이제 분명 길을 잘못 드는 일은 없을 거야.'

오늘 덕분에 올리아나는 자만하지 않고 침착하게 사물을 볼 수 있게 됐다.

'아무리 친하게 지내도 아무리 '친구'라고 불러도 우리 사이는 이렇게나 먼걸.'

올리아나는 무대를 내려다보았다.

더 이상 일등석으로 시선을 향하는 일은 없었다.

15장 ─✦─ 사막에 버린 사랑

4학년이 되었다. 올리아나는 변함없이 2반이다.

"야나~ 어서 와!"

자습실에서 짐을 풀던 올리아나는 기숙사로 돌아온 야나를 꼬옥 안아주었다. 작고 가녀린 야나는 올리아나의 품 안에 쏙 들어왔다.

"응, 다녀왔어."

재회의 기쁨을 표현하려고 야나가 올리아나 쪽으로 체중을 실었다. 평소 어리광부리지 않는 연인이 어리광을 부린 것 같은 설렘에 가슴이 파르르 떨리며 요동쳤다. 올리아나는 다시 한 번 더 세게 야나를 안아 주었다.

"방학 동안 어떻게 지냈어?"

야나는 방학 동안 왕도의 큰 호텔에 머물렀다. 호텔에는 에테 카리마 왕국에서 방문한 직원들이 우르르 몰려와서 여기저기 사교장에 끌려다닌 듯했다. 방학 중에는 에테 카리마 왕국의 왕녀로서 공무에 힘썼던 야나는 많이 지친 듯했다.

"시련은 아직도 안 끝난 거냐고 만나는 사람마다 시끄럽게 굴어서 어떡하면 좋을지 모르겠더라고. 아즈라크가 한

번 째려보기만 해도 입을 다물긴 했지만, 곁에 없을 때 말이
지……. 내년에는 아즈라크랑 어딘가 멀리 떠날까 봐."

　정말로 성가셨나 보다. 야나는 웃고 있으면서도 커다란 한
숨을 내뱉었다. 야나에게서 처음 듣는 약한 소리였다. 올리아
나는 무심코 입을 열었다.

　"그럼 내년에는 우리 집에서 지낼래?"

　왕녀를 초대한다는 중대사를 너무 가볍게 내뱉은 것이 아닐
까. 혹여 무례한 행동이지는 않을까 고민하는 올리아나를 야
나가 신비로운 검은 눈으로 쳐다봤다.

　"그래도 돼?"

　"어? 진짜로 오게? 응! 당연하지!"

　올리아나가 온 힘을 다해 고개를 끄덕이자, 야나의 얼굴에
화사한 빛이 돌았다. 평소에는 아름다운 표정만 짓는 야나의
진심 어린 미소에 올리아나는 완전히 녹다운당했다.

　"너무 기뻐. 고마워. 내년이 돼서 마음이 바뀌었다든가 그런
말 하면 안 돼."

　"물론이지. 야나는 언제까지고 내게 귀여운 존재일 거란 말
이야."

　"어머."

　야나가 웃으며 가방을 풀기 시작했다. 짐을 꺼내는 야냐의
가방에서 익숙한 개인 소지품 외에도 방학 동안 에테 카리마
사람에게서 받은 여러 가지 토산품이 쏟아졌다. 둘이 함께 짐
을 정리하면서 서로 방학 동안 있었던 일을 털어놓으며 얘기

했다.

"뭐, 그럼 올해에도 꽃다발을 받은 거야?"

"응. 이것 봐. 향이 진한 꽃이 있어서 향주머니로 만들었어."

올리아나는 품 안에서 작은 주머니를 꺼내 보였다. 선물 받은 꽃다발을 생화 그대로 즐긴 뒤에 업자에게 부탁해 마법으로 꽃을 드라이플라워로 만들었다. 그걸 얇은 천으로 만든 주머니에 넣은 것이다. 금색 실크 리본으로 묶은 천 주머니 안쪽으로 각양각색의 야생화가 비쳐 보였다.

"어머, 귀여워라."

"그렇지. 내가 생각해도 잘 만든 것 같아."

올리아나가 향주머니를 쳐다보며 자화자찬했다. 코에 가까이 가져가면 나는 옅은 향기는 생일날 아침의 기쁨을 떠올리게 했다.

"벌써 몇 년이나……. 왜 보내는 걸까?"

"너한테 반한 게 아닐까?"

"아주 어릴 때부터였는데? 만약 그렇다면 더더욱 이름 정도는 밝히고 싶지 않을까?"

"네가 직접 알아채기를 기다리는 건 아닐까?"

그럴 수도 있겠다 싶었다. 하지만 주어진 힌트만으로 발신자를 찾아내기에는 힌트가 너무 애매했다. 매년 생일날 축하한다고 쓴 카드와 함께 도착하는 야생화로 만들어진 꽃다발. 이것이 힌트의 전부였다.

"내년에도 선물이 도착하면 그땐 찾아볼까?"

"좋은 생각이네. 나도 찾는 걸 도와줄게."

"왕녀를 조수로 삼는 명탐정은 소설에도 안 나와."

킥킥 웃으며, 야나는 옷장에 옷을 넣었다.

"야생화 꽃다발이라⋯⋯. 야나라면 좋아하는 사람에게 뭘 보낼 것 같아?"

"나? 그러게. 아즈라크는 꽃보다도 술을 좋아하니까⋯⋯."

부지런히 옷장에 옷을 넣던 야나가 움직임을 멈췄다. 꿈쩍하지 않는 야나가 이상해서 올리아나는 야나의 얼굴을 들여다봤다.

야나는 옷을 걸려던 자세 그대로 얼굴을 새빨갛게 물들이고는 땀을 흘리고 있었다.

"야나?"

말을 걸자 가녀린 몸이 흠칫 떨렸다. 야나가 손에 들고 있던 옷을 바닥으로 떨어뜨렸다. 연보랏빛 머리카락을 나부끼며 고개를 돌린 야나는 한눈에 봐도 당황한 듯 보였다.

"어, 어어⋯⋯. 그러니까, 저기, 나는, 그게 말이지──."

"야나⋯⋯."

"아니야, 이건 말이야, 그게 아니야. 기다려. 지금 여기서 아즈라크의 이름이 튀어나온 건 적절하지 않았어. 다시 얘기할 기회를 줘."

"야나, 듣고 싶어."

들려 달라며 양손으로 지그시 야나의 손을 잡았다.

꼭 쥔 손을 보고 올리아나를 올려다본 야나의 입술이 파르르 떨렸다.

"으으으……."

"귀, 귀여워……."

"으윽……."

올리아나는 새빨개진 얼굴로 사랑에 빠진 소녀 같은 눈을 한 채 야생의 짐승처럼 으르렁거리는 야나가 너무 귀여워서 어쩔 줄 몰라 했다.

단념한 야나가 중얼거렸다.

"너무 지쳤나 봐. 왕녀 역할에서 겨우 벗어나서 기숙사에 돌아와서, 오랜만에 올리아나의 얼굴을 봐서…… 무심코 입에서 튀어나왔어."

"알았어."

"계속 숨기고 싶었어. 이건 비겁한 사랑이니까."

"그래? 하지만 나는 듣고 싶어. 그러면 안 돼?"

정말로 안 된다면 억지로 얘기하게 할 마음은 없었다. 하지만 올리아나의 마음이 전해졌으리라. 야나는 촉촉해진 눈으로 올리아나를 올려다보았다. 절박한 눈망울은 마치 매달리는 듯 애처로웠다.

"난 아즈라크가 좋아."

딱딱하게 굳은 야나의 목소리는 놀랄 만큼 가늘었다. 이 세상의 모든 용기를 쥐어짜서 내뱉은 듯한 목소리는 아즈라크를 향한 야나의 마음을 표현하는 것 같았다.

"계속, 계속 좋아했어. 어릴 때부터 계속……."

야나가 올리아나의 손을 꼭 쥐었다.

∴   ∵   ∴   ∵

야나가 가장 오래된 어릴 적 기억을 떠올렸을 때 아즈라크는
이미 야나 곁에 있었다.

에테 카리마 왕궁은 세상에서 손꼽히는 호화로움을 자랑한
다. 왕궁 곳곳에 있는 기둥에는 보석이 촘촘히 박혔고, 정원
에는 매시간 화려한 분수에서 물기둥이 치솟았으며, 이 세상
곳곳에서 가져온 꽃을 심은 화원에는 곱게 차려입은 아름다
운 여인들의 웃음소리가 끊이지 않았다.

에테 카리마 국왕의 자손은 여덟 살이 되기 전까지 하렘에서
유년기를 보낸다. 야나의 오빠 신라와 젖형제인 아즈라크는
야나가 여섯 살이 될 때까지 함께 자랐다.

야나는 그냥 아즈라크가 좋았다. 아홉 명이나 되는 오빠 중
누구보다도 아즈라크를 따랐다. 야나는 한순간도 아즈라크
와 떨어지려 하지 않아, 야나의 오른손은 언제나 아즈라크의
왼손을 잡고 있었다.

여섯 살이 넘어서부터 야나의 장난은 더욱 심해졌다. 돌봐
주는 하인이 잠시 눈을 뗀 순간 하렘에서 사라질 때가 종종 있
었다.

그럴 땐 모두 아즈라크를 찾았다. 행방을 알 수 없는 장난꾸
러기 여섯 살 아이를 찾는 것보다 야무진 여덟 살 아이를 찾는

것이 빨랐기 때문이다.

그리고 언제나 야나는 아즈라크의 곁에 있었다.

야나가 그만큼 아즈라크를 따르니 주위에서 아즈라크에게 야나의 호위 역할을 맡겼다. 당시 무예에 심취해 있던 아즈라크가 아직 여덟 살임에도 큰 어른을 간단히 이길 정도로 강하다는 점이 주위 어른의 환심을 샀다.

아즈라크가 늘 곁에 있게 되자, 야나의 장난기는 원래 없었던 것처럼 딱 사라졌다. 늘 야나가 찾아 헤맸던 아즈라크가 곁에 있게 되었으니 당연했다.

야나는 아즈라크의 곁에서 왕녀로서의 기품과 자애로운 마음을 배웠다.

그런 평온한 날이 계속 이어지리라 생각했다.

문제가 일어난 것은 야나가 열두 살이 되었을 때였다.

「야나, 너를 아즈라크와 결혼시키려고 한다.」

「어머나, 아버님. 그것만은 절대로 싫습니다.」

야나가 아즈라크를 향한 감정이 사랑임을 깨달았을 무렵이었다.

"아즈라크와 약혼 얘기가……?"

가만히 야나가 하는 말을 듣던 올리아나가 고개를 갸우뚱거렸다.

야나는 미소 지었다. 이 소녀와 친구가 된 지 벌써 4년째다.

4년 전 이 방에서 처음 만났을 무렵에는 올리아나에게 이렇게까지 자기 내면을 보여주리라고는 상상도 못했다.

야나는 에테 카리마 왕궁에서 수많은 하인을 거느렸지만 친구라고 부를 상대는 한 명도 없었다.

오랫동안 긴 시간을 함께 있어도 하인은 하인이고, 야나는 한 왕국의 공주였다. 자신이 뱉는 말에 얼마만큼의 힘이 있는지 잘 아는 야나는 점차 주변 사람과 마음의 거리를 두게 되었다.

그리고 스스로 먼저 거리를 두게 되면서부터 깨달은 것이 있었다.

애초에 상대방은 야나가 생각하던 것만큼 자기를 가까운 사람이라고 생각하지 않았다는 점이다.

'올리아나는…… 나와 거리를 재면서도 결코 떨어지려고 하지 않았어. 지금도 바로 옆에서 내 내면까지 비집고 들어오려고 해.'

이러한 우정이 자기에게도 찾아오다니. 야나는 믿을 수 없었다. 올리아나에게 얘기하는 것이 쑥스러우면서도 기뻐서 처음으로 더듬거리며 마음속 이야기를 꺼냈다.

"맞아. 아즈라크는 나를 신부로 맞이하는 데 문제가 없을 집안이었으니까. 말괄량이 공주를 다른 곳으로 보내 문제를 일으키는 것보다 국내에서 아즈라크에게 시집보내는 게 더 편한 길이라고 생각한 거지."

"그럼 왜 시련 같은 걸……"

올리아나의 얼굴에 '이해할 수 없다'고 쓰여 있었다.

그런 올리아나의 얼굴을 보자 눈이 시렸다.

'올리아나는 아직 사랑을 몰라.'

상대방을 좋아한다면 자기에게 들어온 혼담을 기뻐하는 게 당연하다고 생각했다.

이렇게까지 마음이 불타오르고, 마음에도 없는 일만 잔뜩 하고 싶고, 울고 싶고, 도망치고 싶고, 결코 행복하지 않은 감정. 도저히 어찌해야 좋을지 모르는 감정을 주체하지 못했던 적이 없었다.

"이유라면 간단해. 아즈라크와 결혼하고 싶지 않았기 때문이야."

야나는 피식 웃었다.

"나 말이야, 어릴 때부터 정말로 껌딱지처럼 아즈라크 곁에만 꼭 붙어 있었어. 그러니까…… 아즈라크가 누구를 사랑하는지 잘 알았거든."

올리아나는 숨을 삼켰다.

'나도 사랑을 모르던 때로 돌아가고 싶다. 이렇게 꼴불견인데다가 답이 없는 나 자신에게 휘둘리는 건 이제 질렸어.'

그저 아즈라크의 왼손만 붙잡고 있으면 좋았던 그때를 떠올릴 때마다 야나는 빌었다.

"아즈라크는 있지. 어머니를 좋아해. 우리 어머니 말이야."

아즈라크의 시선이 향하는 곳에는 언제나 야나의 어머니가 있었다.

야나의 어머니는 열네 살에 하렘에 들어와 열여섯 살에 야나를 낳았다. 어머니가 아직 어릴 때 낳아서인지, 야나는 다른 왕족과 비교해 체구가 작았다.

아버지의 하렘에 있는 사람 중에서도 어머니의 아름다움은 1, 2위를 다툴 정도였다. 어머니는 왕궁에서 질투와 선망의 대상이었다.

어린 아즈라크도 그런 어머니에게 마음을 애태우는 한 사람이었다.

아즈라크는 어머니가 곁에 있으면 꼭 호위 대상인 야나보다도 어머니를 바라보았다.

어머니는 실수가 잦고 위태로운 부분이 있어 야나보다도 더 손이 가는 소녀 같았다. 사랑스러운 어머니의 실수는 절세미녀인 어머니에게 넘치는 매력 중 하나일 뿐이었다. 어머니가 어디에 부딪히거나 물건을 떨어뜨리거나 할 때마다, 아즈라크는 야나를 두고 한달음에 어머니에게 달려갔다.

어머니가 하렘에서 나갈 일이 있을 때는 꼭 아즈라크도 함께했다. 언제나 정해진 것처럼 어머니의 옆, 왼쪽 자리를 지켰다. 열 살이 된 뒤로 몸이 쑥쑥 커지기 시작한 아즈라크는 어머니 곁에 서 있어도 그 풍채가 뒤지지 않았다.

왕의 부인에게 닿는 것은 용서받지 못할 텐데, 아즈라크의 팔은 언제나 어머니에게 닿고 싶은 것처럼 어머니의 등 뒤에 얹혀 있었다.

호위에 방해된다며 야나에게는 허락되지 않은 오른손. 야나의 어머니는 그 특별한 손으로 아즈라크의 호위 대상이 아님에도 보호받았다.

닿고 싶지만 닿을 수 없어 애타는 아즈라크의 오른손을 뒤에서 볼 때마다 괴로웠다.

'그 손을 보고 사랑이 뭔지 알았어. 어머니 때문에 애를 태우는 아즈라크를 나는 사랑 했어.'

비참한 사랑의 시작이었다. 어떻게 해도 어머니를 이길 수 없었다.

거기에 더 최악인 점은 야나가 에테 카리마 왕국의 왕녀라는 것이었다.

아즈라크의 마음을 무시하고 그를 손에 넣을 수 있는 신분이라는 점이었다.

"아즈라크는 지금 열여덟 살이야. 어머니는 서른두 살이지. 그리고 어머니는 또 한층 아름다워지신 모양이야."

방학 동안 에테 모국에서 온 하인에게서 어머니의 이야기를 듣는 것은 야나에게 고통이었다.

라겐 마법학교에 입학한 뒤로 한 번도 모국에는 돌아가지 않았다. 입학하기 전에도 아즈라크는 어머니 곁에 섰을 때 어른스러웠다. 지금이라면 더더욱 잘 어울릴 게 분명했다.

어머니와 아즈라크 사이에는 열네 살이라는 나이 차가 있음에도, 고작 두 살 밖에 차이가 나지 않는 야나보다도 훨씬, 두 사람은 무척 잘 어울렸다.

아이를 낳은 지금도 어머니의 아름다움은 퇴색되지 않고 그저 앉아 있기만 해도 아름다운 여성의 자태를 뽐낸다고 했다.

"그런 어머니가 아주 잠깐이라도 아즈라크의 눈에 담기는 게 싫어서, 우리 나라에 돌아가지 않는 거야."

야나는 자신의 비겁함을 비웃었다.

해를 거듭할수록 어머니와 똑 닮아가는 자기 얼굴. 그 얼굴이 아름답다고 칭찬받아도 딱히 기쁘지 않았다. 특히 아즈라크에게 칭찬받기라도 하는 날에는 기분이 최악이었다.

"왕의 아내를 연모하는 것은 중죄야……. 하지만 그런 건 그냥 표면적인 문제일 뿐이지. 나는 그냥…… 어머니를 좋아하는 아즈라크에게 어머니 대신에 사랑받고 싶지 않았어."

아버지에게 아즈라크와 결혼하라고 제안받은 야나는 아즈라크 앞에서 강하게 거부했다.

아즈라크와 결혼할 생각 따위는 없다고, 자기가 품은 아즈라크를 향한 감정은 연애감정이 아니라고 아즈라크에게 호소하고 싶었기 때문이다. 아즈라크를 시련의 호위로 선택하면서까지 이 비겁한 연정을 숨기고 싶었다.

'어머니를 좋아하는 아즈라크의 아내가 되긴 죽어도 싫어.'

아내가 되면 평생 후회 속에서 살아가야 한다.

분명 아즈라크의 손가락이 닿을 때마다 아즈라크가 정말로 닿고 싶어 했을 인물이 떠오를 것이다.

분명 아즈라크가 이름을 부를 때마다 아즈라크가 그 입에 담고 싶어 했을 이름이 떠오를 것이다.

분명 아즈라크가 야나의 눈동자를 들여다볼 때마다 자기와 닮은 어머니가 떠오를 것이다.

"미련하다는 건 알아. 하지만 나는 내 마음을 지키기 위해 그렇게 할 수밖에 없었어."

왕이 정한 상대를 거부하려면 그에 걸맞은 이유가 꼭 있어야 한다. 야나는 그러할 권리를 갖고 있었다. 왕의 딸로서 시련에 매달렸다.

"시련은 딱 좋은 핑계였어. 내 미래의 남편이 될 사람은 아즈라크에게 이겨야만 하니까. 아즈라크가 지면 어쩔 수 없다고…… 이 결혼은 아즈라크가 원하지 않았다고 스스로를 타이를 수 있으니까."

참았던 눈물이 마룻바닥에 뚝뚝 떨어지기 시작했다.

"아즈라크 쪽이 강하면 아즈라크를 원할 테니까. 아즈라크한테 나를 차지하라고 명령할지도 모르잖아?"

그러니까 나는 아즈라크를 이긴 사람과 결혼하기로 했다.

어떻게든 웃어 보였지만 곧장 얼굴이 일그러졌다. 아즈라크를 향한 마음을, 자기 결의를 입 밖으로 내뱉은 건 처음이었다.

야나는 이렇게 괴로우면서도 마음이 편해질 줄 몰랐다.

갑자기 압박감이 야나를 덮쳤다. 올리아나가 끌어안았기 때문이다. 야나보다 조금 더 큰 몸으로, 올리아나는 야나를 지키려는 듯 꼭 끌어안았다. 힘이 들어가서 팔이 약간 아플 정도였지만, 야나는 이 포옹이야말로 자기가 그 어떤 것보다도 원했던 것임을 알았다.

올리아나의 가슴팍에 볼을 기댔다. 올리아나의 옷이 젖어 점점 차가워졌다.

어릴 적에 어머니 곁에 있는 아즈라크를 늘 지켜보았다.

아즈라크는 어머니에게 정중하게 머리를 숙이고 옆에 가까이 서 있었다. 호위치고는 너무 가까웠다.

아즈라크는 지금보다 키가 작고 몸이 가늘었다. 그렇지만 훌륭한 전사의 긍지를 가슴에 품고, 당당히 어머니의 곁을 걸었다.

'아아, 좋겠다.'

저것이 자기 것이 되길 바랐다.

그게 사랑임은 몰랐어도 그 손을, 그 눈을, 그 열기를 원한다고 어린 마음에도 진심으로 그렇게 느꼈다.

원하는 것은 뭐든 손에 넣을 수 있었다.

하지만 아즈라크의 마음은 아무리 떼를 써도 손에 넣을 수 없음을 알았다.

그때부터 야나는 원하는 것을 포기했다.

원하는 것을 포기하고 보니 그것 말고는 딱히 원하는 것이 없음을 깨달았다. 야나는 그저 행복한 채로 아즈라크의 곁에 있고 싶었다.

얌전히 웃고 있으면 모두가 야나를 애지중지했다. 애교 있게 행동하면 사람들은 야나에게 흠뻑 빠져 응석을 받아줬다.

말괄량이 공주라고 부르며 그렇게 골치 아파했으면서. 바보 같다고 웃고 싶었다.

하지만 여전히 아즈라크는 변하지 않았다. 야나가 어떤 식으로 변해도 아즈라크는 늘 곁에 있었다. 어머니 곁에 있기 위해서.

그래서 야나는 항상 아즈라크를 원했다.

∴ ∵ ∴ ∵

"아즈라크한테 좋아하는 사람이 있을 거라고는 생각해 본 적 없었지만……."

올리아나는 여자 기숙사 입구에서 야나를 기다리던 아즈라크를 슬쩍 올려다봤다.

'잘 어울리네.'

올리아나의 얼굴이 진지해졌다.

'이렇게 서른세 살의 연상을 짝사랑하는 게 잘 어울리는 열여덟 살이 또 있을까…….'

부지런히 야나를 돌보는 모습이 마치 어미 새 같았지만, 원래 특별하게 타고난 색기가 있는 남자였다.

굵은 손가락과 희미하게 땀이 맺힌 유연한 목, 입꼬리를 올려 짓는 미소. 또래 남학생과는 아예 차원이 달랐다.

'유부녀를 향한 이룰 수 없는 사랑에 몸을 불태우는 것도 잘 어울리고, 거기에 유부녀 손에 키워졌다고 해도 잘 어울려…… 아, 이러면 안 돼! 왠지 모르게 뭔가 야해!'

자기 머릿속에 떠오른 망상을 필사적으로 머리 한구석으로 몰아냈다.

기본적으로 과묵하지만 무척 야성적이고 남자다운 아즈라크. 그런 아즈라크가 야나를 대할 때만큼은 무엇보다 소중한 보물을 다루듯이 정중해진다.

'아즈라크에게 좋아하는 사람이 있다면 그건 분명 야나일 거라고 생각했는데.'

자기 눈에 고스란히 보여야만 알아챌 수 있다니, 나는 아직 어린애였던 모양이다.

"왜 그래, 에르샤. 생명의 위협이 느껴지는데."

아즈라크가 자기를 물끄러미 바라보던 올리아나를 보고 피식 웃었다. 아즈라크와 얘기를 나누던 야나도 뒤돌아봤다.

야나는 아즈라크를 좋아한다고 말한 뒤에 씩씩하게 웃는 얼굴로 "얘기 들어줘서 고마워. 평소처럼 대해 주면 좋겠어."라고 얘기했다. 야나는 소중한 친구다. 올리아나는 야나의 바람처럼 대하고 싶었다. 하지만 아즈라크의 색기를 눈앞에 두고 해서는 안 되는 망상에 빠진 올리아나는 황급히 마음을 가다듬었다.

"미안. 아즈라크의 잠버릇 때문에 뻗친 머리가 희한해서."

순간적으로 입에서 튀어나온 거짓말이었지만 아즈라크는 속은 것 같았다. 커다란 손바닥으로 자기 머리를 쓸어내렸다.

"눈에 띄어?"

"그렇게까지 띄지는 않아."

처음부터 머리는 뻗치지 않았지만, 올리아나는 뻔뻔스럽게도 고개를 저었다.

그런 올리아나를 보고 킥킥 웃던 야나가 아즈라크의 이름을 불렀다.

"아즈라크."

아즈라크는 이름을 한 번 불린 것만으로도 야나가 무엇을 원하는지 깨달은 것 같았다. 아즈라크는 바로 무릎을 굽혔다. 190cm가 넘는 큰 키의 남자가 150cm밖에 안 되는 야나 앞에 무릎을 꿇었다. 아즈라크가 고개를 숙여서인지, 야나는 기쁜 마음을 감출 생각도 없이 웃는 얼굴로 아즈라크의 머리를 만졌다.

"억세게도 뻗쳤네."

"그럼 저 옆에 냇가에서 물이라도 묻히고 올까요."

"그렇게까지 안 해도 돼. 잠시 가만히 있어."

야나가 키득거리며 아즈라크의 머리를 쓰다듬었다. 작고 가느다란 손가락이 춤을 추듯 아즈라크의 구불구불한 검은 머리카락 사이를 누볐다.

"안 고쳐지네~."

"그러니까. 이제 조금만 더 하면 될 것 같은데."

올리아나도 아즈라크의 머리를 들여다보며 뻗친 머리를 고쳐주는 척하는 야나의 장단에 맞춰 너스레를 떨었다.

머리 위로 두 여자아이가 키득거리며 머리카락을 만지는데도 아즈라크는 불평 한마디 없이 그저 가만히 기다렸다.

16장 ─◈─ 그것은 말하자면, 쌍방 짝사랑

3개월 만에 간 라겐 마법학교는 이제 막 방학이 끝나서 돌아온 학생으로 북적였다.

교문을 지나서 바로 앞에 있는 광장에는 오랜만의 재회로 흥분한 학생들이 기숙사로 갈 생각은 않고 그대로 서서 이야기를 나누고 있었다.

그런 학생들 틈을 비집고 식당으로 향하던 올리아나와 야나, 아즈라크에게 반가운 목소리가 말을 걸었다.

"안녕! 올리아나, 야나, 아즈라크! 잘 지냈어?"

발밑에 짐을 내려놓은 채로 남자애들과 얘기하던 루시안이 올리아나 쪽을 향해 크게 손을 흔들었다. 루시안 옆에는 카이도 함께였다. 두 사람 모두 방학 전과 크게 달라진 것은 없었다.

올리아나도 손을 흔들며 야나, 아즈라크와 함께 루시안 쪽으로 걸어갔다.

"루시안, 먼 길 오느라 고생 많았어."

"완전 힘들었어. 우리 집은 저 외진 곳에 있어서. 아, 이거 선물이야. 야나도 받아."

"아, 고마워."

"어머, 정말 고마워."

왕도에 본가가 있는 올리아나나 카이와는 달리, 지방 영주의 아들인 루시안은 방학에 반드시 영지로 돌아갔다.

"아즈라크도."

"야나 님께 드렸으니 나도 받은 걸로 할게."

"그게 무슨 소리야. 자, 여기."

아즈라크는 멋쩍은 웃음을 지으면서도 결국 감사의 인사를 건네며 루시안이 선뜻 내민 과자를 받았다. 루시안은 이런 부분이 있어서 평소에 무신경한 말을 서슴없이 해대도 사람들에게 귀여움을 받는다.

"우와, 너희~! 다들 왔구나!"

"에다…… 잡아끌지 마……. 진짜 그러지 마. 토할 것 같아……."

"이제 다 왔어. 하이데마리! 좀 더 힘을 내!"

에다, 하이데마리, 콘스탄체. 여자애들 3인조도 도착했다.

학생이 학교에 도착하는 시간은 당연히 마선로 도착시각에 따라 결정된다. 하이데마리가 이제 도착한 걸 보면 곧 다음 차를 탄 학생들도 도착할 것이다.

"하이데마리, 괜찮아?"

"마선로에서 책을 읽었더니 멀미하나 봐. 토할 것 같아……."

올리아나가 비틀거리며 걸어오는 하이데마리를 부축했다. 남작 가문의 딸인 하이데마리 역시 영지에서 돌아오느라 긴 여행을 한 것이다.

"에고, 어떡해. 보건실 갈래? 짐은 내가 방에 옮겨줄 테니까 좀 쉬고 오면 좋을 것 같은데."

하이데마리와 올리아나의 기숙사는 동이 다르다. 두 채나 떨어져 있지만 몇 번 놀러 간 적이 있어서 방이 어딘지 기억하고 있었다.

"아니 괜찮아……. 잠깐 여기 앉을래."

자기 짐을 끌어안고 주저앉은 하이데마리의 팔을 카이가 끌어당겼다.

"으악 잠깐……."

갑자기 카이 손에 이끌려 일어난 하이데마리는 비틀거리며 카이의 뒤를 따랐다.

"저기, 여기 있는 것 좀 치워 줄래? 아픈 사람이 있어."

"앗, 네. 죄송합니다."

바로 옆 벤치에 짐을 올려놓고 서서 대화하던 학생들이 카이의 말을 듣고 급하게 짐을 치웠다. 하급생인 것 같았다. 그 아이들은 왠지 불쌍해 보일 정도로 다급히 짐을 챙겨 떠났다.

카이는 자기 짐을 벤치에 올려놓고 하이데마리를 앉혔다.

"그거 베개로 써도 돼."

"고마워~."

하이데마리가 벤치에 누워 카이의 짐에 얼굴을 묻고 힘없이 손을 흔들었다.

에다와 콘스탄체는 한 번 얼굴을 마주 보더니 루시안에게 말했다.

"봤지? 알겠어? 저게 바로 인기의 비결이야."

"저러지 못하니까 루시안은 언제까지나 모태 솔로인거고."

"너희들 진짜 그래라? 카이도 모태 솔로거든? 나는 진심 그렇게 생각하거든? 그렇지? 카이!"

"개학 날부터 큰 소리로 뭔 말을 하는 거야……. 진짜 질린다……."

식겁한 카이가 루시안과 거리를 두며 말했다.

'아……. 이 광경을 보니 돌아온 게 실감 나네…….'

훈훈한 마음으로 친구들을 바라보던 올리아나는 이쪽과는 또 다른 느낌으로 유독 시끄러운 무리를 발견했다.

조금 떨어진 곳에서 남학생 두 명이 여학생에게 둘러싸여 있었다.

들고 있는 짐의 양을 보니 아직 기숙사에는 들르지 못한 듯했다. 선물을 손에 든 수많은 여학생에게 둘러싸여 있는데도 보일 만큼 키가 큰 두 남학생, 빈센트와 미겔의 얼굴은 쉽게 알아볼 수 있었다.

미겔도 빈센트도 몰려든 여학생을 보고 별일 아니라는 듯, 서늘한 미소를 띠고 대했다.

올리아나는 이런 광경을 처음 봐서 옆에 서 있던 야나의 팔을 잡아당겼다.

"저기, 저것 좀 봐."

"어머. 인기가 대단하네. 꼭 서커스에서 나오는 곰 같기도 하고."

정곡을 찌른 비유에 올리아나는 웃음이 났다.

하지만 여학생들이 미겔은 그렇다 치고 빈센트에게 이런 식으로 서슴없이 몰려든 건 신기했다. 최소한 방학 전에는 이런 광경을 본 적이 없었다.

빈센트 탄자인은 고결한 존재다.

가벼운 마음으로 손을 뻗을 수 없고 가까이 다가가는 것조차 불가능한, 하늘 높이 뜬 머나먼 달 같은 불가침적 존재.

"어떻게 된 거지. 다들 예전에는 멀리서 바라보기만 했는데."

"올리아나랑 친해졌으니까 자기들도 그럴 수 있다고 생각하지 않았을까 싶네."

"어? 나?! 아아 그렇구나?"

야나의 대답에 납득하고 고개를 끄덕였다.

귀족도 아니고 같은 특별반도 아니고 같은 성별도 아닐뿐더러 그동안 전혀 교류가 없었던 올리아나도 빈센트와 친구가 됐으니 오히려 자기라면 더 친해질 수 있으리라 여긴 여학생이 있다고 해도 전혀 이상할 게 없었다.

방학이 끝난 뒤의 들뜬 기분과 선물이라는 이름의 무기가 손에 있으니, 여학생들은 빈센트에게 다가가기 딱 좋은 기회라고 여긴 듯했다.

"그렇구나~. 빈센트가 기뻐하려나."

"아무리 봐도 기뻐하는 걸로는 안 보이지만."

야나의 말에 올리아나는 신음하며 고민에 빠졌다.

야나는 잘 모르겠지만, 빈센트는 올리아나에게 자기는 친구가 없으니 친구가 되어 달라고 구태여 부탁했을 정도로 고독했다.

주위에 있는 건 여학생들뿐이지만 올리아나 역시 여자다. 이성인 친구도 허용범위일 것이다. 상대방의 동기가 불순하다 해도 이렇게 많은 학우와 알 수 있는 기회라면 빈센트는 기쁘게 받아들일 게 분명했다.

"지금은 방해하고 싶지 않으니까 빈센트랑 미겔에게는 나중에 다시 인사……."

"올리아나!"

'……하러 갈래.' 라고 야나에게 말하려던 올리아나를, 빈센트가 저 멀리서 불렀다.

뭐야? 무슨 일이야? 하며 뒤돌아본 건 올리아나만이 아니었다. 빈센트와 미겔을 신경 쓰지 않던 학생들도 일제히 빈센트를 향해 시선을 옮겼다.

"마중 나온 거야? 미안. 약속 시간보다 좀 늦어졌네."

"어?"

도대체 무슨 소리인지 모르겠어서 올리아나는 눈을 크게 깜빡였다. 그 와중에도 빈센트는 여학생들에게서 벗어나려고 노력했다.

"이대로 가자. 미겔, 괜찮지?"

"난 괜찮아. 잘 가라~."

미겔이 히죽 웃으며 여학생들에게 둘러싸인 채 손을 흔들었다. 빈센트는 올리아나가 있는 곳으로 달려왔다.

"미안. 잠깐만."

놀란 올리아나의 귓가에 속삭이며, 올리아나의 손목을 잡고 빈센트가 끌어당겼다.

팔을 잡아당기는 빈센트에게 이끌려 올리아나는 달렸다. 올리아나가 뒤돌아 친구들을 보니, 벤치에 누워있던 하이데마리까지 얼굴을 들고, 모두가 손을 흔들고 있었다. 이게 무슨 수치스러운 장면이란 말인가. 참지 못하고 입에서 비명이 새어 나왔다.

인적이 드문 장소에 다다라서야 빈센트는 건물 그늘로 숨은 뒤, 거칠어진 호흡을 다듬었다.

"네가 거기 있어서 천만다행이었어."

"괜, 괜찮, 지만……. 무, 무, 뭐…… 뭐가…….."

호흡이 약간 거칠어졌을 뿐인 빈센트와 달리, 짐 없이 빈손으로 달렸으면서도 올리아나는 어깨가 들썩거릴 정도로 숨을 몰아쉬었다.

'빈센트, 다리가 빨라……!'

남자아이와 함께 뛰어본 적 없었던 올리아나는 빈센트와 발맞춰 달리는 것만으로도 필사적이었다. 거의 공중에 뜬 상태로 달린 것만 같았다. 호흡도 정돈하지 못한 채 흐르는 땀을 로브 소매로 닦아냈다. 무릎이 부르르 떨렸다. 지금 당장 주저앉고 싶을 정도였다.

"여기에 앉으면 돼."

"아니…… 차마 그렇게는…… 차기 시류 공작의 짐을 깔고 앉을 수는……!"

허리를 깊게 숙이고 숨을 헐떡이며 대답하는 올리아나를 보고, 빈센트는 강요는 하지 말자고 생각한 모양이다. 그 대신에 손수건을 꺼내 지면에 깔았다. 굳이 사양하는 것도 좀 그래서 올리아나는 감사한 마음으로 앉기로 했다.

그 옆에 빈센트도 앉았다. 한쪽 무릎을 세워 팔을 올리고 앞을 바라봤다. 어깨를 들썩이며 헐떡이는 처참한 모습은 보여주기 싫어서 올리아나는 안도했다.

"이제 좀 괜찮아졌어?"

"어찌어찌. 체력이 달려서 면목 없어요."

"내가 갑자기 부탁한 거니까 그렇게 미안해하지 말았으면 좋겠어."

눈썹을 끌어내리며 애틋한 표정으로 빈센트가 웃었다. 조금 전 여학생들을 상대했던 때의 웃음과는 다른 표정에 왜인지 가슴이 술렁였다.

"그것보다 도망쳐도 괜찮아요?"

올리아나는 빈센트와 만날 약속 같은 건 하지 않았다. 하지만 그렇게까지 해서 여기로 데리고 왔다는 것은 그 장소에서 한시라도 빨리 벗어나고 싶었던 모양이다.

"괜찮고말고. 뿌리친 건 나야."

"그치만 모처럼 친해질 기회였는데."

"그 아이들이 나를 좋아하게 되는 건 곤란해."

잠깐의 침묵 뒤에 빈센트가 마음을 다잡은 듯이 단호하게 말했다.

"아아~. 그런 거야? 어, 그래, 그럴 수도 있지. 아…… 그래 그렇지……."

 술렁이던 마음이 순식간에 잠잠해졌다. 놀라운 효과였다. 신경 진정제 같은 약으로 만들어 팔면 불티나게 팔릴 게 분명한 위력이었다.

 '상대가 자기를 좋아하면 곤란해지는구나.'

 생각해 보면 당연했다. 빈센트에게는 좋아하는 사람이 있다. 연애감정을 갖고 알짱거리면 민폐일 뿐이다.

 '괜찮아. 나는 빈센트의 '친구' 야. 곤란하다는 건 날 말한 게 아니야.'

 어째서인지 욱신거리기 시작한 마음을 지키려는 듯, 올리아나는 무릎을 꽉 끌어안았다.

 빈센트를 곤란하게 하고 싶지 않았다. 그리고 그 이상으로 자기 때문에 곤란해하지 않기를 바랐다.

"올리아나……?"

 생각에 잠겨 침묵한 올리아나가 걱정됐는지, 빈센트가 땅에 손을 디뎠다. 다른 한 손으로 바닥을 딛고 몸을 기울여 올리아나의 얼굴을 들여다봤다.

"왜 그래?"

 상냥한 목소리의 유혹을 이기지 못하고 올리아나는 푹 숙였던 얼굴을 들었다.

 금빛 머리카락이 살랑거리며, 보랏빛 눈동자가 올리아나를 똑바로 바라봤다. 조금 전에 달린 탓인지 빈센트의 이마에는 땀이 송글송글 맺혀있었다.

'왜일까. 지금 무척 빈센트의 품에 달려들고 싶어.'

올리아나는 그 이유 모를 충동을 참으려고 빈센트의 눈동자를 지긋이 들여다봤다. 빈센트의 눈동자가 당황한 것처럼 흔들렸다.

빈센트가 올리아나의 눈꼬리를 향해 손을 뻗었다.

"올리아……."

"빈센트?"

이름을 부르는 목소리를 듣고 숨을 삼킨 건, 올리아나가 아닌 빈센트였다. 올리아나에게 뻗으려던 손을 내리고 일어섰다.

"샤론이었군. 무슨 용건이라도 있어?"

그곳에 있는 것은 한 여학생이었다. 빈센트와 같은 특별반에서 함께 웃고, 시류 공작부인과 오페라 극장 일등석에 함께 있었던, 그 여학생이었다.

샤론이라는 이름을 처음으로 의식한 올리아나는 계속 앉아 있는 것도 무례하지 않나 싶어 손으로 바닥을 디뎠다. 올리아나가 일어서려는 걸 깨달은 빈센트가 다급히 뒤돌아봤다.

"무리하지 않아도 돼."

"이제 괜찮다니까."

웃으며 얘기하니 빈센트는 조심스러운 미소로 답했다.

올리아나와 빈센트를 지켜보던 샤론이 천천히 입을 열었다.

"빈센트가 아직도 기숙사에 안 갔다기에 걱정돼서."

"내가 애야? 네가 찾아다닐 필요 없어."

샤론을 향해 되돌아선 빈센트가 가벼운 말투가 묻어나게 대답했다.

그 말투에 말로 표현하기 어려운 친밀감이 드러나서 올리아나는 굳어 버렸다.

"그렇게 툭툭대지 않아도 되잖아."

"툭툭대는 건 내가 아니야."

"그렇지. 어떤 분을 찾아다니느라 완전히 지쳤어. 넌 언제나 그래. 어릴 때부터 변하지 않았어. 기억해? 네가 없어져서 저택의 모든 사람이 찾아다녔는데 너란 애는…….'

"그 얘기는 벌써 몇 번이나 들었고 잘 기억해. 또 상기시켜 줄 필요 없어."

"그렇게 창피해하지 않아도 되잖아."

샤론이 말하는 뉘앙스를 보면, 아마 조금 전 빈센트의 말투는 평소에도 그런 것 같았다. 화제는 어느새 올리아나는 모르는 그들만의 옛날이야기로 바뀌었다. 소외감이 들어서 두 다리를 가지런히 모으고 자리에서 일어났다.

'나랑은 이런 말투로 얘기한 적이 없어. 이런 식으로 말하는 건 미겔과 대화할 때뿐인 줄 알았는데…….'

이런 까칠한 태도에서 마치 샤론이 빈센트에게 특별한 존재라고 주장하는 듯한 느낌이 들었다.

'혹시.'

올리아나는 언젠가 빈센트가 좋아하는 아이에 관해 얘기했던 것을 떠올렸다.

「귀여운 사람이야.」

「그렇겠네요. 그리고? 그리고요?」

「나랑 나이가 같고…….」

「응응.」

「귀여워…….」

빈센트가 이 라겐 마법학교에서 자발적으로 친하게 지내는 여학생은 올리아나가 아는 한 자기와 샤론뿐이었다.

'빈센트가 좋아하는 애가 누구인지 캐낼 마음 같은 건 없었는데.'

반쯤 멍하니 샤론을 보고 있자, 샤론이 올리아나의 시선을 의식했다.

"안녕. 네가 올리아나구나. 소문은 들었어. 빈센트의 연인이라면서?"

"아니, 올리아나는 친구야. 그런 게 아니야."

'그런 게 아니야.'

알고 있었고 당연한 반응이었다. 그런데 왜인지 가슴이 몹시 저렸다.

올리아나는 가슴이 아파서 울고 싶어졌다는 걸 들키기 싫어서 싱긋 웃음 지었다.

"안녕. 올리아나 에르샤라고 해요."

"샤론 비젤이라고 해. 네가 빈센트의 연인이 아니어서 다행이야. 나와 빈센트는 약혼한 사이거든."

'약혼?'

손을 내밀었던 올리아나는 굳어 버렸다. 순간적으로 무심코 되돌리려던 손을 황급히 멈췄다.

샤론은 올리아나가 필사적으로 내민 손을 우아하게 잡아 악수했다.

"전 약혼자. 올리아나, 얘와는 사촌지간이야."

빈센트는 씁쓸한 얼굴로 얘기했다.

'전 약혼자⋯⋯.'

올리아나는 놀라며 빈센트의 전 약혼자였다는 샤론을 쳐다봤다.

「고백은 안 할 거예요?」

「사정이 좀 있어서. 한 번 멀어지게 된 적이 있어서 거리감을 재는 중이야.」

같은 나이에 무척 귀여운 데다, 부모님에게 인정받고, 특별하게 대하고, 한 번 멀어진 적이 있는 그 여자아이가 지금 올리아나의 눈앞에 있었다.

"정확하지 않은 정보를 떠벌리지 말아 줘."

"떠벌리고 다니지 않아. 지금 여기에서 처음 말한 거야."

"그건 둘째 치고 애초에 말할 필요가 없는 얘기야."

칼같이 선을 긋자 올리아나는 발밑이 휘청거리는 것 같은 기분이 들었다.

지금 빈센트는 올리아나와 샤론을 갈라놓았다.

그리고 빈센트 쪽에 서 있는 건 당연히 샤론이었다.

'친구인 나는 알 필요도 없는 정보.'

올리아나는 가슴이 왜 아픈지 안다. 빈센트와 친근하게 얘기하는 여자애. 분명 빈센트가 좋아할 그 여자애에게 자기를 '친구'라고 소개한 것이 왜 이렇게 마음을 괴롭게 할까.

'사는 세계가 다르다고 깨닫자마자, 연애감정은 불필요하다는 얘기를 듣자마자 이렇게.'

올리아나는 거의 절망적이라고도 할 수 있는 심정으로 갓 태어나서 덧없이 죽어 가는 사랑을 가만히 타이르며 배웅했다.

'이게 무슨 일이야.'

개학식이 끝난 뒤에 올리아나는 혼자 도서실에 앉아 있었다. 책상 위에 책을 펼쳐놓고 읽는 척했지만, 내용이 전혀 머릿속에 들어오지 않았다.

'최악이다. 설마 내가 빈센트 탄자인을 좋아하게 되다니.'

올리아나는 자기가 꽤 자제심이 강한 편이라고 생각했다. 다가가면 안 된다고 인지한 이상 빈센트를 좋아할 일은 없을 거라고 조금 속 편한 마음으로 버텼는데.

날 상대해 줄 리가 없다. 올리아나는 귀족도 아니거니와, 빈센트는 가벼운 마음으로 여자에게 손대는 그런 도를 벗어난 행동을 하는 사람도 아니다.

'알고 있었을 텐데. 왜 나만은 특별하다고 여겼던 거지.'

아니다. 그러기를 바랐던 것이다.

'나만이 특별하면 좋겠다고.'

그 뒤로 잠깐 샤론과 빈센트의 친밀한 대화를 들은 올리아나는 빈센트가 좋아하는 사람이 샤론이라고 확신했다.

　한번 파탄이 난 약혼. 다시 다가갈 거리를 재는 귀여운 여자아이.

　'좋아하는 아이가 달리 있는 사람을 좋아할 정도로 멍청할 줄이야…….'

　빈센트는 샤론을 따라 남자 기숙사로 향했다. 그리고 올리아나는 두 사람이 떠난 후에 친구들이 기다리는 식당으로 혼자 터벅터벅 걸어갔다.

　'이루 말할 수 없을 만큼 쓸쓸한 기분이었어.'

　혼자 있고 싶어서 도서실을 골랐으면서 무의식적으로 빈센트가 올지도 모른다고 기대했는지도 모른다.

　아까 있었던 일의 변명을 듣고 싶어서, 위로의 말이 듣고 싶어서 이런 데까지 와서 버티는 것이라 치면 자기가 너무나 한심해진다.

　'잠깐만 자자.'

　어젯밤에는 전혀 자지 못했다.

　이제서야 밀려오는 잠에 올리아나는 그대로 몸을 맡겼다.

　　　　　　　∴　∵　∴　∵

"자는 얼굴 좀 봐 주자고."

숙덕대는 작은 목소리가 기분 나쁘게 귓속에 울렸다. 도서실 한쪽에 있는 책장에서 책을 꺼내던 빈센트는 웃고 있는 남학생 두 명을 흘끗 쳐다봤다. 몸을 가까이 붙이고 즐거운 듯 이야기를 나누고 있었다. 분위기로 보아하니 상급생인 것 같았다. 책 고르기를 잠시 멈추고 빈센트는 별생각 없이 두 사람의 시선이 향하는 곳을 봤다.

책장에 가려진 도서실 한구석, 잘 눈에 띄지 않는 장소에 올리아나가 잠들어 있었다. 책을 펼쳐둔 채 책상에 엎드려 있었다. 팔 안쪽으로 고개를 파묻어서 얼굴이 안 보였지만, 빈센트가 올리아나를 못 알아볼 리 없다.

저 밀크티 같은 달콤한 색조의 머리칼을 자기 손으로 빗어 내리고 싶다고 얼마나 생각했던가.

"얘 4학년 에르샤지? 너, 전부터 관심 있었잖아."

"조용히 해. 네가 좀 가려 줘."

"그러다 깨서 시끄러워지면 어쩌려고."

"괜찮다니까. 얼굴을 가린 머리를 살짝 올려 보는 것뿐이야."

"그렇게 건드려 보려는 건 아니고?"

"살짝이라고, 살짝."

그중 한 명이 잠든 올리아나에게 손을 뻗었다. 빈센트는 빠른 걸음으로 다가갔다.

"실례합니다. 비켜주시겠습니까?"

그 남자의 손끝이 올리아나의 머리카락에 닿기 직전에 빈센트가 말을 걸었다. 남학생은 화들짝 놀라 어깨를 움츠리며 뒤돌아봤다.

"앗, 탄자인."

"그 자리는 제가 앉았던 자리라."

올리아나의 옆자리를 가리키며 빈센트는 싱긋 웃었다. 남학생들은 황급히 올리아나에게 뻗었던 손을 거두고 옆자리 의자에 손을 걸쳤다.

"그, 그런가요. 전 그것도 모르고 여기에 좀 앉으려고……."

"괜찮습니다. 가끔 그럴 때가 있죠."

그러니까 꺼져라.

말로 내뱉지 않은 비언어적 표현을 제대로 파악한 모양이었다. 남학생들은 인사라고도 할 수 없는 말을 남기고, 그 장소에서 재빠르게 떠났다.

"와, 위험했다. 오늘은 같이 있지 않다 싶더라니."

"이제 그런 짓은 정말 하지 말아라. 우리가 찍히면 다 너 때문이야."

조금 떨어진 장소에서 툴툴대는 남학생들에게는 시선을 옮길 가치조차 없다고 느끼며 빈센트는 올리아나 옆에 앉았다.

팔꿈치를 책상에 걸치고 올리아나 쪽으로 몸을 돌렸다.

조금 전까지만 해도 남자들이 만지기 일보 직전이었다는 것 따위 전혀 모른 채 올리아나는 태평하게 자고 있었다. 지금 이 안타까운 기분을 어떻게 다스려야 할지 몰라서 한숨이 흘러나왔다.

올리아나는 인기가 많다.

콩깍지가 껴서 주관적으로 생각하는 게 아니라 올리아나는 예쁘다. 게다가 다른 사람을 배려할 줄 알고 친구도 많다. 이성을 차별하지 않고 쾌활하게 얘기하는 데다가 다른 학년인 아이에게도 상냥하게 미소 짓고 다가가기 때문에 모두에게 호감인 인물이다.

또한, 신붓감으로서 최고의 조건이라고 할 수 있는 막대한 지참금도 갖고 있다. 이 학교에 다니는 학생들 절반은 평민이다. 평민 출신인 학생에게, 혹은 재정 문제가 있는 하급귀족에게 올리아나는 대단히 조건이 좋은 신붓감이라고 할 수 있다.

남학생의 관심이 올리아나에게 쏠리는 현장을 목격한 건 오늘이 처음이 아니다. 그럴 때마다 빈센트는 몹시 씁쓸하고 불쾌한 기분을 맛보았다.

올리아나와 함께 다니기 전에는 멀리 떨어진 곳에서 방해할 수밖에 없었지만, 이렇게 '친구'가 된 지금은 방금 같은 일이 생기면 당당히 견제할 수 있었다.

"네가 이렇게 인기가 많다니, 예전의 나는 전혀 몰랐어."

아니, 알려고도 하지 않았다. 올리아나가 온 힘을 다해 곁에 있으려고 노력했기 때문에 아무것도 신경 쓰지 않고 편히 지낼 수 있었다.

설령 올리아나가 인기가 많다고 알았어도 우월감마저 느꼈을지 모른다. 두 번째 인생에서 올리아나가 좋아한 건 빈스이자 빈센트였기 때문이다.

머리카락을 쓸어올려 귀 뒤로 넘겨주고 싶었다. 아주 살짝이라도 올리아나의 얼굴이 보고 싶었다. 하지만 조금 전 남학생과 다를 바 없이, 세 번째 인생의 빈센트 역시 잠든 올리아나에게 닿을 권리 같은 건 없었다.

책상에 걸친 팔뚝에 머리를 얹었다. 잠든 올리아나와 시선이 같은 위치에 있었다.

올리아나의 생일날 오페라 극장에서 겨우 만났을 때, 빈센트는 세상의 신이란 모든 신에게 감사했다. 학교 로브 차림인 올리아나도 물론 귀엽지만, 드레스를 입은 올리아나는 정말이지 너무 귀여웠다.

최고 학년의 마지막 정기시험이 있기 전까지, 올리아나와의 사이를 아버지가 눈치채는 것만은 피하고 싶었던 빈센트는 그때 그곳에서 할 수 있는 정도로 축하 인사를 건넸다.

'괜히 오기가 생겨 종이를 태워 버리라고 해 놓고선 웃기지도 않는군.'

종이를 잘 보관해 주는 마르셀에게는 감사한 마음뿐이었다. 결국 빈센트는 아직도 올리아나의 마음에 다가가지 못하면서도 아버지와 나눈 약속에 필사적으로 매달렸다.

'지금의 나에게는 이것만이 올리아나와 앞으로도 함께 할 수 있는 방법이야.'

얼마 전 샤론이 제멋대로 예전에 약혼자다는 것을 올리아나에게 말했을 때, 빈센트는 전에 없이 초조했다. 자기 입으로 말하는 것과 다른 사람 말로 듣는 것은 느낌이 다르기 마련이다. 그래서 더욱 첫 번째 인생의 빈스가 그랬던 것처럼, 두 번째 인생의 빈센트도 자기 입으로 올리아나에게 사실을 털어놓은 것이다.

'약혼했던 건 옛날 일이라고는 했지만 가능하면 조금 더 사이가 좋아진 뒤에 자연스럽게 얘기하고 싶었어.'

약혼자가 있었다고 알아도 올리아나는 딱히 아무것도 의식하지 않을지도 모른다.

그렇지만 올리아나의 눈에 약혼자가 있던 남자, 이 뒤로도 약혼자가 늘어날지 모르는 공작가의 적남으로 비치고 싶지는 않았다. 신분 차이가 있는 것을 의식하게 하고 싶지 않았고, 올리아나가 자기를 연애 상대에서 아예 제외시키기 전에 조금이라도 함께하는 미래를 생각해 주길 바랐다.

'설마 샤론이 그런 태도로 나올 줄이야.'

샤론이 올리아나에게 자신을 약혼자라고 소개했을 때 빈센트는 샤론에게 냉엄한 태도를 보였다.

약혼은 파기되었고 왜 그렇게 되었는지를 상기시켜 주기 위해서였다.

공작부인의 목걸이 도난 사건은 어른들이 의논한 결과, 샤론에게 아무런 책임도 묻지 않는 것으로 결정됐다. 어린아이의 죄가 아니라 어른의 죄라고 판단했기 때문이다.

사건은 공공연하게 알려지지는 않았지만, 당연히 빈센트와 샤론의 약혼은 곧장 파기되었다.

귀족은 무엇보다도 바깥소문을 신경 쓴다. 외부에서 추문에 연루되지 않게 하려고 탄자인가와 비젤가는 친척의 적절한 거리를 유지하는 데 신경 썼다. 그럼에도 샤론은 오늘 그 거리를 잘못 잰 것이다. 아마도 일부러 그랬으리라.

전에 없었던 빈센트의 싸늘한 말투에도 샤론은 태연한 표정을 무너뜨리지 않았지만 내심 초조해함을 알 수 있었다. 아마 당분간은 얌전히 지내리라.

아쉽지만 그 이상 강하게 말할 수 없었다. 빈센트는 샤론에게 죄책감을 안고 있었다.

'샤론이 목걸이를 훔칠 걸 알면서도, 나는 스스로를 위해 샤론을 막지 않았어. 사전에 훔치지 못하게 할 방법은 얼마든지 있었는데도…… 에르샤가와 인연을 맺고 싶다는 이유만으로 아무것도 모르는 어린아이인 샤론을 이용했어.'

샤론이 죄를 저지른 것은 빈센트의 잘못이 아니었다. 하지만 그렇다고 알아도 죄책감은 사라지지 않았다. 그래서 최소한 친척 간에 어울리는 정도라면 최대한 존중하며 샤론을 대했다.

'샤론이 약혼을 파기한 이유까지 파악했는지는 몰라. 조금 전까지 아직도 내게 뭔가 기대할 줄은 몰랐어…….'

빈센트는 샤론이 한 행동을 견제라고 생각했다. 빈센트가 올리아나에게 빠진 걸 눈치챘으리라.

'그저 친척일 뿐인 샤론에게 그럴 권리는 없는데 말이야.'

그런 생각이 들자 쓴웃음이 나왔다. 조금 전에 자기에게도 똑같은 생각을 했기 때문이다.

"올리아나……."

얼굴을 받치지 않은 손으로 머리를 쥐었다. 토라진 것 같은 유치한 표정이 되었음은 스스로도 알았다.

'언제 나를 좋아해 줄래?'

팔뚝에 얼굴을 묻었다.

이 마음을 목소리에 실어 보낼 수는 없었다.

∴ ∵ ∴ ∵

"무슨 향기지……?"

방금 깨서 멍한, 갈라지는 목소리가 들렸다.

맞은편 자리에 옮겨 앉아 책을 읽던 빈센트는 얼굴을 들었다.

잠에서 덜 깬 눈을 한 올리아나가 천천히 몸을 일으켜, 여기저기로 시선을 옮겼다.

"빈센트……?"

"일어났구나."

"나, 잠들어서……."

"피곤했던 거겠지."

올리아나가 신음하며 손가락으로 눈을 눌렀다.

"아픈 거야?"

"네? 아뇨. 비비면 화장이 번져서 이렇게 누르는 거예요."

"아, 그렇구나."

"네."

손가락으로 눈을 누르는 올리아나를 바라보면서 빈센트는 늘 마음 한편에서 슬픔을 느꼈다. 자기가 몰랐던 올리아나의 모습을 볼 때마다, 자기에게 거리를 두고 대하는 올리아나를 마주할 때마다 빈센트는 깊은 고독을 느꼈다.

'최소한 존댓말 정도는 이제 그만 쓰면 안 되나.'

올리아나가 언젠가 스스로 존댓말을 그만 써 주면 좋겠다고 생각했다.

'내가 귀족이어서 존댓말을 쓰는 것 같지는 않아.'

올리아나의 주변에는 남작 가문의 딸도 있고, 정말 열받긴 하지만 미겔에게도 그냥 반말로 얘기한다. 게다가 만약 올리아나가 신분을 고려했다면 이웃 나라의 왕녀에게는 더더욱 존댓말을 쓰는 것이 옳았을 것이다.

'언젠가 내게 익숙해지면, 곁에 있는 게 당연해지면……'

계속 그리 바라기만 하다가 어느새 학년도 바뀌었다. 현재로서는 올리아나가 존댓말을 그만둘 기색은 없었다.

약간의 슬픔은 어느새 간과할 수 없는 지경이 되었다. 올리아나가 자기에게만 존댓말을 쓸 때마다 섭섭함과 강한 질투에 휩싸였다.

"아야!"

올리아나가 작은 목소리로 중얼거렸다.

"무슨 일이야."

황급히 일어나 책상을 돌아 올리아나 옆으로 갔다. 올리아나는 눈을 깜빡였다.

"눈에 속눈썹이 들어간 것 같아서요……"

"잠깐 보여 줘."

"아니, 아니, 안 돼, 안 돼, 안 돼요."

얼굴을 들여다보려고 하자, 올리아나는 당황하며 거절했다. 빈센트는 한 번 포기했다.

"눈물이 안 나?"

"갑자기 눈물 흘리기는 힘들어서요."

"그렇긴 하지."

'그러고 보니 안 우네.'

올리아나의 눈물을 본 지 정말 오래됐다.

'항상 울고 있었는데. 뭐, 운 이유는 대부분 빈스 때문이었지만.'

두 번째 인생에서 올리아나는 자주 울었다. 어쩌면 그렇게 자주 울 수 있나 싶을 정도로 슬플 때도 기쁠 때도 울었다.

'하지만 지금의 올리아나는 울지 않아.'

그게 아니다. 빈센트는 깨달았다.

'안 우는 게 아니야. 우는 모습을 안 보여줄 뿐이지. 나는 아직 올리아나한테 눈물을 보일 만한 상대로 인정받지 못한 거야. 거기까지 마음을 허락하지 않은 거야.'

"울리고 싶어……."

무심코 속마음이 나직이 새어 나왔다.

"네?! 그건 좀……."

올리아나는 눈꺼풀을 누른 채 어쩔 줄 몰라 했다.

'네 눈물이 그리워.'

빈센트는 감상에 젖은 마음을 억지로 거두고 올리아나의 손을 얼굴에서 떼려고 자기 손을 뻗었다.

"일단 그렇게 만지지 않는 편이──."

찰싹.

올리아나가 빈센트의 손을 뿌리쳤다. 헉하고 숨을 삼키는
소리가 들렸다. 빈센트도 마찬가지로 놀랐다.

"미, 미안해요. 하지만 그, 전 괜찮으니까요."

단호한 말투였다. 강한 거절에 빈센트는 한순간 숨이 안 쉬
어졌다.

'올리아나한테…… 이렇게까지 확실하게 거절당한 건 처음
이야.'

이러니저러니 해도, 올리아나는 자기를 받아들여 줬다고 생
각했다.

'분명 올리아나는 무엇을 해도 용서해 줄 거라고……. 비록
눈물은 보이지 않더라도, 나라면 다소 억지를 부려 올리아나
에게 닿으려 해도 불평하지 않을 거라고…….'

그렇게 생각하던 자기의 자만심을 이제야 제대로 깨달았다.
빈센트는 할 말을 잊고 멍해졌다. 올리아나는 뒤돌아서 눈을
몇 번 깜박인 듯했다.

"아…… 뺐어요."

잠시 후 올리아나는 검지 위에 올라간 기다란 속눈썹을 보여
줬다.

"아까는 미안해요. 아무래도 눈을 비벼서 화장이 다 번졌을
것 같아서 보여주기 싫어서요. 좀 부끄럽거든요."

올리아나가 손으로 눈을 가리면서 작게 말했다.

사과를 덧붙인 건 친구의 영역을 넘어선 빈센트를 위한 겉치레였다.

"거울 필요해?"

"괜찮아요. 일단 기숙사에 돌아갈 거니까."

자리에서 일어난 올리아나의 어깨에서 천 하나가 스르륵 떨어졌다.

"어?"

올리아나는 놀라서 목소리를 높이고 발밑을 쳐다봤다. 그리고 의자에 걸려 반은 바닥에 떨어진 빈센트의 로브를 주웠다.

"이거, 빈센트 거예요?"

"맞아. 추워할 것 같아서."

이 정도라면 친구 사이에서 허용되는 범위 안이라고 판단해서 멋대로 어깨에 걸쳐 주었지만, 지금은 그 자신감이 완전히 사라졌다.

'이것도 아까 밀쳐냈던 것처럼 돌려주면 정말 회복 못할지도 몰라.'

이런 불필요한 짓은 하는 게 아니었다. 완전히 겁쟁이가 된 빈센트가 얌전히 돌아올 대답을 기다리자, 고개를 숙이던 올리아나의 입가에 웃음이 피어났다.

"그래서 좋은 향기가 났구나."

마치 겨울에 피어난 장미를 발견한 듯한 부드러운 목소리에 빈센트의 가슴이 쿵 하고 울렸다. 조금 전까지만 해도 불안이라는 이름의 숲에 갇혀 말라 죽을 것 같았으면서 지금은 마음 깊이 로브를 빌려주길 잘했다고 여겼다.

"고마워요. 하지만 웬만하면 여자애한테 이런 행동을 해선 안 돼요."

안도하는 것도 잠시뿐, 빈센트의 기분은 다시 축 가라앉았다.

올리아나가 로브를 내밀었다. 빈센트는 반은 고개를 떨군 채 로브를 받아들었다.

'도대체 왜 그래. 좋은 향기가 난다고 했잖아…….'

로브를 몸에 걸쳤다. 올리아나의 샴푸 냄새가 살짝 나서 빈센트는 고개를 완전히 숙였다.

'그렇군. 이건 해서는 안 되는 일이었어.'

이래서는 로브를 입고 있는 내내 올리아나와 얼굴을 가까이 대고 있는 듯한 기분이 들 것이다.

조금 전과는 다른 의미로 얌전한 얼굴이 되어 빈센트는 알겠다고 대답했다.

∴　∴　∴　∴

"야, 야! 저번에 그때, 어떻게 됐어?"

올리아나가 저녁 식사를 마친 뒤 휴게실 앉아 쉬고 있을 때 루시안이 옆으로 와 앉았다.

"저번에 그때라니, 그게 언제인데?"

"빈센트 손에 끌려갔을 때지. 분위기 좋았는데."

빈센트가 개학식 전에 광장에서 올리아나의 손을 잡고 자리를 피했던 때를 말하는 것 같았다.

그래도 주변은 신경 쓰는 건지, 루시안은 목소리를 낮추고 귓속말로 얘기했다. 올리아나가 뭐라 할지 모르겠다는 표정이 된 것도 눈치채지 못하고 싱글벙글 웃고 있었다.

"뭐, 전부터 너만은 뭔가 특별한 것 같다는 느낌이 들긴 했지만, 저번에는 진짜 장난 아니었어."

'나도 사실 그런 줄 알았지.'

그게 얼마나 뻔뻔한 자만심이었는지 확실히 깨달은 지금은 아무렇지 않은 척하는 것만으로도 벅찰 지경이었다.

'하아…… 근데 그건 착각할 만했잖아. 그러는 게 당연해. 왜냐면 다정했으니까. 왜냐면 나한테 웃어 줬으니까. 아니, 근데, 정말로…….'

하지만 누구에게나 동등하게 상냥한 태도를 보이는 빈센트가 솔직하게 할 말을 다 하는 여자애는 샤론뿐이었다. 「너만은 뭔가 특별한 것 같다는 느낌」의 그 올리아나에게마저 그토록 친근한 분위기를 풍긴 적은 없었다.

"딱히 별거 없었어. 우리는 친구고."

의도한 것보다 조금 더 딱딱한 목소리가 나왔다. 하지만 바로 그걸 깨닫고 웃는 얼굴을 보태서 그런지 루시안은 신경 쓰지 않는 눈치였다.

"너도 좀 더 들이대야지! 만약에 네가 공작가의 며느리가 되면 어쩌지?!"

"그런 거 아니라고 했잖아. 됐으니까 저리 가."

올리아나는 루시안을 한 손으로 밀쳤다.

"루시안은 여자가 들이대면 어떻게든 될 거라고 생각하는 경향이 있군요."

"역시 모태 솔로야. 직진밖에 못하는 타입이거든."

언제부터 이쪽 대화를 들었는지 콘스탄체가 웃는 얼굴로 루시안을 공격했다.

"뭐어? 그거랑은 상관없잖아. 진짜!"

"저번에도 말이지. 하급생 여자애한테 말을 걸더니 귀엽다고 하면서 가슴만 쳐다보더라."

"하이데마리. 너 근데 맨날 나만 보고 있나 보네! 미안해서 어쩌냐. 지금까지 네 마음을 몰랐네……."

"다음에 낙제하면 그땐 네가 알아서 어떻게든 하렴."

"안 돼! 하이데마리 님! 자비를 베풀어 주세요!"

대화가 획획 바뀌는 걸 웃으면서 지켜봤지만, 억지웃음은 오래가지 못했다. 올리아나는 친구들에게 들키지 않으려고 했지만 얼굴에 그늘이 드리웠다.

'이런 사랑은 빨리 접어야 해.'

도서실에서 빈센트에게 닿을 뻗었을 때 자기가 보인 과도한 반응이 떠올라서 죽고 싶었다.

사랑을 해 본 건 처음이었다.

그래서 올리아나는 사람을 좋아하게 되면 이렇게 스스로를 제어할 수 없다는 것을 알 턱이 없었다.

'빈센트가 원하는 건 「친구」야.'

「친구」에 「사랑」이 낄 틈은 없다.

'게다가 특별반도 아니고 노동자 계급인 내가 차기 시류 공작을 좋아하는 건 아무도 몰랐으면 좋겠어.'

빈센트에게는 자기 분수를 아는 아이로 인식되고 싶었다. 빈센트가 '친구'가 되어 주길 바라며 자기를 고른 그 선택이 틀리지 않았다는 걸 증명하고 싶었다.

'빈센트를 실망시키고 싶지 않아.'

빈센트를 좋아하게 되자마자 빈센트에게 바라는 것만 늘어났다.

'이러면서 「친구」라니 웃음만 나오네.'

자기 생각에 뚜껑을 덮어 마음속 깊이 묻어본다.

이 사랑이 아주 조금이라도 고개를 들면, 빈센트를 마주하는 건 오직 부끄러운 자기가 될 것이 분명했다. 호감이 가득한 눈동자로 뻔뻔한 우월감을 두르고 빈센트 옆에 설 자기를 상상하니 몸이 부르르 떨렸다.

'괜찮아. 제대로 「친구」로 있을 거니까.'

루시안 옆에 앉은 채로 멍하니 시끌벅적한 반 친구들을 바라보고 있었더니 등 뒤에서 누가 올리아나에게 말을 걸었다.

"올리아나. 잠깐 괜찮아?"

소파 등받이 뒤에 서 있는 건 빈센트였다.

"안녕, 오늘은 뭐 먹었어?"

빈센트의 옆에 있던 미겔이 카이에게 말을 걸었다. 카이와 콘스탄체가 긴 소파의 가장자리로 자리를 옮기자 미겔이 빈 자리에 자연스럽게 앉았다. 사람들 사이에 잘 파고드는 미겔은 커다란 고양이 같기도 하다.

"무슨 일 있어요?"

"괜찮다면 저쪽에서 얘기하자."

조심스러운 미소에 이끌려 올리아나는 휴게실을 나왔다. 지금까지는 신경 쓰였던 적 없었는데, 무리에서 자기 혼자만 불려 나왔다는 것에 마음속에 괜한 기대가 피어올랐다.

'아냐, 아냐 아냐, 진짜 아니야. 딱히 별거 아닐 거야. 아, 정말 이 사랑이라는 건 대체 뭐냐고……!'

빈센트에게는 이게 '별것 아닌 일'임을 안다.

하지만 이렇게 불려 나온 것만으로도 올리아나에게는 전혀 '별것 아닌 일'이 아니다.

모순적인 것 같기도 하고 완벽히 이해할 수 있을 것 같기도 한 이 사랑에 관해 생각하면서 빈센트를 뒤따라 걸었다.

'저 로브의…… 빈센트의 향기를 나는 알아.'

펄럭이는 로브 자락을 보고 오후에 있었던 일을 떠올렸다.

'예전에는 빈센트의 땀이 스며든 수건으로 당당하게 땀을 닦았으면서.'

살짝 닿을 뻔한 것만으로도 바보같이 눈에 띄는 반응을 했던 자기가 죽을 만큼 수치스러웠다.

'안 돼. 머리가 이상해. 빨리 이런 기분이 잠잠해졌으면 좋겠어.'

사랑을 끝내려면 어떻게 해야 할까. 시간이 해결해 주는 걸까. 이 모든 일이 전부 처음 겪는 것이라 올리아나는 아무것도 알 수 없었다.

원래 이렇게까지 상대를 의식하게 된단 말인가. 한껏 들뜬 기분과 함께 얼굴에 피가 쏠리는 것 같아서 빈센트에게 들키지 않게 심호흡했다.

복도 창문에 빈센트가 기대서 창틀에 오른손을 얹었다. 올리아나는 창밖을 내다보듯 빈센트의 왼쪽에 섰다. 창밖에는 이미 어둠이 내려앉았고, 가지가 앙상하게 마른 나무가 쓸쓸하게 서 있었다. 창문 가까이에서 느껴지는 차가운 공기에 올리아나의 기분이 아주 조금 진정됐다.

"눈은 이제 괜찮아?"

"걱정을 끼쳤네요. 이제는 괜찮아요."

그 일이 있고 나서 바로 화장을 고치고 와 다행이었다. 오늘 또 한 번 빈센트를 만날 줄은 전혀 몰랐지만, 이렇게 가까이에서 얘기하는데 화장이 다 무너진 얼굴로 만나고 싶지는 않다. 몇 년 전에 아마네셀 왕국에서 유행했던 판다 기념품은 귀여웠지만, 자기 얼굴이 판다처럼 되는 건 절대로 용납할 수 없었다.

"다행이다. 실은 내가 선물을 사 왔거든."

"오, 고마워요. 역시 내 친구야."

"그렇지? 태어나서 처음 사 봤어."

뿌듯한 얼굴로 웃는 빈센트를 일 초라도 더 눈에 담으면 아마 녹아내려서 죽을지도 모르겠다는 생각이 들었다. 올리아나는 부자연스러워 보이지 않게 온 힘을 다해 고개를 돌렸다.

"네게 선물을 전할 타이밍을 재고 있었어."

"고마워요."

"왜 그쪽을 보는 거야."

"벌레가 있어서요."

"벌레?"

"이미 날아갔어요."

"아, 그래?"

얼굴을 다시 돌렸을 때는 태연한 척할 수 있다⋯⋯고 생각했다. 올리아나는 최선을 다해 아무렇지도 않은 표정으로 선물을 받아 들었다.

"마선로 역에서 샀어. 과자야."

빈센트는 「친구」에게 줄 선물로 아주 적당한 과자가 든 봉투를 건넸고 올리아나는 정중히 받았다.

"고마워요. 그리고 미안해요. 난 아무것도 준비하지 못했어요⋯⋯"

"그렇게 신경 쓰지 마. 그냥 네게 주고 싶어서 산 거야."

'새로 사귄 「친구」여서 그런 거야. 그 이상의 의미는 없어. 올리아나, 기대하지 마.'

"미겔한테는 선물을 사준 적이 있나요⋯⋯?"

"원래부터 서로의 영지가 붙어 있으니까 선물을 주고받을 만큼 떨어진 것도 아니야. 그건 둘째 치고 남자한테는 굳이 선물을 사 주거나 하지 않지."

그렇다면 이건 처음으로 생긴 여자 사람 친구가 갖는 특권인 것이다. 올리아나는 봉투를 안고 어렴풋이 미소 지었다.

"정말 고마워요. 맛있게 잘 먹을게요."

"그래. 면 종류면 더 좋았을 텐데 역시 역에서 면은 안 팔더라고."

"내가 면을 좋아하는 걸 알았어요……?"

"너는 항상 면 요리만 먹곤 하니까."

'이런 것도 알아주는구나.'

올리아나는 눈을 감았다.

'이런 일 하나하나에 두근거려서 숨도 제대로 못 쉬겠다니……. 사랑이라는 건 정말 장난이 아니구나.'

이 이상 대화가 지속되면 입꼬리가 잔뜩 올라간 얼굴이 될 것이 분명했다. 올리아나는 입을 열었다.

"여름 방학에 뭐 하고 지냈어요?"

"너도 알잖아. 널 만나려고 오페라 극장이란 극장은 다 돌아다녔어."

"그래서 계획대로 날 만났다는 거네요."

"그래, 딱 3초뿐이었지만."

올리아나가 웃자, 빈센트도 웃었다.

"만날 거라고 생각 못했어요."

"왕도에 있는 극장을 들쑤시고 다닌 보람이 있었지."

"그 콘셉트를 계속 유지할 거예요?"

"사실이니까."

"고생 많았어요. 생일까지 축하해 줘서 기뻤어요."

생각지도 못하게 오페라 극장에서 만난 빈센트를 떠올렸다. 사랑을 자각한 지금 그렇게 멋진 정장 차림을 봤다면 올리아나는 냅다 비명을 질렀을지도 모른다.

"사람들 눈만 없었다면 조금 더 얘기를 나누고 싶었는데."

"그러고 보니 우리 아빠랑도 아는 사이였잖아요."

마치 조심스럽게 다른 사람의 눈을 피하려는 듯하면서도 친근감이 들던 대화를 나누던 두 사람을 떠올렸다.

"그래. 내가 어릴 적에 신세를 진 적이 있거든. 부끄러운 옛날이야기니까 누구에게도 얘기한 적 없어."

"그럼 그 부끄러운 일이 떠오르지 않게 빈센트와 아빠가 아는 사이라는 건 비밀로 할게요."

"그렇게 해 주면 고맙지."

빈센트의 부드러운 미소를 받고 올리아나는 아주 천천히 고개를 숙였다. 이런 얼굴을 똑바로 바라볼 수 있을 리 없었다.

"공작님도 호쾌한 분이신 것 같아요."

"만약 다음에 또 아버지가 귀찮게 하면 바로 어머니를 부르도록 해. 그 사람은 어머니 앞에서는 꼼짝 못 하니까."

"제가 공작부인을 부르라고요? 저한테는 무리입니다."

"노력해 보자. 우린 친구잖아?"

'친구면 본인이 구하러 와 달라고.'

반쯤 농담으로 그렇게 말하려다 관뒀다.

빈센트 옆에 있었던 여자아이가 떠올랐기 때문이다.

'분명 빈센트는 그런 자리에서는 샤론 비젤을 에스코트하고 있을 테니 나를 신경 쓸 틈 같은 건 없을걸.'

아름다운 사람이었다. 게다가 빈센트와 걸맞은 신분의 여자아이다.

지금까지 한 번도 자기 출신이나 아빠의 신분이 신경 쓰였던 적이 없었는데, 이번에 처음으로 올리아나는 샤론의 출신이 부러웠다.

오페라 극장에서 있었던 일도 얼마 전 친해 보였던 모습도 샤론과 관련된 일은 아무것도 물어볼 수가 없었다.

물어보고 싶은 충동을 필사적으로 억눌렀다. 어디까지가 평범한 수다고, 어디부터가 질투의 범위에 들어가는지 몰랐다. 그리고 샤론의 정보는 그 어떤 것도 빈센트에게서 듣고 싶지 않았다.

'아무렇지 않게 「친구」로 못 있겠어.'

빈센트가 바라는 위치에 있고 싶다. 하지만 그 위치에 매달리면 매달릴수록 밑바닥이 드러날 것 같았다.

창문 유리에 이마를 기댔다. 얼굴이 비쳤다. 분명히 화장을 고치고 왔는데도 표정이 우중충했다. 좋아하는 남자를 옆에 둔 여자아이의 얼굴이 아니었다.

'하지만 어쩔 수 없잖아. 좋아하면 안 되니까.'

이 정도가 딱 좋아. 그렇게 생각하며 뱉은 날숨에 유리창에 김이 서렸다. 김이 서린 부분에 올리아나가 손가락을 얹었다.

누군가의 얼굴이 옆으로 다가왔다.

올리아나의 얼굴 바로 옆에 나타난 것은 빈센트였다. 올리아나가 창문에 뭘 쓰려는지 궁금한 건지도 모른다.

'어? 너무 가까운 거 아니야? 아니 가깝지. 완전 가깝지.'

자기가 지금까지 이렇게 가까운 거리를 허락했었나? 허락했는지도 모른다. 귀족은 에스코트에 익숙하니까 원래 거리감이 가깝다는 이유로 별생각 없이 넘긴 것 같기도 했다.

'안 돼. 지금까지 빈센트 앞에서 어떻게 행동했었는지 전혀 모르겠어.'

혼란이 극에 달하자 올리아나는 미간을 구기며 천천히 입술을 깨물었다. 유리창에 얹은 채로 멈춘 손가락이 이상하다고 느꼈는지 빈센트가 올리아나를 들여다봤다.

"올리아나……?"

"올리아나."

빈센트와 야나의 목소리가 겹쳤다. 용신의 구원과도 같은 목소리에 올리아나는 과장되게 뒤로 몸을 돌렸다. 휴게실에서 야나와 아즈라크가 막 나온 참이었다.

"오늘은 이만 들어가 보려고."

"알았어. 나도 갈래."

올리아나는 빈센트에게 닿지 않도록 세심하게 주의하며 창가에서 몸을 떨어뜨린 뒤 선물 봉투를 안고 고개를 숙였다.

"이만 가 볼게요. 과자, 고마워요."

"그래."

빈센트의 얼굴도 보지 않고 올리아나는 야나가 있는 곳으로 달려갔다.

야나의 옆자리까지 달려가자 야나는 자연스럽게 걷기 시작했다. 그런 야나와 올리아나의 뒤를 아즈라크가 따랐다.

아즈라크의 커다란 등이 빈센트의 시선을 막아주는 것 같아서 긴장했던 올리아나의 몸에서 이제야 힘이 빠졌다.

∴　∴　∴　∴

모두 잠들어 고요한 기숙사의 어느 방. 커튼이 둘러쳐진 이층 침대 아래층에서 올리아나는 잠들지 못하고 몸을 뒤척였다.

몇 번이나 왼쪽으로 몸을 돌리고 오른쪽으로 몸을 돌리고 하며 뒤척이길 반복했지만 생각나는 것은 빈센트뿐이었다.

자기 어깨에 코를 갖다 댔지만. 낮에 맡았던 시더우드 향기는 이미 뜨거운 물에 다 씻겨 내려갔다. 여자 기숙사의 샴푸 향기밖에 안 나서 올리아나는 베개에 머리를 푹 묻었다.

"저기, 올리아나."

갑자기 침대 커튼 너머로 긴 그림자가 드리워서 올리아나는 비명을 지를 뻔했다.

야나가 위층 침대에서 얼굴을 내밀었나 보다. 바닥에 늘어뜨린 긴 머리카락에 달빛에 비쳐 침대를 둘러싼 커튼에 섬뜩한 음영을 만들었다.

"무, 무슨 일이야."

올리아나는 무서워서 벌렁거리는 심장을 억누르며 대답했다.

"그쪽으로 가도 될까?"

"당연하지."

항상 미용을 위해 일찍 자는 야나가 오늘은 꽤 늦게까지 깨어있는 모양이다.

지팡이를 흔들어서 머리맡에 있는 마법 등에 불을 밝혔다. 커튼을 열자 마침 야나가 계단을 내려오고 있었다. 발목까지 오는 긴 실크 원피스 잠옷을 입은 야나가 실례하겠다고 말하더니 올리아나의 이불 속으로 파고들었다. 생각했던 것 이상으로 거리가 가까웠다. 베개를 나눠 베자, 서로의 이마가 맞닿을 것처럼 가까웠다.

"야나, 무슨 일이야?"

"오늘 휴게실에서 네 상태가 이상했으니까."

평소처럼 행동한다고 여겼던 올리아나는 깜짝 놀랐고 이내 창피해졌다.

"다들 이상하다고 생각했을까……?"

"그러게. 어땠을지 모르겠네. 나는 올리아나가 신경 쓰여서 보고 있었으니까 알아챘지만."

'내일부터는 좀 더 정신 똑바로 차려야지…….'

초조함이 얼굴에 번져 심각한 표정을 짓던 자기를 야나가 바라보고 있음을 깨달았다.

"올리아나."

희미하게 주변을 밝히는 마법 등의 불빛에 야나의 신비로운 칠흑 같은 눈동자가 반짝반짝 빛나고 있었다.

"누군가를 사랑하는 거지?"

대놓고 다가온 '사실'에 올리아나는 숨을 삼켰다. 똑바로 바라보는 눈동자를 피하지도 못했다.

얼굴빛이 변한 올리아나를 보고 야나가 미소 지었다. 평소의 그 우아한 미소가 아니다. 진심 어린 사랑이 담긴 미소였다.

"너는 아름다워질 거야. 올리아나."

"아름다워져……?"

누구를 좋아하냐고 물어보겠지 싶었던 올리아나는 갑작스러운 야나의 말에 목소리가 갈라졌다.

"사랑은 괴롭고 애틋하지. 하지만 넌 앞으로 혼자서는 불가능한 성장을 할 거야."

올리아나의 눈에서 무의식적으로 눈물이 뚝뚝 흘렀다. 어느새 단단히 굳었던 몸의 긴장이 풀리기 시작했다.

"나 자신을 위해서 빈센트를 계속 좋아해도 괜찮은 거야?"

목 안쪽이 점점 꽉 메었다.

'사는 세상이 다르니까. 빈센트에게는 좋아하는 사람이 있으니까……'

올리아나가 스스로 죽였던 사랑을 야나가 구했다.

이 사랑하는 마음을 품어도 된다고, 이건 다른 누군가를 위해서가 아니라 올리아나 자신을 위한 것이라고, 이 사랑을 죽이지 않아도 된다고 면죄부를 준 것이다.

뚝뚝 흘러넘치는 눈물을 손가락으로 닦아냈다. 얼굴을 보여주기 창피해서 이불을 잡아당겨 얼굴을 숨겼다.

"비, 빈센트한테 폐가 될지도 모르니까……."

"폐를 끼친들 그게 뭐 어때서. 빈센트를 위해 사랑하는 게 아닌걸. 올리아나의 마음은 올리아나를 위해 있는 거잖아."

이불 속에 파묻힌 올리아나를 야나가 살며시 껴안았다. 가녀린 야나의 품이 어떤 이불보다도 따스하게 느껴졌다.

"부딪힐 필요는 없어. 없애려고 할 필요도 없어. 그저 소중히 하면 되는 거야. 잘됐네, 올리아나."

좋아하는 사람이 생긴 사실을 기뻐할 수조차 없었다.

이런 마음은 방해가 된다며 거들떠보려고도 안 했던 올리아나의 사랑을, 야나가 기뻐했다.

올리아나는 야나에게 매달려 울었다.

한참 울다가 고개를 드니, 왜인지 야나도 울고 있었다.

"지금은 탄자인이 미워."

"나는 의외로 아즈라크가 밉지 않아."

"당연하지."

서로 얼굴을 마주 보고 웃음을 터트렸다.

오늘 밤은 기분 좋게 잠들 것 같았다.

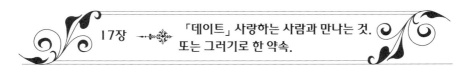

"빈센트. 잠깐 괜찮아요? 댄스레슨 관련해서 보고하고 싶은 게……."

"그래. 알았어. 금방 갈게."

나긋나긋하게 알았다고 하는 목소리를 듣고 올리아나는 저도 모르게 볼을 부풀렸다.

'빈센트가 '그래'라고 하는 게 좋아.'

4학년이 된 지도 벌써 반년이 지났다. 초록빛은 더욱 짙어졌고, 약초밭에는 봄에 심었던 씨앗이 싹트고 있다. 1학기의 시험도 끝나서 모두가 지나간 봄을 아쉬워하며 한가로이 지내고 있었다. 빈센트 탄자인만 빼고.

"연습 장소 때문에 그러는데요. 길게 이용할 거라 최적의 후보였던 강당은 역시 빌리지 못했어요. 대신에 남관 3층 제일 끝에 있는 예비실 두 개를 빌릴 수 있을 것 같아요. 탄원서랑 춤 때문에 걱정하는 학생 124명의 서명을 함께 전달했어요. 일주일에 두 번 월튼 선생님이 감독해 주신다나 봐요."

"고마워. 네가 도와줘서 정말 큰 도움이 됐어."

빈센트가 깊은 신뢰가 담긴 얼굴로 미소 지었다. 이런 미소를 받을 때마다 올리아나의 심장은 날뛰고 만다.

'바보 같은 연정. 이런 걸로 두근거리기나 하고.'

하지만 빈센트 때문에 마음이 흔들리는 자신을 부끄러워하거나 우울해하거나 하지는 않게 됐다.

'바보 같지만 그래도 싫지 않아.'

야나의 격려 덕분에 올리아나는 모르는 척 도망치기에 급급했던 자기의 사랑과 마주할 수 있었다. 사랑해도 된다고 인정해서 여유가 생겼는지 물론 당혹스러울 때가 있었지만 부자연스럽게 의식하지 않으며 빈센트와 교류할 수 있게 됐다.

"지도에 협력할 사람도 확보했어요."

"그럼 여름 전에는 시작할 수 있겠네."

올리아나는 쉴 틈 없이 바쁜 빈센트를 돕고 있다. 무도회를 준비하며 빈센트가 발안한 댄스레슨의 과외를 성사시키려고 하는 중이었다. 빈센트가 제작한 기획서대로 움직이는지라 올리아나는 정말 그저 도와주는 정도일 뿐이지만.

하지만 올리아나도 움직인 덕에 내년에 무도회가 열리기 전까지 춤 실력이 불안한 학생에게 방과 후 활동으로 일주일에 두 번 댄스레슨을 열 정도까지는 도달했다.

"근데 이렇게 많은 아이가 춤 실력을 걱정하는지 몰랐어요."

"네 덕분이야. 베르츠 같은 애들의 의견도 참고가 됐어."

"그렇다면 잘된 거긴 하지만……. 이렇게 세심한 기획서를 섰다는 건, 쭉 준비하고 있었던 거 아니에요?"

"그래. 여러모로 병행하다 보니 이 시기까지 전혀 손을 못 쓰고 있었어.”

“반년이나 연습할 시간이 생긴걸요. 콘스탄체는 물론이고 다들 기뻐했어요.”

올리아나 주위에는 평민이 많았다. 올리아나의 집처럼 어릴 때부터 예절 수업을 받은 가정의 학생은 문제없이 춤을 췄지만 그렇지 않은 가정도 많았다.

부모님이 과학자이고 세상 물정에 어두운 에다나 편부모 가정에 아버지는 집을 자주 비우는 기사의 딸 콘스탄체가 그랬다. 콘스탄체는 검술 실력은 천하일품일지라도 드레스를 입을 때의 품행 같은 건 하나도 익히지 못했다.

“올리아나는 친구를 정말 아낀다니까.”

“맞아요, 다들 너무 좋아요.”

그 아이들에게 보탬이 되면 좋겠다는 마음으로 요 한 달간 올리아나는 쉴 틈 없이 이리저리 뛰어다녔다. 그리고 조금 전에야 겨우 마지막 보루였던 월튼 선생님의 허락을 받은 것이다.

“탄자인.”

올리아나와 빈센트가 얘기를 나누고 있으니 들뜬 여학생들이 말을 걸었다.

빈센트는 그 학생들을 향해 싱긋 웃었다.

‘아, 영업용 미소다.’

「친구」가 된 지 일 년이 지나니 다양한 미소의 차이를 구분할 수 있었다.

여학생에게 둘러싸이기 시작한 초기에는 주변의 변화에 당황했던 빈센트였지만, 그것도 4개월이나 되니 꽤 익숙해진 모양이었다. 올리아나의 손을 잡고 도망가지 않았고 미소로 대응하게 되었다.

댄스레슨의 진척 보고는 거의 끝났으니 올리아나는 여학생들에게 빈센트를 양보하려고 조금 이동하려고 했는데…… 그때 빈센트가 시선을 돌렸다.

'어? 왜지?'

올리아나가 다리를 움직이니 빈센트의 시선이 더욱 뜨거워졌다.

"여기에 있으란 말인가?"

심장이 꽉 옥죄이듯 뛰었다.

'빈센트가 지금 나한테 도와 달라고 하는 건가……?'

올리아나는 초조한 얼굴로 그 자리에 머물렀다. 웃음기가 얼굴에 드러나지 않으면 좋으련만.

빈센트를 찾아온 여학생들은 움직이지 않는 올리아나를 한순간 노려봤지만 금방 빈센트를 에워쌌다.

"저기요. 제가, 제 지팡이를 어떤 형태로 할지 고민하는 중인데……. 상담해 주실 수 없을까요?"

"저도요. 지팡이는 평생의 벗이잖아요? 혼자 정하기에는 너무 중요한 사안이라……."

"어머! 다들 그랬어요? 저도 조언을 구하려던 참이었어요."

"마침 내일이 꽃날^{토요일}이니 시가지에 있는 카페라도 가서 얘기를 들어주실 수 없을까요?"

뭐가 마침이고 왜 하필 시가지에 있는 카페에 간다는지 모르겠지만 여학생들은 모두 아주 좋은 제안이라는 듯이 고개를 끄덕였다.

"저……."

빈센트가 자기를 붙잡은 이유일 그 역할을 해내고자 올리아나가 대화에 끼어 들으려고 입을 연 순간, 빈센트가 다시 눈빛을 보냈다. 기다리라는 신호에 올리아나는 고분고분 입을 닫았다.

"그렇구나. 지팡이에 관한 거라면 프로스톤 선생님께 말을 전해줄게. 너희가 몇 학년이지?"

마법 도구 공작 선생님의 이름이 튀어나오자 여학생들은 기세가 한풀 꺾였다.

"아…… 3학년이에요. 서, 선생님한테 말할 정도는 아닌데."

"맞아요. 탄자인에게 조언을 받으면 좋겠는데……."

"아쉽지만 일정이 있어서."

"정말 잠시면 돼요."

"저희는 딱히 시가지까지 안 가도 돼요……. 그렇죠?"

"맞아요."

"미안하지만 난 바빠. 내가 해 줄 수 있는 건 그 정도뿐이야. 그럼."

더 이상 다른 말이 안 나오게 단호한 말투로 딱 잘라 말하고 빈센트는 여학생들에게서 등을 돌렸다. 따가운 눈초리를 받은 올리아나는 여학생들에게 고개를 꾸벅이고 빈센트를 따라갔다. 빈센트는 올리아나가 뒤따라오는 걸 확인하자 천천히 걷기 시작했다.

어쩔 줄 몰라 하는 여학생들에게서 멀리 떨어진 곳까지 왔을 때 빈센트는 걸음을 멈췄다. 때마침 비어 있는 벤치가 있어 빈센트는 그곳에 걸터앉았다.

'뭐지. 그래서 나는 왜 붙잡힌 거야?'

올리아나는 분명 여자애들을 쫓아 줬으면 해서 빈센트가 붙잡은 거라고 생각해 조금 기운이 빠졌다.

'모처럼 「친구」로서 의지한 줄 알았는데.'

빈센트가 올리아나의 로브 자락을 잡아당겼다. 그러고는 자기 옆자리를 손으로 툭툭 쳤다.

"아~ 바쁜 것 같으니 이제 가 볼게요."

"전혀 안 바빠."

방금 한 말이 아무리 대충 둘러댄 거라고 해도 빈센트가 전혀 안 바쁘다니 말도 안 된다. 올리아나는 무심코 풋, 하고 웃었다.

"왜?"

"아녜요. 시가지에 갈 시간은 없겠다고 생각한 것뿐이에요."

"너와 함께라면 가도 좋아."

"나랑요? 뭔가 살 거라도 있어요?"

"그래……."

천천히 고개를 끄덕이는 빈센트를 보며 올리아나는 잠시 고민했다.

'친구라면⋯⋯ 함께 시가지에 쇼핑하러 가기도 하지?'

딱히 문제가 되지는 않을 것 같았다. 문제 될 건 없을 게 분명하다. 분명 아무 문제 없을 것이다.

올리아나도 천천히 고개를 끄덕였다.

"그런가요. 그럼 같이 가죠."

"그래. 그렇지. 가자."

왠지 둘 다 애매한 표정으로 정형문으로 된 대화를 나눴다.

"앗⋯⋯ 미겔한테도 물어볼까요?"

빈센트와 함께 간다면 미겔을 초대하지 않는 건 부자연스럽다. 셋이 있는 게 좋다고 말한 미겔에겐 미안하지만, 미겔을 떠올린 자신을 원망하며 올리아나는 긴장한 채로 물었다.

"미겔은 바쁘지 않을까?"

"그, 그런가요. 그러면 어쩔 수 없네요."

"맞아. 어쩔 수 없다고 할 수 있겠지."

"그렇네요."

"그래."

흠. 음. 그래.

두 사람은 몇 번이고 그렇다고 하며 대답을 주고받다가 내일 함께 외출하기로 했다.

∴ ∴ ∴ ∴

"데이트가 아니라고?"

"데이트가 아니라고!"

단어 하나하나가 똑같았지만 완전히 정반대의 문장이었다.

"아니야. 이건 사야 할 게 있어서 나가는 거지 절대로 데이트가……."

"데이트지."

야나가 문장 끝을 덮어씌우며 말했다.

올리아나는 양손에 얼굴을 묻었다.

"데이트인가……?"

"누가 뭐라고 해도 데이트야."

올리아나는 밤이 깊은 시간에 기숙사 방에서 숨을 멈췄다. 숨도 제대로 못 쉬면서 방바닥을 뒹굴다가 양손으로 얼굴을 덮은 채 몸을 둥글게 말았다.

"진짜……로? 진짜냐고……."

데이트. 자기가 빈센트와 데이트를 하는 날이 올 것이라고는 생각도 못했다.

아니, 빈센트에게 내일은 그저 쇼핑을 위한 외출일 것이다. 그저 자기 마음이 원하는 대로 데이트라고 부르는 것뿐이다.

"어떡해……. 긴장되기 시작했어……."

"어떡하고 자시고 어쩌겠어. 요가도 하고 림프 마사지도 해야지."

"아, 아파!"

"매일 꼬박꼬박 하면 그렇게 아파하지도 않게 돼. 올리아나는 미용에 관심은 많으면서 노력은 안 하려고 한다니까."

어이없다는 눈빛을 보낸 야나는 아름다움을 가꾸는 데에는 프로 중의 프로다. 마사지나 요가는 에테 카리마 왕국의 전매특허라고도 할 수 있다.

"으…… 앞으로는 노력할게요……. 귀여운 여자애가 되고 싶어……."

'빈센트가 조금이라도 귀엽다고 여겼으면 좋겠어.'

말로 하기엔 부끄러웠지만 이게 명확한 속내였다.

이런 마음을 품게 된 건 이 열매를 맺을 수는 없는 사랑을 포기하지 않고 지켰기 때문이다.

야나가 말했듯이 사랑은 올리아나를 성장시켰다. 빈센트에게 잘 보이고 싶어서 공부를 열심히 하거나, 빈센트를 도와주거나, 싫어했던 마사지나 요가도 진지하게 하려고 고민했다.

"옷은 어떡하지? 남자가 좋아할 만한 스타일은 카이나 루시안한테 물어보는 게 좋을까……."

"절대 모태 솔로로 명성이 자자한 루시안한테 조언을 구한다고?"

"모태 솔로여도 남자라는 건 변함없으니까! 나는 루시안을 믿어!"

"기다려 봐. 그럼 아즈라크를 부르자."

"어?"

서른두 살의 연상을 좋아하는 아즈라크의 취향에 맞는 옷을 자기가 소화할 수 있을 것 같지 않았다. 비장한 올리아나의 얼굴을 보고 야나도 뭔가 눈치챘다.

"결국 자기한테 잘 어울리는 옷이 제일이라는 말이네."

올리아나는 일어나서 기세 좋게 옷장을 열었다. 휴일에 입을 수 있는 사복이 옷장 안에 쭉 걸려있었다.

올리아나는 처음부터 끝까지 훑어보고 진지한 눈빛으로 말했다.

"최고의 조합을 찾아야 해……. 너무 시크하지도 않고, 갈 장소의 분위기와도 맞고, 너무 나풀거리면서 여성스럽진 않지만 남자의 마음을 간지럽힐 정도에 너무 캐주얼하지는 않은 최고의 조합을!"

'제발 아는 애는 만나지 않기를…….'

꽃날 아침. 사람들이 오가는 안뜰에서 올리아나는 용신에게 빌었다.

라겐 마법학교에 깔린 대리석 길을 걸었다. 외출 신청은 어제 해서 곧장 빈센트와 만나기로 한 정문으로 향했다.

결국, 밤새 생각해 낸 복장은 봄에 어울리는 상의에 치마를 매치한 단순한 조합이 되었다.

지금은 안 계신 어머니께서 소위 말하는 순산형 체형으로 낳아주신 올리아나는 곧게 떨어지는 바지는 절대로 어울리지 않는다. 원피스는 너무 하늘하늘해서 데이트를 의식하고 입는 것 같아서 관뒀다. 정확히 말하자면 그렇게 몇 시간을 고민했으면서 소거법으로 옷을 고른 것이다.

올리아나가 가진 옷 중에서 기장이 가장 긴 치마. 목덜미를 드러내지 않는 디자인의 블라우스 위에 체형을 너무 드러내지 않는 루즈한 겉옷을 걸쳤다. 소매 단은 조임 처리가 되어있었다. 급할 때에는 소매를 걷어 올리기도 편하므로 활동성도 충분히 챙겼다. 만에 하나 무슨 일이 생기면 공작가 적남의 목숨을 지킬 수도 있을 것이다.

그 어떤 물건을 사도 빈센트가 들지 않도록 커다란 백팩도 등에 멨다. 손수건도 넣었다. 예비용으로 필요하다면서 총 세 장을 챙겼다.

신발은 굽이 높은 벨벳 펌프스를 신고 싶었지만, 시가지 데이트라는 점을 고려해 끈이 달린 레이스업 부츠를 신기로 했다.

'괜찮아……. 아침 일찍부터 와 준 아즈라크한테도 잘 골랐다고 들었어……. 분명 괜찮을 거야…….'

엄마아빠가 첫 데이트를 하는 아이를 배웅하는 느낌이어서 부끄러워 몸 둘 바를 몰랐지만, 어떻게 해서든 남자의 의견 없이는 안심할 수가 없었다. 아즈라크에게는 이다음에 좋아한다는 술이라도 선물할 셈이었다.

아냐가 해 준 림프 마사지 덕분에 얼굴은 평소의 반쪽이 되어 있었다. 아니, 너무 과장했다. 하지만 그 정도로 달라진 기분이었다.

턱선이 말끔해졌고 눈은 더욱 또렷해졌다. 전날 듬뿍 쓴 오일 덕분에 화장도 잘 먹었다. 비명을 계속 지르긴 했지만 말이다.

엄마 야나와 아빠 아즈라크의 배웅을 받은 올리아나는 몇 걸음 걸을 때마다 멈춰서 백팩 주머니에 든 손거울을 꺼냈다. 화장은 완벽에 가까웠다. 매일 하는 화장보다 몇 배는 시간을 들였다. 특히 베이스에 많은 공을 들여서 슬쩍 보면 그렇게 기합을 넣은 화장이라고는 알아채지 못할 게 분명했다.

'너무 들뜬 걸 들키기는 싫지만 평소보다는 귀엽게 보였으면 좋겠어……. 가능하다면 두근거리게 만들고 싶고…….'

이렇게 긴장해 본 건 살면서 처음일지도 모른다. 올리아나는 몇 번이고 앞머리를 손가락으로 고치며 천천히 걸었다.

"올~리아나!"

깜짝 놀라서 올리아나의 몸이 흠칫 떨렸다. 뒤에서 어깨를 톡톡 칠 때까지 누가 가까이 와 있었다는 걸 전혀 알아채지 못했다.

"아, 미겔. 좋은 아침!"

만나고 말았다. 그것도 올리아나가 방방 들뜬 걸 가장 잘 알아챌 만한 사람인 미겔을 만나고 말았다.

"좋은 아침~."

미겔은 사복 차림이었다. 오늘은 쉬는 날인 모양이다. 빈센트와 미겔은 기본적으로 토요일에도 학교나 밭에서 무언가를 했기 때문에 기본적으로 로브 차림이었다. 사복 차림을 볼 기회는 그리 많지 않았다.

"으응~?"

뒤돈 올리아나를 본 미겔이 눈썹을 치켜올렸다.

"'응?' 이라니?"

"평소랑 볼 터치가 다르잖아."

"어? 진짜? 왜 그렇지~?"

올리아나는 전혀 모르겠다는 느낌으로 고개를 비스듬하게 기울여서 위를 보며 간절하게 "왜 그럴까~?" 하고 되물었다.

'그렇게 티나나……. 미겔의 눈썰미가 유독 좋은 거라고 생각하고 싶지만…….'

"보기 좋아. 볼이 말랑해 보이게 발라서 귀여워."

"그래? 평소엔 퍼프로 바르는데 오늘은 브러시를 써 봤어."

"응."

"평소보다 좀 넓게 바르긴 했는데 그만큼 연하게…….'

"응."

"이게 더 자연스러운가 싶어서…….'

"응. 엄청 귀여워."

"어흐윽……. 고마워…….'

결국 자기 무덤을 파고 말았다. 오늘을 특별한 날이라고 여기며 올리아나가 화장했다는 걸 자백한 것이나 마찬가지였다.

"괜찮아. 귀여워, 귀여워."

미겔은 올리아나의 머리를 토닥이려다가 손을 멈췄다.

"머리도 세팅했지?"

'물론 그렇지만 웬만하면 말하지 않았으면 좋겠어.'

올리아나는 얼굴을 새빨갛게 물들이면서 미간을 찡그렸다. 신음하며 입을 꽉 다문 채 삐죽이는 올리아나를 보고 미겔이 웃었다.

"자, 아~ 해 봐."

“아아~!”

하라는 대로 입을 열자 뭔가가 입에 불쑥 들어왔다.

혀에 놓인 건 미겔이 늘 가지고 다니는 막대사탕이었다.

“흐어?”

“잘 다녀와~.”

“네에~.”

고맙다면서 손을 흔들고 사탕을 문 올리아나는 미겔과 헤어졌다.

∴ ∴ ∴ ∴

그때 남자 기숙사.

──시간은 조금 전으로 거슬러 올라간다.

아침 일찍부터 머리카락을 빗어 넘겼다. 평소보다 훨씬 정성껏 머리를 빗으며 빈센트는 창문에 비치는 자기를 보았다.

‘데이트다⋯⋯.’

엄밀히 말하면 데이트는 아니지만 데이트가 맞다. 세부적으로 보면 아닐 수도 있겠지만 시가지로 외출하자고 제안해서 승낙받았다. 그리고 단둘이 외출하는 것이다.

완전히 데이트다.

“어디 나가?”

침대 쪽에서 아직 잠에서 덜 깬 미겔의 목소리가 들려왔다. 아침에 일어나는 걸 제일 힘들어하는 미겔이 말을 제대로 한다는 것은 잠에서 깬 지 조금 지났다는 얘기였다. 앞머리가 다 뻗쳐 올라간 미겔이 잠에서 깨려고 고양이처럼 얼굴을 흔들었다.

"그래."

그 이상의 대답은 할 수 없었다. 누구와 어디에 나가는지 말하면 미겔은 따라오려고 할 것이다. 평소라면 그래도 아무 문제 없지만, 오늘만큼은 방에서 의젓하게 시간을 보내 줬으면 했다.

"……."

"……."

의도적인 침묵이 빈센트의 등에 꽂혔다.

"조금 늦을지도 모르니까 밥은 네가 원할 때 먹어."

"뭐야? 그 황혼 부부 같은 대화는……."

부부라는 단어가 불만스러워서 뒤돌아보니, 어느새 침대에서 내려온 미겔이 빈센트의 머리카락 사이로 손을 넣었다.

"앗!"

"흐음……."

미겔은 빈센트의 머리카락을 헝클어뜨렸다. 모처럼 공들인 머리가 평소보다 더 엉망진창이 됐다.

"미겔 뭐 하는……."

"그 옷은 뭐냐? 어디 극장이라도 가려고? 아무리 낮 공연이라고 해도 너무 딱딱하잖아."

가만히 관찰당하다가 빈센트는 자기 몸을 내려다봤다. 너무 딱딱하다고 했지만 무도회 시즌도 아닌 마법학교에 연미복을 가져온 것도 아니라서 빈센트가 캐주얼하다고 분류할 수 있는 차림이었다.

"최소한 넥타이는 빼. 앞 주머니에 행커치프도 빼고. 바지도…… 소재는 괜찮은데 조금 더 밝은 색은 없어?"

"미겔. 조언은 고맙지만……."

"고마우면 내 말을 따라야지."

"알았다……."

고뇌의 결단이었다. 빈센트는 마지못한 표정으로 미겔의 제안을 받아들였다.

미겔이 이 옷도 저 옷도 아니라면서 빈센트를 마네킹 취급하는 동안 금세 시간이 흘러 약속 시간은 30분밖에 안 남았다.

"미겔, 이제 됐지?"

"음~ 아직."

"아까부터 몇 번을 똑같은 옷으로 갈아입게 하려는 거야."

"쳇."

완전히 신나서 즐기고 있었던 미겔에게 소리치고 빈센트는 실내화에서 구두로 신발을 갈아 신었다. 머리카락이 흘러내렸다. 결국 다시 고칠 시간이 없어졌으니 이런 부스스한 머리로 갈 수밖에 없게 됐다.

'최악이다.'

손으로라도 넘겨 올리려고 노력하며 문으로 향하자, 미겔이 불러 세웠다.

"왜?"

그 순간 입안으로 쏙 사탕이 들어왔다. 그 손을 물어뜯을까 생각하면서 미겔에게 불쾌하다는 눈빛을 보냈다.

"음, 그럼. 나는 밥 먹으러 가야지."

빈센트보다 한발 먼저 문을 나선 미겔이 태연하게 앞서 걸어 갔다. 혹시 식당에 가는 거라면 그곳은 올리아나와 만나기로 약속한 정문보다 가까이에 있다. 미겔이 일부러 올리아나를 찾으러 가지 않는 이상 올리아나와 미겔이 마주치지는 않을 것이다.

머리카락은 정돈되지 않았고, 넥타이도 안 했고, 옷깃의 훅 도 풀렸고, 가슴팍에 행커치프도 없고, 게다가 바지는 미겔 것이다. 첫 데이트인데도 기분이 엉망이었다.

평소에 입던 정장이 아닌 탓인지 마음이 진정되지 않은 채 빈센트는 방을 나섰다.

빈센트가 약속장소에 도착했지만 올리아나는 아직 오지 않 았다. 정문에는 시가지로 외출하려는 많은 학생이 어슬렁거 렸다.

'딱히 내가 숨을 필요는 없지만⋯⋯.'

사람들 눈에 띄면 귀찮아질지도 모른다고 여긴 빈센트는 나 무에 기댔다. 여기라면 사람들이 지나가는 것도 대충 볼 수 있 고, 다른 사람 눈에 띄지 않게 살짝 숨을 수도 있었다.

나무 그늘에서 느긋하게 올리아나를 기다리는 시간이 몹시 도 사치스럽게 느껴졌다.

이 순간만큼은 올리아나를 기다리도록 허락된 사람이 오직 자기뿐이라고 생각하니, 빈센트의 마음이 부풀어 올랐다.

'달콤하다…….'

입안에 있는 달콤한 사탕을 뱉을 여유도 없었다. 다른 사람보다 조금 더 오래 살았다고 한들, 올리아나를 대할 때면 늘 여유가 사라진다.

허무한 기분에 휩싸여 빈센트가 다시 행인을 바라보고 있으니, 갑자기 옆에서 얼굴이 빼꼼 나타났다.

"아. 역시 빈센트였군요."

머리카락이 밀크티처럼 달콤한 색인 올리아나가 나무 뒤에서 빈센트를 들여다본 것이다. 마음의 준비도 못 했는데 올리아나가 말을 걸자, 빈센트는 심장이 튀어나올 뻔했다. 더군다나 올리아나는 오늘 지독히도 예뻤다. 사복인 데다 머리도 평소보다 더 돌돌 말린 듯한 느낌이었다. 무엇을 어떻게 칭찬하면 좋을지 모르겠지만 아무튼 너무 귀여웠다.

"저쪽에 멋있는 사람이 있다고 다들 소란스럽긴 했는데, 평소랑 분위기가 달라서 빈센트인 줄 몰랐……."

올리아나의 귀여움에 넋이 나간 빈센트에게 빠르게 재잘거리던 올리아나가 갑자기 말을 멈췄다. 올리아나의 시선이 자기 입가에 머물러 있는 걸 알아채고 빈센트는 숨을 삼켰다.

올리아나도 똑같은 사탕을 물고 있었다.

"……."

"……."

'둘이 함께 외출한다고 알고 있었다는 거네.'

식당으로 간다고 말했던 미겔은 오늘 빈센트와 함께 외출할 사람이 올리아나임을 알고, 일부러 여자 기숙사 쪽으로 향했던 것이다.

'이게 뭐야. 엄청 부끄럽잖아.'

사탕을 하나씩 물고 빈센트와 올리아나는 잠시 나무 그늘 아래에서 고개를 숙이고 있었다.

∴ ∵ ∴ ∵

'너무 멋있어.'

올리아나는 '멋있다'는 단어는 이 사람을 위해 존재한다고 반은 진심으로 믿고 있었다.

'미쳤어. 너무 멋있어.'

올리아나는 조금 흐트러진 차림새인 빈센트를 똑바로 바라볼 수 없었다. 평소와 다른 모습이라는 것부터 무엇보다 기쁜 일이었다.

'대박. 앞머리를 내렸어. 원래는 깔끔히 정리해서 넘기는데. 오페라 극장에서 봤을 때처럼 각 잡힌 모습도 멋있었지만 오늘은 왠지…… 자연스러운 모습 같아. 앳되어 보여. 대박이야. 엄청 특별하다는 느낌이 들어. 빈센트…… 너무 멋있어.'

나무 그늘에서 마주한 두 사람은 잠시 옴짝달싹 못했다. 올리아나는 고개를 숙인 채 눈을 꽉 감고 입술에 힘을 꾹 줬다.

'어떡해. 분명 귀까지 빨개졌을 거야.'

빈센트가 올리아나를 내려다보는 게 느껴졌다. 하지만 얼굴을 들 수 없었고, 새빨개진 귀만 보이는 상태였다. 그저 어디로라도 숨고 싶은 심정이었다.

"혹시 더워? 모자 가지러 다녀……."

"괘, 괜찮아요."

그것 말고 무슨 대답을 할 수 있었겠는가. 아니, 정말 아무 말도 할 수 없었다.

당연한 듯 다시 찾아오는 침묵. 어색한 두 사람에게 정문으로 향하는 여자아이의 목소리가 들려왔다.

"야, 저기에 있는 거 역시……."

"어? 진짜야?"

"왜, 옆에 있는 거 에르샤잖아? 그렇다면……."

'큰일이다. 빈센트라는 게 들통나.'

아니, 사실 들통나도 상관은 없었다. 별로 문제 될 건 없었다.

'그야 오늘은 그저 쇼핑하러 외출하는 것뿐이고, 데이트하는 것도 아닌걸. 들통나면 들통난 대로 당당하게 행동하면 될 뿐이고 만약 같이 따라오는 사람이 늘어난다고 해도 딱히, 딱히…….'

올리아나는 갑자기 고개를 들었다. 올리아나가 갑자기 얼굴을 들었지만 빈센트는 변함없이 지긋이 올리아나를 바라보고 있었다.

올리아나는 갑자기 빈센트의 손목을 잡았다.

"어?"

빈센트에게서 의문에 가득 찬 목소리가 나왔지만, 올리아나는 그대로 달렸다. 뒤에서 들려오던 여학생의 목소리가 옅어졌다. 하지만 올리아나는 한눈팔지 않고 정문을 향해 달렸다.

"왜 그래?"

"잠깐……. 잠깐만."

"알았어, 알았어. 잠깐 앉자."

빈센트가 손수건을 꺼내서 길가에 있는 벽돌로 된 화단에 펼쳤다. 올리아나는 거친 숨을 몰아쉬며 고맙다고 말한 뒤 그곳에 앉았다.

'저번에도 비슷한 일이 있었는데.'

그때는 입장이 반대였는데. 올리아나는…… 전혀 학습도 못하고 체력도 없는 여자임이 분명했다.

'레이스 업 부츠를 신고 오길 잘했어…….'

처음에 신으려고 했던 펌프스를 신었다면 이미 발이 죽어났을 것이다. 전력 질주해서 땀을 뒤집어썼지만 모르는 척할 수는 없었다. 백팩에서 손수건을 꺼내 살짝 얼굴에 얹었다.

'세 장 가져와서 다행이다.'

현실 도피는 올리아나의 특기다. 참고로 지금 직시해야 할 현실은 땀으로 범벅이 된 얼굴과 순식간에 다 떠 버린 화장과 잡고 있었던 손, 바로 옆에 앉아있는 빈센트였다.

화단 위치 때문인지 평소에는 예의에 맞게 거리를 두는 빈센트가 지금은 몸이 닿을락 말락 할 정도로 가까이에 있었다.

벽돌 화단에 걸터앉아 한 손에 올리아나의 사탕을 받아 든 빈센트는 자기 사탕을 문 채 발목을 꼬고 앉아 있었다.

'어어…… 뭐야, 그거…….'

손수건 틈으로 살짝 옆을 본 올리아나는 다시 손수건으로 얼굴을 가렸다.

'사복이고 분위기도 다르고. 이건 너무해. 이제 겨우 평소의 빈센트가 익숙해졌는데!'

옆에 앉은 빈센트는 똑바로 정면을 바라보며 올리아나를 재촉하지 않고 기다렸다. 올리아나는 땀과 감정을 가라앉히기 위해 잠시 쉬기로 했다.

거리에는 많은 사람이 오가고 있었다. 틈새 없이 다닥다닥 붙어 지어진 건물이 도로 양옆의 벽이 되는 거리였다. 건물 틈새로 보이는 하늘은 쾌청하고 구름 사이로는 새가 날아다녔다. 빵 굽는 연기가 멀리서 피어오르는 것도 보였다. 저쪽의 커다란 건 분명 동물원 간판이었지. 유유히 거니는 어른들 사이를 비집고 아이들이 뛰어다니고 있었다. 가게 앞에 내놓은 꽃에 물을 주는 여자에게 옆 점포의 남자가 말을 걸고 있었다.

나란히 앉아 멍하니 사람들을 바라보다가 빈센트가 혼잣말처럼 중얼거렸다.

"그렇군. 이 모습이 더 나았구나."

"네?"

"오기 전에 미겔이 옷을 갈아입으라며 도와줬거든. 나는 거리에 나와 걸어다닌 적이 없었으니까. 갈아입고 와서 다행이야. 처음 그 모습으로 왔다면 아마 네가 나 때문에 부끄러웠을 거야."

올리아나는 빈센트가 어떤 모습이든 분명히 멋있다고 생각했을 것이다. 빈센트 때문에 부끄럽다고 생각할 일은 없었을 것이다.

'시가지를 돌아다녀 본 적이 없었는데도 날 초대했구나.'

올리아나는 땀에 젖은 헤어라인을 손수건으로 누르며 시선은 앞을 향한 채로 말했다.

"오늘은 빈센트가 평소랑 달라서 조금 긴장돼요."

"옷 때문이지. 미겔 옷도 빌렸거든."

빌린 게 어떤 옷인지 물었더니 바지라고 답했다. 다른 사람의 옷이라고는 믿을 수 없을 정도로 아무 문제 없이 빈센트에게 잘 어울렸다.

"오늘도 멋있고 눈부시지만…… 다음번에는 옷을 갈아입기 전 차림으로 만나요. 물론 제가 부끄러워하지 않을 선에서요."

농담조로 '다음 약속'이라는 성사되기 힘든 얘기를 꺼낸 건 빈센트가 어딘가 쓸쓸해 보였기 때문이다. 빈센트는 올리아나를 보며 웃었다.

"그럼 그때는 내가 네 손을 이끌어야겠네."

"또 달리는 건 좀 그런데."

"오늘은 네가 달렸으면서."

물론 맞는 말이다. 그것도 다른 여자애들한테 빈센트를 보여주고 싶지 않다는 이유로 도망쳤다.

"조금 마음이 급했던 것뿐이에요."

콧잔등을 찡그리며 화난 척하는 표정을 짓고 이내 웃었다. 그런 올리아나를 지긋이 바라보던 빈센트는 천천히 입을 열었다.

"나도 긴장돼."

"시가지에 처음 와 봐서 그런 거예요?"

"너는…… 늘 생각하는 거지만 바보구나."

"엥?"

엥. 올리아나는 얼떨떨했다. 설마 늘 나를 바보라고 생각했을 줄이야.

"그런 이유로 긴장할 리가 없잖아."

"아, 그렇군, 요?"

"너도 오늘은 분위기가 달라."

빈센트가 시선을 떨군 채 말했다. 올리아나는 손수건으로 입가를 가렸다.

'잠깐. 잠깐, 잠깐만 기다려 봐. 잠깐, 그냥 내가 한 말을 되돌려 주는 거지? 답례겠지?'

빈센트와 올리아나는 잠시 아무 말도 하지 않았다. 시끌벅적한 거리는 그대로인데 아무 말도 하지 않는 두 사람만이 이질적이었다.

겨우 빈센트가 결심했는지 작은 소리로 조곤조곤 말했다.

"엄청 귀여워……."

올리아나는 손수건으로 얼굴을 가리고 눌렀다. 숨는다는 건

힘으로 어떻게 할 수 있는 게 아니다. 하지만 마치 빵 반죽을 할 때처럼 힘을 줘서 자기 얼굴을 눌렀다.

"성은이 망극하옵니다……!"

"무슨 소리야."

장난으로 넘기지 않으면 「친구」로 있을 수 없다.

'안 돼. 광대가 그냥 올라가.'

올리아나는 계속 손수건으로 얼굴을 누른 채 고개를 떨어뜨리고 크게 심호흡을 반복했다. 지금 완전히 빈센트에게 호감을 듬뿍 가진 여자 같은 얼굴을 하고 있을 게 뻔했다.

얼굴은 난리가 났을 거라고 분명히 말할 수 있다. 그렇게나 시간을 들여서 완성한 베이스 화장도 확인해 볼 것도 없이 무너져 내렸을 것이다. 만난 지 한 시간도 안 돼서 화장을 고치겠다고 자리를 비울 수도 없는 노릇이었다. 하지만 그렇다고 빈센트 앞에서 화장을 고치겠다고 할 수도 없었다.

'화장실에 다녀오겠다는 핑계를 대는 것도 부끄럽고……. 내가 이렇게나 요조숙녀였다니……!'

그야말로 요조숙녀 그 자체인 올리아나가 속으로 안달복달하고 있으니, 빈센트가 고개를 숙인 올리아나에게 다시 말을 걸었다.

"있잖아."

"네?"

"오늘은 그만하지 않을래?"

'어? 돌아가자는 건가?'

올리아나는 놀라서 손수건에 묻었던 얼굴을 들었다. 생각보다도 빈센트가 훨씬 가까이에 있어서 올리아나가 움직이자, 빈센트의 어깨에 부딪혔다.

둘 다 조금 어색한 기분에 휩싸였으면서도 그 자리에서 움직이려고 하지 않았다. 그것도 왠지 부끄러웠다.

"그러니까……."

"네……."

올리아나는 빈센트가 무슨 말을 할까 싶어 두근거리는 마음으로 기다렸다. 아까 빈센트가 달리게 잡아끈 게 문제였을까? 아니면 너무 기다리게 했나? 거리를 걷기 싫어졌을까? 꼬리에 꼬리를 물고 불안한 예감만 떠올랐다.

"존댓말을……."

"엥?"

예상치 못한 말을 듣고 올리아나는 얼빠진 소리를 냈다.

"모처럼 거리에 나왔잖아. 오늘만큼은 존댓말을 안 써도 괜찮지 않을까?"

자기에게 똑바로 꽂히는 시선을 받으며 올리아나는 고개를 작게 끄덕였다.

"알겠습, 알겠, 알았어."

"무리 좀 해 줘."

"알았어."

올리아나는 다시 한번 고개를 끄덕였다.

'왜지. 무리하지 않아도 된다고 하는 것보다 방금 한 말이 훨

씬 더 기뻐.'

빈센트가 자기를 원한다고 강하게 느낄 수 있었다.

그게 친구로서 원한다는 의미라 한들 아무 문제없었다.

올리아나의 마음이 살랑거렸다. 무너지는 화장 따위 알 바 인가 싶을 정도로.

'아니야. 역시 알 바이긴 해.'

"미안한데 잠깐만."

하지만 빈센트를 더 기다리게 하기 싫었던 올리아나는 손거 울을 꺼냈다. 생각보다 훨씬 피해가 적었던 얼굴에 스스로 합 격점을 주고는 홀가분하게 일어났다.

"오래 기다리셨습니다. 이제 가 볼까, 빈센트."

방긋 웃는 올리아나를, 빈센트는 눈부신 무언가를 보듯이 올려다봤다.

'귀여워.'

"정말로 이걸 들고 먹는 거야? 어디에 앉아서?"

'귀여워.'

"꼬챙이도 뜨겁구나."

'귀여워.'

"뭐? 통째로 덥석 먹는다고? 아무리 그래도 그건 농담이 지……?"

'귀엽다.'

올리아나는 연신 웃는 얼굴로 빈센트를 바라봤다. 너무 웃어서 볼 근육이 슬슬 아프기 시작했다.

둘이서 거리를 돌아다니다가 생선구이 노점을 발견했다. 화로에 나란히 놓인 생선꼬치를 가리키며 저건 뭐냐고 물어본 빈센트와 함께 꼬치를 하나씩 샀다.

아까 그랬듯이 벽돌 화단에 걸터앉아 올리아나는 무릎 위에 두 번째 손수건을 펼쳤다.

고소한 냄새를 풍기는 잘 구워진 생선 표면에는 장식으로 굵은 소금이 얹어져 있었다. 모든 것이 처음이라 당황하는 빈센트에게 올리아나는 자기 꼬치를 건네고 들고 있으라고 했다.

"네 걸 줘 봐."

"그래."

올리아나는 빈센트의 꼬치를 받아 들고 생선 지느러미를 떼어냈다. 무릎 위에 펼친 손수건 위에 떼어낸 지느러미를 올려놓으니 소금이 떨어졌다. 지느러미를 다 떼고 빈센트에게 다시 생선구이를 건넸다. 자기 걸 받아서 똑같이 지느러미를 발라냈다.

"입을 벌리고 이쪽부터 먹으면 먹기 편할 거야. 정중앙에는 가시가 있으니까 조심해."

꼬챙이 양 끝을 양손으로 잡고 생선의 등 쪽부터 덥석 물었다. 무는 힘을 줄 필요도 없이 뼈에서 살이 부드럽게 떨어졌다. 가느다란 가시가 남은 게 보였다.

"으음. 맛있어."

눈을 동그랗게 뜨고 올리아나가 먹는 방식을 지켜보던 빈센트도 쭈뼛거리며 생선 등 쪽을 한 입 베어 물었다.

"맛있네."

"그치. 맛있지."

올리아나는 생선 꼬치에 심취해서 한 입, 한 입 베어 물었다. 배 쪽의 쌉싸름한 부분도 아주 맛있었다.

눈 깜짝할 새에 다 먹고 말았다. 세 개 정도 더 사 왔으면 좋았겠다 싶었다.

'먹기 전에는 가슴이 벅차서 점심이 안 들어가겠다 싶었는데. 이놈의 위, 속물 같으니라고.'

무릎 위에 펼친 손수건을 접었다. 생선 지느러미는 나중에 버릴 곳을 찾으면 버리려고 했다.

입술에 생선 기름기가 남아 있었다. 혀로 날름 입술을 쓸고 나서야 옆에 빈센트가 있음을 깨달았다. 허둥대며 조금 전에 접은 손수건 끄트머리로 닦아냈다.

'봤을까.'

힐끔 빈센트를 보자 눈이 마주쳤다. 전부 똑바로 지켜보고 있었음을 깨닫고 올리아나는 부끄러워졌다.

"볼에 소금이 묻었어."

"어, 정말?"

크게 한 입 베어 물었을 때 생선 꼬리 쪽에 있던 소금이 묻은 모양이다. 고양이 손을 하고 손가락 마디로 쓸자, 빈센트가 반대쪽이라고 말했다. 반대쪽을 건드려도 뭐가 떼어지는 느낌이 안 들었다.

"떼어졌어?"

올리아나는 빈센트를 향해 얼굴을 보여줬다. 더욱 잘 보이게 볼을 내밀었다.

지금부터 다시 돌아다닐 예정인데 소금을 묻히고 빈센트 옆을 걷는 건 싫었다.

'아. 거울을 가져왔었지.'

올리아나가 백팩에서 손거울을 꺼내려고 하는데 얼굴에 빈센트의 손이 살며시 다가왔다.

'어, 앗, 어어?!'

볼에 빈센트의 손가락이 닿았다. 빈센트의 손끝에는 이미 뭐가 묻어 있던 터라, 손가락 마디로 건드린 듯했다. 톡톡 닿는 손길에 몸이 살짝 떨렸다. 달콤한 저릿함이 온몸에 파문을 일으키며 퍼져나갔다.

"떼, 떼어냈어?"

"내 손가락에 묻어 있었던 게 또 묻었어."

"어…… 그럼 그것도 떼 줄래?"

올리아나는 아직 손을 떼지 말았으면 하고 두근거리는 심장을 부여잡은 채 물었다. 방금은 좀 과했을지도 모른다. 미심쩍게 여기지 않을까 기다리고 있으니, 낮고 메마른 목소리가 들려왔다.

"응."

"……."

올리아나는 눈을 질끈 감았다.

'응, 이라니 뭔데. 뭔 '응'이냐고!'

당돌하게 속삭이는 목소리에 안 그래도 머리가 터질 것 같은데 갑자기 귀엽기까지 하는 건 반칙이지 않은가.

눈을 꽉 감은 덕에 간지럽혀진 뺨의 감촉이 더욱 선명해졌다. 얼굴이 빨개질 정도로 열기가 올라왔다. 어루만지는 손가락은 마치 올리아나의 뺨에 닿는 감촉을 재밌어하는 듯했다. 부드럽게 누르고 조금 뺨 위를 헤매가 뭔가를 떠올린 것처럼 문질렀다.

'이건 안 돼.'

입술이 떨렸다.

"비, 빈센트."

숨을 삼키는 빈센트의 기척에 올리아나는 실눈을 떴다.

"아직이야……?"

올리아나는 어느새 눈물이 촉촉이 스며든 눈동자로 빈센트를 가만히 바라봤다. 빈센트는 허를 찔린 듯한 표정이었다.

"드디어 뗐어."

"다행이다."

빈센트의 손가락이 천천히 멀어져 갔다.

'정말 다행이다. 조금만 더 있었으면 내가 녹아내렸을 거야.'

심호흡을 반복했다.

왜 그런지 옆에서 빈센트도 심호흡하고 있었다.

그 뒤로도 올리아나와 빈센트는 이것저것 쇼핑하고 사 먹었다. 빈센트도 첫 거리 외출을 즐긴 것 같았다.

"그러고 보니 그 남자는 이제 괜찮아?"

한순간 무슨 말을 하는 건지 몰랐을 정도로 기억 저편으로 날려버린 일이었다. 빈센트의 진지한 표정을 보고 아빠의 제자인 리스티드를 말한다는 것을 깨달았다.

"응. 시가지에서 기다리지도 않게 됐고 집에 가면 오히려 날 피할 정도야."

"그렇다면 다행이다."

빈센트의 한마디가 마음에 사르르 녹아들었다. 의심할 여지가 없이 진심으로 하는 말인 게 느껴졌다.

올리아나는 쭉 신경 쓰이던 것을 물어봤다.

"빈센트는 왜 날 도와준 거야……?"

"왜냐니?"

"그때까지…… 난 빈센트랑 얘기해 본 적도 없었잖아."

빈센트라면 곤란한 상황에 처한 사람이라면 모두 도와주고 싶어 할지도 모른다. 하지만 어제처럼 도움을 요청하는 후배를 거절하기도 하는 사람이다.

빈센트에게는 자기 나름의 선과 우선순위가 있다는 걸 안다.

"올리아나가 곤란에 처해 있었으니까."

그 대답에 올리아나가 납득하지 못한 표정을 지은 걸 빈센트도 본 모양이었다.

"거짓말 아니야."

"응."

거짓말한다고 생각하지는 않는다. 다만, 이유가 그것뿐이라고도 생각할 수 없었다.

올리아나가 어디까지 캐물어도 될지 고민하고 있으니 빈센트는 조금 멋쩍은 얼굴로 하늘을 올려다봤다.

"줄곧, 그 말을 듣고 싶었어. 「도와줘」라는 말을……."

"응?"

"이것도 진짜야."

빈센트는 희미하게 미소를 띠더니 말을 일단락 지었다. 더 뭘 물어봐도 이제 소용없을 것이다. 무슨 뜻인지는 모르겠지만 마음에서 우러나온 선의라는 건 알았다. 그래서 올리아나도 진심을 전하기로 했다.

"빈센트."

"응?"

"큰 도움이 됐어. 정말이야."

"그래."

다행이라고 한마디를 덧붙인 빈센트에게 올리아나는 미소로 답했다.

초기 목적을 떠올리고 돌아다니면서 몇 가지 쇼핑을 하고 있을 때, 인파 속에서 익숙한 얼굴이 눈에 띄었다.

"앗, 루시안!"

올리아나는 저쪽에도 자기 친구가 와 있음을 깨닫고 당황해서 어쩔 줄 몰랐다. 빈센트를 올려다보니 빈센트도 루시안을 발견한 것 같았다.

"말 걸어 볼까?"

"어, 아니, 그건 좀……. 분명 막 소란스러워질 것 같고 시끄럽고…….."

소란스러워지는 게 뭐 어때서. 시끄러운 게 뭐 어때서. 그러한 요령 없는 설명은 딱히 변명거리가 되지 않았다. 하지만 횡설수설하는 올리아나에게 빈센트는 고개를 끄덕였다.

"그럼 숨자."

"으, 응."

'정말? 같이 숨어 주는 거야? 마음에 걸릴만한 일은 아무것도 없었는데.'

보통 사람은 마음에 걸리는 일이 없으면 숨지 않는다. 당당하게 인사하러 가면 될 뿐이다. 하지만 루시안은 꼬치꼬치 캐물으려고 하는 배려심이라곤 없는 인간인 데다가 따라오려고 할 게 분명했다.

'빈센트도 지금 이 시간이 끝나는 게 조금 아쉬운 걸까?'

올리아나는 빈센트의 뒤를 따라 골목길로 들어갔다. 골목길은 좁았지만 다 트여 있어서 어디에도 몸을 숨길만 한 곳이 없었다.

"그래서~ 그때 얘가~."

"장난하냐."

루시안과 같이 온 친구의 떠들썩한 목소리가 귀에 들어왔다. 이런 골목길에서 둘이 당당하게 서 있는 건 오히려 제발 발견해 달라고 하는 꼴이나 다름없었다.

조마조마한 올리아나의 표정을 본 빈센트는 무서울 정도로 굳은 얼굴로 몸을 숙였다.

"올리아나, 미안."

빈센트가 올리아나의 팔을 잡아당기더니 이내 몸을 끌어안았다. 올리아나는 너무 놀라서 아무 소리도 낼 수 없었다. 체격 차이 때문에 빈센트가 감싸듯이 끌어안은 모습이었고 정수리에 빈센트의 코끝이 닿았다.

"빈……!"

"쉿."

날숨에 묻어 나오는 희미한 목소리의 지시. 빈센트가 내뱉는 숨결이 머리카락을 지나 두피까지 스며든다. 빈센트는 올리아나의 머리를 한 손으로 안은 채 자기 가슴팍으로 끌어당겼다. 올리아나는 자기 얼굴을 숨겨주는 것임을 깨닫고 바로 입을 다물었다.

빈센트는 루시안이 있는 대로 쪽으로 등을 돌리고 있었다. 평소와는 분위기가 다른 옷을 입었으니, 한순간 지나치는 것이라면 빈센트라고 알아채지 못할 게 분명했다. 루시안이 떠드는 소리가 멀어졌다.

이제 루시안은 없다. 루시안에게 들킬 리도 없다.

하지만 빈센트는 올리아나를 놓아주지 않았다. 방금 그 자세에서 조금도 움직이지 않고 올리아나를 지그시 끌어안고 있었다.

'시더우드 향이랑 살 냄새가 나.'

이렇게 몸을 가까이 붙인 건 처음이었다.

시끌벅적한 거리에 있는데도 서로의 숨소리가 또렷하게 들릴 정도로 빈센트를 의식할 수밖에 없었다.

빈센트의 가슴이 오르락내리락했다. 빈센트에게 안긴 상태라고는 해도, 올리아나와 빈센트 사이에는 주먹 두 개는 들어갈 정도의 틈이 있었다. 올리아나에게 보이는 건 오직 빈센트의 가슴팍뿐이었다.

갑자기 닿고 싶다고 느꼈다.

무척 가까이 있는 목덜미에 팔을 두르고 싶었다. 바로 눈앞에 있는 가슴팍에 안기고 싶었다. 빈센트의 모든 것에 닿고 싶었다.

소중한 보물처럼 끌어안기고 싶었고 아무것도 생각하고 싶지 않았다.

올리아나가 팔을 움직이려고 몸에 힘을 준 걸 느꼈는지 빈센트가 순식간에 몸을 뗐다.

"이, 이제, 괜찮겠지."

"아, 응."

느닷없이 현실로 돌아온 올리아나는 몇 번이고 고개를 끄덕였다.

골목길에서 대로 쪽을 힐끔 보니 루시안은 흔적도 없이 사라진 뒤였다.

"괜찮은 것 같아."

"다행이다."

"응."

"정말."

"그러니까 말이야."

"그래."

누가 들어도 어딘가 붕 떠 있는 대화라고 느낄 법했지만, 두 사람은 굳이 지적하지 않았다.

아침부터 외출해서 몸이 지칠 법도 한데 전혀 안 피곤했다.

"빈센트, 이쪽이야."

올리아나와 빈센트는 길게 이어진 계단을 올라 전망대에 와 있었다. 노을을 볼 수 있는 전망대는 수많은 연인으로 붐볐다. 서로 가까이 붙어 있는 남녀를 보고 조금 전에 빈센트에게 안겼던 걸 떠올린 올리아나는 살며시 얼굴을 붉혔다.

"여기에서 학교가 잘 보여."

올리아나가 가리킨 방향 너머에는 라겐 마법학교가 있었다. 학교 건물은 나무에 둘러싸여서 멀리서 보면 거의 숲 같았다.

"정말이네. 용목도 잘 보여."

"응? 아, 그렇네."

올리아나는 수긍했다. 용목은 시내 어디에서 봐도 거대했다. 다른 나무의 몇 배는 될 것이다.

빈센트가 아주 진지한 표정으로 용목을 바라보기 시작했다.

'아, 실험할 때의 얼굴이다.'

그렇다는 건 지금 다른 생각을 한다는 뜻일지도 모른다. 방해하지 않게 전망대 난간에 몸을 기대고 풍경을 바라보는 척했다.

한동안 가만히 있었더니 계단을 올라오느라 흘린 땀방울이 쌀쌀한 저녁 바람에 식어가는 느낌이 났다. 올리아나가 몸을 떤 걸 알아챘는지, 빈센트가 올리아나 쪽으로 시선을 돌렸다.

"미안해. 딴생각을 했어."

"응."

알고 있었다며 고개를 끄덕이니 빈센트는 살며시 웃었다.

"추웠지. 다시 내려가서 숄이라도 둘러보자."

"이제 곧 돌아갈 거니까 괜찮아."

올리아나가 난간에서 손을 떼고 전망대를 뒤로했다. 빈센트는 마지막으로 한 번 더, 노을에 물든 학교 쪽을 바라봤다.

"그렇지. 이제 돌아가야겠구나."

그 목소리가 조금 쓸쓸하게 들린 건, 분명 올리아나의 희망일 뿐일 것이다. 두 사람은 전망대 계단을 내려왔다.

"오늘 즐거웠지."

전망대에서 꽤 길게 이어진 계단을 내려오니 하루가 다 끝난 듯한 기분이었다. 마법 등이 밝히는 저녁 거리를 빈센트 옆에서 나란히 걸었다.

"난 절대로, 오늘을 죽어도 못 잊을 거야."

그렇게 말하자마자 너무 과한 표현을 썼다는 걸 깨달았다. 보통 친구끼리 쇼핑하는 정도로 마음에 그런 감회가 솟아나지는 않는다. 혹시 의아해하는 건 아닐까 불안해서 빈센트를 보고 올리아나는 자기도 모르게 걸음을 멈췄다.

빈센트는 누가 심장을 도려내기라도 한 것처럼 너무나도 괴로운 얼굴이었다.

"빈센트……?"

빈센트는 몸이 경직된 채, 조그맣게 중얼거렸다.

"거짓말쟁이구나……."

"뭐라고……?"

당황하는 올리아나를 보며 빈센트는 다시 웃는 얼굴을 했다.

"아무것도 아니야. 미안해. 가자."

전혀 아무것도 아닌 것처럼 보이지 않았다. 걱정스러워진 올리아나는 빈센트의 얼굴을 들여다봤다.

"내가 뭔가 한 거야?"

"아니, 미안해. 내 개인적인 문제야. 잊어 줘. 친구니까 그럴 수 있겠지?"

"할 수, 있어."

빈센트의 기대에 부응하고 싶어서 주먹을 쥐고 말하니 빈센트는 옅은 미소를 지었다. 조금 전에 지은 미소와는 다른 진심이 담긴 미소에 올리아나는 마음이 놓였다.

"있잖아, 올리아나. 오늘이 끝나가네."

"어? 응."

오늘이 끝난다고 하기에는 아직 이른 시간이었지만 이대로 학교로 돌아가면 데이트는 분명 끝이 난다.

"어땠어? 존댓말을 안 쓰고 말하는 건?"

"의외로 나쁘지 않았어요."

"왜 또 존댓말로 돌아가는 거야."

빈센트가 "크크큭." 하고 소리를 억누르는 듯한 웃음소리를 냈다. 그 얼굴을 본 올리아나는 놀라서 빈센트의 앞으로 돌아섰다.

"왜 그래?"

"지, 지금, 웃었어."

'처음 봤어.'

웃는 얼굴이라면 당연히 본 적이 있다. 하지만 이렇게 대등한 입장에서 웃는 소리를 들은 건 이번이 처음이었다.

"그럴 리가. 난 항상 웃고 있잖아."

조금 욱한 듯이 받아치는 말투인 걸 보면 분명 부끄러워하는 것이리라. 어느새 이런 것도 다 알 수 있게 되었다.

"잠깐만. 한 번만 더, 한 번 더 웃어 줘."

"왜 그렇게까지……."

"응? 부탁이야. 빈센트, 제발."

끈질기게 물고 늘어지자 빈센트는 체념한 듯 미소를 띠었다. 다르다. 이런 미소가 아니다.

"뭘 어떻게 하라는 거야."

"그런 게 아니라……."

스스로도 설명하기가 어려웠다. 올리아나는 어떻게든 빈센트가 웃었으면 좋겠어서 자기 머리카락을 쥐고 그 끝을 인중에 얹었다.

"수염."

"……."

올리아나가 펼친 혼신의 개그를 본 빈센트는 어이가 없다는 표정을 지었다. 역시 부끄러워져서 올리아나는 가짜 수염을 해제했다.

"훗……."

작게 갈라진 웃음소리가 들렸다.

"큭, 푸흡, 하핫! 부끄러워할 거면 안 했으면 됐잖아……!"

'웃었다.'

빈센트가 어깨를 들썩이며 웃고 있었다. 올리아나는 얼굴을 빛내며 웃는 빈센트를 바라봤다.

'대단해. 평소에 안 웃는 사람의 웃는 모습이란 정말 대단해.'

"귀여워……."

"뭐?"

눈을 빛내며 바라보던 올리아나를 빈센트가 서늘한 눈으로 내려다봤다. 순식간에 얼어붙은 눈빛. 만약 노점에서 파는 치즈를 갉아먹는 생쥐를 본대도 이렇게 차가운 눈빛을 보내지는 않을 것이다.

"이제 늦었어. 정문이 닫히기 전에 돌아가자."

올리아나가 실언을 한 탓에 빈센트의 미소 세일 이벤트는 순식간에 끝났다.

라겐 마법학교 정문에 다다랐을 무렵에는 벌써 석양이 산 중

턱에 걸려 있었다. 주변은 벌써 꽤 어두웠다. 정문에 있는 경비원에게 돌아온 것을 보고하고 나왔을 때 예상하지 못한 인물이 기다리고 있었다.

"빈센트!"

정문 옆 담장에 기대고 있었던 건 샤론이었다.

'이렇게 늦게까지…… 언제 올지도 모르는 빈센트를 기다렸다고?'

갑자기 달려 나온 탓인지 샤론의 발이 꼬였다. 빈센트가 팔로 감싸 안자, 샤론은 그대로 자연스럽게 빈센트의 팔에 손을 얹고 기댔다.

올리아나의 심장이 꽉 옥죄어 왔다.

"샤론?"

의아하다는 듯한 목소리였다. 샤론은 빈센트를 보고 올리아나를 봤다. 그러자 아름다운 얼굴이 새파랗게 질렸다.

"빈센트를 찾았는데 아침부터 외출했다고 들어서……. 둘이서 나간 거야? 설마 데이트야?"

고통을 억누르려는 슬픈 목소리에 올리아나는 반사적으로 고개를 저었다.

"아, 아니에요! 절대로 데이트 같은 게 아니라! 방금 우연히 이 앞에서 만나서 같이 온 것뿐이에요! 그치? 빈센트!"

빈센트를 위해서 샤론에게만큼은 데이트라고 오해받으면 안 된다.

올리아나는 다급히 변명하고 빈센트를 올려다봤다. 안심하고 올리아나에게 동조할 것이라 믿었던 빈센트는 싸늘한 눈으로 올리아나를 내려다봤다.

"맞아."

억양이 사라진 목소리였다.

올리아나는 조금 전까지 즐거웠던 시간을 자기가 망쳤음을 깨달았다.

「방금 우연히 이 앞에서 만나서.」

자기가 한 말이 후회스러웠다.

'죽을 때까지 못 잊을 거라고 해 놓고 오늘 즐거웠던 모든 시간을 내가 부정했어.'

빈센트가 말했던 대로 올리아나는 거짓말쟁이였다. 게다가 빈센트마저 샤론에게 거짓말을 하게 한 것이다.

"비젤…… 미안해요. 데이트라는 말에 놀라서 부정했지만 사실 함께 쇼핑하러 외출한 거예요."

하나하나 공들여 쌓은 빈센트와의 우정을 자기 손으로 산산조각 낸 올리아나는 깊이 고개를 숙였다.

"하지만 우리는 그냥 친구니까! 서로 그런 감정은 정말 하나도 없으니까……!"

"올리아나."

싸늘하게 얼어붙은 듯한 차가운 목소리에 올리아나는 놀라 어깨를 움츠렸다.

"그걸로 충분해."

빈센트는 미소 짓고 있었다. 하지만 빈센트와 그다지 가깝

지 않은 사이인 사람도 이게 진심에서 나온 미소가 아님은 금
방 깨달았을 것이다.

그런 미소가 자기를 향했다는 것에 스스로가 한심하고 비참
했고 괴로웠다.

"그럼, 전 이만 가 볼게요."

그토록 즐거웠던 날에 이런 기분으로 헤어질 줄은 꿈에도 몰
랐다.

올리아나는 고개를 한 번 꾸벅 숙이고 달려서 도망쳤다.

∴　∴　∴　∴

"샤론."

빈센트는 멀어져 가는 올리아나의 뒷모습을 가만히 바라봤
다. 몸속에 소용돌이치는 조바심을 억누르며 냉엄한 눈빛으
로 사촌 누이를 쳐다봤다.

빈센트의 팔에 기대어 선 샤론이 깜짝 놀라 몸을 움츠렸다.

"저번부터 너는 도대체 무슨 짓을 하는 거야?"

생각한 것보다도 훨씬 더 냉담한 목소리가 나왔다. 조금 전
에 올리아나가 한 말을 듣고 분노가 치밀어 도저히 어쩔 수가
없었다.

「절대로 데이트 같은 게 아니라!」

「우리는 그냥 친구니까! 서로 그런 감정은 정말 하나도 없으
니까……!」

몸 안쪽이 싹 식는 듯한 감각이었다.

'나도 알아. 들떴던 것도, 너무 기대돼서 뭘 어떻게 하면 좋을지 모른 채 잠을 못 잔 것도, 나만 그랬었다는 걸.'

하지만 짜증을 억누를 수 없었다. 샤론만 나타나지 않았다면 분명 올리아나와 즐거운 기분으로 헤어졌을 것이다.

어쩌면 다음 약속도 잡을 수 있지 않았을까 하는 생각이 들수록 제 사촌 누이가 얄미워서 견딜 수가 없었다.

"네게 무슨 권리가 있지?"

분노가 서린 위압적인 빈센트의 말에 샤론은 창백해진 얼굴로 한걸음 물러났다.

"네가 시작한 일이다. 도망가는 건 용서 못해."

"어, 어머니가……."

"고모님이?"

"네게 친한 친구가 생겼다고 듣고…….."

빈센트는 혀를 차고 싶은 기분이었다.

두 번째 인생에서 샤론이 다가왔던 것도 고모의 지시가 이유였을 것이다.

그때도 평소에는 적절한 거리를 유지하는 샤론이 필요 이상으로 접근해서 적잖게 당황했다. 하지만 누구에게나 관용을 유지해야 하는 빈센트가 숙녀인 샤론을 극구 거부하면, 들키면 곤란한 지점을 그것만으로도 들키게 될 것 같았다. 비젤가와의 갈등을 드러내지 않기 위해서도 결국 그때 빈센트는 평소처럼 의젓하게 샤론을 대할 수밖에 없었다.

"네게 나를 붙잡아두라고?"

"우리 어머니 성격 알잖아? 내가 무슨 말을 해도 안 들으셔!"

"네가 어떤 고생을 했는지는 내 알 바 아니야."

분명하게 딱 잘라 말하자 샤론은 겁에 질렸다. 이렇게까지 차가운 태도로 샤론을 대한 적은 한 번도 없었으리라.

정문 앞에 있는 학생들이 힐끔거리며 샤론과 빈센트 사이의 살벌한 분위기를 살피며 주목했다. 빈센트는 샤론을 데리고 건물 뒤쪽으로 갔다.

"빈센트, 나는……."

"샤론. 꼭 말로 해야만 아나? 우리 어머니는 너를 동정하셔. 어릴 적에 이용당한 너를 가엽게 여기고 신경 쓰시는 것뿐이야. 공개적으로 불화를 표명하진 않겠지만 그 일은 우리 집안 사람 그 누구도 잊지 않았다."

"나는…… 몰랐어!"

"그렇다고 해도 용서받을 수 없어."

그래서 빈센트는 샤론에게 죄책감이 있었다. 하지만 앞으로도 샤론이 올리아나와의 사이를 방해하려 한다면 얘기가 달라진다.

"그, 그런 일만 없었다면……."

"없었다고 해도 변하는 건 없어. 난 너를 선택하지 않아."

샤론이 망연자실해서 빈센트를 바라봤다.

"내가 허락하는 건 사촌 누이로서의 선이다. 그 선을 넘어오려 한다면 나도 친척의 선을 넘어서 대처할 거야."

그걸로 이야기가 끝이 났다. 빈센트는 올리아나를 쫓으려고 발길을 돌렸다.

"기다려, 빈센트! 하지만 그럼 왜 계속 다른 여자애들을 멀리하는……."

샤론은 빈센트가 여자를 멀리하기에 자기와 다시 약혼할 마음이 있다고 믿었던 모양이다. 하지만 그런 마음을 알고도 빈센트의 감정은 전혀 변하지 않았다.

"네가 고모가 하신 말 때문에 이러는 게 아니라면 최소한의 성의로 네게 답해 주지."

빈센트는 뒤돌아보며 눈물을 흘리는 샤론에게 말했다.

"오래전부터 줄곧 좋아하던 사람이 있어."

그리고 그건 네가 아니다.

휘청거리는 샤론에게 향했던 시선을 돌리고 빈센트는 올리아나를 찾기 위해 달렸다.

∴   ∵   ∴   ∵

정신없이 달렸다. 학교 안을 정처 없이 서성이다 보니 완전히 밤이 되어있었다.

밤이라 시야가 어두운 데다 대부분의 길은 다 비슷해 보여서 올리아나는 자기가 지금 학교 어디에 서 있는지도 모르는 상태였다. 4년이나 다닌 학교인데, 한심하기 짝이 없다.

오늘은 의지할 마법 등도 없었다. 드문드문 있는 가로등에 의지해 올리아나는 터벅터벅 걸었다.

올리아나는 주위를 두리번거리면서 건물을 따라 걷다가 무언가에 부딪혔다.

"으읍."

"앗, 미안. 올리아나?"

코부터 박으며 부딪힌 무언가는 미겔이었다. 미겔이 들어 올린 마법 등 때문에 미겔의 얼굴이 빛났다. 건물의 사각지대에서 튀어나온 미겔과 마주친 순간 충돌한 것이다.

"뭐 하는 거야? 안 되지. 그런 데서 혼자 어슬렁거리면. 빈센트한테 이쪽으로 끌려온 거야?"

"뭐?! 아니야, 아니야. 끌려온 게 아니고……. 그치만 다행이야. 미겔, 여기가 어디야?"

매달리는 올리아나를 보며 미겔은 풉, 하고 웃었다.

"혹시 길을 잃은 거야? 그것도 학교에서? 올리아나, 아무리 그래도 그건 좀 웃기지."

"웃지만 말고 도와줘."

"여기는 남자 기숙사야."

미겔이 '여기'라고 가리킨 건 올리아나가 계속 벽을 따라 걸었던 건물이었다.

'모를 만했네……. 남자 기숙사 근처에도 와 본 적 없으니.'

근처에 가면 안 된다는 규칙은 없지만, 왠지 여학생이 쉽사리 가까이 가기엔 어려운 장소였다.

"잘 다녀왔어? 그 모습을 보아하니 별로 즐거운 데이트는 아니었던 것 같네."

미겔이 올리아나의 머리를 토닥였다. 그리고 머리카락을 마구 헝클어뜨렸다. 아침에 배웅해 줬을 땐 하지 말라고 했지만, 이제는 그 말에 따를 필요가 없음을 미겔은 알고 있었던 것이다.

"즐거운 외출이었어. 근데 내가 다 망쳤어⋯⋯."

후회가 묻어나는 목소리는 힘없이 가라앉아 있었고, 올리아나는 자기 입술을 꽉 깨물었다.

"흐음."

미겔은 옷 주머니를 뒤졌다.

"짜잔~."

그러다가 꺼낸 건 평소에 물고 다니는 그 막대사탕이었다.

"이 오빠가 사탕 갖고 있는데, 좋은 데 안 갈래?"

올리아나는 무심코 웃음이 나왔다.

"모르는 사람이 과자를 준다고 할 때는 따라가면 안 된다고 들으면서 자랐지만⋯⋯ 미겔은 모르는 사람이 아니니까 괜찮겠지."

웃으며 사탕을 받아 들자 참았던 눈물이 흘러내렸다. 하지만 미겔은 모르는 척하며 아무것도 묻지 않았다.

"그럼 가 보자. 뭘 할까? 야식을 챙겨서 피크닉이라도 할까?"

"그거 좋네. 재밌을 것 같아."

미겔이 사탕을 문 올리아나의 등을 떠밀었다. 미겔의 옆에 서면 특히 실감하는 것이, 미겔은 거의 아즈라크와 비슷할 정도로 키가 크다. 바로 옆에 서면 힘껏 목을 꺾어야 얼굴이 보인다.

"올리아나!"

미겔과 걷기 시작했을 때 마치 벼랑 끝에 몰린 것 같은 다급한 목소리가 들려왔다. 깜짝 놀라서 돌아보니 어깨를 들썩이며 숨을 헐떡이는 빈센트가 있었다.

"빈센트……?"

'늘 오래 달려도 호흡 한 번 흐트러지지 않는데…….'

마법 등을 든 팔을 얼굴 근처까지 들어 올리자 은은한 불빛에 비친 빈센트는 가쁘게 숨을 헐떡이고 있었다. 몸이 크게 상하 하는 호흡을 하고 있었다.

"다행이다……. 마하틴한테, 물어봤더니…… 아직, 방에는, 안 왔다고…… 하길래."

숨이 끊어질 것 같은 목소리로 어떻게든 말을 이어가는 빈센트를 보고 올리아나는 심장이 꽉 옥죄어 왔다. 올리아나가 도망치고 방에도 돌아가지 않아서 계속 학교 안을 뛰어다니며 올리아나를 찾은 것이다.

'이렇게 숨이 끊어질 것처럼…….'

미겔이 빈센트에게 달려가려는 올리아나를 멈춰 세웠다. 손목을 잡고 휘청거리는 올리아나를 자기 등 뒤로 숨겨줬다.

"빈센트, 어떻게 된 거야?"

"미겔. 잠깐…… 올리아나랑, 얘기하고 싶어."

"미안. 네 말도 들어주고 싶지만 난 올리아나랑도 친구니까."

미겔이 올리아나를 빈센트에게서 떨어뜨려 놓으려는 듯이 앞으로 나섰다.

설마 거절당할 줄은 몰랐나 보다. 빈센트는 눈을 동그랗게 뜨고 미겔을 쳐다봤다.

완고한 표정으로 빈센트와 대치하는 미겔의 등 뒤에 선 올리아나는 어리둥절했다.

'혹시 미겔은 나를 빈센트에게서 지켜주려는 건가……?'

무슨 일이 일어나는 건지 모르겠어서 얼떨떨해진 올리아나는 머리를 스친 한 가지 가능성에 또 한 번 놀랐다. 그리고 올리아나는 다급히 미겔의 셔츠를 잡아당겼다.

"미, 미겔! 난 빈센트가 무서운 게 아니야!"

"정말? 뭔가 당한 게 아니야?"

"아니야! 그런 거 아니야! 난 괜찮아!"

미겔은 고개만 돌려서 올리아나를 내려다봤다.

올리아나가 혼자서 이런 장소에서 서성이던 건, 빈센트가 손을 댔다거나 아니면 그에 준하는 행동을 한 것이 이유이지 않을까 하고 우려한 것이다.

'그럴 리가 없는데도.'

빈센트는 연인도 아닌 여자에게 그런 짓을 할 사람이 아니다.

가장 친한 친구를 그런 식으로 의심할 수밖에 없었던 미겔에게도, 그런 의심을 받아야 했던 빈센트에게도 너무 미안해서 몸 둘 바를 모를 지경이었다.

"올리아나가 무서워할 만한 행동은 하지 않아. 약속할게. 뛰어다니다 보니 머리도 식었어."

　호흡을 가다듬으며 빈센트가 다부진 목소리로 말했다. 미겔은 올리아나에게 어떡할 거냐고 물었다.

　"내가 쫓아 낼 수도 있어."

　"괜찮아. 나도 조금 진정됐으니까. 사과할 수 있어."

　똑바로 고개를 끄덕이며 얘기하자 미겔은 올리아나의 머리를 토닥였다. 아까보다 더 거친 손길이었다. 제대로 땋았던 머리가 이제 수습 불가능한 상태가 되었을 것이 틀림없다.

　"알았어. 올리아나, 혹시 빈센트가 이상한 짓을 하려고 하면 큰 소리로 날 불러."

　"빈센트는 그런 짓을 할 사람이 아니야."

　"알았어. 그럼 빈센트, 올리아나가 이상한 짓을 하려고 하면 큰 소리로 날……."

　"됐으니까, 좀 가 줄래."

　혀를 찬 미겔은 올리아나에게 손을 흔들고 떠났다. 조금 전에 한 말로 미루어 보아 이 근처 어딘가에 있으려는 듯했다.

　정작 단둘이서 서로를 마주 보고 있으니 긴장됐다. 미겔이 얼마나 자연스럽고 부드러운 분위기를 만들어 줬는지 이제 와서 깨닫는다.

　하지만 올리아나는 사과하기로 마음먹었다. 올리아나는 용기를 내어 입을 열었다.

　"빈……."

　"올리아나."

말을 내뱉는 순간이 겹치고 말았다. 둘 다 움찔하고 서로의 얼굴을 마주 봤다.

빈센트가 뭔가를 말하려고 했는지 입을 열었다……가 닫고 다시 열고 말했다.

"내가 먼저 해도 괜찮을까?"

"으, 으응."

"조금 전에는 심하게 말해서 미안해."

"나야말로 비젤에게 제대로 얘기하지 못해서…… 미안해."

"네가 사과할 필요 없어."

올리아나는 아니라며 양옆으로 고개를 저었다.

"그리고…… 그리고, 오늘, 즐거웠는데 그걸 없었던 일처럼 말해서…… 정말로 미안해."

말하는 사이에 눈물이 차올랐다.

'사과하면서 울다니 최악이야.'

올리아나는 빈센트를 뒤로하고 몸을 돌렸다. 목소리가 떨리니까 운다는 걸 알아챘을지도 모른다. 울면 해결된다고 생각하는 비겁한 사람이라고 여기게 되는 건 싫었다.

"미안해요. 금방…….."

"올리아나, 보고 싶어."

까랑, 하는 소리가 울렸다. 마법 등을 지면에 내려놓는 소리임을 깨달은 건, 빈센트가 뒤에서 끌어안듯이 손목을 잡았을 때였다.

너무 놀라서 숨 쉬는 걸 잊었는데도 눈물은 더욱 넘쳐흘렀다. 등에 전해지는 체온이 따뜻했다.

"보여줘."

빈센트에게 이끌려 몸이 돌아갔다. 눈물을 참으려고 안간힘을 쓰는 얼굴은 무척 못생겼을 것이 분명했다.

"보, 보지 마아……."

"하하핫. 어린애 같아."

'또 웃었다. 두 번째야.'

빈센트가 정말 즐겁고 기쁘다는 듯이 웃었다. 웃는 목소리에는 믿을 수 없을 정도로 달콤한 다정함이 묻어나왔다. 올리아나의 눈에서 눈물이 더욱 쏟아졌다.

"싫어. 울기 싫어. 눈물을 그치게 해 줘."

"어떻게?"

빈센트는 두 손을 한 번에 풀어서 손목을 놓았다.

올리아나는 자유로워진 손으로 얼굴을 덮었다. 이제 콧물마저 흘러내리려고 했다.

"친구니까 노력해 봐."

"그럼 널 안아도 될까?"

"그건 안 돼."

'눈물을 그치게 하려고 끌어안는다니? 무슨 짓이냐고! 이바보야! 기대하게 하지 말란 말이야. 오늘은 진짜 허용치를 넘어 버렸으니까.'

"으음……."

고민에 잠긴 소리가 들렸다. 올리아나는 일 초라도 빨리 눈물을 멈추려고 필사적으로 얼굴에 힘을 주고 있었다.

"이건 아무에게도 말한 적 없는 얘기인데……."

올리아나의 귀가 번쩍 뜨였다. "응." 하고 목을 긁는 듯한 소리로 대답했다.

"사실 난…… 이번이 두 번째 인생이야."

올리아나는 어? 하고 얼빠진 목소리를 내고 고개를 들었다.

"이전 삶에서도 너랑은 꽤 친했거든. 넌 내게 오늘처럼 「죽어도 못 잊을 거야.」라고 말한 적이 있어. 하지만 죽은 넌, 보란 듯이 모든 걸 잊어버렸지 뭐야."

빈센트가 진지한 표정으로 똑바로 올리아나를 바라보며 말했다.

올리아나는 눈을 천천히 크게 한 번 깜빡였다.

눈을 깜빡인 순간 속눈썹에 매달렸던 눈물방울이 눈꼬리로 흘러내렸다. 뺨을 타고 흐른 눈물은 턱 끝에서 뚝뚝 떨어졌다.

"농담이야."

빈센트는 굳었던 표정을 풀고 입꼬리를 올렸다.

"눈물이 멈췄어?"

"멈췄어……."

놀란 탓에 눈물은 어느새 그쳤다.

"후훗……."

빈센트가 어설픈 농담으로 위로하려고 한 것도, 그걸로 눈물을 그친 것도 우스워서 올리아나는 자기도 모르는 새에 킥킥 웃기 시작했다.

그런 올리아나를 보며 빈센트도 미소 지었다.

그 미소를 보니 온몸의 힘이 다 풀릴 만큼 깊이 안심됐다.

"있잖아…… 또 나랑 사이좋게 지내 줄 거야?"

"그걸 물어봐야 하는 건 나야. 올리아나, 내 친구로 있어 줘."

'이제 더 이상 「친구」는 단순한 호칭이 아니게 된 거야.'

친구라는 말이 괴로울 텐데도 무척 자랑스러운 기분이 들었다. 빈센트에게 있어 자기가 땀범벅이 될 정도로 뛰어다니고, 서투른 농담을 해서 눈물을 그치게 해 주려는 사람이 된 것이니까 말이다.

"고마워, 빈센트."

'그럼 됐어.'

올리아나는 진심으로 웃었다.

'지금 이 자리를 소중히 지키자.'

18장 ✦ 초여름의 바람과 분실물

봄도 점점 여름의 열기를 띠기 시작했다. 강해진 햇빛이 나무를 비추며 잔디 위에 짙은 그림자를 만들었다.

"저기 말이야. 저기 빈센트! 제발 마리나랑 가까워지게 도와주면 안 될까? 응?"

눈에 뵈는 게 없는지 천하의 빈센트 탄자인에게 어깨를 두르며 매달리고 있는 건 안 봐도 뻔하지만 루시안 코르테스였다. 좋은 의미로도 나쁜 의미로도 스스럼없는 루시안은 어느새 빈센트를 이름으로 부르며 반말을 썼다.

'나도 반말은 정말 최근에야 쓰게 된 건데……. 남자애는 좋겠다…….'

하지만 카이는 아직도 빈센트에게 존댓말을 쓰면서 성으로 부르는 걸 보면 남자애라서가 아니라 루시안의 성격이 원래 그런 것이리라.

"를르와랑은 면식이 있는 정도야. 도와주지는 못할 것 같다."

방과 후. 안뜰에 모인 건 평소의 2반 멤버에 빈센트와 미겔이었다. 빈센트는 자기에게 몰려드는 여학생들에게 적당히 대응하게 되었지만 사랑에 빠진 남자애에게 강한 거절을 하기는 어려웠는지 빈센트는 쓴웃음을 지었다.

"에이, 그런 말 말고. 이상형이 어떤지만 물어봐도 괜찮아."

'마리나'라는 건 마리나 를르와라는 특별반 여학생이다. 최근에 시작한 과외수업인 댄스레슨에서 발견했다고 한다. 마리나도 루시안도 댄스레슨 수강자였다.

올리아나는 집에서 댄스 교습을 받았기 때문에 지금은 딱히 수강할 예정이 없었다. 댄스레슨을 성사시킨 빈센트도 레슨 자체에는 참가하지 않았다.

"루시안, 그 정도만 하라니까. 탄자인이 이상형을 물어보는데 안 반하는 여자가 있다면 나도 한번 보고 싶을 지경인걸."

하이데마리가 루시안의 목덜미를 잡고 빈센트에게서 떼어내려 했다.

"탄자인. 그 도전, 제가 한번 받아볼게요. 제게 좋아하는 이상형을 제발 한 번만 물어봐 주세요."

"콘스탄체, 넌 조용히 해."

"냉철한 사랑의 세계로군요!"

"마리나라면 내가 말을 걸어 볼까?"

나무 그늘에 앉아있던 미겔이 햇볕 아래에서 빈센트에게 달라붙어 있던 루시안에게 말했다. 루시안은 무척 놀라며 미겔이 있는 곳으로 갔다.

"역시 미겔이야!"

"마리나는 루시안이 좋아할 만한 스타일이긴 하지."

"좋아할 만한 스타일이라니?"

올리아나도 흥미가 생겨서 물어보니, 미겔은 고양이처럼 눈을 휘어 보이며 웃었다.

"풍성한 검은 머리에 항상 웃고 있고 남자, 여자 상관없이 친절하고…… 가슴도 크고."

갑자기 분위기가 싸해진 것도 눈치채지 못했는지 루시안은 주먹을 불끈 쥐었다.

"그 품에 기대어 보고 싶어……."

"하…… 이래서 모태 솔로는 안 된다니까."

"모태 솔로라는 게 저질스럽다는 말의 대명사였나……?"

"모태 솔로는 죽어도 고쳐지지 않죠."

거의 자백한 것이나 마찬가지인 루시안을 향해 에다, 하이데마리, 콘스탄체의 싸늘한 시선이 꽂혔다.

"소개시켜 줄게. 언제 만날래?"

"에에엥? 페르베일라, 설마 여자의 적이에요?!"

비명을 지르듯 소리친 에다에게 미겔이 히죽 웃었다.

"'모태 솔로'라는 말은 잘만 하면서 뭘 모르네."

"네?!"

"그 모태 솔로가 용기를 쥐어짰으니까 좀 봐줘."

지금까지 나무 그늘에 앉아 지켜만 보던 카이가 읽던 책의 페이지를 넘기며 말했다. 계속 웃고 있는 미겔과 카이는 같은 마음인 모양이다.

하이데마리가 어벙벙한 상태로 목덜미를 잡고 있던 루시안을 봤다.

"너……."

"아아악! 시끄러워!"

얼굴이 새빨개진 루시안이 하이데마리를 떨어뜨리고 쫓기는 토끼처럼 도망갔다.

카이도 읽던 책을 덮고 "그럼 나도." 라고 말하며 루시안을 쫓아갔다.

멍하니 바라만 보던 하이데마리와 다른 아이들도 "우리도 먼저 갈게요!" 하며 루시안이 사라진 방향으로 뛰어갔다.

"가슴……."

시끄러운 다섯 명이 사라진 뒤에 나무 그늘에서 쉬던 야나가 조용히 말했다.

야나를 보니 자기 가슴팍을 내려다보고 있었다. 올리아나도 따라서 자기 가슴을 봤다.

"……."

"……."

두 사람 다 크다고는 할 수 없었다.

올리아나는 좋아하는 옷을 입는 데에 어려움이 없을 정도로 가슴이 있긴 했지만, 야나는 무척 호리호리한 체형으로 가슴팍에 굴곡이 없었다.

남아 있는 빈센트, 미겔, 아즈라크는 분위기를 파악하고 입을 굳게 다문 채 기다리고 있었다. 어여쁜 새소리만이 찌르르 울려 퍼졌다.

"아즈라크."

"네."

이렇게 싸해진 분위기에서 이름을 불렸는데도 아즈라크는 어떤 망설임도 없이 평소와 같이 대답했다.

"가슴 크기도 부(富)와 같아서 크면 클수록 좋다거나 그런 건 아니겠지?"

"네, 야나 님. 물론입니다."

아즈라크는 흠잡을 데 없는 답을 하고 싱긋 웃었다. 별것 아닌 농담을 할 때면 웃음을 띠지만, 야나의 질문에 답을 하면서 이런 식으로 웃는 건 조금 드문 일이었다.

물론 야나도 똑같은 생각을 한 것이 분명했다. 사막의 별이라 불릴 정도로 아름다운 그 얼굴로 야나는 미소 지었다.

"그렇다면 너는 어느 쪽이 좋지?"

계절은 이제 점차 여름이 되어 갈 터였다.

하지만 이 일대에는 {냉(冷)}이라는 마법진이 그려져 있는 건 아닐까 착각할 만큼 싸늘하고 팽팽한 공기로 가득했다.

미겔과 빈센트가 아즈라크에게 뭐라 형용하기 어려운 시선을 보냈다. 그 표정은 자기들이 지명되지 않아서 다행이라고 안도하는 걸로도, 전우가 무사히 귀환하기를 바라는 것처럼도 보였다.

아즈라크는 깊이 생각을 이어나갔다.

올리아나는 지금까지 야나의 질문을 받고 아즈라크가 이렇게 오래 침묵하는 걸 본 적이 없었다.

결국 아즈라크가 체념한 듯 천천히 입을 열었다.

"묵비권을 행사하겠습니다."

아즈라크는 웃음기를 잃지 않았다.

하지만 야나가 내뿜는 냉기는 거의 세 배 강해져 있었다. 그 순간 미겔과 빈센트가 손을 잡고 이끌어줘서 올리아나는 안뜰에서 빠져나갔다.

식사 시간에도 야나와 다시 만나지 못해서 올리아나는 빈센트, 미겔과 함께 식사를 마쳤다. 최근에 늘어난 산뜻하고 가벼운 메뉴는 더워지기 시작한 이 시기에도 무리 없이 잘 먹을 수 있었다.

기숙사 방에 돌아온 올리아나는 밤이 되어서야 문 앞에서 돌아온 야나를 맞이했다.

문을 연 야나는 올리아나의 얼굴을 보자마자 불룩하게 볼을 부풀렸다.

"아즈라크를 문책하고 왔어."

볼을 부풀린 야나라니 처음 봤다. 파격적인 귀여움에 올리아나는 다른 누구도 이 모습을 볼 수 없게 서둘러 문을 닫고 몸을 기댔다.

"어떤 식으로?"

때리거나 발로 차거나 하진 않았을 것이다. 물론 아즈라크라면 아무런 저항 없이 받아들였겠지만 사람에게 손찌검을 하는 야나는 상상할 수 없었다.

"도서실에 가서 사람의 신체에 관해 기록된 책을 찾았어."

"어? 책?"

문책이라는 말을 들었을 때 전혀 떠오르지 않았던 방식이었다. 올리아나는 어리둥절했다.

"모유를 수유하는 데에 가슴 크기는 상관이 없다고 쓰인 부분을 백 번 받아적게 했어. 아즈라크는 펜을 들고 있는 시간을 무척 괴로워하니까 딱 좋은 벌이지."

아즈라크는 키가 크고 근육 때문에 몸이 두꺼웠다. 의자에 앉아 글을 쓸 때는 긴 다리가 갑갑한지 장시간 의자에 앉는 것을 싫어했다. 야나를 호위하기 위해서 그런 것도 있겠지만 의자에 앉는 것보다 서 있는 것이 편하다고 말한 적이 있다.

더군다나 똑같은 문장을 백 번이나 써야 했다면, 아즈라크에게 그건 확실히 [문책]이 맞을 것이다.

'자그마한 야나의 눈총을 받으며 몸을 구부리고 부지런히 글자를 써 내리는 아즈라크라니…… 좀 보고 싶긴 하다.'

보면 이상한 광경일 테지만 올리아나는 무리 없이 이해했다. 야나와 아즈라크의 상하 관계가 만든 모습일 테니까.

"어머니는 키가 꽤 크시고 가슴도 크셔. 그런 건 그냥 지방 덩어리 아냐?"

그렇게 말한 야나의 목소리가 울먹이는 소리로 변했다. 미를 추구하며 매일 노력하는 야나에게 노력만으로는 어찌 할 수 없는 키나 가슴 크기는 콤플렉스일지도 모른다.

올리아나는 야나를 꽉 끌어안았다.

"야나, 너무 귀여워졌잖아……."

원래 귀여웠지만 사랑 얘기를 나누게 된 뒤로 귀여움이 배로 커졌다.

"넌 나보다 더 크다고!"

"에헴!"

그래서 그런 건 아니었지만 올리아나는 일단 가슴을 내밀어 뽐냈다. 콘스탄체처럼 박력 있지는 않았지만 곡선을 그릴 만큼은 됐다.

야나가 새침한 눈으로 올리아나의 가슴 측면 쪽에 손을 가져다 댔다. 손가락 마디 길이로 크기를 측정하나 보다. 이내 자기 가슴에 손을 가져와서 재고는 그 차이에 슬퍼진 듯한 야나의 등을 올리아나가 토닥였다.

"야나도 댄스레슨에 참가하니까 '마리나' 랑 알게 될 수도 있어."

아마네셀 왕국의 춤 문화에 익숙하지 않은 야나는 아즈라크와 함께 참가하고 있었다.

"그럼 친해져서…… 가슴이 커지는 비법을 물어보자. 어때?"

야나의 얼굴이 빛나며 '사막의 별' 에 맞는 후광을 되찾았다.

그 뒤로 야나는 그 마리나에게서 매일 두유를 마신다고 들은 뒤부터 매일 점심시간에 두유를 마셨다.

∴　∵　∴　∵

"어? 야나랑 아즈라크는?"

점심 쉬는 시간이 끝나고 종이 울리기 조금 전에 교실로 돌아온 에다가 두리번거리며 주위를 둘러봤다.

"결투가 끝나고 아직 안 돌아왔네."

"어쩌면 보건실에 갔는지도 몰라."

콘스탄체와 올리아나가 에다에게 말했다. 아즈라크가 결투에서 다치는 일은 드물었지만 그렇다고 전무하지는 않았다. 아주 작은 상처가 나도 야나는 기필코 아즈라크를 보건실로 데려간다.

"루시안도 시련에 도전해 봐. 모태 솔로를 탈출할 기회잖아!"

"너 진짜 그 장난 좀 그만하라고! 그러다가 아즈라크한테 진짜 죽어! 그리고 난 아즈라크한테 미움받기 싫단 말이야."

"그래. 미안."

루시안이 너무나도 필사적으로 거절하자, 에다는 한 수 접는다는 식으로 말했다. 여자애들 사이에서 아즈라크는 조금 과묵하고 센스 있는 연상의 동급생이었지만, 남자가 볼 때는 인상이 또 다른가 보다.

결국 야나와 아즈라크는 수업이 시작하고 30분이 지나서야 겨우 교실에 얼굴을 내밀었다. 예상대로 보건실에 들렀던 모양이다. 아즈라크에게 상처를 보여달라고 해서 보니, 새끼손가락 손톱 길이만 한 찰과상이 있었다. 아즈라크는 속마음을 내보이지 않는 남자지만 이런 상처 때문에 보건실로 끌려갔다면 꽤 부끄러웠을 것이다.

올리아나는 수업이 끝나고 이동 수업 교실로 가는 친구들과 헤어져 화장실로 달려갔다. 라겐 마법학교의 화장실은 마법 도구를 비치한 수세식 화장실이었다.

"근데 에르샤 말이야. 좀 예쁘지 않아?"

화장실에서 돌아오는 길에 올리아나의 걸음이 멈췄다. 별로 잘 알지 못하는 남자애들 몇 명이 복도에 모여 이야기를 나누고 있었다. 라겐 마법학교에 이름에 [에르샤]가 들어가는 사람이 얼마나 많은지는 모른다. 하지만 모퉁이 너머에 모인 남자애들 앞에 얼굴을 내밀 용기가 없었다.

북 밴드로 묶은 교과서를 끌어안고 그 학생들이 자기를 볼 수 없는 사각지대에 숨었다. 하지만 올리아나가 가야 할 교실은 이 복도를 지나야만 갈 수 있었다.

"아, 맞아. 마하틴이 워낙 대단하니까 그런 거지."

"베르츠도 얼굴은 예쁜데 키랑 성격이 좀……."

야나와 콘스탄체의 이름까지 나왔으니 이건 분명 자기 얘기가 맞았다. 올리아나는 벽에 등을 대고 주저앉았다.

"어제 실기 수업이 있었잖아."

"어."

"그때 에르샤가 머리를 묶었거든. 근데 목덜미에……."

'목덜미? 목덜미가 왜?'

올리아나는 자기 목 뒤편을 손으로 감쌌다. 남자애들이 그런 데를 보고 있었을 거라고는 생각도 못했다.

"점이 있었어. 계속 쳐다보게 되더라고."

"뭐야. 야하다고."

"그 에르샤는 뭔가…… 할 때 울리고 싶은 느낌이 있지."

"근데 울면 못생겨질 듯."

"그건 됐고."

"에르샤는 좀 쉬워 보이잖아. 조금만 건드려도 넘어오는 거 아니야?"

올리아나의 얼굴이 새파랗게 질렸다. 라겐 마법학교에 다니는 학생은 엄격하게 자란 아이들이 대부분이었다.

엄중한 벽이 겹겹이 쌓인 온실 속 아가씨로 자란 여학생 대부분은 성적인 정보로부터 격리된 채 성장한다. 월튼 선생님의 특별수업에서 꽃의 암술, 수술을 배우며 성행위에 관해 듣긴 했지만, 사람으로 치환했을 때의 실태는 끝내 다루지 않았다.

올리아나도 성에 관련해서는 결혼하고 첫날밤을 맞이할 때까지는 용어 하나 전혀 모른 채로 자랄 터였다. 보통은 첫날밤이 오기 전에 어머니가 말로 알려주는 듯하나, 어릴 적에 어머니를 여읜 올리아나는 누구에게 그런 걸 배워야 하는지 줄곧 궁금했다. 그런 것을 아빠에게 물어보기도 부끄러웠으니까.

그렇게 그 분야에 문외한인 올리아나였지만 줄줄 쏟아지는 단어 하나하나에서 자기가 그 남학생들에게 어떤 식으로 보여지는지 짐작할 수 있었다.

리스티드가 강압적으로 쫓아다닐 때와 똑같이 자기를 적나라하게 성적으로 바라보는 이성의 시선을 느끼자 올리아나는 징그러워서 소름이 돋았다.

더 이상 그런 얘기를 듣고 있기 싫어서 올리아나는 일어섰다. 딱히 항의하지 않아도 올리아나의 얼굴을 보면 그 남학생들은 그 화제로 이야기하는 것을 멈추리라.

머릿속으로는 그렇게 생각했지만 지금 자기를 그런 눈으로 보는 남자들 앞에 나가는 데에는 엄청난 용기가 필요했다.

한 발만 나서면 되는데 그 한걸음이 떼어지지 않았다. 다리는 희미하게 떨리고 있었다. 그래서 주먹을 꽉 쥐었다.

"너희들이 어딜 가려는지는 모르겠지만 나도 따라가도 될까? 올리아나랑은 친하거든."

모퉁이 저편에서 목소리가 들렸다.

말투 자체는 부드러웠지만 날카로운 분노를 품은 싸늘한 목소리였다.

갑자기 몸이 가벼워졌다. 다리의 떨림이 단번에 멈췄다.

올리아나는 모퉁이에서 얼굴을 빼꼼 내밀었다. 네 남자애의 뒤편에 빈센트가 서 있었다.

"아, 아니. 그…… 진짜로 뭘 어떻게 하고 싶다는 말이 아니고……."

"똑똑히 말해 두지. 내 친구의 품위를 떨어뜨리는 화제는 몹시 불쾌하다."

남자애들이 발뺌하며 구차한 변명을 해서일까, 빈센트는 냉엄한 말투로 더욱 직접적으로 말했다. 남자애들은 갑자기 말을 더듬으며 땀을 흘렸다.

이 학교에서 빈센트에게 말대답할 수 있는 학생은 몇 없다. 그건 빈센트의 출신이 가장 큰 이유겠지만 금욕적으로 학업에 몰두하는 자세나 왠지 다른 사람을 압도하는 여유 있고 의연한 태도도 한몫한다.

"그리고."

무안해하며 아무 말도 못하는 남자애들에게 빈센트는 입을 떼며 여유 있게 웃어 보였다.

"올리아나는 우는 얼굴도 예뻐."

남자애들은 말문이 막혀 숨을 삼켰다. 그중에는 얼굴을 붉힌 놈도 있었다.

"저, 그, 잘못했습니다!"

남자애들은 벌레 떼가 흩어지듯 도망갔다. 다행히 올리아나가 있는 곳에서 반대 방향으로 달려갔다.

"싫다. 빈센트. 야해."

"조용히 해."

빈센트 뒤에 있던 미겔이 히죽히죽 웃었다. 두 사람은 가볍게 말을 주고받으며 올리아나 쪽으로 걸어오고 있었다. 그리고 벽 뒤에 숨은 올리아나를 발견하고 그럴 줄은 생각지도 못했다는 듯이 놀라며 걸음을 멈췄다.

빈센트와 눈이 마주치자 올리아나는 손을 흔들어 보였다.

"듣고 있었던 거야……?"

"멈춰 줘서 고마워. 정말 너무 기분이 나빴거든. 덕분에 살았어."

어깨에 송충이라도 붙은 것처럼 소름 끼쳐하며 싫어하는 모습을 보이자 빈센트는 살짝 웃었다.

"그래. 네게 도움이 됐다면 다행이다."

빈센트의 웃는 얼굴에 가슴이 꽉 죄었다. 입술이 살짝 떨렸다.

'늘 도움이 되는걸. 빈센트. 네게는 항상 도움받고 있어.'

"응. 고마워."

∴ ∵ ∴ ∵

"그건 분명 팬티였다니까!"

어느 여름날 이른 아침, 남자 기숙사는 충격에 휩싸여 있었다. 아침에 러닝에 나선 남자애들이 상기된 얼굴로 급하게 말했다.

"좀 안쪽에 있는 나무에 걸려 있었어! 여자 기숙사랑 가까운 데니까 아마 널어 둔 빨래가 날아온 것 같아."

"색깔은?"

"빨강!"

남자 기숙사 입구 근처의 휴게실에 사람들이 우르르 모여 있었다.

매일 아침 수업이 시작하기 전에 자습실에 들르는 빈센트는 아침 준비를 끝마치고 아래층으로 내려온 참이었다. 아직 수업이 시작하려면 시간이 많이 남은 이른 시간이어서 기숙사생 대부분은 아직 잠옷을 입은 채였다.

미겔도 의리 있게 매일 아침에 자습실까지 따라갔다. 잠에서 덜 깬 고양이처럼 빈센트 옆에서 연신 하품을 하고 있었다.

"댄스레슨이 끝나면 녹초가 되니까 아침에 달려서 체력을 기르겠다고 한 거지?"

"맞아. 근데 오늘만큼 달리길 잘했다고 만족한 적이 없지."

"재질은?"

"그것까진 모르지. 나무 저 위쪽에 있었다고."

"나무를 타고 올라갔어야지!"

"그러니까 사다리를 찾으러 돌아온 거 아니냐고."

빈센트는 대화 내용을 듣고 미간에 주름을 잡고, 눈을 반짝이며 대화에 열중하는 남자애들 옆을 지나쳐갔다.

"기숙사에 분명 사다리가 있을 테니까 가지러 온 거야."

"관리인 아저씨한테 없나?"

"들렀는데 안 계시던데."

'관리인이 안 계셔? 사다리?'

빈센트는 언젠가 어디에선가 그런 얘기를 들어본 듯한 느낌이 들었다.

──똑똑.

남자 기숙사 입구 문이 가볍게 열리면서도 둔탁한 소리를 냈다. 팬티 얘기로 흥분했던 남자애들은 순식간에 침묵했다.

문과 가장 가까이에 서 있었던 빈센트가 문을 열었다.

문을 여니 그곳엔 화장기가 전혀 없이 실내복에 로브만 걸친 차림의 올리아나가 서 있었다.

"앗…… 빈센트. 아즈라크, 아즈라크는 지금 없을까?"

올리아나가 자다 깬 그대로 빗질도 하지 않은 머리를 다급히 양손으로 누르며 말했다.

"엥⋯⋯."

"왜 여자가 여기에 있지?"

"설마 아까 그⋯⋯."

──쾅!

기숙사 문밖으로 나간 빈센트는 다급히 문을 닫았다. 기숙사 안쪽은 문밖에서도 알 수 있을 만큼 조용해졌다.

깜짝 놀라서 눈이 휘둥그레진 올리아나의 머리 위로 빈센트가 자기 로브를 걸쳐 주었다.

"자다 깬 모습 그대로 이런 데 오다니, 대체 무슨 생각이야."

"예절 교육은 나중에 들을게. 부탁이야. 지금 급해."

예절 교육 문제가 아니다. 사고방식이 딱딱하고 고지식한 귀족에게 손질이 안 된 머리는 지난밤의 정사를 떠올리게 한다.

평소에는 말끔히 화장을 하고 다니는 올리아나의 이렇게 무구하고 선정적인 모습은 그 누구에게도 보여줄 생각이 없었다.

"부탁이야. 아즈라크네 기숙사가 어느 동인지 알아? 부탁할 만한 사람은 아즈라크밖에 없어⋯⋯."

"내가 있잖아."

"빈센트는 안 돼! 빈센트는 아니야!"

'왜 나는 안 된다는 거야.'

올리아나가 허둥지둥하는 모습을 보아하니 여기에 있는 남자애들의 추측이 옳았음이 분명했다.

조금 전 잠깐이었지만 올리아나를 다른 남자애들이 보게 한 것, 날아간 속옷이 올리아나 거라고 들킨 것, 눈앞에 있는 빈센

트가 아니라 이곳에 있지도 않은 아즈라크에게 부탁하려 하는
것. 이 모든 상황에 무척 열받아서 분노를 주체하기 어려웠다.

'다른 남자가 그걸 보는 게 더 안 될 일이야.'

"나는 친구잖아."

"친구라도 하면 안 되는 게 있어!"

"그럼 자레나는 왜 그래도 괜찮지?"

"아즈라크는 그…….'"

"그래."

"그냥, 괜찮은 것 같다고밖에…….'"

'그런 말도 안 되는 소리를 듣고 내가 납득하겠어?'

빈센트는 올리아나가 뒤를 보게 몸을 돌리고 기숙사 문을 연
뒤 실내를 둘러봤다.

실내에는 조금 전 빈센트가 나갔을 때 그대로 남자애들이 미
동도 하지 않은 채 있었다. 속옷 얘기로 흥분했던 남자애들은
정색한 얼굴로 빈센트를 바라보고 있었다.

빈센트는 가슴을 꼿꼿이 펴고 또랑또랑한 목소리로 말했다.

"영광스러운 라겐 마법학교 남학생 제군. 여러분의 드높은
신사 정신을 기대하도록 하지."

"네엡!"

그 자리에 있던 모두가 등을 곧게 펴고 빈센트에게 동의했
다. 빈센트는 다시 문을 닫았다.

"가자."

"어?! 아즈라크를 불러주는 거 아니었어?!"

'내가 부를 리 없잖아.'

빈센트는 올리아나의 의견은 전혀 수용하지 않겠다는 의지로 걷기 시작했다.

"그래서 어디로 날아간 거야?"

"어…… 왜 그걸…….''

얼굴이 확 새파래진 올리아나는 조금 전에 빈센트가 왜 그런 말과 행동을 했는지 깨달은 듯했다. 올리아나의 얼굴이 새빨갛게 물들었다.

"거짓말. 말도 안 돼…….''

"거짓말이 아니야. 말이 안 될 것도 없어. 나는 여자 속옷에 관심 없을 거라고 말한 건 너잖아."

예전에 여자 속옷이 한 번 화제에 올랐을 때, 남자로 취급받지 못했던 데다가 영문도 모르게 신성시되었던 빈센트는 그때의 복수를 한다는 심정으로 말을 내뱉었다.

"그렇게 오래전 얘기를…… 하지만, 그치만!"

"하지만이고 자시고 간에!"

"정말로 창피해서 그래!"

"그건 나도 알아. 내가 사다리를 잡아줄 테니까 네가 올라가서 집으면 돼. 그래서 도대체 어디로 날아간 거야?"

올리아나가 쭈뼛거리며 장소를 털어놨다.

"그렇다면 관리인 아저씨를 찾는 것보다도 온실의 도구함에 들르는 편이 빠르겠다."

"아, 그렇지……. 열쇠 갖고 있어?"

"그래. 가자."

빈센트는 걸음을 재촉했다.

머리 위로 빈센트의 로브를 뒤집어쓴 올리아나는 마지못해 종종걸음으로 빈센트를 따라갔다.

∴ ∵ ∴ ∵

"조심해. 너무 힘들 것 같으면 내가 짐을 테니까."

"안 돼. 절대로 안 돼! 그것만은 안 돼!"

빈센트가 아래에서 사다리를 잡아주며 말도 안 되는 소리를 했다. 도구함에서 가져온 사다리에 올라서 자기 속옷을 향해 손을 뻗던 올리아나는 새빨개진 얼굴로 소리쳤다.

"눈을 감아! 눈 감아야 해!"

"알았어. 알았다니까."

빈센트는 진작부터 땅바닥을 보고 있었지만 의리 있게 눈도 감았나 보다.

도대체 왜 일이 이렇게 됐을까. 올리아나는 아침 댓바람부터 울고 싶었다.

별반 특별할 것 없는 아침이었다. 밖에 널어둔 빨래가 창가에서 사라진 걸 발견할 때까지는.

빨래는 기숙사 여사님께서 매일 챙겨주시지만, 사람에 따라서 속옷만큼은 스스로 세탁하기도 한다. 올리아나는 스스로 하는 파였다. 요 며칠 계속 비가 와서 오늘 중으로 말려야 한다고 조바심을 내느라 창문 밖에 넌 것이 화근이었다. 올리아나가 잠든 사이에 속옷 하나가 여행을 떠난 것이다.

　다급해진 올리아나는 아침부터 학교 전체를 뛰어다니다가 겨우 자기 속옷이 집을 나가서 정착한 장소를 찾아냈다.

　관리인 아저씨를 찾아봤지만 보이지 않자 조바심에 남자 기숙사로 도움을 청하러 간 것이었다.

　'아즈라크라면 나무를 휙 올라서 슉 잡아줄 것 같으니까!'

　밖에서 아즈라크를 기다릴까도 생각했지만, 남자애들이 여기저기서 활동하기 시작한 것을 보고 도저히 가만히 있을 수가 없어 남자 기숙사 문을 두드린 것이었다.

　'그랬을 뿐인데 왜 나는 잠이 덜 깬 모습으로 좋아하는 사람한테 사다리를 잡게 시키면서 속옷에 손을 뻗고 있는 거냐고! 울고 싶다…….'

　올리아나의 속옷은 짧은 드로즈였다. 실크로 만든 착용감이 좋은 속옷이 하필이면 빨간색이었다.

　'평소에는 흰색 계열인데……! 왜 하필 오늘……! 아니 무슨 색이든 싫지만!'

　서로 이성으로도 연애 상대로도 보지 않는 아즈라크에게 부탁하면 마음이 편하다. 이렇게 말하는 것도 뭐하지만 스무 살, 서른 살 차이 나는 관리인 아저씨께 부탁하는 것과 비슷한 느낌이었다. 다소 부끄럽기는 했겠지만 그저 그뿐이었으리라.

　'왜 아즈라크면 괜찮냐니……. 솔직하게 말할 수 있을 리가 없잖아!'

그렇다는 건 빈센트를 연애 상대로 보고 있으니까 안 된다고 얘기하는 것과 같았다.

"집었어?"

"이제 얼마 안 남았어!"

빈센트의 목소리에 정신을 차렸다. 일단 이 속옷을 집에 데려가야만 한다. 우리 집의 안전한 옷장으로 데려가는 게 우선이었다.

두꺼운 나뭇가지에 손을 대고 필사적으로 다른 한 손을 뻗었다. 아주 조금만 더 하면 들고 온 나뭇가지에 속옷이 걸릴 것 같았다. 들고 있는 나뭇가지를 휘적이자 드디어 속옷이 나뭇가지에 걸렸다.

"앗!"

놀란 순간 속옷이 나무에서 떨어졌다. 그대로 나풀거리며 천천히 지면에 떨어졌다.

"무슨 일이야?"

"잠깐만! 눈 뜨지 마!"

빈센트가 눈을 뜨면 시야에 들어올 위치에 떨어지고 말았다. 황급히 내려오려던 올리아나는 그만 사다리에서 발을 헛디뎠다.

"앗!"

소리 지를 틈도 없이 올리아나는 사다리에서 미끄러져서 떨어졌다.

큰 충격을 각오했지만 아무리 시간이 지나도 아프지 않았다. 그 대신 따뜻한 온기에 감싸여 안겨 있었다.

푹신한 장소에 떨어졌다고 생각한 올리아나는 혼란스러워하며 몸을 일으켜 세웠다.

"미안!"

고개를 들자, 올리아나를 안아서 받은 빈센트는 무표정했다.

사다리에서 떨어진 올리아나를 걱정하는 것도 아니었고, 조마조마해하는 것도 아니었다. 이 상황에 전혀 어울리지 않는 빈센트의 표정에 올리아나는 좋아하는 사람의 품에 감싸 안겨서 두근거리기보다도 얼떨떨할 따름이었다.

"빈센트……?"

"미안. 비켜주지 않을래?"

"앗, 넵."

올리아나는 바로 움직여서 밑에 깔린 빈센트에게서 떨어졌다.

"다친 데는 없어?"

"덕분에 없어."

"다행이다."

감정이 안 실린 낮은 목소리였다. 화나게 했을까. 화났는지도 모른다. 오늘 올리아나의 태도는 그야말로 너무했으니까.

의도적으로 끌어안은 건 아니다. 하지만 시끄럽게 호들갑 떠는 데다가 좋아하지도 않는 여자애가 끌어안으면 누구라도 이런 얼굴이 될 만했다.

"미안해……."

"응?"

빈센트가 몸을 일으키며 주눅이 들어 사과하는 올리아나를 바라봤다. 빈센트의 로브 등판과 팔꿈치 쪽이 진흙으로 얼룩졌다. 며칠 내내 비가 온 탓에 땅이 질척해진 모양이다.

"호들갑 떤 데다가 이렇게 넘어져서……."

"그래. 위험하니까 너 자신을 위해서도 조심해."

그렇게 말하는 목소리는 화난 것 같지는 않았다. 올리아나는 몰래 빈센트의 안색을 살폈다.

"왜 그래?"

"아, 그…… 음……."

몰래 보려고 했는데 다 들켰다. 올리아나는 솔직하게 말했다.

"무서운 얼굴이길래……. 내가 화나게 했구나 싶어서."

"무서운 얼굴?"

의아하다는 듯 자기 얼굴을 한 번 만진 빈센트가 말했다.

"아…… 미안. 아까 그 자세에 문제가 있거든. 조금 트라우마가 있는 자세야."

"응?"

"그 자세 때문에 한 번 사회적으로 매장당한 적이 있어."

"뭐?"

"이전 인생의 얘기야. 웬만하면 잊어줘."

빈센트가 진심으로 싫다는 듯한 표정으로 말했다. 이전 인생……. 그 어설픈 농담을 또 할 줄은 몰랐다. 농담을 했다는 건 웃어넘기는 편이 좋다는 뜻이리라.

"하하하."

올리아나가 억지로 웃자, 빈센트가 째려봤다. 빈센트가 자기를 째려보는 건 처음이어서 올리아나는 깜짝 놀라 몸을 움츠렸다.

"웃지 마."

"아, 네. 죄송합니다."

두말없이 사과했다. 빈센트의 농담에는 어떻게 대응하면 좋을지 모르겠다.

"그럼 화가 난 건 아니야?"

"걱정은 했지만 화난 건 아니야."

진심으로 하는 말처럼 들려서 올리아나는 안심했다. 그 순간 절대로 까먹어서는 안 되는 것을 겨우 떠올렸다.

'팬티!'

"여기 있다!"

속옷을 아예 까먹고 있었다. 황급히 지면에 떨어진 속옷을 집어 들었다. 조금 흙이 묻긴 했지만 속옷이 날아갔을 때부터 이미 다시 세탁해야겠다고 생각해서 문제는 없었다. 속옷을 로브 소매에 넣었다.

'다행이다. 또 어디로 날아가기 전에 찾았어! 누군가가 먼저 가져가지 않았고……!'

팬티를 되찾은 기쁨을 억누르지 못하고 올리아나는 빈센트에게로 달렸다.

"빈센트!"

"응?"

흙을 털어내려고 로브를 벗고 있던 빈센트에게 올리아나가 달려들었다. 빈센트는 조금 휘청이긴 했지만 매달리는 올리아나를 끌어안았다.

"왜 그러……!"

"도와줘서 고마워! 사랑해!"

당황하는 빈센트에게 올리아나가 웃는 얼굴로 말했다.

친구끼리 "사랑해."라는 말 정도는 한다. 분명 그렇다. 그럴 수도 있다고 들어본 것 같다. 이 정도는 허락될 것이다. 분명 그럴 것이다. 그랬으면 좋겠다.

계속 끌어안은 채로 있고 싶었지만, 너무 오래 붙어있으면 마음이 들키고 만다.

올리아나는 빈센트에게서 몸을 떼고 아직 나무에 걸쳐진 사다리를 가지러 갔다.

"이것만 도구함에 가져다 놓고 밥 먹으러 갈까?"

'물론 그전에 나는 먼저 아침 준비를 해야겠지만.'

오늘은 재빨리 화장해야겠다고 생각하면서 사다리를 정리했다. 빈센트 쪽을 보니 로브를 손에 든 채 미동도 없이 서 있었다.

"빈센트?"

"여보세요~ 빈센트?" 하고 계속 불러도 빈센트는 한동안 아무런 대답이 없었다.

19장 ❧ 아침노을에 물방울

"아, 마침 잘됐다. 우리 피크닉 할래?"

올리아나가 식당 입구에서 빈센트와 미겔을 발견했다.

식당은 평소보다도 더 시끌벅적했다. 오늘 밤에 유성우를 관측할 수 있다고 점성술학 교사 지슬레인이 말했기 때문이다. 이런 날에는 점성술 특별 수업이라는 명목하에 한밤중에 별을 관찰하는 것이 허락된다.

"좋은 자리는 잡았어?"

"응. 아즈라크랑 야나가 저녁 즈음에 잡아 놨거든."

몸을 내밀며 묻는 미겔을 보며 올리아나가 웃는 얼굴로 대답했다. 올리아나가 양손에 묵직한 바구니를 든 걸 알아채고 빈센트는 손을 내밀었다.

"내가 들게."

"그럼 난 이걸 들게."

"둘 다 고마워."

과일을 듬뿍 얹어 구운 발효 과자가 든 바구니는 빈센트가, 티 세트가 든 바구니는 미겔이 들어 줬다.

"너희도 올 거야? 그럼 컵을 더 챙겨올게. 기다려 봐."

"나도 갈게."

"그래라~."

올리아나는 빈센트를 거느리고 다시 식당으로 갔다. 식당에는 이런 날을 위해 빌릴 수 있게 깨지지 않는 목제 컵이 비치되어 있다. 그걸 두 개 더 받았다.

"올리아나. 컵은 있는데 따뜻한 물은 어디에 있어?"

"아, 그걸 깜빡했네! 대단해. 역시 빈센트야. 고마워. 저기 아주머니, 추가로 티 포트도 주세요~!"

"자, 여기 있다."

식당 아주머니께서 홍차가 든 티 포트를 건네주셨다. 손이 데지 않게 로브 옷자락을 손바닥 위에 얹고 뜨끈한 바닥을 받쳤다.

티 포트와 컵을 가지고 미겔이 있는 곳으로 돌아갔다. 미겔은 자기가 들고 있던 바구니에 컵을 집어넣었다.

그리고 세 사람은 나란히 마법 등이 밝히는 밤길을 따라 동관까지 걸었다.

"의외네. 그럴 때는 자레나가 직접 가겠다고 할 것 같은데."

올리아나와 야나, 아즈라크는 한밤중에 천체관측을 하려고 저녁이 되자마자 이른 식사를 했다. 그 후에 셋이 함께 동관 옥상에 갔지만 올리아나 혼자서 다시 간식을 가지러 식당에 온 것이다.

"아즈라크는 끝까지 만류하긴 했어. 내가 억지로 혼자서 온 거야."

"왜?"

"음~ 비밀!"

야나의 연정을 들은 뒤로 올리아나는 여러모로 신경을 쓰게 됐다. 낮 동안에는 늘 함께 있는 두 사람이지만 밤이 되면 그럴 수 없었다. 그래서 자기가 빠지면 두 사람이 낮과는 전혀 다른 로맨틱한 시간을 단둘이 보낼 수 있지 않을까 싶었다.

"어머, 싫다. 올리아나 님. 능글맞은 얼굴하고는~."

"에헤헤."

웃음을 참지 못해 지적받자 무척 부끄러웠다. 앞으로는 야나를 위해서도 정신을 바짝 차려야 한다.

"좋은 분위기가 됐으면 좋겠네."

"어. 무, 무슨 소리를 하시는지~?"

올리아나는 미겔의 반대 방향으로 고개를 돌리고 필사적으로 아무것도 모르는 척했다.

담요에 감싸여 진저 시나몬 향이 옅게 나는 홍차 향기를 맡으며 다섯 사람은 깔아놓은 돗자리 위에 앉았다. 돗자리 위에는 일단 점성술 교과서가 펼쳐져 있기는 했지만 아무도 그걸 보지 않았다.

"에테 카리마에서는 별똥별을 로크의 눈물이라고 불러."

용을 신으로 섬기는 아마네셀 왕국과 달리, 에테 카리마 왕국에서는 새를 신성시한다.

그중에서도 막강한 힘을 가진 로크라 불리는 새는 에테 카리마 왕국의 갖가지 신화에 등장한다고 한다.

"로크의 눈물을 삼킨 자는 영겁의 부를 약속받는다. 로크의 눈물을 받은 자는 자식 복이 넘친다. 로크의 눈물이 채 떨어지기 전에 소원을 빈 사람은 그 소원이 이루어진다."

"흥미롭네. 별똥별에 소원을 빌기도 하는구나."

"어릴 적에는 별똥별이 떨어질 때면 다들 밖으로 나와서 소원을 빌었어. 아쉽게도 나는 한 번도 제시간에 맞춰서 본 적이 없지만 말이지."

왕녀의 생활 같은 건 상상조차 할 수 없지만, 별똥별이 떨어진다고 해서 마을 아이들처럼 바깥으로 뛰쳐나갈 수는 없었으리라. 창문에서 계속 모습을 드러내는 것도 어쩌면 안전상의 이유로 어려웠을지도 모른다.

[여기에서는 야나 님이 솔직하게 뭔가를 원한다고 말하실 수 있어.]

새끼 고양이와 야나를 보며 아즈라크가 했던 말을 떠올렸다. 어쩌면 라겐 마법학교에서의 자유로운 생활은 야나에게 있어 진정으로 귀중한 것일지도 모른다.

"빌고 싶은 소원이 있었던 거야?"

"응. 절대로 변하지 않을 소원이지."

"그럼 오늘은 무조건 소원을 빌자."

"그럴 생각이야. 놓치지 말자. 떨어지자마자 비는 거야!"

"알았어."

올리아나와 야나는 서로 어깨를 기대며 키득키득 웃었다.

"좋겠네. 여자애들은 사이가 좋아서."

"뭐냐. 너도 기대고 싶은 건가."

아즈라크가 입꼬리 한쪽을 끌어올리며 미겔에게 농담을 뱉었다.

"뭐야, 자레나. 내가 기대도 돼?"

"좋을 대로 하면 된다."

"뭐? 정말로?"

미겔이 아즈라크에게 몸을 기댔다. 두 사람 다 키가 비슷한 탓에 갑자기 커다란 산이 생긴 것처럼 보였다.

야나가 올리아나에게 매달렸다. 그리고 등 쪽 옷자락을 잡아당겼다.

"왜 그래?"

야나의 귓가에 작은 소리로 물었다. 야나는 손으로 얼굴을 가리며 올리아나의 귓가에 입술을 가져갔다.

"아즈라크가 남자애랑 사이좋게 놀고 있어."

"그러게. 만약 폐가 된다면 내가 그만두라고 할게."

"괜찮아. 좀 더 보고 싶으니까 이대로 두자."

야나가 생글생글 웃으며 얼굴을 뗐다.

올리아나와 야나가 다시 앞을 보자, 미겔이 아즈라크의 귓가에 손을 얹고 작은 목소리로 말을 걸고 있었다.

"하핫. 따라 하기는."

방긋 웃는 미겔 옆에서 아즈라크는 살짝 웃었다.

갑자기 미겔이 거리를 좁혀도 아즈라크는 전혀 기분 나빠하는 기색이 없었다. 오히려 아즈라크는 자기가 누군가와 사이 좋게 지내면 야나가 기뻐하리라는 걸 아는 듯했다.

남자 둘이서 뭐 하냐고 어이없다는 시선을 보내는 빈센트를 미겔이 알아챘다.

"아, 빈센트 미안해. 외로웠어?"

"뭐?"

"자, 너도 여기로 와."

그 말을 들은 90%의 여자를 손쉽게 끌어당길 법한 달콤한 목소리였지만 빈센트는 새파랗게 질린 얼굴로 고개를 저었다.

"그러지 마. 그런 취향 없어."

"별로 이상한 것도 아닌데. 야나랑 올리아나도 그러잖아. 그렇지?"

"난 여자가 아니야."

"차별한다."

"조용히 해."

"좋겠다……."

무심코 툭 뱉은 올리아나의 속마음에 빈센트는 움찔했다.

"뭐, 뭐가 좋겠다는 건데? 올리아나."

거리낌 없이 말을 주고받는 빈센트와 미겔을 보면 무심코 선망의 시선을 보내게 된다.

'진정으로 친구가 된 느낌은 들지만 난 아직도 그 '친하게 지내 준다'는 느낌을 지울 수 없으니까.'

덩달아 샤론 비젤과 함께 있었던 빈센트의 모습이 떠올랐다.

'비젤에게도 빈센트는 이런 태도로 대했었지. 나는 아직 빈센트가 이런 식으로 대해 준 적이 없는데.'

떠올리면 떠올릴수록 부러움은 커져서 올리아나는 콧잔등을 찡그렸다.

"나도 푸대접받고 싶어."

"올리아나?"

빈센트가 너무 황당하다는 목소리를 내자, 올리아나는 조금 즐거워서 웃었다.

유성우가 시작되는 건 아직인가 보다.

계속 돗자리 위에 앉아있는 것도 지겨워서 각자 원하는 대로 옥상에서 시간을 보냈다. 이따금 희미하게 말소리가 바람을 타고 건너왔다. 다른 곳에서도 관측하러 나온 학생이 있는 듯했다.

숲의 흙이 습기를 머금고 여름 내음을 풍겼다. 후덥지근한 열기 때문에 피부에 셔츠가 달라붙었다.

텁텁하고 불쾌한 땀에 젖은 목덜미에 바람이 스쳤다. 올리아나는 여름밤 내음을 맡으며 컵에 새로운 차를 따르기 위해 돗자리가 깔린 곳으로 돌아왔다. 미적지근해진 티 포트의 홍차를 따르고 있으니 옆에 선 야나와 아즈라크의 대화가 귀에 들어왔다.

"아즈라크. 네게서 조국도 친구도 빼앗았다는 사실을 하루도 잊은 날이 없어."

올리아나는 가슴이 철렁했고 손끝이 떨렸다.

들어도 되는지 망설였지만 갑자기 자리를 비키는 것도 부자연스러웠다. 소리를 내지 않으려고 티 포트를 천천히 돗자리 위에 내려놨다.

"하지만 놓아주지 않을 거야. 날 위해서 이겨야 해."

야나의 얼굴은 보이지 않았지만 의미심장한 목소리였다. 반면에 아즈라크는 마치 '홍차에 설탕 얼마나 넣어?'라는 질문을 받았을 때처럼, 아무렇지도 않다는 듯이 가벼운 느낌으로 대답했다.

"더할 나위 없는 영광입니다."

아즈라크의 대답에 야나가 웃었다.

문득 시선을 느끼고 올리아나는 그쪽을 바라봤다. 옥상 난간에 기대선 빈센트가 이쪽을 가만히 바라보고 있었다. 올리아나는 야나와 아즈라크의 좋은 분위기를 망치면 안 된다며 작게 고개를 좌우로 저었다. 빈센트는 마치 다 이해했다는 듯이 옅은 웃음을 띠며 고개를 끄덕이고 야나와 아즈라크에게 향했던 시선을 돌리며 하늘을 올려다봤다.

"신라 오라버니도 널 놓아줄 수밖에 없었던 것을 무척이나 애석하게 여겼을 거야."

"과연 어떨지요. 신라 님은 야나 님을 깊이 사랑하시니까요."

"그런 말은 됐어."

"유감입니다."

"별똥별에 널 이길 남자가 나타나게 해 달라고 빌어야겠어."

"저는 패하지 않을 테니 로크의 불명예로 이어지지 않을까 싶습니다."

컵을 만졌다. 컵은 전혀 뜨겁지 않았다. 올리아나는 내용물이 넘쳐 흐르지 않게 주의를 기울이며 컵을 돗자리에서 들어올렸다. 빈센트에게 갈까 했지만 빈센트는 진지한 얼굴로 교과서와 하늘을 번갈아 보길래 방향을 틀었다.

올리아나는 컵을 들고 미겔 옆으로 갔다.

"미~겔~. 무슨 소원을 빌지 정했어?"

"음~."

미겔치고는 흔치 않은 모호한 대답이었다.

"못 정하겠어?"

고개를 갸웃거리며 묻자 미겔은 평소의 습관적인 미소로 웃었다.

"소원이라는 건 이루어지지 않으니까 소원인 거야."

미겔에게는 수수께끼를 납득하게 만드는 설득력이 있었다.

"그래도 어때. 모처럼인데. 나도 뭔가 소원을 빌고 싶은데 너무 욕심이 많아서 정할 수가 없거든. 미겔의 소원을 알려 줘. 그럼 내가 그 소원을 빌 테니까."

미겔은 가만히 올리아나를 내려다보고 숨을 토하듯 웃었다.

"'그럼 내년 여름에 또 이렇게 다 함께 피크닉 할 수 있게 해 주세요.' 라고 빌어 줘."

"너, 진짜~ 말 돌린 거지. 그래도……."

올리아나는 컵에 남은 홍차를 다 마시고 웃었다.

"그 소원이 마음에 드니까 그걸 빌래. 꼭 다시 피크닉 오자."

"좋지."

"내년에는 하이데마리랑 다른 애들도 초대할까."

"그거 좋네…… 어?! 방금 떨어졌다."

"어, 어디로?! 야나! 빈센트! 지금 떨어졌대!"

갑자기 허둥거리며 당황해서 소리를 높였다.

그리고 모두 함께 하늘을 올려다보았다.

∴ ∵ ∴ ∵ ·

처음에는 마음을 한껏 들뜨게 했던 유성우도 한 시간이 지나니 지겨워졌다.

특히 명목상 점성술 수업의 일환이어서 별똥별이 떨어진 각도나 시간 등을 메모해야 하다 보니 작업한다는 느낌이 강해졌다.

사람은 강요받을수록 의욕을 잃는다. 특히 지금은 평소라면 벌써 잠들었을 시간대다. 올리아나의 체력은 이미 한계에 도달했다.

"잠들었나 보네."

꾸벅꾸벅 조는 올리아나를 보며 빈센트의 눈매가 부드럽게 휘었다. 자기 로브를 올리아나에게 덮어 주는 빈센트의 옆에서 미겔이 빼꼼 나타났다.

"나도 잘래."

"무슨 소리야. 자도 될 리가 없잖아."

빈센트는 앉은 채로 자면 불편할 거라며 올리아나를 눕히면서 미겔에게 까칠하게 답했다.

"차마 올리아나를 깨울 수는 없지만 관측이 마무리되면 돌아가야……."

빈센트는 멈칫하고 말을 삼켰다. 누운 올리아나 너머에서 아즈라크가 야나를 품에 안고 있었던 것이다. 그리고 그 야나는…….

"설마."

"야나 님도 잠드셨어."

아즈라크가 자기 가슴에 얼굴을 기댄 야나를 내려다보며 말했다. 야나는 긴 속눈썹을 내리깔고 새근거리며 규칙적인 호흡을 반복했다.

그 호흡이 너무나도 박자에 맞아서 오히려 인위적이었다. 빈센트가 의아해하며 가만히 보고 있으니 야나의 어깨가 작게 떨렸다.

"깨어 있는 것처럼 보이는데……?"

빈센트가 눈살을 찌푸리며 말했지만, 아즈라크는 태연하게 부정했다.

"주무시고 계셔."

더는 참을 수 없었는지 호위의 품 안에서 잠든 척을 하고 있던 왕녀가 웃었다. 야나가 눈을 감고 있어서인지 아즈라크는 평소에 보여주지 않을 무척이나 다정한 표정으로 야나를 내려다보고 있었다.

"잘 놀아서 지치셨나요?"

야나의 기쁨은 자기의 기쁨이라고 말하듯 흡족한 눈빛이었다. 야나는 아즈라크의 질문에 답하지 않았다. 뭐라고 해도 일단 잠든 것이니까.

여성의 거짓말을 억지로 파헤치는 것은 신사도에 어긋난다. 빈센트는 깊은 한숨을 내쉬었다. 이 어둠 속에서 잠든 여성 두 명과 천체 관측용으로 가져온 커다란 짐을 안고 안정적으로 계단을 내려가기란 힘들다.

"좀 비켜 봐."

"에이~."

올리아나의 옆에 얌전히 누운 미겔의 배를 빈센트가 쿡쿡 찔렀다. 재주 좋게 누운 자세로 리포트를 작성하던 미겔이 입을 삐죽였다.

돗자리 위로 움직이는 빈센트에게 아즈라크가 그대로 조금 떨어진 자리에서 말을 걸었다.

"야나 님은 내가 안고 있으니까 돗자리는 원하는 대로 써도 된다."

"알았어. 힘들면 말해."

그렇다고 해도 돗자리에는 여유 공간이 얼마 없었다. 남자는 거의 땅바닥에서 자야 할 판이었다. 아즈라크도 그건 파악한 것 같아서 빈센트는 말없이 고개를 끄덕였다.

"근데…… 내가 가운데에 있으면 안 돼?"

미겔이 올리아나의 옆에서 뒹굴거리며 빈센트를 올려 봤다.

"안 되는 게 당연하지."

"빈센트가 가운데인 건 좀 치사하지 않아?"

"안 치사해."

"쳇."

빈센트는 불평불만을 늘어놓는 미겔과 언쟁할 가치도 없다는 듯이 곧장 올리아나에게서 떨어뜨리며 자기가 가운데에 끼어들었다.

올리아나가 죽어도 못 잊을 거라고 말했던 것을 떠올렸다. 분명 올리아나는 그때 두 번 다 이런 기분이었으리라고 여기며 빈센트는 눈을 감았다.

∴　∵　∴　∵

'몸이 뻐근해.'

기억에 없는 허리 통증에 눈을 뜬 올리아나는 움찔했다.

평소와 같은 기숙사 방도 왕도 에르샤 저택의 자기 방도 아니었다. 옅은 어둠을 띤 하늘이 펼쳐진 옥상이었다. 새벽의 차가운 바람이 산들거리며 올리아나의 뺨을 어루만졌다.

'어…… 무슨, 일이 있었지?'

얼떨떨해서 멍하니 있던 올리아나는 머리부터 어깨까지만 간신히 돗자리에 얹은 채로 옆에 누운 빈센트와 미겔을 보고 어젯밤에 여기에서 뭘 했었는지 깨달았다.

"아, 잠들었구나."

여름이라서 다행이라고 할 수밖에 없었다. 최소한 동사는
면했으니.

'무단 외박했네……. 엄청 혼날지도 몰라…….'

올리아나는 기숙사 여사님의 얼굴을 떠올리며 몸을 일으켜
세웠다. 움직이자 몸에서 천이 흘러 내렸다. 펼쳐 보니 그것
은 로브였다. 그것도 두 장이나 몸에 걸쳐져 있었다. 옆에서
잠든 빈센트와 미겔의 것이리라.

야나는 담요에 둘러싸여 벽가에 앉은 아즈라크의 품에 안겨
있었다. 나른하게 힘을 빼고 아즈라크에게 기댄 야나는 평온
하게 잠든 얼굴이었다. 그에 비해 아즈라크는 그저 눈을 감고
있는 것처럼 보였지만, 역시 잠들어 있을 터였다.

조금 멍하긴 했지만 다시 잘 마음은 들지 않았다.

모두의 잠자는 얼굴을 마음대로 바라보는 것도 좋지 않은 것
같아서 앉은 채로 멍하니 하늘을 바라보고 있으니 빈센트가
눈을 떴다.

"깼어……?"

"좋은 아침. 미안해. 나, 잠든 거지…….."

빈센트가 몸을 일으키고 목을 돌렸다. 올리아나가 돗자리를
차지한 탓에 빈센트는 거의 벽돌 위에서 잔 것이나 마찬가지
였다. 올리아나보다도 훨씬 더 몸이 뻑뻑할 것이다.

"늦은 시간이었잖아. 어쩔 수 없지. 그건 그렇고 나야말로 미
안해. 잠든 너를 안고 계단을 내려가는 건 위험할 것 같았어."

"그런 소리 마. 친구 집에서 하룻밤 자면서 논 것 같아서 즐거웠는걸."

"그렇게 말해 줄 거라고 믿고 있었어."

빈센트가 올리아나 옆에 앉더니 "으으음……." 하며 입을 다문 채 소리를 냈다. 아마 하품을 참은 것이리라.

그러고 보니 자기도 지금 막 자다 일어난 모습을 보이고 있음을 갑자기 자각했다. 저번에 아침의 차림새 때문에 주의받았던 걸 떠올리고 손으로 머리를 빗었다. 빈센트가 자기 로브를 끌어당겨 올리아나의 머리에 덮었다.

"나도 드디어 너랑 파자마 파티를 했어."

"어? 이건 파자마 파티가 아닌데."

"파자마를 입어야만 파자마 파티인 거야?"

"아마 그렇지 않을까?"

파자마라는 이름이 붙었으니 파자마를 입어야 할 것이다.

"근데 '나도'라니. 내가 다른 누구랑 파자마 파티를 했다는 거야?"

"첫 번째 인생에서 넌 나만 빼놓고, 지금 이 멤버로 파자마 파티를 했거든."

"뭐, 첫 번째 인생의 올리아나가 매정해서 죄송해요……."

"정말이야."

빈센트가 분하다는 듯이 말했다. 하지만 그 얼굴은 무척이나 다정했다.

두 번째 인생 농담에 이번에는 제대로 답한 듯했다. 그게 기뻐서 올리아나의 얼굴에도 웃음이 번졌다.

"넌 마하틴을 위해서 소원을 빌었어?"

"별똥별에? 아니."

'왜 야냐지?'

이상하다 느낀 것이 그대로 얼굴에 드러난 모양이다. 빈센트는 쓴웃음을 지었다.

"미안. 너라면 마하틴과 아즈라크의 시련의 결말을 걱정할 거라고 생각했어."

빈센트는 어젯밤에 역시 야나와 아즈라크를 보고 있었던 거다. 올리아나는 빈센트가 야나의 시련에 관심이 있는 줄 몰라서 놀랐다.

"응. 물론 신경 쓰이지. 어떻게 되는 게 가장 좋을지는 몰라도 야나랑 아즈라크가 납득할 수 있는 결말이 되었으면 좋겠어."

'누가 이겨도 야나는 실연당해.'

그렇다면 한 결투라도 더, 일 초라도 더 오래, 아즈라크가 지지 말았으면 한다.

"그렇지. 나도 그렇게 생각해."

빈센트는 조용히 고개를 끄덕였다. 빈센트가 자기 친구까지도 걱정하는 것이 기뻐서 올리아나는 부드럽게 미소 지었다.

"졸려……. 졸려…… 졸려."

다른 사람을 깨우지 않으려고 빈센트와 작은 소리로 얘기하는데, 미겔이 뭉그적거리며 움직이기 시작했다.

"졸려."

엎드리고 기어서 다가온 미겔이 빈센트의 허리에 매달렸다. 꿀 떨어지는 커플 같은 모습이었다.

　"미겔. 떨어져라."

　"졸려……."

　그럼 더 자면 될 것을 미겔은 빈센트에게서 떨어질 생각을 안 했다. 올리아나는 부들거리며 전율했다.

　"미겔, 귀여워……. 아침에 약하구나……."

　"졸려."

　항상 여유가 넘치는 미겔의 의외의 일면에 가슴이 뛰는데, 빈센트가 미겔의 머리를 덥석 잡았다. 그리고 미겔의 머리카락을 마구 헝클어뜨렸다.

　"일어날 거면 일어나고."

　"아, 뭐야……."

　조금 전까지 잘 묶여 있던 미겔의 머리가 상상도 못한 폭탄 맞은 머리가 되었다.

　"미겔, 이쪽에 와서 앉아 봐. 머리 따 줄게."

　"으음……."

　느릿느릿 걸어온 미겔이 빈센트 옆에 앉았다. 그대로 빈센트에게 기대려고 하자, "무거워."라는 말과 함께 빈센트에게서 밀쳐졌다.

　미겔의 긴 머리에 묶여 있던 머리끈을 풀고 손가락을 넣어서 빗어 내렸다. 뻗치긴 했지만 매끈하고 아름다운 머리카락이었다.

올리아나가 앉은 미겔의 머리카락을 땋고 있으니 빨간 뒤통수가 흔들리며 부딪혔다. 손을 멈추고 미겔을 들여다보니, 눈을 감은 채 꾸벅꾸벅 졸고 있었다.

"매일 아침 이런 식이야?"

"뭐, 거의 그렇지."

그렇다면 이 4년 동안 아주 힘들었을 것이다. 올리아나도 야나도 아침잠이 많지 않아서, 야나가 강제로 요가를 시키려고 할 때 말고는 아침에 그렇게 큰 고생을 하지는 않았다.

"올리아나, 홍차 마실래?"

"아직 남아 있어? 그럼 이거 다 따 주고 마실래."

뭐라 표현하기 힘든 기분이었다. 아침에 눈을 뜨고 사소한 대화를 나누며 미겔의 머리를 땋아 준다. 그리고 빈센트는 차를 내려 준다. 이런 날이 오리라고는 상상조차 한 적 없었는데 전혀 위화감이 안 들었다.

"아이참. 미겔, 일어나. 미겔. 아침 해가 떠."

머리끈을 다 묶었을 때 숲 저편에서 아침 해가 보이기 시작했다. 천천히 얼굴을 내미는 아침 해에 눈을 가늘게 좁혔다.

"예쁘다. 그치 미겔……."

미겔의 얼굴을 들여다본 올리아나는 숨을 삼켰다.

미겔의 아름다운 눈동자에 아침 해가 반사되어 눈 가장자리를 따라 흘러내린 물방울이 반짝거리며 빛나고 있었다.

"눈부셔."

어쩔 줄 몰라 하는 어린아이 같은 목소리로 미겔이 작게 중얼거렸다.

"그, 그렇지. 갑자기 그랬네, 미안해. 갑자기 깨워서."

머리에 쓴 빈센트의 로브를 움켜쥐고 미겔의 눈물을 훔쳤다. 아무 말 없이 눈을 내리깐 미겔의 잿빛 눈에서 눈물이 뚝뚝 흘러내렸다.

"미겔, 왜 그래? 그렇게 눈이 부셨어? 눈이 아파? 뭐가 들어갔어?"

안절부절못하는 올리아나에게 미겔은 고개를 한 번 끄덕였다.

"괜찮아. 눈물이랑 같이 흘러갈 거야."

"무슨 일이야?"

차를 따르던 빈센트가 상황을 눈치채고 돌아왔다.

빈센트는 재빨리 미겔의 상태를 보고 몹시 놀란 표정을 지었다. 늘 종잡을 수 없는 미겔이 이렇게 무방비한 모습으로 울다니, 올리아나도 빈센트도 믿을 수 없었다.

"소원 같은 거, 없었어."

눈물을 흘리며 중얼거리는 미겔의 목소리는 몹시 무상했다.

"나는 전부 다 받았으니까…… 이제 충분히 행복해."

올리아나는 고개를 갸우뚱하며 미겔의 눈물을 닦았다.

"무슨 일이 있었던 거야?"

빈센트가 올리아나에게 물었다. 하지만 올리아나도 제대로 설명할 자신이 없었다. 미겔의 얼굴을 들여다보며 물었다.

"눈에 먼지가 들어간 것 같은데…… 맞지? 미겔? 혹시 잠꼬대한 거야……?"

"그런가. 미겔, 괴로운 꿈이라도 꾼 거야?"

"자, 여기 빈센트 군이에요. 끌어안을래?"

올리아나가 빈센트를 건네니 미겔이 빈센트에게 와락 매달렸다. 그대로 그 커다란 덩치로 빈센트를 꽉 조였다.

"앗…… 윽. 미겔. 야, 날 쥐어짜서 죽일 셈이냐!"

빈센트가 기겁하더니 꽤 강하게 미겔의 등을 두드리면서 미겔의 팔을 풀려고 발버둥 쳤다. 하지만 아직 잠에서 덜 깬 미겔은 아침 해가 천천히 떠오르는 내내 빈센트를 양팔로 꽉 가뒀다.

20장 ──✦── 우는 얼굴은 보여주지 마

"요즘 자주 넋 놓고 있네."

"어?"

너무 놀라서 그만 잉크가 튀고 말았다. 잉크는 리포트와 옆에 앉은 빈센트의 팔에도 튀어서 올리아나는 얼굴이 새파랗게 질렸다.

"으악! 미안해!"

"로브니까 신경 쓰지 마. 그것보다도 목소리가 너무 커."

"정말 거듭…… 죄송합니다."

자습실에 있는 사람들이 흘끗거리며 노려봤다. 눈앞에 앉은 미겔이 조용히 어깨를 들썩였다. 아마 웃고 있는 거겠지.

어느새 계절은 가을을 향해 가고 있었다. 라겐 마법학교에서 가을은 예술의 계절도 식욕의 계절도 아닌 시험의 계절이다. 아직 시험 기간까지는 시간이 많이 남았지만 올리아나는 어서 빨리 대책을 마련해야 한다며 자기에게 명분을 주고 지금 빈센트, 미겔과 함께 자습실에서 공부 중이었다.

"무슨 생각해?"

빈센트가 아주 작은 목소리로 물었다.

올리아나가 공부에 집중하지 못하는 걸 다 꿰뚫어 본 모양이다. 올리아나는 고개를 들었다가 다시 숙이고 작게 "네." 하고 중얼거렸다.

"뭐가 고민이야? 내가 도와줄 수 없는 거야?"

올리아나는 다시 한번 작게 "네." 하고 답했다.

"그래. 내가 도와줄 수 있을 만한 거라면 언제든 말해 줘."

"네⋯⋯."

"근데⋯⋯ 거기 틀렸어."

"아, 미안해요. 어떤 거요?"

"여기⋯⋯."

빈센트의 어깨가 가까이 다가오면서 마디 뼈가 불거진 손가락이 리포트로 다가왔다. 희미하게 시더우드 향이 나서 올리아나는 입술을 꽉 깨물었다.

빈센트가 값진 성의를 보였지만, 올리아나가 이 건으로 빈센트를 의지하는 일은 없을 것이다.

'왜냐하면⋯⋯.'

요즘 늘 생각하는 건 빈센트니까.

빈센트를 좋아하게 된 뒤로 빈센트의 손끝 하나라도 자기를 향하면 기뻤다. 많은 인파 속에서도 빈센트를 잘 찾아냈다. 조금만 틈이 생기면 빈센트만 생각하고 반 친구들과 점심시간에 쉬면서도 빈센트를 찾는다. 교과서를 펼치면 빈센트는 지금 어디를 배울지 생각하고 그러다가 막상 만나면 몹시 의식하고 만다.

'전부 그만하고 싶어. 근데 스스로 그만둘 수가 없어.'

어찌할 수 없는 사랑에 대담하게 맞설 수 있는 강함을 갖고 싶었다. 차라리 빈센트에게 다른 좋아하는 사람이 있다고 해도 신경 쓰지 않고 마음을 전하면 편해질지도 모른다.

하지만 한 번 내뱉은 말은 올리아나를 형성하는 한 요소가 된다. 올리아나는 앞으로 '빈센트를 좋아하는 여자애'로 빈센트에게 비치는 것이다.

그건 빈센트가 바라는 '친구'가 아니라고, 올리아나는 몇 번이고 자기를 타일렀다.

"빈센트랑 같이 공부하면서 등수가 올랐어."

"아, 그래."

빈센트는 얼굴을 들고 웃음을 터뜨렸다. 아름답게 웃는 남자다. 올리아나의 입가가 느슨하게 풀어졌다.

"에헤헤. 고마워."

"너는 목표를 정하면 노력을 아끼지 않아."

"어, 어, 그런가?"

"맞아. 특별반에 올 수 있는 실력도 있는데."

"아하하. 아무리 그래도 그건 아니지……."

"뭐야. 장난이었어?" 하고 웃으며 말하니 빈센트는 자애로운 눈빛으로 올리아나를 바라봤다.

"마법진을 공부할 때도 댄스레슨을 성사시켰을 때도 다 열심히 했잖아. 너의 그런 점을 난 존경해."

눈이 뜰 수 있는 최대치로 휘둥그레졌다. 천하의 빈센트 탄자인이 존경한다고 했던 학생이 지금까지 얼마나 있었겠는가.

좋아하는 사람에게 얼굴을 마주한 채 칭찬받고 인정받다니.
올리아나는 얼굴이 새빨개진 채 움직임을 멈췄다. 리포트에
또 새로운 잉크 자국이 생기고 말았다.

∴　∵　∴　∵

"미겔 님. 잠시만요."

손을 까딱거려서 특별반에 있는 미겔을 불러냈다.

조금 전 빈센트가 혼자서 마법 약학 시설 쪽에 간 건 이미 파
악했다. 지금쯤이면 하인츠와 함께 있거나 밭에서 마법 도구
실험을 할 것이 분명하다.

올리아나가 부르자, 미겔은 홀연히 복도로 나왔다. 옆에 선
키 큰 남자에게 손짓으로 몸을 숙이게 하자, 올리아나의 머리
위로 그림자가 드리웠다. 복도 구석에서 올리아나는 살금살
금 자기 로브 속을 뒤졌다.

"이거……."

천천히 로브 소매 안쪽에서 소매 바로 아래쪽까지 뒤져서 무
언가를 꺼냈다. 유명 제과점에서 만든 막대사탕 세트였다.

"뇌물인가?"

"그러하옵니다."

"기꺼이 받지."

"성은이 망극하옵니다."

웃으며 양손을 모아 절하는 시늉을 하자 미겔이 사냥감을 찾은 고양이처럼 눈을 반짝이며 활짝 웃었다.

"그래서 뭔데 그래?"

올리아나가 미겔의 귓가에 대고 속삭였다.

"빈센트가 좋아하는 거?"

"미겔은 사탕이라고 할 걸 금방 알았는데 말이지. 빈센트가 좋아하는 건 감도 못 잡겠어서. 평소에 늘 고마워서 뭔가 주고 싶거든."

"에이~. 나한테도 물어봤으면 좋았을 텐데. 사탕은 그렇게 좋아하지도 않고……."

올리아나는 눈을 크게 뜨고 뾰로통한 표정을 짓는 미겔을 들여다봤다.

"뭐?! 안 좋아해?! 맨날 먹고 있는데도?!"

"이건 그냥 습관이라고 할까. 당분을 섭취하면 불안해하지 않고 지낼 수 있잖아?"

"그런 거야……? 사탕을 안 좋아할 거라고는 생각도 못 했어. 미안. 그럼 다시 줄래?"

"으음. 필요하긴 하니까 받을게. 고마워."

대부분의 사람에게 과자는 기호품이다. 그런데도 좋아하지 않을 수 있단 말인가. 올리아나는 그 이을 이해가 안 갔지만 고개를 끄덕였다.

"그럼 미겔이 좋아하는 것도 알려줘. 이건 뇌물이 못 됐으니까. 미겔이 좋아하는 것도 주고 싶어."

"어? 정말? 좋았어! 그럼 뭘 받을까. 일단 생각 좀 해도 돼?"

"그래. 그래도 내 용돈 범위 안에서 줄 수 있는 걸로 골라."

"오케이."

흡족한 듯한 미겔을 보고 만족한 올리아나는 잠시 본론을 까먹었다. 다급히 본론으로 화제를 되돌렸다.

"그래서 짐작 가는 건 없어?"

"음…… 빈센트……. 올리아나, 널 선물로 주면 어때?"

"올리아나 양 말이군요. 하긴, 내가 줄 수 있는 것 중에 제일 비싸겠지."

어린애의 용돈과 아빠가 마련할 지참금은 비교가 안 된다.

"올리아나 양이 아내가 되어주면 빈센트가 기뻐할 거야."

"미겔. 미안한데 이 농담은 이쯤에서 그만하면 좋겠어."

손을 내밀며 아니라고 말했다. 올리아나 양은 아닌 건 아니라고 말하는 여자아이다.

농담으로 받아주고 싶었고, 농담으로 여겨야 하는 건 안다. 하지만 요즘에는 이런 화제에 약하다. 금방 얼굴이 빨개지지 않나, 능숙하게 얼버무리지도 못한다.

'하지만 빈센트가, 빈센트가 너무 다정하니까.'

그리고 늘 곁에 있어 준다. 특별한 위치에서 응석을 받아주는 기분마저 든다.

그런 것 하나하나에 기뻐하고 들뜨고 우울해진다. 빈센트가 좋아하는 사람은 샤론이니까.

"미안. 화났어?"

어느새 고개를 푹 숙인 올리아나를 190cm 거구의 남자가 쪼그려 앉아서 올려다보고 있었다. 정말이지 완벽하게 눈물이 그렁그렁한 눈으로 올려다보는 눈빛이었다.

"그게 뭐야……! 사모님 그만 하세요! 제겐 미래를 약속한 아내가 있어요…….”

올리아나는 양손으로 입을 틀어막으며 미겔의 귀여움에 한 대 맞아 부들부들 떨었다.

"나에 대해서도 진지하게 생각해 줄 거라고 했으면서……!”

"뭐 하는 거야."

복도 한구석에서 치정극 흉내를 내고 있던 올리아나는 움직임을 멈췄다.

"지, 지지지지, 지금 한 얘기를 들은 거야?"

"듣고 있었어. 네게 아내가 있다는 건 처음 듣는 얘기지만."

'다행이다. 들으면 안 되는 얘기는 못 들었나 봐.'

빈센트는 안심하며 가슴을 쓸어내린 올리아나를 가만히 바라봤다. 올리아나는 왠지 비난받는 기분이 들어서 조금 움츠러들었다.

"무슨 일 있어……?"

"아니…….”

미겔이 모호한 대답을 하는 빈센트의 어깨를 두드렸다. 그리고 귓가에 입을 갖다 대고 올리아나에게는 들리지 않을 정도로 작은 목소리로 무언가를 말했다.

빈센트가 살벌하게 미겔을 노려보자 미겔은 헤헷 하고 웃으며 올리아나를 봤다.

"올리아나 난 갈게. 이다음은 그 장본인한테 물어봐."

"잠깐, 미겔······!"

"잘 가~."

미겔이 천진난만하게 손을 흔들었다. 그게 아니었다. 천진난만한 척하며 손을 흔들었다.

"장본인이, 뭐라고?"

빈센트가 싱긋 미소 지었다.

올리아나는 달리 어찌할 바를 모른 채 덩그러니 남겨졌다.

∴　∵　∴　∵

빈센트는 선생님들 사이에서 특히 하인츠와 사이가 좋다고 여겨져서, 하인츠에게 가야 하는 심부름을 부탁받을 때가 자주 있었다.

머리만 쓰는 교사는 모두 몸 쓰는 건 싫어했다. 마법약학 시설은 멀리 떨어져 있어서 하인츠와 친하고 말도 잘 듣는 빈센트를 자기들 편하게 심부름꾼으로 쓰는 것이다.

하인츠와 용목 이야기를 나눌 기회여서 빈센트에게 불만은 없었다. 하지만 오늘 빈센트는 하인츠에게 전달할 용무를 끝내고 발걸음을 재촉해 중앙건물로 돌아왔다.

최근에 올리아나가 공부에 의욕을 보여서 방과 후에 자주 자습실에 얼굴을 비친다. 지금부터 자습실에 가면 아직 올리아나가 있을지도 모른다. 다급해지는 마음을 억누르며 특별반 교실로 교과서를 가지러 갔다.

이미 남아 있는 사람은 드물었고 미겔도 안 보였다. 아마 어딘가에서 시간을 죽이고 있으리라. 미겔은 어느새 옆에 있곤 했지만, 또 어느새 사라져 있기도 했다. 어릴 때부터 함께한 친구에게 할 말은 아니지만 길들여진 길고양이 같았다.

서둘러 자습실로 향하려던 빈센트는 복도 구석에 있는 미겔과 올리아나를 발견했다. 두 사람은 비밀 얘기라도 하듯이 어깨를 가까이 붙이고 이쪽으로 등을 돌린 채 대화하고 있었다.

말을 걸려고 한 발짝 내디딘 순간, 두 사람의 대화가 선명하게 들렸다.

"올리아나 양이 아내가 되어주면 빈센트가 기뻐할 거야."

'무슨…… 소리를 하는 거야……?'

빈센트는 한 발을 내디딘 채 굳었다. 도대체 무슨 일이 있었길래 미겔이 올리아나에게 그런 말을 할 타이밍이 찾아왔는지 짐작도 가지 않았다.

'나한테는 서서히 거리를 좁히라고 했으면서……!'

방금 한 말은 어떻게 생각해도 올리아나에게 빈센트를 이성으로 의식하게 하는 말이었다.

'아니야. 이유가 있을 거야.'

미겔은 별생각 없이 불필요한 말을 늘어놓는 남자가 아니다. 어쩌면 빈센트와 올리아나가 이제 슬슬 친구 이상으로 넘어가야 한다고 생각했는지도 모른다.

기대하고 싶지 않은데도 기대감이 가슴을 두드렸다. 올리아나가 뭐라고 답할지 마른침을 삼키면서 지켜봤다.

"미겔, 미안한데 이 농담은 이쯤에서 그만하면 좋겠어."

평소에는 분위기에 잘 묻어가는 올리아나의 단호한 거절에 빈센트는 숨이 쉬어지지 않았다. 만약 찬다고 해도 잘 돌려서 말하리라 생각했다.

'그 정도의 우정은 기대해도 괜찮을 거라고 생각했는데.'

미겔이 올리아나의 얼굴을 들여다보며 사과했다.

올리아나가 입으로 손을 가져갔다. 희미하게 떨리는 몸을 보고 빈센트는 가슴이 철렁했다.

'우는 건가?'

빈센트와 결혼하라는 농담이 그렇게나 기분 나빴단 말인가.

'그리고 미겔이 지금 올리아나의 우는 얼굴을 보고 있다고?'

첫 번째 때는 우는 걸 보기를 거절당했다.

두 번째 때는 팔을 붙잡고 반은 억지로 비집고 들어가서 본 것이다.

그런 올리아나의 우는 얼굴을 미겔도 보고 있다고 생각하니 격한 질투가 빈센트를 집어삼켰다.

"제겐 미래를 약속한 아내가 있어요……."

"나에 대해서도 진지하게 생각해 줄 거라고 했으면서……!"

"뭐 하는 거야."

참지 못하고 끼어들었다. 올리아나는 그렇다 치고 미겔도 빈센트가 뒤에 있었다는 걸 전혀 눈치채지 못한 듯했다. 미겔은 곧장 올리아나에게서 한 걸음 떨어졌다. 빈센트가 없을 때 그 거리만큼 붙어 있었다고 생각하니 견딜 수 없을 만큼 분했다.

"지, 지지지지, 지금 한 얘기를 들은 거야?"

"듣고 있었어. 네게 아내가 있다는 건 처음 듣는 얘기지만."

내가 못 들었으면 했던 거지? 라고 성질 더러워진 기분 그대로 농담도 했다. 감정을 제어하기가 어려웠다.

'몇 년이 흘러도, 세 번째 인생에서도, 난 전혀 성장하지 못했다.'

올리아나의 눈에도 좀처럼 잦아들지 않는 초조함이 보였을 것이다. 올리아나가 안절부절못하며 물었다.

"무슨 일 있었어?"

"아니……."

겁줄 셈은 아니었다. 빈센트는 씁쓸한 마음을 억누르며 올리아나의 눈가를 바라봤다. 겉으로 보는 것만으로는 올리아나가 정말 울고 있었는지까지는 알 수 없었다.

미겔이 빈센트의 어깨를 두드렸다.

"미안하다. 내가 실수했어. 선물 줄 테니까 용서해."

'뭐가 미안하다야!'

부모의 원수도 이렇게까지 밉지는 않을 것이다. 미겔은 빈센트에게 미안하다는 얼굴을 비치고는 올리아나에게로 돌아섰다.

"올리아나 난 갈게. 이다음은 그 장본인한테 물어봐."

"잠깐, 미겔……!"

미겔이 준 선물은 확실한 효과가 있었던 모양이다. 올리아나는 딱 보기에도 조마조마해하며 당황했다.

좋은 얘기인지 나쁜 얘기인지 도무지 감이 안 왔지만 올리아나를 붙잡을 수 있는 리드 줄을 찾은 것이다.

"장본인이, 뭐라고?"

올리아나는 혼나는 대형견처럼 어쩔 줄 몰라 하는 얼굴이 되었다.

'아까 무슨 얘기를 한 거지. 올리아나가 정말로 운 건가.'

올리아나에게 상처 주지 않을 말을 찾으면 찾을수록 빈센트의 가슴은 절절하게 아려 왔다.

'젠장.'

한 번도 입에 올린 적 없는 단어를 마음속으로 연신 내뱉었다.

'미겔이랑 올리아나는 항상 사이가 너무 좋아.'

이전 인생에서 미겔을 진심으로 질투하지 않았던 건 올리아나의 시선이 언제나 빈센트를 향했기 때문이었다.

'하지만 이번에는 달라.'

올리아나는 누구도 좋아할 수 있다. 누구를 좋아하더라도 이상할 게 없다. 그리고 미겔은 올리아나가 좋아해도 어쩔 수 없을 만큼 좋은 남자다.

질투가 빈센트의 마음을 불태웠다. 깨닫고 보니 빈센트는 입학식 날 반 배정표 앞에서 올리아나를 발견했을 때보다도 훨씬 더 올리아나를 좋아하게 되었다. 달라붙어 떼어낼 수 없는 녹처럼 올리아나를 향한 연정은 빈센트의 일부가 되어 있었다.

"어어, 그게 말이지요…… 이건 그…….."

올리아나가 존댓말로 말하기 시작했다. 물론 이것도 올리아나 나름의 소통방식이겠거니 이해할 수 있다.

'하지만 올리아나는 몰라.'

빈센트가 얼마나 오래도록 올리아나가 반말을 하기를 염원했는지. 올리아나가 반말을 하는 미겔에게 얼마나 질투했는지.

빈센트는 올리아나의 손목을 잡았다. 평소답지 않은 거친 손길에 올리아나는 숨을 삼켰다. 하지만 빈센트는 올리아나에게 말 한마디 없이 복도를 지나 계단을 올랐다. 어디든 좋았다. 어딘가 사람 눈이 닿지 않는 장소로 가고 싶었다.

"비, 빈센트?"

억지로 끌려오는 올리아나의 저항다운 저항은 빈센트의 이름을 부르는 그 목소리뿐이었다.

빈센트의 손을 뿌리치지 않고 걸음을 멈추지도 않았다. 빈센트의 손이 이끄는 대로 같은 보폭으로 따라왔다.

4층까지 올라가자 평소에는 이용하지 않는 듯한 빈 교실을 발견했다. 빈센트의 손에 이끌려 올리아나도 교실로 들어왔다. 올리아나가 들어온 순간 빈센트는 바로 문을 닫았다.

올리아나는 닫힌 문을 몇 초 바라보더니 우물쭈물하며 빈센트에게 물었다.

"화, 화났어?"

"화났지."

뭔가를 생각할 겨를도 없이 말이 솔직하게 튀어나왔다.

올리아나가 "헉." 하고 소리 없는 비명을 질렀다.

"도대체가 너는 항상 그렇게……!"

"네엡!"

올리아나가 흠칫 놀라며 어깨를 움츠렸다. 빈센트의 가슴을 후벼 파는 아픔이 덮쳤다.

붙잡고 있었던 올리아나의 손목을 놓았다.

"너는 항상, 항상, 내가 아니라, 미겔한테 말해."

빈센트는 너무나도 애 같은 소리를 자기에게 당황했다. 자기 입에서 이런 말이 나오다니 믿을 수 없었다.

"이번에는 그, 어쩌다 보니 그렇게 됐다고 할까…….."

"어쩌다 보니 그렇게 넌 미겔에게 우는 얼굴을 보여주는구나. 나한테는 그렇게 보지 말라고 했으면서."

쏘아붙이는 말들이 계속해서 꼬리를 물고 튀어나왔다. 올리아나는 얼굴이 빨개져서 몸을 파르르 떨며 반론했다.

"그치만 그건…… 아니 근데 난 딱히 미겔 앞에서 안 울었어."

"좀 전에 울고 있었잖아. 널 친구라고 여긴 건 나뿐이었어."

"안 울었다니까!"

올리아나가 빈센트의 양팔을 잡고 확 당겼다. 빈센트는 몸이 기울어지는 바람에 놀라서 바로 눈앞에 있는 올리아나의 눈을 들여다봤다.

"봐! 눈물 자국이 없지? 울면 화장이 번진단 말이야!"

그런 말을 한들 화장을 잘 모르는 빈센트에게는 어떤 상태가 정상인지 몰랐다. 그저 귀엽기만 했다.

아무튼 올리아나가 이렇게까지 말하는 걸 보면 정말로 착각한 것이리라.

"미안해……."

올리아나의 얼굴을 계속 볼 수 있는 자격이 없어진 것 같아서 빈센트는 얼굴을 돌렸다.

솔직하게 잘못을 인정한 빈센트를 보고 올리아나는 만족했다는 듯이 콧김을 내뿜었다.

감정에 휩쓸려 행동했다는 한심함과 올리아나에 대한 미안함과 자신에게 드는 수치심 등 여러 감정 때문에 움직일 수 없게 된 빈센트의 양팔을 올리아나가 조금씩 잡아당겼다.

"잠깐 쭈그려 앉아 봐."

빈센트는 올리아나가 시키는 대로 무릎을 꿇었다. 이대로 바닥에 이마를 대라고 한다면 그 또한 시키는 대로 할 셈이었다.

몸을 낮춘 빈센트의 머리에 손바닥이 닿았다.

그대로 손바닥이 위아래로 움직였다.

"괜찮다, 괜찮다."

잠시 동안 자기가 무슨 짓을 당하는지 이해가 안 됐다.

손이 몇 번 왕복하는 사이에 올리아나가 자기 머리를 쓰다듬고 있음을 깨달았다.

"어……?"

얼굴을 드니 올리아나가 있었다. 무릎을 안고 쭈그려 앉아 빈센트의 머리를 쓰다듬고 있었다.

다급히 고개를 숙였다.

도저히 바라보고 있을 수가 없었다. 제어할 수 없는 파도가 격하게 빈센트를 뒤흔들었다.

'얼굴이 뜨거워.'

놀라면서도 동시에 마음속으로는 기뻤는지 서서히 온몸에 행복감이 퍼져나갔다.

"그것 봐. 얌전히 손길도 받고. 착하지. 착해."

도대체 뭘 하는 건지 전혀 모르겠다. 그저 알 수 있는 것은 뭐라 표현할 수 없을 행복을 느끼고 있다는 점뿐이었다.

올리아나의 손길은 한동안 멈추지 않았다. 몇 번이고 쓰다듬었다. 처음에는 서툴렀던 손길도 횟수를 거듭하며 능숙해졌다. 지금은 손바닥 전체로 머리의 둥근 곡선을 따라 그리듯 쓰다듬고 있었다.

쓰다듬기 시작한 지 한참이 지나고 올리아나가 입을 열었다.

"빈센트도 분명히 내 친구니까."

올리아나가 아주 천천히 말했다. 토라진 아이를 달래는 듯한 부드러운 말투였다.

그리고 입을 한 번 꽉 다물더니 겸연쩍은 모습으로 말을 이어나갔다.

"'분명히'라고 해야 할지 남자애들 중에서 제일 친하다고 생각하니까. 그, 그런 걸로 잘 부탁해."

부끄러워서 빨라지는 말이 올리아나가 진심임을 증명했다. 친구라는 단어에는 불복하는 주제에 올리아나의 마음속에서 자기가 '제일'이라고 생각하면 주체할 수 없을 만큼 기뻤다.

빈센트는 얼굴을 들었다.

지금은 능숙하게 미소 지을 수 없을 것 같았다.

그래서 삐뚤어진 미소를 띠고 울 것 같은 기분이었지만 이 한마디만을 전했다.

"그래."

∴　∵　∴　∵

"그래서 무슨 얘기를 했던 거야? 내 얘기였지?"

올리아나가 이때다 싶어 빈센트의 머리카락 감촉을 실컷 맛보는데, 빈센트가 갑자기 그렇게 질문했다. 올리아나는 빈센트의 머리에서 손을 떼고 천천히 몸을 떨어뜨렸다. 하지만 손목이 다시 굳게 붙잡히는 바람에 움직임을 봉인당하고 말았다.

"아니, 이제 와서 도망치는 건 좀 아니잖아."

"그, 그렇지. 하하, 하하하……."

올리아나는 헛웃음을 지으며 빈센트의 손을 봤다. 마디가 붉거진 손가락으로 올리아나의 손목을 단단히 잡고 있었다. 올리아나를 아프게 할 셈이 아니어서인지 커다란 남자의 손바닥으로 잡고 있지만 전혀 아프지 않았다. 오히려 붙잡힌 부분에서 행복감마저 피어오르는 듯했다.

'손을 놓아도 도망가지 않는다고 말하면 정말 손을 놓을까.'

놓으라고 하지 않아도 별다른 지장은 없을 것 같아서 올리아나는 말하지 않기로 했다.

"요즘 자주 멍하니 있었던 거랑 관련 있어?"

물론 관련 있었다.

어떻게든 얼버무리고 싶었지만 어려우리라고 깨달았다. 최근에 늘 빈센트를 과하게 의식했는데 지금 이렇게 가까운 거리에 있는 것이다. 이 질문을 빠져나갈 자신이 없었다.

"미겔에게 사탕을 줬어."

"흐음?"

"아빠가 엄청 맛있는 사탕을 구했거든. 나보다 미겔이 더 맛있게 먹지 않을까 싶어서."

'안 돼. 말을 왜 이렇게 빨리하지. 조금만 침착하게 말하자. 잘못하면 알아챌 거야.'

"그래서…… 빈센트한테도 뭔가 선물을 주고 싶었어."

"떨거지한테도 하나 줘야겠다 뭐 그랬나 보지."

떨거지는 미겔 쪽이었지만 올리아나는 고개를 저었다.

"요즘 빈센트는 뭘 좋아하나 고민했는데……. 결국 잘 모르겠어서 미겔한테 물어본 거야."

"그러니까 나한테 물어보면 되잖아."

"그러게 말이야. 앞으로는 그렇게 하겠습니다……."

"그렇게 해."

빈센트를 대할 때 주저하게 된다는 자각은 있었다. 빈센트를 좋아하니까 자기를 부담스럽게 여기지 않기를 바랐다.

하지만 빈센트는 친구로서 존중받지 못한다고 느꼈을 텐데도 올리아나를 내치지 않고 똑바로 부딪혔다.

'그리고 지금도 자기한테 물어보라고 말했어. 중요한 용건이 아니어도 괜찮다고 말했어.'

"그건 그렇고 좋아하는 거라……. 생각해 본 적이 없네. 다음에 만날 때까지 생각해 둘게."

"어어어?"

빈센트의 문제가 될 만한 발언에 올리아나는 몽글해졌던 마음을 저 멀리 내던졌다.

"생각하다니 뭘?"

"좋아하는 거?"

좋아하는 것을 생각해야만 알 수 있단 말인가. 정색하는 올리아나를 보고 빈센트는 겸연쩍게 웃었다.

"나는 스스로를 그다지 신경 쓰지 않는다고 했었지? 바보 같지 않아? 좋아하는 것조차 바로 떠올리지 못하다니."

공작가 적남으로 태어난 빈센트의 삶의 방식과 접할 때마다 올리아나는 뭔가 해 주고 싶어서 양손이 근질근질해진다. 구체적으로 말하자면 좋아하는 음식을 한가득 먹여 주고 싶은 기분이랄까.

"최근에 특히 바빠서 다른 사소한 건 별로 안 했으니까…… 잘 모르겠는 것뿐이야. 생각하다 보면 분명 뭔가 떠오를 거야."

"그럼 지금 같이 생각해 보자."

"네가 지루해할 거야."

"나한테 물어보면 된다며?"

빈센트는 모호한 미소를 지었다. 스스로에 관해 깊게 파고 들어 생각하기를 주저하는 것 같았다. 하지만 올리아나는 깨닫지 못한 척하며 물었다.

'방금 파고들어도 된다고 허가받았는걸.'

"마지막으로 사소한 일을 해 본 건 언제야?"

"언제였지…… 마지막이…… ."

"그럼 가장 기억에 남는 사소한 일이 뭐야?"

올리아나의 질문에 빈센트는 진지하게 생각하기 시작했다. 그동안 빈센트를 방해하지 않으려고 올리아나는 조용히 기다렸다. 조용히 있으려니 어쩔 수 없이 빈센트에게 붙잡힌 손에 의식이 집중된다. 빈센트는 이제 자기가 계속 올리아나의 손을 잡고 있다는 사실조차 잊은 듯했다.

생각해 냈으면 좋겠다.

하지만 생각해 내면 자기 손을 놓는다.

결국 올리아나는 빈센트의 의지에 맡기기로 했다. 스스로 이 온기가 느껴지는 손을 놓는 건 불가능했으니까.

"편지일까…… ."

드디어 뭔가 떠올랐는지 빈센트가 중얼거리듯 말했다.

"편지?"

"그래. 편지를 썼어."

"편지가 사소한 거야?"

그렇게 묻는 올리아나에게 빈센트가 웃음을 지었다. 올리아나를 잡은 손에 가볍게 힘이 들어갔다.

"딱히 급한 용건이 있었던 게 아니거든. 하지만 쓰고 싶어서 답장을 썼어."

편지란 것은 원래가 그렇지 않나 싶었지만, 빈센트에게 그것은 '사소한 것'으로 분류되는 모양이었다. 답장을 썼다는 건 먼저 편지를 보낸 사람이 있다는 것이다.

올리아나는 별생각 없이 빈센트를 봤다가 후회했다.

'샤론이다.'

올리아나는 곧장 편지를 주고받은 상대가 샤론임을 깨달았다. 얼굴을 옆으로 돌리고 창 너머를 바라보는 빈센트는 마치 처음 보는 듯한 황홀한 표정을 띠었기 때문이다.

좋아하는 사람을 떠올리는 것임을 단번에 알 수 있었다.

'나도 편지 정도는 쓸 수 있는데. 몇 통이라도 쓸 수 있는데.'

하지만 어쩌면 올리아나에게는 빈센트로부터 그 '사소한' 답장이 안 올지도 모른다. 꼭 전해야 하는 용건이 있을 때만 답장을 받는 자기 모습이 머릿속에 그려져서 올리아나는 울고 싶어졌다.

"편지에……."

빈센트는 그대로 하늘을 바라보며 말을 이었다.

"그날 아침에 머핀 위에 레몬이 올라갔다는 걸 썼어. 어떻게 해도 너무 사소하게만 느껴져서 마지막까지 쓸까 말까 고민하다가…… 결국 쓰기로 했거든. 쓰면…… 기뻐할까 싶어서. 그 아이가 기뻐하는 얼굴을 떠올리면서 썼어."

부드럽고 포근한 목소리에 올리아나는 고개를 끄덕이는 척하며 고개를 숙였다.

'좋아하는 사람이 있는 사람을 좋아한다는 게 이런 거잖아.'

가슴이 답답했다. 아파서 견딜 수 없었다. 샤론은 올리아나가 아는 것보다 훨씬 더 많은 것을 알고 있으리라.

하지만 빈센트를 좋아하지 않았을 때로 돌아가고 싶다는 생각은 할 수 없었다.

"머핀을 좋아해?"

목소리가 떨리지 않게 필사적으로 평정을 유지하며 물었다.

"그럭저럭일까."

"그럼 레몬은?"

"좋아할지도 모르겠어."

빈센트가 처음으로 마법을 성공시킨 어린아이 같은 웃는 얼굴로 올리아나를 바라봤다. 올리아나도 빈센트의 미소에 뒤지지 않을 미소를 얼굴에 띠었다.

'억울하네.'

분명 올리아나가 얼마나 많이 레몬을 준다고 해도, 그날의 그 레몬의 맛에는 절대로 이길 수 없을 것이 분명하다.

'아~ 레몬 따위 정말 싫어.'

모처럼 알아낸 좋아하는 사람이 좋아하는 것. 하지만 올리아나는 이제 두 번 다시 그 노란 과일은 꼴도 보기 싫었다.

21장 → ❖ ← 가을을 기다리는 미완성의 푸름

라겐 마법학교의 학생이 복도를 지나가지 못했다.

이 장면을 본 사람 모두가 순간적으로 생각을 멈춘다.

다시 머리가 돌아가기 시작하면 '그럴 리가 없다'며 무의식적으로 방금 본 것을 기억에서 지우려고 하지만 잘 안 돼서 다시 한번 쳐다보게 된다.

그리고 말도 안 되는 광경을 목격하고 얼떨떨하게 선 채 몸이 굳는 것이다.

그 광경이란 바로 차기 시류 공작 빈센트 탄자인이 복도 한편에서 고구마 껍질을 까는 모습이었다.

"그래서 언니 향수를 잠깐 빌렸던 적도 있어요."

"오."

"향은 정말 좋았는데 저한테는 아직 너무 어른스러운 느낌이더라고요."

"응."

"나랑 조금 더 잘 어울리는 향기를 찾고 싶기는 한데……."

"으음."

"아 벌써 시간이 이렇게 됐네요. 그럼 이만……."

"응."

"가 볼게요. 코르테스."

긴 검은 머리를 부드럽게 나부끼며 마리나 를르와가 고개를 숙였다.

그리고는 마치 도망치듯 빠른 걸음으로 떠나는 마리나의 뒷모습을 나무 그늘 뒤에 숨어 상황을 지켜보던 올리아나와 하이데마리, 에다가 멍하니 바라봤다.

"야야야야야. 방금 그거 뭔데?!"

"완전 기분 나쁜데. 진짜 뭐야? 아니, 진짜로 믿을 수가 없다 정말."

"그렇게 계속 부탁하길래 페르베일라가 소개해 줬는데 저러는 건 아니지! 진짜 아니야."

"'응' 이랑 '으음' 이라고만 했다고! 야, 루시안! 너 듣고 있는 거야?"

에다와 하이데마리가 무척 화난 얼굴로 루시안에게 달려들었다. 조금 전까지만 해도 마리나와 함께 있던 안뜰 벤치에 혼자 남은 채 앉은 루시안은 모든 것을 불태운 듯한 절망에 빠져 있었다.

"나더러 무슨 말을 하라고……. 무슨 말을 하면 좋을지 정말 모르겠단 말이야……."

양손에 얼굴을 묻고 깊은 한숨을 내쉬었다. 너무 길고 깊어서 하늘까지 닿을 것 같은 한숨이었다.

"그렇게 저쪽이 대화를 리드했는데?! 너한테 뭘 바라는지 힌트도 줬잖아?!"

"그렇게 초보자용 매뉴얼 같은 대화로 이끌었는데 어째서 그런 대응밖에 못하는 거야? 너 바보야?"

"시끄러워! 난 입을 열면 바보가 된단 말이야!"

에다와 하이데마리의 맹공격에 루시안은 고개를 들고 항의했지만, 그 내용은 허술하기 그지없었다.

"무슨 말이 하고 싶은지는 알겠는데, 루시안은 아무 말 안 해도 바보야."

"올리아나 너까지 그런 말 하기야!"

"그치만 바보가 맞는걸."

루시안은 무릎을 끌어안고 훌쩍이며 우는 척하기 시작했다.

"마리나가 가까이 있으면 긴장해……. 난 바보니까 말을 꺼냈다가 멸시당할 게 분명하고……."

"네가 부끄럽기 싫어서 상대방한테 떠넘기는 거네."

하이데마리의 정론에 루시안은 신음했다.

"루시안, 이제…… 너네 뭐야?"

그때 마침 카이가 나타났다. 아무리 기다려도 다음 수업이 있는 교실에 나타나지 않아서 부르러 온 듯했다.

"어? 루시안은 클르와랑 함께 있었던 거 아냐? 왜 얘네하고 같이 있어?"

절친의 사랑을 위해 눈치 있게 비켜준 모양인 카이가 의아하다는 듯 여자애들을 봤다.

"카이도 함께 있어 달라고 하는 편이 나았을지도……."

"아. 카이라도 있었으면 조금은 제대로 된 대화를 했을지도 모르지."

에다가 떨떠름하게 올리아나의 말에 맞장구쳤다. 올리아나는 삽질하는 루시안을 카이가 완벽하게 커버하는 모습을 상상했다. 카이는 마이 페이스로 행동하는 것처럼 보이지만 루시안에게는 물렀다.

"그치만 카이가 완벽하게 커버했다면 아무리 생각해도 를르와가 반할 사람은 루시안이 아니라 카이겠지."

"뭐? 시시한 연애 놀음에 날 끌어들이지 말아 줄래?"

"맞아. 문제는 카이가 아니고 루시안인걸."

하이데마리가 다시 이야기를 본론으로 되돌렸다.

"요점은 루시안이 를르와랑 얘기할 때 긴장 안 해야 한다는 거잖아."

"그렇지. 내가 아까 같은 반응을 단 한 번이라도 더 겪었다간 블랙리스트에 넣을걸. 꼴 보기 싫은 남자 리스트에."

하이데마리와 에다의 뼈를 때리는 코멘트에 루시안의 얼굴이 창백해졌다.

"지, 진짜로?!"

"왜 진짜로 한 말이 아닐 거라고 생각하는데?"

올리아나는 진심으로 궁금해서 물었다.

"그치만 아즈라크처럼 과묵하고 멋있는 느낌이 나지 않을까 싶어서……."

'방금 그게 아즈라크를 흉내 낸 거였다고?'

마음을 편하게 해 주는 아즈라크의 말투와 적절하게 치는 맞장구에 때때로 짓는 매혹적인 미소를 떠올린 올리아나는 어이가 없어서 눈앞에 있는 모태 솔로를 쳐다봤다.

"이 모태 솔로가 진짜! 그러니까 모태 솔로 소리를 듣는 거라고! 겉멋만 들어서! 남을 따라하는 주제에 결판이 나겠냐? 이 얼간아!"

에다의 말을 듣고 루시안이 울었다.

"큰 소리로 말하는 건 그만둬요! 그러다 장가 못 간다고요!"

"맞는 말이지만 그쯤 해 둬. 그랬는데도 마리나는 또 만나 주는 거지? 마리나는 정말 천사구만."

"천사가 슬픈 얼굴 하게 하지 마, 진짜."

올리아나와 하이데마리가 루시안을 내려다봤다. 몸을 둥글게 만 채, 훌쩍거리던 루시안의 어깨가 흠칫했다.

"솔직히 조언도 별로 해 주고 싶지 않거든. 내가 를르와의 입장이었다면 애매하다고 할까. 조금이지만 신경 쓰이던 남자가 자기보다 더 친한 다른 여자에게 조언받아서 곧이곧대로 실천해서 행동하는 건 손절하고 싶을 만큼 본능적으로 싫어."

"하이데마리는 질투도 심하고 속도 좁네."

"시끄러워. 그러는 게 정상이지. 다른 여자의 조언을 듣고 오느니, 얼마나 열받는 대화를 해도 좋으니 그냥 있는 그대로 부딪쳐 오는 게 훨씬 낫지."

하이데마리가 에다의 머리를 토닥였다. 올리아나는 하이데마리의 얼굴을 바라봤다.

"하이데마리, 그러고 보니까 좋아하는 아이가 있었지."

"그건 뭐, 아무튼 예를 들면 그렇다고 할까. 일반적으로 그렇다고……."

"맞다. 그랬었지! 그래! 그게 누구야!"

"에다, 조용히 해. 지금은 내 얘기를 하자는 게 아니잖아. 그러니까…… 세세하게 이런저런 조언은 해 주기 싫다는 소리야. 그리고 루시. 넌 그래도 일단 애교는 있으니까 자신감을 갖고 계기만 만들면 우리한테 하듯 잘할 거라고."

하이데마리가 허리에 달라붙은 에다를 꾸역꾸역 팔로 밀어내며 말했다. 루시안은 눈을 반짝이며 몸을 일으켜 세웠다.

"하이데마리…… 너도 천사였구나?"

"성모라고 부르렴."

"성모 하이데마리 님! 제발 제게 자신감과 계기를 주세요!"

"아니, 일단 초장부터 다른 사람한테 부탁하고 보려는 게 문제가 아닐까?"

카이의 말에 루시안은 다시 시무룩해졌다.

"겁먹은 것뿐이잖아."

하이데마리가 팔짱을 끼고 루시안을 내려다봤다.

"거절당하면 쪽팔리겠다 싶은 거야. 모태 솔로 주제에 뭘 꺼려. 모태 솔로면 모태 솔로답게 일단 부딪혀 보고 깨지라고!"

하이데마리가 루시안이 웅크려 있는 벤치를 발로 찼다. 웅크리고 있던 루시안의 몸이 그대로 한 5cm는 튀어오른 것 같았다.

"하이데마리, 조심성이 없어."

카이가 타이르자 하이데마리는 루시안을 노려봤다.

"진.짜. 너. 때.문.에……!"

이국의 옛날이야기에 나오는 한냐 같은 얼굴을 하고 하이데마리는 벤치에 발을 얹은 채 루시안에게 몸을 내밀었다.

"치마 속이 보이잖아. 그런 거 보여주지 마."

인상을 찌푸리며 싫다는 듯이 말하는 카이를 보고 올리아나는 놀랐다. 이런 무서운 얼굴을 한 하이데마리에게 잘도 그런 말을 하다니. 올리아나는 에다나 하이데마리가 얘기하고 있을 때는 상대적으로 듣는 역할을 맡곤 한다.

"그보다 하이데마리, 왜 그렇게 필사적이야?"

에다가 문득 질문을 흘렸다.

"어, 설마 하이데마리가 좋아하는 사람이…… 어?"

루시안과 하이데마리를 손가락으로 가리키며 에다는 실실 웃기 시작했다. 올리아나는 더욱 놀랐다.

웅크린 채 얼굴만 든 루시안은 상황을 파악하지 못했고, 하이데마리는 지옥에서 올라온 사자 같은 얼굴이었고, 카이는 의외라는 듯한 표정으로 하이데마리를 쳐다봤다.

"아니라고 했잖……."

"다들 여기서 뭐 해?"

야나가 말을 걸었지만 부정하려는 하이데마리와 말이 겹치고 말았다.

뒤에서 누가 몸을 묵직하게 미는가 싶더라니 올리아나의 팔에 야나가 매달렸다. 야나의 뒤에 아즈라크도 있었다.

시련에 불려갔던 두 사람은 결투를 하고 온 참이었다. 이렇게 빨리 돌아왔다는 건, 고작 몇 분 만에 결판이 났다는 뜻이리라. 이번 도전자도 별 볼 일 없었던 것이 분명하다.

"어머나. 어떻게 된 거야? 이 송충이 같은 친구는 뭐야."

로브를 몸에 감고 벤치 위에 웅크린 루시안을 야나가 콕콕 찌름과 동시에 종소리가 울렸다. 이제 정말로 이동해야만 했다.

"일단 갈까."

"그래."

올리아나가 말하니 카이가 수긍했다. 루시안은 비틀거리며 벤치에서 일어나 터벅터벅 걸었다. 그 뒷모습이 애처로웠다.

"흠. 재밌는 냄새가 나는데. 안 그래 아즈라크? 우리가 없을 때 무슨 일이 있었나 봐."

"무슨 일이 있었는지 뱉어내게 하겠습니다. 제 특기죠."

아즈라크의 말에 올리아나는 당황했다. 친구가 고문당하는 건 막아야 한다.

걸어가면서 올리아나가 미주알고주알 설명하니 야나는 싱긋 미소 지었다.

"나한테도 묘안이 있어."

"남자는 마음을 정한 여자가 있으면 선물을 줘야 해. 매일 주는 것도 좋아."

올리아나, 루시안, 하이데마리, 야나. 이 네 사람은 연금술학 교실에 모여 있었다. 지금부터 루시안은 마리나에게 주기 위해 수제 과자를 만들기로 했다.

"받아주지 않으면 쪽팔리지 않을까?"

"선물을 줘 보지도 않은 사람이 받아주지 않을 때 일을 미리 걱정할 권리는 없어."

야나가 싱긋 웃으며 말했다. 루시안은 벌써 빈사 상태였다.

에테 카리마는 남성이 강한 권력을 가진 나라다. 하지만 그만큼 자신의 소유물을 소중히 여기는 나라라고도 알려져 있다. 여자로 태어나면 아버지의 소유물이 되고 결혼한 뒤에는 남편의 소유물이 된다. 그리고 평생 다른 무엇보다도 소중하게 지켜지는 것이다.

그런 에테 카리마 왕국의 여성은 사랑의 공물을 받는 것이 평범한 관습인 듯했다.

"일단 루시안은 부끄러움을 무릅쓰는 법을 배우는 것부터 시작해야 해. 여자한테 섣불리 다가가는 것도 여자에게 거절 당하는 것도 부끄러운 일이 아니야."

창피함은 여성 대신에 남성이 감내하면 된다. 그런 큰 그릇을 보여주지 않는 이상 에테 카리마 왕국에서 여자는 남자에게 마음을 열지 않는다.

"오늘 받아주지 않는다면 내일 받아주게 하면 될 뿐이야. 나는 루시안이 그렇게 할 수 있는 강단이 있다고 믿어."

"그, 그런가."

야나가 부드럽게 웃으니 조금 전까지만 해도 다 죽어가던 루시안은 얼굴을 붉혔다.

"하지만 나라면 좋아하는 남자가 다른 여자랑 함께 만든 과자 같은 건 딱히 받고 싶지 않겠지만."

"조조, 조, 좋아하는 남자라니 너……."

"아니, 지금 네 얘기 한 거 아니거든."

카이가 있었다면 듣자마자 입이 거칠다고 할 법한 말투로 하이데마리가 루시안에게 말했다.

"나중에 아즈라크도 합류하라고 할게. 그렇게 하면 정말 그냥 반 친구들끼리 만든 쿠키가 되는 거잖아. 그럼 문제없지."

놀랍게도 야나는 루시안을 위해 말을 맞추는 준비까지 한 모양이다. 그 장본인인 아즈라크는 현재 관리인 아저씨 일을 도우러 간 상태였다.

"그래서 뭘 만들 거야?"

이 이벤트를 제안한 인물이라고는 생각할 수 없을 만큼 천진한 미소를 띠고 야나가 물었다.

이 멤버 중에서 요리해 본 적이 있는 건 하이데마리와 올리아나뿐이었다.

"고구마 쿠키라도 만들까? 위장도 마음도 너무 무거워지지는 않을 것 같고."

주방에서 받은 재료를 보며 하이데마리가 뭘 만들지 정했다. 역시 하이데마리 누님. 입이 거친 것과는 대조적으로 남을 잘 챙기는 아이다.

깨끗하게 닦은 테이블에 주방에서 빌린 조리도구를 늘어뜨렸다.

　학생이 개인적으로 교실을 이용하려면 반드시 대실 신청을 해야 했다.

　연금술학 교실에는 커다란 테이블과 돌려서 물을 트는 수도구(水道具)라 불리는 마법 도구, 거기에 제약 용도로 사용하는 오븐이 달린 벽난로까지 설치되어서 요리할 목적으로 이용하는 학생이 많았다.

　"고구마는 몇 개 정도 깔까?"

　"꽤 많이 받았지. 4개 정도면 돼."

　주방에서 받은 고구마 더미를 보고 올리아나는 고개를 끄덕였다. 남은 고구마는 나중에 돌려주기로 했다.

　"자, 그러면 여기에서 준비하고 있어. 난 밀가루 같은 게 있으면 바로 재채기하니까 저쪽에서 고구마를 깔게."

　"오케이~."

　올리아나가 볼에 고구마와 식칼을 넣어 복도로 나왔을 때 빈센트를 발견했다. 빈센트도 바로 알아챘는지 올리아나에게로 걸어왔다.

　"빈센트, 안녕! 무슨 일 있어?"

　올리아나는 고구마를 안은 채 손을 흔들었다.

　빈센트에게는 결국 미겔에게 준 것과 같은 가게에서 산 레몬청을 선물했다. 맛있었다고 감사 인사는 받았지만 아직 다 먹지 못한 듯했다. 공부하는 틈틈이 조금씩 먹는 모양이다.

　"어. 선생님이 부탁한 게 있어서. 그건 뭐야?"

빈센트가 궁금하다는 듯이 올리아나가 들고 있는 고구마와 칼을 쳐다봤다.

"고구마. 지금부터 쿠키를 만들 거야."

"여전히 너희들은 사이좋구나."

교실 안에 있는 2반 멤버를 본 빈센트는 미소 지으며 올리아나에게 말했다.

"오호라. 멤버에 끼고 싶어 하는 것처럼 보이는데요?"

"내가 도와주면 부스러기 정도는 받을 수 있으려나?"

"애초에 안 도와줘도 다 만들면 빈센트한테도 주려고 했어. 맛은 보증 못하지만."

미소 짓는 올리아나를 보고 빈센트는 깜짝 놀랄 만큼 행복해 보이는 표정으로 웃었다.

'으윽. 엄청난 파괴력이야······.'

한순간 숨을 쉬는 것도 잊어버린 올리아나는 볼을 빈센트에게 억지로 떠넘겼다. 껍질을 까는 걸 도와 달라고 할 셈으로 교실에서 의자를 두 개 끌고 나오자, 재빠르게 그걸 알아챈 루시안의 얼굴이 확 밝아졌다.

"빈센트! 왜 여기 있어? 날 도와주러 온 거야?"

밀가루를 만지고 있었는지 양손에 가루를 잔뜩 묻히고 달려온 루시안이 빈센트에게 매달리려고 했다. 올리아나는 양팔을 벌리고 앞으로 나섰다.

"뭐야, 올리아나."

"삐익. 설마 그럴까 싶긴 하지만 껴안으려고 한 거야?"

"그런데 왜? 너도 나랑 포옹하고 싶었어?"

루시안의 바보 같은 발언에 올리아나의 등 뒤에서 빈센트가 깜짝 놀라 눈썹을 치켜올렸다.

대답할 가치도 없는 발언은 완벽하게 무시하고 올리아나는 정색하고 루시안을 쳐다봤다.

"그 모습으로 이 빈센트 탄자인한테 안겨? 잘 생각해. 그러면 안 되는 게 당연하잖아?"

올리아나는 조용히 고개를 저었다. 올리아나의 완강한 태도에 루시안이 주춤했다.

"어…… 올리아나. 너무 엄격한 거 아니야?"

"엄격해질 만도 하지요. 저는 경호원이에요. 껴안을 거라면 차라리 저를 껴안으세요."

빈센트는 올리아나가 좋아하는 사람인 데다 라겐 마법학교의 자랑이다. 입학했을 때부터 1등을 놓치지 않는 유례없는 성적우수자에 그치지 않고 품행이 단정해 학생, 교사 모두에게 신뢰가 두텁다. 그런 빈센트 탄자인이 밀가루 범벅이 되는 건 절대로 용납할 수 없다.

'……라는 건 사실 그냥 하는 말이고, 빈센트를 안는다니 치사하잖아. 점점 친해지고 말이지. 나도 아직 한 번…… 어쩌다 보니 안아 봤을 뿐인데. 내 머리에 피가 마르기 전에는 그렇게 달라붙는 건 허락하지 않을 거야.'

"올리아나."

신음하며 루시안을 째려보던 올리아나를 등 뒤에 선 빈센트가 불렀다.

올리아나는 순식간에 표정을 부드럽게 풀고 뒤돌아봤다. 올리아나가 강아지였다면 귀를 쫑긋 세우고 꼬리를 열정적으로 흔들고 있었을 것이다.

"왜?"

"그건 안 돼."

빈센트가 천천히 고개를 저었다. 빈센트는 미소를 띠고 있었지만 그것만으로도 최후통첩을 할 것 같은 기분이 들 정도로 싸늘하게 가라앉은 목소리였다.

올리아나는 위협하듯 벌리던 두 손을 내렸다. 조금 전까지만 해도 쫑긋 세우고 있었던 관념적인 강아지 귀는 지금 시무룩하게 처져 있을 것이 분명했다.

빈센트의 참전으로, 원래 만들려고 했던 과자는 쿠키에서 고구마가 가득 든 파운드 케이크로 변경되었다. 쿠키는 한 번에 구울 수 있는 양에 한계가 있었기 때문이다. 복도에서 의자에 나란히 앉아 두 사람은 가득한 고구마를 깠다.

'복도로 나와서 운이 좋았어.'

칼을 쓰다가 재채기가 나오면 위험하니까 이동한 것뿐이었지만 단둘이 당당하게 함께 있을 구실이 되었다. 들뜬 기분으로 올리아나는 고구마를 손바닥에서 돌렸다.

"잘하네. 잘해."

옆에 앉은 빈센트의 손을 들여다봤다. 고구마 껍질 까기 같은 건 당연히 처음 해 보는 빈센트였지만 하나를 다 깠을 때 이미 노하우를 터득한 듯 부지런히 손을 움직였다. 늘 펜을 쥐고 있는 기다란 손가락이 솜씨 좋게 고구마를 다뤘다. 고운 손끝에 약간 납작한 남성적인 손톱이 있었다.

"정신수련에 좋네."

"정신수련으로 고구마 껍질을 까는 차기 공작이라니."

올리아나가 웃으며 얘기하니 빈센트도 고구마를 보고 있던 시선을 이쪽으로 향했다. 그대로 천천히 얼굴을 활짝 웃음꽃을 피웠다.

'우와……. 엄청 부드러워.'

올리아나는 달콤함마저 느껴질 것 같은 미소를 똑바로 바라볼 수가 없어서 살며시 시선을 떼고 일어섰다.

"고구마 껍질 까는 것 좀 더 부탁해도 괜찮을까? 잠깐 안에 좀 보고 올게."

"그래. 상관없어."

흔쾌히 허락을 받고 올리아나는 교실로 돌아왔다.

빈센트와 단둘이 있을 수 있는 것에 행운이라고 느꼈으면서, 팔꿈치가 닿을 만큼 가까이 앉은 그 거리가 갑자기 숨 막혔다.

'왠지 요즘 분위기가 무척 무거워. 짓누르는 듯이 무겁지는 않은데 뭔가, 왠지 잘 모르겠지만 밀도가 무거워…….'

빈센트는 분명 예전보다 훨씬 다정했다. 원래부터 다정했지만 뭐랄까. 정말 무척 다정한 것 같았다. 그건 말투도 시선도 몸짓도 말을 끝낼 때의 부드러운 톤도 그렇고…… 말로 표현하기엔 모호하지만 올리아나도 느낄 정도로 단둘이 있을 때의 공기가 달랐다. 빈센트에게서 무언가가 넘쳐흐르는 듯한 느낌이라 마음이 안정되지 않았다.

하이데마리가 선 채 반죽을 섞고 있었다. 그 등에 올리아나가 달려들었다.

"응? 무슨 일이야?"

"조금 마음의 휴식을 취하게 해 줘."

"뭐라고?"

"어머머."

앉아서 과자 만드는 모습을 지켜보던 야나가 눈을 가늘게 떴다. 올리아나는 하이데마리의 등에 매달려 크게 심호흡했다.

그러고 나서 복도로 나갔을 때…… 많은 학생이 지켜보는 가운데 빈센트가 고구마 껍질을 까고 있는 역사상 최고로 영문 모를 장면을 목격한 것이다.

"너희들, 진짜로 고마워. 갔다 온다!"

"솔직하게 전하고 와. 멋있는 척 금지! 네가 아즈라크가 되는 건 무리니까. 알겠어?"

"응!"

하이데마리가 마지막 유의사항을 짚어주자 루시안이 손을 흔들었다. 루시안은 귀엽게 포장한 파운드 케이크를 갖고 함박웃음을 지으며 교실을 나섰지……만 곧바로 복도에 호통 소리가 울려 퍼졌다.

"거기 서세요. 루시안 코르테스! 복도에서 달려도 된다는 교칙이 새로 추가되었다는 얘기는 못 들었는데요?"

"헉……! 월튼 선생님!"

운 나쁘게도 복도에 월튼 선생님이 계셨던 모양이다. 올리아나와 하이데마리, 야나가 문으로 얼굴만 빼꼼 내밀고 몰래 내다봤다. 월튼 선생님은 라겐 마법학교에서 제일 예의범절에 엄격한 분이었다.

"이쪽으로 오세요. 벌칙으로 교무실 유리창을 닦아 줘야겠어요."

"안, 안 돼요……! 선생님, 저 지금 정말 중요한 일이……!"

"그런가요. 참 안됐네요. 급할수록 돌아가라는 말의 의미를 지금처럼 절실히 실감한 적은 없을 거예요."

월튼 선생님이 단호한 말투로 말하며 루시안을 쏘아봤다. 루시안은 어깨를 축 늘어뜨리고 월튼 선생님을 따라갔다. 마리나에게 파운드 케이크를 건네는 건 아마 두 시간은 지나서가 될 것이다.

올리아나와 친구들은 서로 얼굴을 번갈아 보고 조용히 문에서 멀어졌다. 호송되는 루시안을 못 본 척하며 사용한 조리도구를 정리했다.

"그럼 나도 이만."

귀엽게 포장한 파운드 케이크를 안고 하이데마리가 말을 꺼냈다.

"수고 많았어. 오늘은 즐거웠어."

"나도."

야나와 올리아나가 웃어 보였지만 하이데마리는 웃지 않았다. 굳은 표정을 보고 올리아나와 야나가 얼굴을 마주 봤다. 기분 탓인지 하이데마리는 긴장한 것처럼 보이기도 했다.

"하이데마리?"

"나도 전해주고 오기로 했어."

그게 뭐냐고 물어볼 필요도 없었다. 파운드 케이크를 가슴 팍에 꼭 끌어안고 미간에 주름을 잡은 채 무척이나 부끄러운 듯한 얼굴로 하이데마리가 중얼거렸다.

"루시안한테 잘난 척 이런저런 소리를 했으니 나도 창피 당하고 오지 뭐."

올리아나가 자리를 박차고 섰다. 의자에서 덜컹거리는 소리가 났다.

"잠깐만, 엥?! 네가……."

급전개였다. 하이데마리가 누굴 좋아하는지도 듣지 못했는데 벌써 고백하러 간다는 말인가. 이 모든 게 이해되지 않았지만 올리아나는 주먹을 강하게 쥐었다.

"파이팅!"

힘 있게 말하자 하이데마리는 아주 조금 안심한 듯한 얼굴로 웃었다.

"응!"

씨익 웃으며 나가는 하이데마리를 배웅한 올리아나는 야나를 봤다. 야나도 눈을 빛내고 있었다. 손끝을 입가에 모은 채 볼에는 홍조를 띠고 있었다.

"저렇게 귀여운 하이데마리가 사랑을 전하는 사람이라니 도 대체 누굴까."

"야 나도 모르는 거야?"

"나는 그렇게 눈치가 빠르지 않아."

하이데마리는 남자 형제들 사이에서 자랐기 때문에 입은 조금 거칠지만, 정이 많은 여자아이다. 하이데마리는 하이데마리 나름의 상냥함으로 언제나 친구들을 지켜본다.

"잘되면 좋겠다."

"그러게."

"우리가 아는 남자애면 어떡하지."

"하이데마리가 별 볼 일 없는 남자한테 걸려들 것 같진 않지 만…… 사랑이라는 게 참 알 수 없는 거니까."

"그렇지."

어쩌면 하이데마리는 못난 남자의 뒤치다꺼리를 해주는 데 에서 보람을 찾는 타입일지도 모른다. 그건 그것대로 가능성 이 있어 보였다.

"조금 쓸쓸해지네."

"그치?"

얘기를 나누고 있으니 주방에 조리도구를 돌려주러 갔던 빈센트와 아즈라크가 돌아왔다.

"다들 간 거야?"

"응. 있지, 지금 휴게실에 가서 케이크를 먹지 않을래?"

"그거 좋네."

네 사람은 고구마 파운드 케이크를 가지고 연금술학 교실을 뒤로했다.

22장 ⟶✦⟵ 미열 시의 올바른 해열법

"탄자인."

정기시험을 코앞에 둔 어느 날의 방과 후. 귀에 들어온 이름을 듣고 깜짝 놀라서 막 자습실에 들어선 올리아나는 걸음을 멈췄다.

"시험공부를 하는 건가요?"

자리에 앉아있는 빈센트에게 말을 거는 건 올리아나가 모르는 여학생들이었다. 여학생은 네 명이었고 자습 중인 빈센트를 둘러싼 모양새로 서 있었다.

거기에 합류하는 건 껄끄러워서 출입구 근처에 있는 책장의 그늘 속으로 들어가 숨었다.

"그래."

"정말 대단해요. 이번에도 분명 1등을 하겠네요."

"대항마법학 시험 범위, 이번에 갑자기 늘어나지 않았나요?"

"그리고 실기로 지팡이 만들기도 시작됐잖아요? 모든 게 다 너무 어려워서……."

"조금이라도 시험공부를 가르쳐 주면 안 될까요?"

여학생들이 간드러진 목소리로 말을 걸었다. 처음 알게 됐을 때에 비하면 누군가가 빈센트에게 말을 거는 일이 현저히 늘었다. 특히 이렇게 말을 거는 이유가 달리 있을 때의 여학생들은 의지가 강했다.

"내 일만으로도 벅차. 부탁은 자제해 주길 바란다."

빈센트가 냉담한 목소리로 거절했지만, 여학생들은 물러나려 하지 않았다.

"옆에서 공부하게 해 주는 것만으로도 괜찮아요."

"그냥 의욕이 솟고 집중이 될 테니까요."

"그렇게나 공부하고 싶은 건가."

"맞아요. 근데 이제 다른 자리는 다 차서……."

분명히 빈센트가 앉은 4인 책상에는 빈자리가 있었지만 다른 책상은 다 만원이었다. 다들 빈센트를 배려하느라, 그리고 그 자리에는 미겔과 올리아나가 앉을 것이라 예상하고 그 자리는 비워두고 있었다.

"그럼 이 자리를 양보하지."

빈센트가 교과서를 덮고 일어났다. 여학생들은 다급히 말리려고 했다.

"어, 아니, 그렇지만……."

"어차피 4인석이다. 모두 앉을 수는 없을 테니. 나는 이제 슬슬 마무리하려던 참이니까 사양 말고 여기에서 공부해."

여학생들과 헤어져 출입구 쪽으로 걷기 시작한 빈센트와 책장에 숨어 있던 올리아나의 눈이 딱 마주쳤다. 빈센트는 순간적으로 어이없다는 표정을 지었다.

"오늘은 못 온다고 하지 않았어?"

"그랬는데 생각보다 더 빨리 끝나서……."

지슬레인 선생님이 불러서 점성술학 준비실의 정리정돈을 돕고 있었는데, 불순한 기대감을 다분히 지닌 남학생들이 그것을 대신 해 주었다. 그 학생들은 지금 커다란 가슴을 마음껏 볼 수 있다는 보상을 위해 악착같이 일하고 있을 것이었다.

"하지만 빈센트는 이제 가려는 거지?"

그럼 올리아나도 오늘은 얌전히 돌아갈까 하고 생각하던 차에 빈센트가 선뜻 말했다.

"그럼 휴게실에라도 갈까. 테이블이 있긴 하잖아."

"어? 어, 응."

공부를 마무리하겠다고 일어난 것이었는데 자리를 옮겨서 다시 공부하게 되었다.

'괜찮을까.'

올리아나가 힐끔 여학생들을 돌아보니 아니나 다를까 다들 살벌한 기세로 노려보고 있었다. 그러는 것도 당연하다. 일 초만에 고개를 되돌린 올리아나는 마음속으로 비명을 질렀다.

"가자. 올리아나."

재촉받고 올리아나는 마음속으로 사과했다. 여학생들에게는 미안했지만 이 자리를 놓칠 생각은 전혀 없었다.

"휴게실 말인데 하나 떠오른 곳이 있어. 그쪽으로 가도 괜찮을까?"

빈센트의 말에 올리아나는 고개를 끄덕였다. 서관에서 동관으로 이동해야 하는 모양이다.

"꽤 오랫동안 안 가서 먼지가 가득할지도 몰라."

"그렇게 사람이 안 다니는 곳이야? 숨겨진 명소인가 보네."

터벅터벅 걸었다. 빈센트와 함께 걸을 때, 올리아나는 보폭을 신경 쓴 적이 없다. 아즈라크는 뒤에서 따라오지만 카이나 루시안은 기본적으로 전혀 신경 쓰지 않고 앞서 걸어가곤 한다.

하지만 빈센트는 옆에서 올리아나가 가장 걷기 편한 속도로 걷는다.

'에스코트가 익숙하구나.'

이런 사소한 것에도 질투하고 마음이 흔들린다. 올리아나는 필사적으로 머릿속에서 질투심을 떨쳐냈다.

바람이 불어 올리아나의 몸이 부르르 떨렸다. 오늘은 온종일 비가 내려서 그런지 조금 쌀쌀했다. 로브 옷자락 안에 손을 넣은 모습을 보고 올리아나가 추워한다고 깨달았는지 빈센트의 얼굴에 걱정스러운 표정이 떠올랐다.

"조금 쌀쌀하네. 숄이라도 가지러 돌아갈까?"

'앗, 그건 싫어.'

여자 기숙사로 돌아가는 길에 조금 전의 그 여학생들이 쫓아올지도 모른다. 아까는 거절했지만 휴게실 정도로 넓은 곳이라면 함께 공부하는 걸 빈센트가 허락할지도 몰랐다.

'안 돼⋯⋯. 꼴사나워⋯⋯ 난 질투의 화신이야⋯⋯.'

빈센트가 누구와 함께 공부하든 말을 얹을 수 없다. 하지만 역시 싫은 건 싫은 것이다. 빈센트에게 마음이 있는 여자애들과 같은 공간에서 공부하라니. 불가능할 것 같았다.

"괜찮아!"

"그럼 나를 바람막이로 삼아."

빈센트가 팔꿈치를 내밀었다. 어리둥절해서 빈센트의 팔꿈치를 쳐다보고만 있는 올리아나를 보고 빈센트는 다급히 팔꿈치를 거두었다.

"미안해. 습관적으로…….."

습관적으로 이렇게 자연스럽게 에스코트를 해 주려 하다니. 남성적인 행동에 심장이 벌렁거리기 시작한 올리아나는 놀란 마음을 감추려고 웃었다.

"빈센트한테 에스코트 받는 여자아이는 정말 행복할 거야."

"그럼 네가 행복한 사람이 되어 보면 어때?"

"아니 괜찮아. 난 그런 거에 익숙하지 않으니까."

에스코트 같은 건 아빠한테만 받아봤다. 그러니 자칫하면 지금보다 더 두근거리게 된다. 그러면 더 이상 마음을 감출 수 없을 게 틀림없었다.

"아, 그래?"

빈센트는 올리아나가 따라가는 데 무리가 없을 정도로만 걷는 속도를 올렸다. 어서 따뜻한 휴게실로 올리아나를 데려가고 싶었기 때문이리라.

"오늘 있었다던 일은 뭐였어?"

"그게, 지슬레인 선생님이 교실 청소를 부탁하셔서. 근데 우리 반 남자애들이 대신해 주게 됐어."

"펠러랑 코르테스가?"

"아니. 다른 애들이야."

"친한 애들이야?"

"우리 반은 다들 사이가 좋아서."

"그게 아니라……."

"아니라?"

묘한 얼굴로 이쪽을 바라보는 빈센트에게 올리아나는 되물으며 고개를 갸웃했다.

"아니…… 잘됐네."

"그치."

그 학생들도 지금쯤이면 옷 밖으로 반 정도는 드러낸 숨 막히는 가슴 덕에 고생한 것도 잊었으리라.

모두가 행복해졌으니 '잘됐네.' 라는 말이 맞는 말이었다. 하지만 올리아나는 어떻게 생각할까. 아까부터 마음속에서 꿀렁거리는 끝을 모르는 질투심은 결코 '잘됐네.' 라고 말할 수 없는 상태였다.

본심을 숨기고 빈센트를 구슬리려고 하는 것처럼 느껴지기도 해서 올리아나는 무심코 한숨을 내쉬었다.

"하아……."

"하아……."

왜인지 두 사람은 동시에 한숨을 내쉬고 얼굴을 마주 봤다.

"피곤해?"

"그런 것 같아. 너는?"

"나, 나도 그런 것 같아."

'사랑을 하니까 확실히 피곤해진다.'

또다시 한숨을 내쉴 것 같아서 반대로 숨을 깊게 들이쉬었다. 빈센트가 의아하다는 듯이 이쪽을 보길래 올리아나는 싱긋 웃었다.

"빈센트. 최근에는 자습실 말고 다른 데에도 가네."

물론 오늘처럼 시험이 있기 전에는 자습실에 있지만, 작년 이맘때와 비교하면 다른 장소에서 마주치거나 하는 경우가 현저히 늘었다.

올리아나를 바라보던 빈센트는 왜인지 조금 슬픈 미소를 짓고 정면으로 고개를 돌렸다.

"여기야."

휴게실인데 문이 닫혀 있었다. 그만큼 학생이 찾지 않는다는 뜻일 것이다. 문을 열고 안으로 들어가니 약간 먼지 냄새가 나는 것 같았지만 테이블이나 의자는 깨끗해 보였다.

벽난로 옆에 장작이 놓여있고, 벽난로 안쪽에 재는 없었다. 자주 사용되지 않는 곳이라고 해도 정기적으로 잘 관리되는 것 같았다.

빈센트는 장작에 불을 지필 마법 종이를 얹고 지팡이를 살짝 휘둘러 불을 붙였다.

"아, 지팡이다. 잘 완성했네."

빈센트의 지팡이를 처음 본 올리아나는 빈센트 손에 쥐어져 있는 지팡이를 찬찬히 들여다봤다.

"복합형인가. 그래 보이는데."

"볼래?"

잉크와 보석의 복합형이었다. 빈센트가 선뜻 내밀었지만, 올리아나는 망설였다. 지팡이라는 건 마법사의 심장과도 같은 것이다. 간단히 만져도 되는 물건이 아니다.

"그래도 돼?"

"상관없어. 어차피 너는 한 번 만진 적이 있기도 하니까."

왠지 먼 곳을 바라보는 듯한 눈빛으로 자조하는 빈센트에게서 지팡이를 받아 들며 올리아나는 고개를 기울였다.

"빈센트의 지팡이는 만져본 적이 없는데."

"그럼 그게 지팡이가 아니었던 거겠지."

영문 모를 대화가 되고 말았다.

"뭐. 이전 인생 얘기야."

"잠깐만. 이전 인생의 올리아나를 그렇게 안하무인한 인물로 만들지 말아 줄래요? 아무리 나라고 해도 남의 지팡이를 마음대로 만지고 그러지는 않아."

타인의 지팡이를 마음 편히 만지다니, 무슨 말도 안 되는 소리인가. 그런 사람은 마법사라고 부를 수도 없다.

"긴급상황이었거든."

"어떤 긴급상황?"

"말 못해."

"저기. 마무리가 엉성한 거 아니야? 설정을 잘 생각해 뒀어야지."

"네가 그런 말 할 처지야……?"

왠지 엄청난 역정이 담긴 목소리로 빈센트가 으르렁거렸다.

"올리아나의 지팡이는?"

"내 건 보석형. 내 것도 봐."

품에서 꺼내 빈센트에게 건네자 빈센트는 한쪽 눈썹을 치켜 올렸다.

"하늘색……."

"맞아. 아콰마린으로 했어."

보석형을 선택하는 마법사 대부분은 자기 눈동자 색에 맞춘 보석을 고르곤 한다. 지팡이의 보석을 의도적으로 만든 자신의 눈이라고 하여, 그 눈을 통해 마력을 자신에게 친숙하게 만들기 위해서다. 올리아나가 지팡이에 붙인 보석은 아빠가 딸을 위해 에테 카리마 왕국에서 사들인 것이었다.

참고로 마법사의 지팡이에 사용된 보석은 보석으로 분류하지 않는다. 마력을 계속 쐬는 탓에 본래의 반짝임을 잃어서 마법을 쓰지 않는 사람에게는 길가에 굴러다니는 조금 예쁜 돌과 마찬가지일 뿐이다.

"빈센트는…… 아. 역시 탄자나이트구나."

빈센트의 눈동자 색을 무척 닮은 보라색 보석이 지팡이 끝에 달려 있었다. 오호라 하며 보란 듯이 웃는 올리아나를 보고 빈센트는 씁쓸하게 미소 지었다.

"너도 그럴 줄 알았어."

"어? 왜?"

"이전 인생에서 네가 탄자나이트를 붙였으니까."

올리아나 목에서 바람 새는 소리가 울렸다.

"응? 아까부터 뭐야, 그 설정은. 지금 날 꼬시는 거야?"

"아니. 그런 건 아니야."

올리아나의 말투도 조금 그랬지만 싸늘한 목소리로 즉답한 빈센트도 좀 그랬다.

'자기가 먼저 시작했으면서 이 반응은 뭐지? 난 받아쳐 준 것뿐인데.'

올리아나는 짜증이 났다. 은근히 무척 놀랐고 꽤나 무안했다. 민망한 나머지 강하게 밀고 나가기로 했다.

"만약에 나한테 연인이 있다고 해도 그 사람의 눈동자 색인 보석을 달지는 않지 않을까. 연인 같은 건 언제까지 함께할지 모르지만 지팡이는 평생 지니는 물건이니까. 그런 거에 일일이 들떠서 연인이 바뀔 때마다 보석을 바꿀 수도 없고."

"그런가. 들떠있었던 건가."

툭 뱉은 작은 중얼거림은 때마침 벽난로 안으로 장작이 떨어지는 소리에 묻혀 잘 들리지 않았다. 불길이 너무 강했는지 빈센트가 집게로 장작을 정리했다.

"탄자나이트는 우리 집 수호석이야."

"그런 게 있구나."

"그래. 성(姓)도 탄자나이트에서 따왔다고 들었어."

"처음 들었어."

"공식적으로 알려진 건 아니니까."

'아, 그래서.'

이런 얘기를 들려줄 때마다 특별 취급하는 것 같아서 기뻤다.

'빈센트가 「친구」로서 특별 취급 해 주는 건 잘 알아. '꼬시는 거야?'라는 질문에 '아니야.' 라고 즉답할 정도의 사이라는 건 나도 잘 아니까…… 그래도 조금쯤 기뻐하는 건 허락해 주면 좋겠어.'

다시 지팡이를 맞바꾸고 소파에 걸터앉았다. 그리고 공부하기에 적합하지 않은 테이블 위에 각자의 교과서를 펼쳤다.

∴　∵　∴　∵

[최근에는 자습실 말고 다른 데에도 가네.]

빈센트는 펜을 움직이며 조금 전 올리아나가 한 말을 떠올리고 있었다.

자신도 깨닫지 못했던 변화를 언급한 올리아나에게 당혹과 기쁨을 느꼈다.

'그런가. 난 이제 말하자면 Ò인 삶을 살게 된 거구나.'

인생을 다시 시작하고부터 빈센트는 늘 불안했다.

이 선택은 올바른 것인가. 이대로 살아도 문제없는 것인가. 어떡하면 올리아나가 죽지 않을 것인가…….

빈 시간이 어색하게 느껴졌다. 무언가를 하지 않으면 불안했다. 공부는 그 갈증을 쉽게 채웠다.

새로운 것을 채워 넣으면 언젠가, 무언가가 올리아나를 구할 수단이 될지도 모른다고 여겼다. 복습해서 머릿속에 때려 넣을 때마다 그것이 1등을 하기 위한 작업이라고 여겼다.

생각해보면 미겔은 그 시간 동안 아무 말 없이 늘 곁에 있었다. 미겔도 언제나 함께 공부하고 있었던 건 아니었다. 하지만 불평 하나 없이 계속 옆에 있어 주며 빈센트가 하는 일들이 '틀리지 않다'고 여기게 한 건, 빈센트에게 정말 든든한 버팀목이 되었다.

수없이 반복해도 몇 시간을 가만히 책상에 붙어 있어도 안심하지 못하고 그저 계속 공부만 했다.

올리아나와 친구로 지내면서도 빈센트는 항상 자신을 통제했다.

너무 바라지 않도록.

바라지도 않는데 너무 주려고 하지 않도록.

그것은 생각보다도 훨씬 더 힘들었다. 곤란한 일이 있으면 내가 가장 먼저 손을 내밀고 싶다. 하지만 친구 이상의 행동을 할 수 없다. 뭔가 이유를 붙여서 올리아나 곁에 있는 것 말고 지금의 자신이 할 수 있는 건 없었다.

공부는 그다지 진척이 없었지만 빈센트는 펜을 내려놓았다. 길고 깊은 한숨이 단둘뿐인 휴게실에 울려 퍼졌다.

"지쳤어?"

"그렇네."

'공부에, 미래에, 과거에…… 조금 지쳤는지도 몰라.'

그리고 최근에는 시험을 대비하느라 밤늦게까지 계속 공부

하곤 했다. 게다가 하인츠가 지시한 마법 도구 개발도 계속됐
다. 어제만 해도 미겔이 반은 농담으로 빨리 쉬라고 계속 말하
기도 했다.

"지치네. 무릎베개라도 해 줬으면 좋을 만큼."

빈센트가 웃으면서 장난처럼 말하자, 올리아나는 침묵했다.

"……."

"……."

'미겔이랑 늘 이런 시시콜콜한 농담을 주고받으니까…….'

그래서 자기에게도 허락되지 않을까 하고 무심코 기대했다
는 사실에 마음이 조마조마했다.

'뭔가 변명이라도 하는 편이 나을까? 아니야. 그게 오히려
더 부자연스러울 것 같은데……?'

평소 하지 않는 행동은 하는 게 아니라고 빈센트가 자책하기
시작했을 때 올리아나가 펜을 내려놓고 허리를 천천히 움직
여 자세를 고쳐 앉았다.

"내 무릎이어도 상관없어?"

"뭐……?"

"아쉽게도 난 처음 해 보니까 편안할 거라고 보장할 수는 없
지만."

"그래도 괜찮겠어……?"

"응. 물론이지."

올리아나가 제 허벅지를 툭툭 두드렸다.

빈센트는 놀라서 잠시 멍했다. 하지만 올리아나가 역시 안

되겠다고 마음을 바꾸기 전에 무슨 일이 있어도 저 무릎에 머리를 눕혀야만 했다. 주저할수록 올리아나가 의심할 게 틀림없었고 빈센트가 장난이 아니라 진심으로 무릎베개를 해 달라고 한 것이 들키고 만다.

"그럼 사양 않고."

'제발 아무렇지도 않은 듯한 모습을 잘 유지했기를.'

빈센트는 긴 소파에 앉은 올리아나의 옆에 걸터앉아 몸을 눕혔다. 자기 키를 잘 가늠하지 못한 탓에 올리아나의 허벅지에서 상당히 떨어진 곳에 머리가 놓였다. 허리를 움직여 위치를 조정했다. 다리를 뻗자 반은 소파에서 삐져나가 바닥에 떨궜지만 그런 것 따위는 전혀 문제가 되지 않았다.

'이건 안 돼……'

생각보다도 훨씬 더 부끄러웠다.

'심장이 터질 것 같아.'

상상했던 것보다도 훨씬 더 직접적으로 올리아나를 느낀다. 치맛자락에서 풍겨오는 향기를 맡는 것에 죄책감이 들어 최대한 얕은 호흡을 반복했다.

앉아있는 올리아나와 같은 방향을 바라보며 누웠지만 이대로 가다간 위험하다. 얼굴이 빨개진 걸 금세 들킬 것이다.

완전히 기쁨에 젖은 얼굴을 숨길 수도 없었다. 더욱 최악인 건 올리아나의 체온과 그 부드러운 온기에 하반신에 위화감이 들기 시작했다는 점이었다.

'장난 말자. 또 지팡이라고 우길 셈이냐?'

평소에는 흑역사이기에 냉정해지는 두 번째 인생의 무도회 날 밤을 떠올렸지만, 지금만큼은 역효과였다. 하반신의 위화감이 거세져 황급히 허리를 당겼다.

올리아나의 향기를 들이켜고 온기에 닿으며 그때의 친밀하게 밀착됐던 자세를 떠올렸다. 그것이 얼마나 옳지 못한 행위인지 깨달은 빈센트는 모든 것에서 의식을 멀리하려고 소파 등받이 쪽, 그러니까 올리아나의 배 쪽으로 몸과 얼굴을 돌렸다.

몸을 돌린 빈센트의 얼굴이 올리아나의 허벅지를 꾹 눌렀다.

"읏……."

두 사람의 호흡이 동시에 멈췄다.

"미, 미안, 간지러워서."

"아, 그래."

허둥지둥 변명하는 올리아나에게 알았다며 몇 번이고 고개를 끄덕였다. 올리아나는 끄덕이는 빈센트의 머리를 평소답지 않게 강하게 잡았다.

"으악……! 마구 움직이면 안 돼!"

"앗, 미안해!"

안 그래도 간지럽다고 말한 참이었다. 빈센트의 몸이 돌처럼 굳었다.

코끝에 올리아나의 교복이 닿았다. 향기와는 또 다르게 올리아나의 몸에서 피어오르는 열기가 숨에 섞여 빈센트의 콧속으로 들어왔다.

'관둘 걸 그랬어…….'

지금 당장 몸을 떼야 한다는, 이성과 무슨 일이 있어도 떨어지기 싫다는 본능이 팽팽하게 맞섰다.

　'허리를 끌어안고 옷을 젖혀 올리고 배에 입술을 가져다 대고 부드러운 살결을 깨물어 보고 싶어. 핥고, 빨고, 맛보고 싶다.'

　상스러운 본능을 자각한 순간 뜨거워진 육체와는 반대로 마음은 신기하게도 차분해졌다.

　'난 지금 너를 어느 쪽의 올리아나라고 생각하는 거지.'

　빈센트는 항상 자기와 빈스를 별개로 여기고 있었다. 그래서 올리아나가 좋아한다고 말하는 사람은 오직 빈스뿐이라고 믿었다.

　'그럼 지금 나는?'

　불현듯 울고 싶어졌다.

　'내가 어떻게 느끼는 건지, 어떻게 느껴야 하는 건지. 어떻게 하는 게 옳은지 모르겠어. 미래도 사랑도. 네게 좋아한다고 말하면 뭔가 알게 될까.'

　어느 쪽도 사랑스러운데 마음은 애끓으며 수선스러웠다.

　지금의 올리아나에게 구원받고 있는데도, 구원받지 못한 올리아나를 떠올린다.

　이제 더 이상 손도 닿지 않는 어둠만이 가득한 곳에서 빈센트의 도움을 바라며 우는 건 아닐지——그럴 리가 없다는 건 빈센트가 그 누구보다도 잘 알지만——그런 망상이 떠올라 그 생각에 머릿속이 얽매였다.

　"괜찮아, 괜찮아."

자기혐오의 파도에 휩쓸릴 뻔한 순간, 올리아나가 빈센트의 머리를 쓰다듬었다.

정수리에서 목덜미 언저리까지 천천히 시간을 들여 손을 움직였다. 올리아나의 손목 안쪽이 빈센트의 귀에 스쳤다.

"착하지. 괜찮아. 빈센트는 남들보다 배로 노력하니까…… 조금은 쉬어가도 괜찮아."

부드러운 목소리가 울렸다.

얼굴은 볼 수 없었지만 어떤 얼굴로 말하는지 알 것 같은 기분이 들었다.

"올리아나……."

"응?"

올리아나는 살짝 긁는 듯한 목소리를 냈지만 명랑했다.

빈센트의 목소리가 딱딱해진 것을 알아채지 못한 척, 평소처럼 밝은 목소리를 내려고 한 것이다.

항상 초조해하던 빈센트가 「0」인 삶을 살아갈 수 있는 건, 올리아나 덕분이다.

올리아나와 얘기하기 위해 올리아나의 친구들 이름을 외웠다. 올리아나와 마주치고 싶어서 이동시간에 2반 아이들이 지나갈 것 같은 길을 골라 지나갔다. 올리아나와 조금이라도 더 얘기를 나누고 싶어서 휴게실에 얼굴을 비쳤다.

올리아나가 웃어 줄 때마다 미성숙한 빈센트가 채워진다. 완전해진다.

"노력하고 싶은 것이 있어."

"응."

빈센트의 머리를 쓰다듬던 손이 멈췄다.

"하지만 그게 버거울 때가 있어."

"응."

올리아나가 다시 빈센트의 머리를 쓰다듬기 시작했다.

천천히. 힘을 담아서.

"친구니까……."

잠깐의 침묵 뒤에 올리아나가 입을 열었다.

"무릎 정도는 빌려줄 수 있고 머리라면 쓰다듬어줄 수 있으니까. 그러니 힘내. 빈센트."

그 말이 무엇보다도 마음 깊이 와닿아서 빈센트는 눈시울이 붉어졌다.

'어떡하지. 울 것 같아.'

얼굴을 숨기고 있어서 다행이었다. 눈을 질끈 감고 어떻게든 눈물을 참았다.

"언젠가 이 모든 게 끝나면 네가 들어줬으면 좋겠어."

"올리아나한테 맡겨 주세요."

쿵! 하고 올리아나가 자기 가슴을 친 것이 진동으로 전해졌다.

눈을 감자 과거에 힘껏 밝게 행동하던 두 번째 인생의 올리아나가 뇌리에 떠올랐다. 빈센트 주변을 맴돌며 매달리는 올리아나. 시원한 입매로 크게 웃는 올리아나. 거절당했을 때 억울한 표정을 짓는 올리아나.

세 번째 인생에서는 이 휴게실에 손에 꼽을 정도로밖에 오지 않았다.

올리아나가 죽은 장소라는 느낌이 강해서 좀처럼 찾아올 엄두가 나지 않았다. 하지만 이렇게 올리아나가 옆에 있으니 둘이서 함께 보낸 평온했던 때의 기분을 떠올릴 수 있었다.

'네가 그리워.'

고개를 들어서 슬쩍 올리아나를 바라보니, 금방 시선을 느낀 올리아나가 미소 지었다.

'아아, 올리아나.'

빈센트는 사무치게 그리운 얼굴로 미소 짓는 올리아나를 더 보고 있을 수가 없어서 한 손으로 눈을 가렸다.

이를 악물지 않으면 눈물이 쏟아질 것 같았다.

'네가 없으면 난 숨도 쉴 수 없어.'

∴　∵　∴　∵

"두려운 거야?"

자기 목소리가 스산하게 울렸다.

"왜 두려운 거야?"

올리아나는 웅크린 채로 주저앉은 인물에게 물었다. 어둡다고도 밝다고도 춥다고도 덥다고도 넓다고도 좁다고도 할 수 없는 공간에 그 사람은 웅크리고 있었다.

"할 수 있는 게 아무것도 없으니까."

"도와줄까?"

"괜찮아. 소용없을 테니까."

어딘가 체념한 듯한 말투에 올리아나는 망연했다.

'이런 식으로 말하는 건 드문데. 어? 근데 이 사람이…… 누구였지?'

이 사람이 누군지도 모르는데 그런 식으로 말하는 게 드물다고 생각한 자기에게 놀랐다.

"있지. 내년 무도회, 기대돼?"

그쪽에서 질문을 던진 뒤에야 올리아나는 이것이 꿈임을 깨달았다. 대화에 딱히 맥락이 없었기 때문이다. 교실에 있는가 싶었는데 호숫가에 가 있다든지, 부모님과 얘기를 나누던 메이드장과 갑자기 대화를 나누고 있다거나. 올리아나는 종종 이런 흐름에 통일성이 없는 꿈을 꾸곤 했다.

"무도회라."

라겐 마법학교 학생이라면 누구든…… 아니, 아직 입학하기도 전인 아이들도 동경하는 이벤트다. 화려한 무대와 드레스에 자신을 소중히 여기는 파트너. 올리아나도 어릴 적에 꿈꿨던 이벤트였다.

"기대라기보다는 초조함이 크네. 파트너도 찾아야 하고. 아빠는 의욕이 넘쳐서 사치스러운 드레스를 만들겠다고 하고. 아~ 안 가면 안 되나."

순수하게 동경했던 무도회도 나이를 먹어갈수록 남과 비교하거나 자기에게 따르는 책임을 느껴서 마음이 무거워진 것이다. 그저 단순히 '기대'만 한다고는 할 수 없다.

"잘도 말하네."

"뭐라는 거야."

상대가 코웃음을 쳐서 욱했다. 입술을 삐죽이는 올리아나에게 눈앞의 인물은 술술 말을 늘어놓았다.

"항상 즐거워 보였어. 친구를 위해 밤새 드레스를 꿰매거나 선물 받은 꽃다발을 드라이플라워로 만들어 장식하거나 수풀 속에 숨거나."

올리아나는 4학년이라서 아직 무도회에 갈 학년이 아니다. 그리고 상급생의 파트너로 초대받아서 무도회에 참가한 적도 없다.

"그게 무슨 소리야?"

눈앞의 인물이 웃었다. 얼굴은 보이는데 눈앞의 사람이 누구인지 잘 인식되지 않았다.

누구지. 누구였지. 잘 아는 사람인 것 같은데 전혀 모르겠다.

"저기, 너는……."

──끼익.

낡은 문이 열리고, 귀에 거슬리는 소리가 울렸다.

"빈센트, 올리아나?"

학교 건물 밖이 어두워졌을 즈음 조용히 울린 목소리에 올리아나는 눈을 떴다. 눈을 깜빡이자 속눈썹이 흔들렸다. 아마 아까 앉은 채로 잠들었나 보다. 뭔가 꿈을 꾼 듯한 느낌이었지만 내용은 기억나지 않았다.

올리아나는 목소리가 난 쪽으로 얼굴을 돌렸다. 주위는 벌써 어둑어둑해서 누구인지 잘 알 수 없었다.

이 공간을 희미하게 밝히는 것은 올리아나 등 뒤쪽에 있는 벽난로의 불빛뿐이었다.

문가에 선 장신의 그림자를 바라봤다. 그제야 목소리로 누구인지 깨달았다.

"미겔······?"

"역시 여기에 있었구나. 너무 안 와서 찾아다녔어."

미겔이 과장됐다 싶을 정도로 안도하는 목소리를 냈다.

"근데 진짜······. 문 여는 데에는 용기가 필요했다. 진짜야. 완전 어두컴컴한 데다가 친구와 친구의 정사 장면 같은 건 절대로 보고 싶지 않으니까."

미겔이 사탕을 입에 문 채 뭔가 구시렁거리긴 했지만, 아직 잠에서 덜 깬 올리아나의 귀에는 잘 들어오지 않았다. 눈을 쓱 비비려다가 손을 멈췄다. '안 돼. 화장했었지.' 하며 손가락으로 눈꺼풀을 누르고 끝냈다.

"으음······. 안녕······."

"안녕. 벌써 저녁 먹을 시간이야. 얘는 진짜······."

성큼성큼 걸어온 미겔이 양손을 바지 주머니에 찔러넣은 채로 몸을 숙이고 내려다봤다.

올리아나의 무릎에는 올리아나의 허리에 손을 두르고 끌어안은 채로 잠든 빈센트가 있었다.

"내가 그렇게 말해도 안 쉬었으면서······. 역시 올리아나야."

"흠. 덕분에 공부는 전혀 못 했습니다만."

"그런 날도 있는 거지."

미겔이 빈센트의 어깨를 잡고 흔들어 댔다.

"어이. 야. 일어나. 올리아나가 배고프다고 울잖아."

"흑흑. 배고파~. 빨리 밥 먹으러 갈래~."

올리아나가 우는 시늉을 하자, 빈센트가 벌떡 일어났다. 덕분에 빈센트를 깨우려고 들여다보던 미겔의 이마와 빈센트의 이마가 부딪혔다.

"으……."

"아야! 뭐야? 미겔? 아니 그것보다 지금 올리아나가 울고 있지 않았어?"

"아, 미 미안해……."

여러모로 모든 것이 죄송합니다. 올리아나가 두 손을 모아 사과하고 부딪쳐서 아플 미겔과 빈센트의 이마를 열심히 토닥였다.

후기

「죽어서 되돌아간 마법학교 생활을 옛 연인과 프롤로그부터 (※단, 호감도는 0)」를 읽어 주셔서 감사합니다. 무츠하나 에이코입니다.

차가운 휴게실에서 끝난 앞권과는 분위기가 확 바뀐 마법학교. 서로를 둘러싼 환경이나 서로에게 다가가야 하는 방식이 바뀐 상황에서, 그럼에도 변하지 않은 것을 발견하면 슬퍼지거나, 기뻐하거나, 사랑스러움을 느낍니다. 열심히 노력한 올리아나를 가까이에서 지켜본 빈센트이기에 가능했던 그 '다시 한번'을 재밌게 봐 주셨으면 좋겠습니다.

또 동시에 발매한 3권에서 앞으로 나아가기를 포기하지 않은 그들이 그려내는 이야기의 결말을 지켜봐 주신다면 더할 나위 없이 기쁘겠습니다. 졸업을 앞둔 그들의 후일담도 적지 않은 분량으로 썼으니 꼭 봐 주시길 바랍니다.

KADOKAWA FLOS COMIC 레이블에서 만화판도 개시했습니다. 시라카와 긴 선생님께서 원작의 세계를 세심한 부분까지 선명하게 그리고 계십니다. 페이지를 한 장씩 넘길 때마다 두근거리기도 놀라기도 하고……. 정말 최고의 만화입니다. 부디 재밌게 봐 주시길 바랍니다.

정말 멋진 일러스트로 이 작품을 장식해 주신 아이카 유기리 선생님, 담당 편집자님 두 분, 그 외에 출간에 도움을 주신 모든 분들 모두 정말 감사드립니다.

끝으로 설정자료에 써 놓았던 서브 캐릭터의 소개문으로 인사를 대신하겠습니다.

[하이데마리 랜드하임] 씨익 웃는다. 눈썹이 진하다. 입이 거칠다. 사람을 잘 돌봐준다. 오빠들에게 사랑받고 자랐다. 집에서는 말투를 조심한다. 시끄러운 여자애들 무리에서 제일가는 로맨티시스트.

[에다 길레센] 히히힛 하고 웃는다. 키가 작고 가슴이 없고 말괄량이. 충동적. 바보 삼인방 중 한 명. 직감으로 움직이는 타입으로 보이지만, 눈에 보이는 조건을 우선시하는 현실주의자.

[콘스탄체 베르츠] 우후후 하고 웃는다. 바보 삼인방 중 한

명. 매일 아침, 기숙사 마당에서 검 연습을 한다. 후배 여학생들은 비명을 지르며 그 모습을 지켜보지만, 본인은 그 사실을 모른다. 여학생들은 콘스탄체와 얘기를 나눴다가 실망하지만, 다음 날 아침이 되면 또 비명을 지르고 만다.

[데릭 타키] 싱긋 웃는다. 딸이 있는 부모에게 '우리 딸과 결혼시키고 싶은 남자 넘버 원'이라고 평가받는다.

[카이 펠러] 입꼬리를 올려 살짝 웃는다. 원래 조금 삐딱한 성격인 데다가 여자애들에게 인기가 많아서 남자애들에게 쉽게 미움받는다. 그래서 늘 먼저 다가오는 루시안을 자각한 것 이상으로 좋아한다.

[루시안 코르테스] 아하하 하고 웃는다. 바보 삼인방 중 한 명. 같은 학년 애들이 바보 취급하지만 후배에게는 존경받는 타입. 여자에게 걷어차여도 화내거나 하지 않는다. 사실 마음이 꽤 넓다. 카이보다 훨씬 넓음.

[마리나 를르와] 부드럽게 웃는다. 이 작품에서 제일 천사 같은 인물. 머리도 좋고 성격도 좋다. 3회차에서 루시안과 붙여 줄지는 아직 정해지지 않았음.

[샤론 비젤] 고결하게 미소 짓는다. 아마네셀 왕국의 모범적

인 귀족 여성. 졸업한 뒤에는 빈센트에게서도 어머니에게서도 멀어져 '이 세상에는 많은 선택지'가 있음을 깨닫고, 스스로 인생의 첫 발걸음을 내디딘다.

읽어주셔서 진심으로 감사드립니다.

무츠하나 에이코

등장인물 동물 인형 Ver. 2

서로 잘 통하고 사이가 무척 좋은
제 2반의 면면들입니다.
2권 에서 전체 관측 데이트 등.
그리면서 가슴 두근거리는
장면이 많았습니다.
그런 모두의 모습에 미절러 풀곤
미소 지으면서 그렸습니다. 헤헤헤…

마이카 융기리

죽어서 되돌아간 마법학교 생활을,
옛 연인과 프롤로그부터 ※단, 호감도는 0 2

2024년 11월 15일 제1판 인쇄
2024년 11월 22일 제1판 발행

지음 무츠하나 에이코
일러스트 아이카 유기리

제작 · 편집 노블엔진 편집부

발행 데이즈엔터(주)
등록번호 제 2023-000035호
주소 07551 서울특별시 강서구 양천로 570 NH서울타워 19층
대표전화 02-2013-5665

ISBN 979-11-380-5344-0
ISBN 979-11-380-5143-9 (세트)

shinimodori no mahou gakkou seikatsu wo motokoibito to
puroroogu kara : tadashi koukando wa zero Vol. 2
©Eiko Mutsuhana / Yugiri Aica
All rights reserved
Original Japanese edition published in 2022 by Earth Star Entertainment

이 책의 한국어판 저작권은 데이즈엔터(주)에 있습니다.
저작권법으로 한국 내에서 보호를 받는 저작물이므로 무단 전재와 무단 복제를 금합니다.

구매 시 파손된 도서는 구매처에서 교환하실 수 있습니다.
기타 불편사항, 문의사항이 있으신 독자님께서는 노블엔진 홈페이지
[http://novelengine.com] 에서 Q&A 게시판을 이용해 주시기 바랍니다.

아픈 건 싫으니까
방어력에 올인하려고 합니다
1~13

게임 지식이 부족해서 스테이터스 포인트를 모조리 VIT(방어력)에 투자한 메이플.
움직임도 굼뜨고, 마법도 못 쓰고, 급기야 토끼한테도 희롱당하는 지경.
어라? 근데 하나도 안 아프네……. 그 이전에, 대미지 제로?
스테이터스를 방어력에 올인한 탓에 입수한 스킬 【절대방어】.
추가로 일격필살의 카운터 스킬까지 터득하는데——?!

온갖 공격을 무효화하고, 치사급 맹독 스킬로 적을 유린해 나가는
「이동형 요새」 뉴비가 자신이 얼마나 이상한지도 모르고 나갑니다!

유우미칸 지음 / 코인 일러스트

국민들을 위해 최선을 다하고픈 (미래의) 최강 악역&최종 보스,
그 화끈한 국정 운영기 개막! 2023년 7월 애니메이션 방영 예정!

비극의 원흉이 되는 최강악역
최종보스 여왕은 국민을 위해 헌신합니다
1~6

"이런 최악의 쓰레기 악역인 최종보스로 환생하다니!!"
평화롭게 고등학교 3학년 방학을 즐기던 나.
그러던 어느 날 교통사고로 정신을 잃은 내 앞에 펼쳐진 것은 좋아하던 게임 시리즈
'너와 한줄기 빛을' 속 세계! 그런데 하필이면 나라를 파멸로 이끌 비극의 원흉으로 전생했다?!
남은 시간은 10년. 그 안에 내 치트인 예지 능력과 지력, 권력을 이용해 그 미래에서 벗어나겠어!
──라며 고군분투하는 사이, 어느새 주위 사람들에게 사랑받고 있습니다(?)

텐이치 지음 / 스즈노스케 일러스트